Rüdiger Maschwitz

Innehalten

Rüdiger Maschwitz

Innehalten

Kraft schöpfen
in allen Lebenslagen

KREUZ

© KREUZ VERLAG
in der Verlag Herder GmbH, Freiburg im Breisgau 2011
Alle Rechte vorbehalten
www.kreuz-verlag.de

Umschlaggestaltung: Bergmoser + Höller GmbH, Aachen
Umschlagmotiv: © masahi sakajiri / istockfoto.com
Autorenfoto: © Privat

Satz: de·te·pe, Aalen
Herstellung: fgb · freiburger grafische betriebe, Freiburg
www.fgb.de

Gedruckt auf umweltfreundlichem, chlorfrei gebleichtem Papier
Printed in Germany

ISBN 978-3-451-61020-2

Inhalt

Wenn ich

Wenn ich
gedankenlos
überfüllt
durch
den Tag
gelebt werde

Wenn ich
gar
mir selbst
aus dem Wege gehe
statt
mir
im Wege zu stehen

statt
Anstoß
zu nehmen

an der
verflüchtigten
Zeit

an der
überflüssigen
Geschäftigkeit

an den
verdösten
Atemzügen

an den
Waldbränden
in mir
selbst gelegt
und
fremd gezündelt

Wenn ich
denke

Ich bin
doch
noch
Herr
im eigenen Haus

dann
suche
ich
eine
Insel
auf.

Liebe Leserinnen und Leser!

Eine kluge Frau wurde gefragt, ob es beim Innehalten einen Unterschied zwischen Männern und Frauen gibt. Nach einer Weile nickte sie und sprach: Ja, die Männer müssen beim Innehalten auch noch beschäftigt sein. Sie müssen etwas in der Hand haben oder etwas tun. Die einen müssen ein Glas festhalten oder rauchen oder rumkritzeln oder reden oder laufen. Wir Frauen tun dies auch, wir stricken dabei oder nähen Kaputtes zusammen. Aber wir können leichter gar nichts tun. Wir können gar nichts tun und in der Sonne sitzen.

Ich überlege, ob dies stimmt. Ich sehe Frauen, die ruhig in der Sonne liegen, Männer, die auf einem Stuhl im Schatten sitzen. Vielleicht gibt es bei beiden Geschlechtern Menschen, die selbst beim Innehalten noch Beschäftigung brauchen, und andere, die wirklich eine Zeit nichts tun können. Ich kenne bei mir beides. Je nach meiner Gestimmtheit und Anspannung brauche ich ein aktives oder passives Innehalten. Beides ist wertvoll und gut. Hauptsache, ich halte inne und komme bei mir an. Dabei ist Innehalten eine bewusste Entscheidung, die mehr sein will als die Pause im tagtäglichen Trott, die mehr ist als eine Unterbrechung und mehr schenkt als Luft zum Atemholen.

Dieses Buch erzählt von meinen Erfahrungen und Gedanken mit dem Innehalten. Dies geschieht in erzählenden und reflektierenden Texten und manchmal in poetischen Zwischentönen. Die einzelnen Kapitel und Zwischentexte stehen für sich und können abschnittsweise gelesen werden. Gleichsam sind sie in ihrem Aufbau miteinander verbunden. Ich erzähle von intensiven, schwierigen und misslungenen Aspekten, von der Kraft, die ich gewinne, der Kreativität, die sich auftut, und dem Frieden, den ich finde. Dies will ich mit diesen Zeilen weitergeben.

Die erste Hälfte des Buches widmet sich den persönlichen Erfahrungen und Möglichkeiten des Innehaltens in der Natur, im Genießen oder in der Muße.

Es folgen meine Betrachtungen zu den gesellschaftlichen Bedingungen, die Innehalten und Verlangsamung nicht einfach machen, und diese laden ein, sich in den gegenwärtigen Wirklichkeiten einen Raum für die eigenen Ruhephasen zu suchen.

Der letzte Teil widmet sich den heilsamen und spirituellen Ebenen des Innehaltens.

Gerade weil wir in uns eine Sehnsucht nach dem Innehalten tragen und dieses notwendig zu einem erfüllten Leben brauchen, will ich Sie einladen, bewusst neben sich zu treten, um anzuhalten und innezuhalten. Es wird Ihnen guttun.

Ihr
Rüdiger Maschwitz

Innehalten – ein weiter Ort der Selbstbegegnung

Eigentlich halte ich gerne inne. Ich kann viel arbeiten und auch gar nichts tun. Dafür kann ich nicht dosiert arbeiten: ein bisschen arbeiten und ein bisschen Müßiggang und dann wieder ein bisschen arbeiten. Dies ist nicht mein Lebensstil.

In diesem Jahr aber fiel mir das Innehalten schwer. Ich merkte dies nicht sofort, sondern erst mit der Zeit, eigentlich nach langer Zeit. Es war erstaunlich, da mich das Innehalten für dieses Buch doch beschäftigte. Was passierte: Ich sinnierte über das Innehalten, und merkwürdigerweise hatte dies wenig mit mir zu tun. Bisher war es immer umgekehrt. Jedes Buch, das ich geschrieben hatte, besaß mehr oder weniger einen biografischen Bezugspunkt, der im Schreiben eine Auseinandersetzung und oft auch eine Klärung fand. Beim Schreiben aber geschah diesmal nichts Persönliches. Die Texte waren richtig, und doch musste ich sie auf die Seite legen, weil das Leben zwischen den Zeilen und Buchstaben – die jüdische Tradition nennt dies das weiße Feuer – fehlte. Es entstanden Worte ohne Feuer, ohne Lebendigkeit. Die Buchstaben, die Worte, die Sätze holperten und stolperten auf die Seiten. Nichts war im Fluss.

Langsam begriff ich und schaute mir das letzte halbe Jahr an. Was war geschehen?

Anfang des Jahres wurde ich krank, und dieses Kranksein begleitete mich bis in den Sommer. Es gab ein Auf und Ab. Mal blieb die Stimme fast ganz weg, mal war ich mehr oder weniger kraftlos. Ich habe mich mehrfach brav ins Bett gelegt und dann viel gelesen. Sehr viel gelesen, und immer habe ich es vermieden, mich wahrzunehmen. Ich hatte so viele Pausen wie selten im Leben und legte mich tatsächlich hin, aber ich vermied das Innehalten, denn Innehalten bedarf einer eigenen Entscheidung. Im Kranksein setzte ich mein Leben mit anderen Mitteln fort. Aus dem Beschäftigtsein im beruflichen Alltag wurde ein »Ich beschäftige mich mit Lesen, Fantasien, mit Planungen«. Gleichzeitig nahm ich weitere Termine an und halste mir immer mehr auf.

14

Die Sprache ist verräterisch, es ging um meinen Hals. Dort war eine Vergrößerung, deutlich spürbar beim Schlucken und Liegen. Ich spürte diese unangenehme Tatsache und merkte nicht, dass ich mir mehr als zuträglich »aufhalste«. Es war für mich eher ungewöhnlich. Ich machte weiter so und noch mehr, als ob ich mir beweisen müsste: Ja, ich kann alles und ich lebe. Die Folge war eine große Müdigkeit, und ich schlief viel. Allerdings hielt ich immer noch nicht inne und nahm dies nicht wahr. Meine Meditationszeiten wurden weniger, ich wich mir selbst aus und war stolz, wenn mir neue Ideen kamen. Erst allmählich kam ich mir auf die Spur. Es wurde klar: Ich meide das Innehalten und seine Folgen. Mit gutem Grund. Denn wer innehält, begegnet sich selbst.

Innehalten ist ein offener und weiter Ort, der zur Selbstbegegnung führt. Es ist ein bewusster Akt, der im Innehalten geschieht: Ich halte inne und nehme wahr, was ist und wie ich bin. Dieses Innehalten ist ein Begegnungsraum. Es beginnt meist mit der Wahrnehmung der eigenen Person, und der Mensch entdeckt, wie er in diesem Augenblick, in dieser Zeit lebt. Oft hat dies Folgen. Wer die Wahrheit über sich zur Kenntnis nimmt und sich davon berühren lässt, kann und will nicht so weitermachen.

So erging es mir auch. Nach dem Erkennen, dass ich das Innehalten vermeide, schaute ich mir das ganze zurückliegende Jahr an. Es gab viele Dinge, die mir nicht gut taten und doch gemacht werden mussten. Es gab Auseinandersetzungen, die ich vermieden hatte und die mich einholten. Es gab auch Dinge, die mir nicht gut taten oder die mich anstrengten, die ich nicht fortsetzen wollte und beenden musste. Es gab auch schöne Dinge, die ich gerne tat, aber die ich jetzt besser zu Ende gehen ließ. So kehrte ich zurück zu dem vertrauten Innehalten, das mich zu neuem inneren und äußeren Aufräumen führte. Damit gewinne ich meine Kraft und Energie neu.

Mein Rucksack, der reich gefüllt war mit Notwendigem und Unnützem, mit Pflichten und selbst gewählten Aufgaben, mit Überholtem und Förderlichen, ermahnte mich: Lieber Rüdiger, triff die Entscheidungen, was du aus diesem Rucksack alles abgeben kannst und welche Konflikte du klar austrägst.

Manche Entscheidungen schmerzen auch und bedeuten Abschied von Gewohntem und Liebgewonnenem. Da bin ich nun dran. Es ist anstrengend und befreiend zugleich. Wer die Freiheit sucht, löst auch Bindungen. So bleibt es nicht bei der Selbsterkenntnis, sondern die Selbsterkenntnis führt über die eigene Person hinaus. Sie wirkt sich auf die Menschen um uns herum aus. Ich erkenne wieder – liebevoller und deutlicher zugleich –, was ich anderen bedeute, wie ich sie belaste und belastet habe. Wie ich mich hinter Büchern verberge, welche Sehnsucht nach Geborgenheit und Umsorgt-Werden ich habe und wie ich hineinwirke in das Leben der anderen. Im Erkennen spüre ich, wie meine Launen zurückgehen, wie Freude größere Kreise zieht, wie andere Menschen mir weniger auf den Keks gehen. Und ich übe weiterhin, ein bewusst Ja oder Nein zu sagen.

Die zurückliegende Zeit war verrückt. Je weniger ich innehielt, desto mehr sagte ich Arbeit, Veranstaltungen und damit Termine zu. Es war und ist verrückt, dass wir uns anscheinend auch noch selbst schaden, wenn es uns (mir) nicht gut geht. Gerade wenn nicht alles rundläuft, ist das Gebraucht- und Gefragt-Werden eine Bestätigung von außen und verleitet dazu, sich nicht mehr wahrzunehmen. Es beginnt ein unendlicher Lauf im Hamsterrad, das Rad dreht sich und ich mache mit.

Wer aber Abstand sucht, wird aus dem Hamsterrad heraussteigen. Dieses Abstandhalten hat eine besondere Qualität: Der Mensch tritt heraus aus dem Gewohnten und Vertrauten. Er hält die Zeit und den Raum an und kommt zur Besinnung. Der Mensch nimmt sich aus dem gesamten Geschehen – so gut es im Augenblick geht – heraus. Das Innehalten geschieht willentlich, also bewusst. Die Selbstreflexion, die nach einer Phase der ehrlichen Wahrnehmung einsetzt, führt zu Konsequenzen und hat damit Folgen. Denn der Mensch begegnet nicht nur sich, sondern durchaus auch Aspekten seiner Lebensgeschichte.

Die Zeit des Innehaltens kann dabei sehr unterschiedlich sein. Das kleine tägliche Innehalten von ein paar Minuten und das große Innehalten von ein paar Tagen oder gar mehreren Wochen unterscheiden sich in der Intensität der Auswirkungen.

Dabei ist das kleine, vielleicht sogar ritualisierte Innehalten vor einer wichtigen Arbeit, einer neuen Begegnung, einer Konferenz oder einem wichtigen Kauf in seiner Bedeutung nicht zu unterschätzen. Wir sind wacher und achtsamer. Wir handeln bewusster und damit intensiver. Wir liefern uns nicht der Situation aus, sondern erkennen die Situation, und das Handeln wird anders sein. Wir leben selbstverantwortet und aufmerksam und wir werden deutlich weniger gelebt. Dies lässt uns mit der eigenen Kraft und den Möglichkeiten sorgsamer und liebevoller umgehen.

Eine Anregung:
Üben Sie, einmal am Tag – beginnend mit fünf bis zehn Minuten – gar nichts zu tun. Versuchen Sie, nur da zu sein.

Alternativ:
Nehmen Sie sich Zeit für einen Tagesrückblick. Was hat Ihren Tag bestimmt?

Perfektion

Als Goldmarie zu Hause ihr Gold sicher anlegte,
einerseits in ihrem Herzen,
andererseits in Wiesen, Samen und Ernte

Als Pechmarie die Schwärze abschrubbte,
einerseits auf ihrer Haut,
andererseits den Teer aus der Lunge spuckte

Stand die Mutter vor dem Brunnen
und sprang hinein.

Sie fand das Tor am Grund.

Sie sammelte in Windeseile alle Äpfel perfekt auf.

Sie stapelte das Brot aus dem Ofen sorgsam im Nu.

Sie organisierte ein Jahr lang den Haushalt.
Die Sauberkeit ließ nicht zu wünschen übrig.
Der Schnee fiel voraussagbar.
Sie maß die Zeit exakt.
Ein Jahr war ein Jahr.

Sie trat unter das Tor.

Sie erhielt ihren Lohn.

Dem Hahn verschlug es die Stimme.

Sie sah in einen Spiegel.

Spieglein, Spieglein an der Wand:

Warum bin ich mir so unbekannt?

Innehalten
in der Natur

Die Natur lebt das Innehalten. Während das Frühjahr seine Kraft entfaltet und das Leben erwacht, wachsen und reifen im Sommer Korn, Früchte, Gemüse, Nüsse, Salate. Es beginnt die Zeit der Ernte, die im Herbst ihren Höhepunkt und Abschluss findet. Der Wein gärt, die Felder und Gärten kommen zur Ruhe. Im Winter hält die Natur ganz und gar inne und sammelt so langsam mit den längeren Tagen und dem zunehmenden Licht ihre Kraft.

In den landwirtschaftlich geprägten Zeiten passte sich das Leben der Menschen diesem Rhythmus an. Mit den dunkleren Tagen wurde das Leben ruhiger. Mit dem industriellen Zeitalter ging diese Lebenskultur zu Ende. Ein wenig lebt dieser Rhythmus in uns weiter. Für mich ist die ruhigste Zeit im Jahr immer noch zwischen den Jahren, die Zeit zwischen Weihnachten und dem Tag der Weisen aus dem Morgenland. Vergleichbar sind nur noch die Ferien. Dann können wir Orte des Innehaltens und des Atemholens aufsuchen, die uns persönlich guttun.

Wo würden Sie gerne innehalten? Welches ist Ihr bevorzugter Ort? Oder gar eine bevorzugte Tätigkeit, z.B. Wandern? Viele Menschen halten in der Natur, an Plätzen mit schöner Aussicht, auf einem Berg oder an einem See inne. Um dorthin zu gelangen, gehen sie. Beim Gehen vergessen sie einerseits die Welt um sich herum und andererseits wird beim Gehen manches deutlich und klar. Überhaupt ist das Gehen und Wandern, also das längere Gehen, eine besondere Form des Innehaltens.

Gehen ist überschaubar. Es verlangt Aufmerksamkeit, aber nicht soviel. Der Mensch kann dabei zwei Dinge tun. Er kann am Meer entlanggehen und seinen Gedanken und Gefühlen freien Lauf lassen. Man kann sich beim Aufstieg auf den Berg verausgaben, und gleichsam fließen die Erinnerungen, die Vorhaben oder die Planungen durch das Gehirn.

Und im besten Falle werden Gehen und Gedanken eins. Der Mensch weiß nicht mehr zu unterscheiden: Gehe ich und sinniere oder sinniere ich und gehe oder bin ich beides in einem? Oder gehe ich – schlicht und einfach?

Nun gibt es besondere Formen des Gehens, die uns im Gehen zu uns selbst zurückführen oder in denen wir uns selbst begegnen. Schon einfaches Wandern – ohne zu viel Anstrengung – nimmt uns aus dem Alltag heraus. Solange nicht der Leistungsgedanke das Wandern motiviert und uns den Blick verstellt für die Erfahrungen des Wanderns, führt uns dieses zu Offenheit und Staunen. Wandern verlangsamt unsere Erfahrungen, wir entdecken unsere ursprüngliche Art des Fortbewegens wieder. Es ist ein überschaubares Abenteuer, wir wissen nicht, was uns hinter der nächsten Kurve erwartet. Die Ziele kommen langsam näher und sie werden selbst erarbeitet. Dabei entdecken wir unsere eigenen Möglichkeiten und Grenzen. Unterwegs gibt es Möglichkeiten der Rast und der Einkehr. Wandern wird so eine gute Metapher für das Leben.

Unsere Sprache ist durchdrungen von Wörtern, die sich um das Gehen und Wandern ranken und auf Tieferes verweisen: Gefühlen freien Lauf lassen, sich selbst begegnen, in Gang kommen, sich gehenlassen, rückwärts schauen, Orientierung suchen, einem Ziel entgegenstreben.

Einige Formen des Wanderns haben ihre Zweckfreiheit aufgegeben. Zu dem einfachen Wesen des Wanderns »ich gehe los und komme an« kommen dann die Bewältigung und die Überwindung hinzu. Seien es lange Wanderrouten oder das Bergwandern oder gar das Bergsteigen, der Mensch strebt nach Überwindung und Bewältigung. Wird daraus ein übergroßer Leistungsanspruch, wird das Innehalten spärlicher. Andererseits kann die lange Pause nach der Bewältigung eines Berggipfels eine ganz besondere Form des Innehaltens sein. Oft passiert es, dass der Mensch dann einfach an diesem Ort präsent ist und ihn nichts von diesem Ort trennt. Er spürt in diesem Innehalten eine umfassende, manchmal tief berührende Verbundenheit, die ihn als Erfahrung begleiten wird. Wir empfinden in solchen Momenten einen tiefen Respekt, vielleicht sogar Ehrfurcht vor der Schöpfung, die uns umgibt und trägt, im wahren Sinne des Wortes.

Dies kann ich auch beim Pilgern erleben, einer besonderen Form des Wanderns. Manche Menschen pilgern gerne in kleinen oder größeren Gruppen. Wenn mir ein längeres Gehen noch möglich wäre, würde ich das Pilgern alleine oder zu zweit, eventuell mit einem Hund, bevorzugen. So wäre ich mir selbst überlassen und könnte meine Wegstrecke, Kontakte, Pausen und Ängste mit mir selbst ausmachen. Sie merken: Im Pilgern ist alles enthalten, was das Wesen des Innehaltens ausmacht. Dabei ist das Schöne am Pilgern, dass die Strecke vorgegeben ist und ein Ziel hat. Es ist nicht wichtig, auf welches Ziel der Mensch hinschreitet, sondern dass er ein Ziel hat. Nicht jeder will nach Santiago de Compostela.

Im Juni sind wir mit Kindern im Saarland auf dem Pilgerweg gewandert. Ich hatte die Materialien transportiert und Impulse für den Tag vorbereitet. Es ergab sich dazu unterwegs eine ganz einfache Struktur des Innehaltens am Ende des Abends und am Morgen in der Frühe. Es wurden gefüllte Momente der Begegnung, des Hörens, des Singens, mit denen niemand gerechnet hatte.

Solche Momente des Innehaltens sind Geschenke, die wir im jeweiligen konkreten Moment wahrnehmen können oder auch nicht. Diese kostbaren Augenblicke des Innehaltens sind nicht wiederholbar, und wer sie versäumt, hat sie versäumt. Der jeweilige Augenblick verweist in sich und aus sich auf neue und andere Dimensionen des Lebens. Der Mensch wird berührt, und diese Berührung öffnet ihn die spirituelle Seite des Lebens, Sehnsucht kann sich entfalten.

Innehalten in der Natur hat mit Langsamkeit und Ursprünglichkeit zu tun. Wer wandert oder auch spazieren geht, kann nur eine gewisse Wegstrecke täglich gehen. Der Mensch ist auf seine eigenen Möglichkeiten angewiesen, erlebt seine Grenzen und ist der Wirklichkeit des Weges und dem Wetter ausgesetzt. Auch gute Kleidung verhindert den Regen nicht. Wir begegnen dem Ursprünglichen und damit der Nässe und der Kälte, der Hitze und dem Staub, wenn wir uns auf die Natur einlassen. Wir haben die Natur nicht im Griff, nur unsere Hilfsmittel sind besser geworden und die Ablenkungen mannigfaltiger.

Ich kann natürlich auch zu Hause bleiben und mir die Natur im Fernsehen ansehen. So erleben wir dann die Wirklichkeit aus zweiter Hand. Möglich und bequem ist dies, aber auch bedeutungsloser und zweitrangig. Ich kenne selbst die Trägheit, die dazu führt, im Haus zu bleiben, statt in den Garten zu gehen oder aus dem Haus. Ich war nicht immer begeistert, wenn unser Hund vor der Türe saß und bellte und bei jedem Wetter rauswollte. Selbst unsere Katze ist da wählerischer und beschnuppert das Wetter erst einmal. Bei Schnee und heftigem Regen legt sie sich wieder an ihr Plätzchen. Und … hält inne, träumt und liegt einfach da. Auch zum Kanadierfahren brauche ich Überwindung oder einen kleinen Tritt in den Hintern oder feste Absprachen. Doch Atempausen in der Natur haben einen eigenen Reiz. Mir schenkt dies, wenn ich mich aufgerafft habe, eine merkwürdige Zufriedenheit. Ich genieße es, auch wenn ich danach erschöpft bin. Es ist ein gesundes Erschöpftsein, genau wie bei dem Menschen, der auf dem Berg angekommen ist. In diesem Erschöpftsein spüre ich mich deutlich, freue mich auf den Schluck heißen Tee oder auf ein belegtes Brot oder auf ein kleines Feuer.

Apropos Feuer: Seit Kindertagen ist das Feuer für mich ein besonderer Ort. Ich roch gerne den Duft der sogenannten Kartoffelfeuer im Herbst, ein Geruch aus verbranntem Kartoffelkraut und Stroh und angebrannten, ein wenig schwarzen Kartoffeln, die entweder in der Glut lagen oder auf einen Stab gespießt wurden. Ich liebe diese Zeit am Feuer bis heute. Einfach nur in die Glut zu schauen und es dunkel werden zu lassen, beruhigt mich, baut in mir viele Anspannungen ab und führt zu einer Hingabe an den Augenblick. Dies gilt nicht nur für mich. Für Kinder, Jugendliche und Erwachsene sind Freizeiten in der Natur, und dort besonders die Lagerfeuer, ein faszinierendes Geschehen. Erwachsene lassen den Alltag hinter sich, Jugendliche können verweilen und Kinder vergessen die Zeit. Es sind die schönsten Freizeiten und Urlaube, die das Feuer noch kennen, dessen Gefährlichkeit zähmen, wo das Stockbrot schwarz wird und die Wurst ins Feuer fällt. Wo die Regentropfen gespürt werden und der Mund die Tropfen fängt und das leichte Nieseln niemand verschreckt. Wo der Wind die Wangen rötet und der Sturm so stark ist, dass man sich dagegenlehnen kann. Und wenn es ganz heftig wird, geht man ins Haus und schaut aus dem Fenster in das Wetter. Ein Traum ist es, auf das Meer zu blicken, wenn die Wellen tosen und die Möwen im Sturm sich vom Wind tragen lassen und mit dem Wind zu spielen scheinen.

Es gibt viele Möglichkeiten, in der Natur innezuhalten. Neulich fuhr ich zum ersten Mal eine Draisine. Ich saß auf einer Art Schienenfahrrad mit vier Rädern, angetrieben durch die Muskelkraft, eben wie bei einem Fahrrad. Dieses Fahrzeug hatte seine feste Spur und ich musste nur treten. Es war wunderbar, so durch die Natur zu fahren. Einerseits war es nicht ganz leise, andererseits musste ich nur auf das Bremsen und auf meine Vorderfrau achten. Die Richtung war vorgegeben. An einigen Stellen, die ganz gerade oder gar abschüssig waren, setzte sich meine Frau auf meine Draisine und hielt ihr Fahrzeug mit den Schuhabsätzen fest. Und ab ging die Post zu zweit. Die Strecke war verwildert und verwunschen, die Sonne spielte in den Ästen der Bäume und rechts und links im Wasser der Seen, die uns eine Zeit begleiteten. Selten wanderte mein Blick so gelassen durch die Landschaft, war ich so frei im Schauen, im Hören und in der Bewegung. Selbst mein Muskelkater hielt sich abends in Grenzen. Naturerfahrungen pflegen die Seele, wenigstens meine. Vielen geht es ähnlich.

Doch nicht immer führt der Aufenthalt in der Natur zum Innehalten. Während der Kanadier nur im flotten Wasser schnell wird und dann jede Aufmerksamkeit verlangt, ist es beim Fahrradfahren anders. Hier kann jeder sein Tempo selbst bestimmen. Bei einer Kanadierfahrt auf der Elbe vor Dresden trieb ich mit dem Boot auf dem Wasser und sah dem regen Verkehr auf dem Uferweg zu. Es war Sonntagmorgen. Der Uferweg füllte sich rasch mit Ausflüglern, sodass es zu einer echten »Rasch«-Hour kam. Da gab es die Familie, die mit ihren Kindern langsam, fast im Schritttempo radelte. Sie wurde vorsichtig von den älteren Radwanderern überholt. Immer wieder fuhren klingelnde und ungehaltene Schnellwanderer dazwischen und fluchten. Es gab noch die Mountainbiker, die bei dieser Überfüllung gleich durch die Wiese fuhren, und die Rennradler, die ohne zu klingeln in einem Wahnsinnszahn alle umschlängelten. Dazwischen die Fußgänger in ihren ebenso unterschiedlichen Tempi, die Skater und die Inlinerfahrer. Abgesehen von der Masse Mensch, die unterwegs war, gab es in diesen Situationen kein Innehalten, sondern nur Pausen, die ein Ausruhen von dem Stress in der frischen Luft ermöglichen sollten.

Dabei kann auch Fahrradfahren zum Innehalten werden: Es ist eine besondere Form des Wanderns aus eigener Kraft und es kann zu einer Gemächlichkeit führen, die uns den Weg entlanggleiten lässt. Es kann auch in seiner Schnelligkeit und Kraft der Bewältigung und der Kraftmessung mit den Bergen, den Pässen und der Zeit dienen. Beides hat sicherlich seinen Reiz, und vielleicht lässt es sich, wie beim Bergwandern, auch kombinieren. Und dann gibt es für manche Menschen noch die große Auszeit in der Natur. Sie ist besonders, unwiederholbar und erfordert eine Entscheidung. Neulich telefonierte ich mit einem Bekannten. Er segelt, während ich diese Zeilen noch einmal lese, drei Monate mit dem Boot von Kroatien bis in die Karibik. Ein Traum, sagte er, eine Auszeit. Ein Innehalten. Ein sich Überlassen und ein Einlassen. Beneidenswert.

Letztlich geht es um diese Auszeit, um eine Her-Auszeit aus dem Gewohnten, um eine Unterbrechung, die uns für die besonderen Dimensionen des Lebens, für seine Schönheit, für die Vergänglichkeit, für Augenblicke des Glücks, für das Durchatmen und sich selbst Spüren öffnen kann mit all seinen Facetten. Diese Auszeit ist ein Heraustreten aus den geprägten und normierten Abläufen und beschenkt uns.

Eine Anregung:
Welche Sehnsucht nach Auszeit in der Natur möchten Sie leben?

Innehalten, Genießen, Geschmack und Intuition

»Wenn es in meinen Büchern ums Essen geht, wird alles plötzlich langsamer, die Handlung, die Charaktere beruhigen sich.«

Donna Leon im Gespräch mit dem »Feinschmecker«

Jacques Berndorf beschreibt in einem seiner Eifel-Krimis eine Szene, die sich mir eingeprägt hat: Der alte Kommissar will einen Fall bedenken und in Ruhe das Geschehen auf sich wirken lassen. Eigentlich will er den Fall nicht wirklich bedenken, sondern ihn seiner Intuition überlassen. Er setzt sich in den Garten auf einen bequemen Stuhl und arrangiert dazu: einen heißen

Espresso, ein paar Stückchen herbe dunkle Schokolade, ein Glas Port und einen guten Zigarillo. Dann sitzt er dort schweigend und lässt alles auf sich und in sich wirken.

Dies ist ein Innehalten der besonderen Art. Lassen Sie uns zwei Dinge betrachten, die in diesem Beispiel eine Rolle spielen: das Genießen und die Intuition.

Kann der Mensch wirklich genießen, ohne innezuhalten? Ist nicht die hohe Kunst des Genießens eng verbunden mit dem bewussten Verweilen im Augenblick?

Fressen, in sich hineinstopfen, verschlingen und sich abfüllen kann jeder, wenn es einigermaßen schmeckt und preiswert ist. Es wird alles verdrückt, bis nichts mehr geht, und dann geht es doch noch weiter.

So zu essen ist ein Spiegel unserer Lebenssituation. Der Mensch kommt in die Versuchung, alles zu nehmen, was er bekommen kann, vor allem, wenn es schon bezahlt ist. Ich merke, wie mir dies beim chinesischen Buffet zur Mittagszeit ähnlich gehen kann: Ich esse, ohne es so richtig zu merken, etwas zu viel: Ach ja, die gebackenen Bananen hätte ich beinahe vergessen, nur noch eine oder zwei, aber mit Honig bitte.

Dies geschieht ja nicht, weil ich bzw. wir am Verhungern sind. Uns fehlt der Abstand, die Überlegung, die Haltung, achtsam und genussvoll zu leben. Dazu lädt Innehalten ein.

Ein anderer Commissario namens Montalbano in den Romanen von Andrea Camilleri pflegt schweigend zu essen. Er jagt jeden von seinem Tisch, der redet. Das Essen ist für ihn unmöglich mit Reden verbunden, in den Pausen zwischen den Gängen spricht er, aber beim Essen schweigt und schwelgt er in dem Geschmack.

Natürlich fängt genießen nicht erst mit dem Essen an. Genießen ist eine Lebenshaltung. Genießen kann der Mann die Sonne im Boot, das Kind das Wasser am Strand, der Wanderer den Ausblick oder das Lichtspiel der Sonne zwischen den Zweigen, die Mutter die Ruhe im Haus. Genießen braucht nichts Materielles, es braucht nur die Fähigkeit zur Freude und zum sinnlichen Erleben.

Genießen ist also nicht mit Geld oder gar Reichtum verbunden, sondern es ist eine Herzenssache. Das Herz jauchze und frohlocke, heißt es ganz altertümlich. Der Mensch kann sich an den einfachen und schönen Dingen genauso erfreuen wie an großartigen Zubereitungen, Arrangements, Bauwerken oder Events.

Ich liebe die sogenannte italienische Mamaküche. Gutes wird einfach, mit Liebe, mit den vorhandenen Zutaten sorgfältig zubereitet. Auf Hilfs- und Geschmacksstoffe wird verzichtet, man isst, was die Natur zur Verfügung stellt. Da schmort der Braten drei bis vier Stunden, da zieht die Suppe gerade so vor sich hin, da werden die frischen Steinpilze nur eben durch die sehr heiße Pfanne geschwenkt, und ein ehrlicher geschmackvoller Wein mit klarem Wasser daneben kommt auf den Tisch. Ich kann solch ein Essen genießen und lange so sitzen, mal schweigen und – im Gegensatz zu Montalbano – auch reden.

Unsere Vorstellung weckt Erwartungen. Je größer der Anspruch und die Verheißungen sind, desto höher werden die Erwartungen. Werden Erwartungen nicht erfüllt, geht es manchem Zeitgenossen schlecht. Er ist frustriert und erlebt einen Lustverlust. Ein schönes Wort: Die Lust geht verloren. Die Stimmung wird mies.

Ist Innehalten mehr mit dem Einfachen verbunden? Fällt es dem Menschen mit seinem Reichtum nicht nur schwerer, in den »Himmel«, also in die Gegenwart Gottes zu kommen, sondern ist ihm auch das Innehalten verwehrt? Oder müsste ich nicht schreiben: »Verwehrt der Reichtum und das Streben danach dem Menschen nicht das Innehalten?« Wird das Genießen schwerer oder gar unmöglich, wenn das Besondere der Normalfall wird? Wer schätzt noch den Genuss von Fleisch, wenn der Sonntagsbraten zum täglichen Braten wird? Heißt es heute nicht eher: »Unseren täglichen Braten gib uns heute«?

Wer ein wenig innehält, dem ist schnell klar, dass der tägliche Braten nicht von einem Tier kommen kann, das langsam und artgerecht aufwuchs. Wer kann und will das bezahlen? Innehalten fängt bei der Herstellung der Waren und dem Heranwachsen der Tiere an, die wir genießen.

Der Vater meines Jugendfreundes buk kleine Brötchenschrippen – ohne Treibhefe, ohne großporige Krumme, mit einer fantastischen Kruste. Die Brote und Brötchen wurden zumindest teilweise noch im Holzbackofen gebacken. Ab und zu habe ich diesem Freund beim Holzmachen mit der Bügelsäge geholfen. Es ging langsam voran, die Vorbereitung und das Backen brauchte Geduld.

Die Sehnsucht nach diesem Prozess und nach dieser Qualität lebt in den Menschen; nicht ohne Grund wurde der »Backes« in den Dörfer wieder belebt oder gar neu gebaut. (Ein Backes ist ein Dorfgemeinschaftsbackofen.) Die Automation kann den Geschmack nicht gewährleisten. Viele Menschen haben sich für eigenes Brot einen Brotbackautomaten gekauft, bei sehr vielen steht er nun im Keller oder wurde entsorgt. Auch dieser Brotbackautomat ist ein Spiegel unserer Zeit. Ohne Arbeit, ganz selbstständig sollte ein schmackhaftes Brot entstehen. Alles macht der Automat; es darf keine Zeit kosten. Aber das Gute und

Wertvolle bedarf der Zeit und der Mühe. Deshalb endete der Backautomat kläglich. Solange sein Brot warm ist, kann man es ja noch essen. Die Wärme täuscht über das Mangelhafte hinweg. Aber danach entspricht es keinem Brot, das ich mag. Es fehlen der Geschmack und die Konsistenz, die durch das langsame Gehen und das Schlagen des Teiges entstehen. Gut Ding braucht Weile – und die haben wir nicht so oft. Genießen bedarf also des Verweilens und der Geduld schon bei der Herstellung.

Ich mache jedes Jahr fünf Liter Kräuterschnaps, der ein wenig auch ein Likör ist. Die Herstellung ist einfach, aber dann muss die große Flasche zwei bis drei Monate stehen und reifen. Und immer wieder werde ich gefragt: Ist er schon fertig? Ich rieche und schmecke gerne, aber es bedarf der Zeit. Wie der Mensch reifen will und kann, so wollen auch die Dinge reifen. Ein gut gereifter Schnaps ist wie ein gut gereifter Käse etwas Besonderes.

Die Kunst des Abwartens lässt reifen. Die »Slowfood-Bewegung« erinnert uns daran, dass langsames Heranwachsen der Lebensmittel und das sorgfältige und frische Zubereiten zusammengehören. Das kann auch mal schnell gehen, denn was gut ist, schmeckt auch ohne großen Aufwand.

Nun lässt sich der gute Geschmack künstlich vortäuschen. Und doch kann man – wenn man will – das Künstliche und seine Auswirkungen entdecken. Helmut Gote brachte es jüngst in einer seiner Restaurantbesprechungen im Kölner Stadtanzeiger auf den Punkt. Ich gebe es aus dem Gedächtnis wieder: Der Geschmack war ganz gut, aber es war ein Geschmack, bei dem man nachts Durst bekommt, der auch durch Trinken nicht zu löschen ist.

Das Gesagte gilt ebenso für die Getränke. Ein schnell gezapftes Pils, ein Rotwein, der nicht geatmet hat, ein abgestandener Kaffee – heiß, aber bitter – oder ein mieser Tee stehen sich in nichts nach. Sie sind verzichtbar. Als Kind schaute ich gerne beim Bierzapfen zu, mir gefiel der Schaum so gut. Ich bewunderte die Biergläser, die eine gelungene Tulpe hatten. Es sah schön aus. Irgendwann sah ich die Pfuscher. Sie hatten ein Glas Schaum gezapft und schütteten es oben auf das Glas. Es ging schneller. Das Schummeln sah schlimm aus, die Tulpe fiel in sich zusammen und der Geschmack war siffig. Dies erfasse ich bis heute auf einen Blick. Schon bei den Getränken in einem Gasthaus spürt der Gast, ob hier liebevoll gehandelt wird oder ob er besser wieder geht.

Dazu fällt mir mein Onkel ein: Für ihn war das einzige Kriterium in einem Restaurant, wie schnell er das Essen und die Getränke bekam. Musste er warten, fand er das Essen mies, allerhöchstens noch gerade akzeptabel. Dies passte zu ihm. Er war immer schnell. »Schnell, schnell« oder »wacker, wacker« waren seine Lieblingsworte. Ein teuflisches Lebensmotto: Ich darf keine Zeit haben und das Leben genießen. Wer auch immer ihm dies vermittelt hat, er tat dem Mann, seiner Familie und seinen Freunden nichts Gutes, denn er verleidete mit seiner Vorstellung auch allen anderen Anwesenden das Essen und die Atmosphäre. Schade, denke ich heute, es war eigentlich nur traurig.

Im Blick auf das Genießen ist auch das Fasten eine besondere Form des Innehaltens. Beim Fasten geht es vielen Menschen um das Abnehmen und die Einübung des Verzichtens. Dieses geht leicht schief, solange der Mensch Fasten nicht als eine bewusste Form des Wartens versteht. Fasten führt zwar zum Verzicht, aber über den Verzicht zum Genießen. Nach dem Fasten sind die Geschmackssinne feinfühliger, schmecken wir sinnlich und intensiv. Auch vierzehn Tage nach dem Fasten kann ich einige Dinge noch nicht wieder essen. Manche Schokolade ist einfach nur süß, manches Obst schmeckt nach gar nichts. Schon während des Fastens sind mir fertige Gemüsesäfte auch von guten Herstellern zu salzig und unausgewogen. Also halte ich im Fasten doppelt inne und lasse ein Süppchen leise mit Gemüse ziehen. Der eine isst das Gemüse, der Fastende das Süppchen.

Eine Anregung:
Nehmen Sie sich Zeit zum Kochen und zum Essen mit guten Freunden.

PS: Bei mir besteht schon lange die Absicht, mal wieder drei Dinge zu verbinden: für Freunde zu kochen, mit ihnen zusammen gelassen zu essen und mit und ohne Worte die Zeit zu genießen.

Ankommen

Immer unterwegs
die Gedanken
und die Füße
gleichermaßen.

Überholen mich nicht die Füße,
so überholen mich
die Gedanken.
Immer sind sie
einen Schritt voraus,
es ist mühsam,
mit ihnen Schritt
zu halten.

Die Gedanken schreiten
von uns fort
und doch bestimmen sie
unser Tun.

Wie oft aber
wissen sie nicht, was sie tun.

Kein Überholen
im Kopf
kein Fortschreiten
der Ideen
nicht weiter
und weiter
weg von mir.
Erst einmal ankommen.

Nur da sein,
durchatmen.
Das Herzklopfen hören.
Sich spüren.
Angst fühlen.
Ruhe empfinden,
Gefühle zulassen.
Sich annehmen.

Bei mir selbst zu Hause sein.
Zu Hause sein.
Ankommen
und warten,
warten können.
Erwarten.

Innehalten, Muße, Kreativität

Muße ist ungeteiltes versunkenes waches Dasein – ohne jedes Muss.

Ich sehe in meinen Kalender. Ich blättere ihn durch und suche zusammenhängende Tage, die Muße ermöglichen. Es gibt Tage zum Ausspannen und auch zum Innehalten. Aber es fehlt Zeit zur Muße. Es fehlt Zeit, die nicht geprägt ist vom Müssen; vom Wollen oder seiner Schwester, dem Nichtwollen, von Planungen und Vorhaben, vom Wahrnehmen und von Bedenken.

Eine unserer Gewohnheiten liegt darin – vielleicht sind es auch gelernte Muster oder gar intellektuelle Erkenntnis –, dass wir etwas, was wir nicht möchten, durch das Gegenteil ersetzen. Statt zu wollen, wollen wir nicht. Statt etwas vorzuhaben, nehmen wir uns nichts vor. Leider ist das Wollen des Nichtwollens immer noch ein Wollen, und sich vorzunehmen, sich heute nichts vorzunehmen, klingt schon ein wenig absurd und wird in der praktischen Umsetzung nicht besser. Muße wird vom Augenblick geschenkt. Sie ist die Erweiterung des Innehaltens um die Freiheit, zu tun oder zu lassen, aber dies ergibt sich erst in der jeweilig gegenwärtigen Situation. Wir können uns Muße zwar vornehmen, aber wie sie wächst, wie sie erblüht, welche Früchte sie trägt, ist nicht bestimmbar, sondern entfaltet sich.

Muße kann mit einem Buch beginnen, das ich einfach lesen kann, ohne auf die Uhr zu schauen. Eine Freundin hat mir erzählt, dass sie im Urlaub einfach sinnlos ein Buch nach dem anderen gelesen hat. Sonst hat sie nie die Muße dazu. Ich kann mich gut zurückziehen und lesen. Andere beneiden mich manchmal darum, zumindest meine Frau. Aber mit Muße ein Buch lesen, ohne Zeitbudget und andere Verpflichtungen, ist etwas anderes, lohnend und wertvoll.

Muße kann ein Konzert sein. Vor einiger Zeit habe ich mich halb krank zu einem Konzert von Leonard Cohen geschleppt. Ich wollte den alten, jung gebliebenen Mann direkt erleben. Es war einzigartig. Es war sinnlos schön und ansteckend freudig. Er hatte Spaß an der Musik und konnte nicht aufhören. Ich war müde und vergnügt gleichermaßen. Die Müdigkeit war ein angemessener Preis für soviel Muße.

Muße kann eine CD schenken. Ich erinnere mich an die wenigen Platten, die ich mit Muße gehört habe, genau. Mir ist Musik und die Atmosphäre gleichermaßen bis heute gegenwärtig. Meist höre ich viel Musik – zwar allein und in Ruhe, aber mit geteilter Aufmerksamkeit bei langen Autobahnfahrten mit meinem gemächlichen VW-Bus. Außerdem gehöre ich zu den altmodischen Menschen, die Musik am liebsten aus Lautsprechern hören. Ich brauche den Klang im Raum und nicht den Sound direkt im Ohr. Auch dies gehört zur Muße, sich hinzusetzen und zu lauschen. Eine CD war Miles Davis' »Kind of blue«. Ich habe die Musik mit meiner Frau gehört, einem Menschen, der Jazz toleriert, aber kaum alleine auflegen würde. Wir waren berührt. Ähnlich erging es mir mit der CD »officium« von Jan Gabarek und dem Hillard-Ensemble. Noch lange klangen die Musik und ihre Stimmung in mir weiter. Sie klang nach.

Muße kann auch etwas anderes sein und wird von jedem anders gesucht, empfunden und geschätzt:

- ❀ Muße folgt dem Sitzen unter dem Apfelbaum, sie erlaubt, dem Spiel der Blätter zuzusehen, das Summen der Insekten zu hören und die Zeilen eines Gedichtes zu gebären, das nie gedacht war.

- ❀ Aus der Muße entspringen die Töne am Klavier oder die Klänge auf der Gitarre, die in den Raum perlen, ohne beabsichtigt zu sein.

- ❀ Muße führt durch den Tagtraum in den Umbau der Küche oder die Veränderung des Gartens.

- ❀ Muße spielt mit dem Sonnenstrahl auf dem Gesicht und lässt uns die Wärme der Strahlen aufnehmen.

- ❀ Muße sieht den Regentropfen auf der Scheibe zu und singt inwendig die Melodie dazu.

- ❀ Muße erkennt die Zusammenhänge, die ich den ganzen Tag, ja die Wochen mit mir trage, und fügt die Erkenntnis zusammen. In der Muße macht es »klick«.

- ❀ Muße wandert durch den Garten und schmeckt das nächste Gericht.

- ❀ Muße fährt mit dem Zug, wandert mit den Augen durch die Landschaft und erweckt alte Bilder.

❀ Muße rührt uns mit ihren Stimmungen an.

❀ Muße ist zweckfreies Spiel des ganzen Menschen und macht Mann und Frau durch diese Zweckfreiheit offen für den jeweiligen Moment.

❀ Muße ist ziellos und findet deshalb Möglichkeiten und Ideen, die weit über die gesteckten und gedachten Ziele hinausgehen.

❀ Muße ist die Mutter und auch der Vater aller Kreativität.

Ja, Muße ist unsere Oase der Kreativität. Sie ist die Quelle unserer Ideen. In der Muße gebiert sich Neues, berührt uns Gegenwärtiges und Vergangenes. Mein Schwärmen von der Muße erzählt von der Sehnsucht nach mehr Muße. Doch bis dahin ist es immer ein Weg.

Ich brauche in jedem Urlaub oder auch in ruhigeren Zeiten und als Teilnehmer einer Meditationswoche im Schweigen erst eine Phase des Abspannens, bei der, wie im Kino der Abspann, der »Film« der vergangenen Zeit in mir noch einmal abläuft. Da kommen Bilder des Erlebten, des Gelungenen und Misslungenen; da steigen Emotionen zwischen Wut und Rührung, Zärtlichkeit und Kraft auf. Da spüre ich mich mit meinen Anspannungen und Verrenkungen hautnah und bis in die Knochen. Da trage ich mein Denken und Bedenken noch eine Weile in Kopf und Bauch in mir. Allmählich komme ich zum Lassen. Andere Menschen brauchen zum Abspannen eine Runde Sudoku-Lösen, legen eine Patience oder lesen Gedichte. Sie brauchen erst einmal Abstand von sich selbst. – Ich allerdings muss mir nahekommen.

Nach diesem Abspann kann ich innehalten, wirklich ankommen. Ich bin dann bewusst da, wo ich bin. Mir gelingt es wieder zu sein, wo ich bin. Ich bin dann an keinem anderen Ort, als an diesem HIER. Dieses Innehalten wird je nach Zeit, die ich habe, gelassener. Ich überlasse mich dem Augenblick. Im Verweilen werde ich achtsamer mit mir und anderen. Ich spüre mich nicht nur, sondern befrage mich auch: Warum fällst du so oft in dieselben Fallen? Warum sagst du zu viele Termine und Verpflichtungen zu? Warum stellst du dir diese »Warum-Fragen«, die zu nichts führen? Statt zu fragen: Welche Konsequenzen haben deine Wahrnehmungen und wohin können sie dich führen? So lerne ich das Fragen neu. Aus »Warum« wird »Wozu kann dies gut sein?« und »Wohin kann es mich führen?«. Vielleicht sind dies auch Fragen, die meinem Älterwerden entsprechen. Das Innehalten führt zu der Frage nach der Zeit, die noch vor mir liegt. Selten kam mir diese Zeit so endlich vor wie in diesem Jahr, in dem ich neuer Grenzen gewahr wurde und in dem ich meinen Ängsten vergebens versuchte auszuweichen. Meine

Ängste und Sorgen erinnern mich an den Wettlauf zwischen dem Hasen und dem Igel. Genauso wie der Igel schon vor dem Hasen aus der Tiefe auftaucht, tauchen gewisse Ängste einfach vor meiner bewussten Wahrnehmung auf. Sie sind schneller als mein Schutz oder mein Ausweichen.

Im Verweilen kann ich diese Ängste wahrnehmen, manche freigeben, manche als zu mir gehörig entdecken. Im Innehalten wird meine Innen- und Außenwelt aufgeräumter, leichter und vergnüglicher. Jetzt erst habe ich Zeit und die innere Freiheit zur Muße. Bei anderen Menschen mag dies anders sein, bei mir braucht Muße einen Vorlauf, eine Zeit, die mich dafür bereit sein lässt. Muße erlebe ich als intim und sehr persönlich. Es kommen mir Ideen, Bilder, Worte, manchmal Gedichte, die ich selten mit jemandem teilen möchte und dann höchstens mit einem sehr kleinen vertrauten Kreis, oder ich verstecke sie in einem Buch. Wenn ich merke, dass ich seit längerer Zeit, vielleicht sogar ein bis zwei Jahre, keine zweckfreien Gedichte oder kleine Geschichten geschrieben habe, dann ist dies eine ernste und traurige Rückmeldung. Es mangelt an der Muße.

Nun wird es Menschen geben, die fragen: Brauchen wir Muße zum Leben? Diese Welt erfordert doch ganz andere Dinge als Muße!

Wenn ich spotten will, werde ich antworten: Ganz sicher braucht diese Welt mehr Finanzspekulation, Tiefenbohrungen, Fortschritt, Wachstum, Sparen und Konsum. Ich aber brauche Muße, möchte Muße geschenkt bekommen. Sie bereichert mich. Muße ist nicht frei verkäuflich und kann bisher nicht gekauft werden. Ich vermute, dass wirkliche Muße eines der Objekte ist, das durch jeden Verkauf abnimmt, also verliert. Wer Muße verkaufen will, wird keine Muße verkaufen können, sondern gefühlte Muße verramschen und vermarkten. Dies traue ich dem Markt zu, sobald sich Abnehmer finden, wird »Muße« angeboten werden. Dies war mit der Freiheit und der Liebe so. Eigentlich sind beide unverkäuflich und können nicht gekauft werden. Auch wenn wir dies wissen, kaufen wir Freiheit und Liebe. Nichts macht dies sinnfälliger als die Werbung.

Brauchen die Menschen Muße? Sicherlich ist Muße ein persönlicher Gewinn im Leben und ermöglicht ein intensives und erfülltes Leben, auch wenn dieses sehr unterschiedlich gelebt werden kann. Die eigene Muße ist aber auch ein Gewinn für andere, sei es, dass mich andere ausgeglichener und zufriedener erleben, sei es, dass ich an der Muße anderer teilhaben darf und mich an ihr erfreuen kann.

Noch größer ist der Mehrwert, der durch die Kreativität und die Ideen entsteht, die aus der Muße erwachsen. Sie kommen anderen zugute, solange diese Ideen mit Verantwortung verbunden sind. Allerdings ist es unmöglich, sich diese Muße zu verordnen, um zu Kreativität und zu Ideen zu finden. Muße entzieht sich der Verordnung, sie ist nur da Muße, wo sie Muße sein darf.

Eine Anregung:
Laden Sie sich zur Muße ein.

Innehalten und das Lauschen auf die inneren Bilder

Mir wurde erst in der Mitte des Lebens klar, wie tief ich von Anfang an aus inneren Bildern lebe.

1955, als ich dreieinhalb Jahre alt war, zog meine Mutter mit mir in ein kleines Haus. Bis dahin lebten wir zusammen in einem Zimmer zur Untermiete mit gemeinsamer Bad- und Küchenbenutzung. In jener Zeit war dies nicht ungewöhnlich. Als ich zum ersten Mal in unser Häuschen durfte, lief ich – so sagt die Überlieferung – über eine Stunde durch alle Räume, Treppe rauf und Treppe runter. Das Bild eines frei-laufenden Kindes ist mir gegenwärtig, nicht die Zeit-dauer.

Ich trage noch den Geruch des Cox-Orange-Apfels aus unserem Garten in mir, ich schmecke mein Lieblingsgericht aus meiner Kindheit (ein Eintopf aus Nudeln mit Hackfleisch und Lauch), wenn ich nur daran denke.

Ich rieche den frisch gewichsten Fußboden meiner Volksschule und mir wird heute noch fast schlecht, wenn mir der (erinnerte) Lösungsmittelgeruch in die Nase steigt.

Als jugendlicher »Fahrschüler« kenne ich den Busgeruch des frühen Morgens und die rußigen Züge, die mich von Braubach nach Koblenz brachten.

Als Kind und Jugendlicher lebte ich von den inneren Fantasien und Vorstellungen, die ich mir machte; die mir zufielen aus den Büchern und die sich aus gemeinsamen Spielen und Ideen mit Freunden entwickelten. Für mich waren diese Fantasien eigene geschützte Lebensmöglichkeiten in der Enge der damaligen Zeit, der Strenge des Zuhauses und den Anforderungen der Schule. Dort hatte ich relativ schnell erkannt, dass man nicht alles transparent machen durfte, was einen bewegte. Fragen will gelernt sein, Nichtfragen aber noch viel mehr. Sich dümmer stellen, als man war, und angemessen faul sein, das erforderte Geschick und war eine Kunst.

Vieles davon lernte ich nicht in der realen Wirklichkeit, sondern in meiner Fantasie, in meinem Innenleben. Ich spielte inwendig Sachen exakt durch, überließ mich heldenhaften Überlegungen und brachte in der Innenwelt die Welt in Ordnung. Was ich in der Außenwelt nicht war und als Kind leben konnte, sollte in der Innenwelt Raum haben. Mancher mag dies für eine Kompensation, also einen Ausgleich für die Widerständigkeiten und die Schwierigkeiten des Lebens halten. Dies mag sein, aber es war mehr. Es war eine Vorwegnahme, eine Antizipation meiner eigenen Lebensmöglichkeiten. Indem ich den inneren Bildern Raum gab, gab ich in mir dem Raum, was werden wollte, und so konnte es werden.

Gerade weil ich bis ins Jugendalter oft wie ein kleines Kind nicht zwischen Innenwelt und Außenwelt unterschied, konnte die Innenwelt die Außenwelt beeinflussen und gestalten. Wer wie ich ab dem fünfzehnten Lebensjahr täglich gut drei Stunden unterwegs war, um zur Schule und wieder nach Hause zu kommen, hatte neben der Zeit für Hausaufgaben auch genug Zeit für die eigene Innenwelt. Ich weiß noch, was für eine Offenbarung in der Oberstufe des Gymnasiums ein Suhrkamp-Buch von Peter Handke war. Ich las mehrmals den Titel »Die Innenwelt der Außenwelt der Innenwelt«, nicht, weil ich nicht verstand, sondern weil er mich tief berührte und ich ihn sofort – wahrscheinlich intuitiv – erfasste. Aber leider konnte ich zu diesem Zeitpunkt meines Lebens meine inneren Bilder, inneren Erkenntnisse und inneren Bewegungen nicht in Worte fassen. Hier fehlte mir die Sprache, nein, eher fehlten die Wortmöglichkeiten, die Ausdrucksfähigkeit für meine Erfahrungen und Erkenntnisse.

Ich fand sie erst langsam in meiner ehrenamtlichen und beruflichen Arbeit. Wie oft habe ich bei Tagungen mit anderen jungen Leuten Worten gelauscht, die mich tief bewegten, ohne dass ich sie komplett verstand. Diese Worte müssen Bilder ausgelöst haben, während ich noch mit den Worten, mit der Sprache am Ringen war. Erst im Laufe der Zeit entdeckte ich, dass die Geschichten, gerade auch die biblischen Texte, einer Zwiebel glichen. Sie hatten mehrere Schichten, die entfaltet und erschlossen werden wollten. Manchmal erfasste ich den Kern der Geschichte, durchaus vergleichbar mit dem Keim der Zwiebel, bevor ich bis dorthin gedrungen war. Ein anderes Mal erschloss sich auch der Keim erst bei der dritten oder vierten Begegnung. Das Bild der Zwiebel war mir nahe, vielleicht, weil auch die Binsenweisheit fühlbar wurde, dass die Tiefe und die Kraft des Lebens, der Keim, aus dem Neues wächst, sich nicht ohne Tränen und Schmerz erschließen.

Ich war mit den Jahren des Heranwachsens und des Erwachsenwerdens verblüfft, wie die inneren Vorstellungen sich in der Außenwelt verwirklichten und Realität annahmen. Meine inneren Konzepte trugen sich nach außen. Dies geschah willentlich und auch unwillkürlich. Manches wollte ich, manches entfaltete sich ohne mein Zutun. Heute ist mir klar, dass hier mindestens zwei Ebenen zusammenkamen: Auf der einen Seite war die Kraft der Bilder eine Wirklichkeit, die ich in mir trug. Sie konnte sich allerdings erst voll entfalten, als ich das Innehalten gelernt hatte. Solange ich mich ständig auf Trab hielt und Dinge weiterentwickelte und nur nach vorne sah, fehlten die Zeit und der Raum dafür, dass sich die Bilder in ihrer Fülle auswirken konnten. So entwickelten sich erst einmal die äußeren dicken Zwiebelschalen, die das Vorankommen und die Zielorientierung versinnbildlichen. Sie gehörten zu einem wichtigen Lebensabschnitt und trieben mich im Außen, also in dieser Welt an. Sie schenkten mir wertvolle Kraft. Auf der anderen Seite kann das Angetrieben-Werden wieder zum Bild des Hamsterrades zurückverweisen: Der Mensch bewegt sich in einem fortwährenden Kreislauf von eigenen und fremden, von sinnvollen und sinnlosen Anforderungen. Erst das Innehalten unterbricht und verändert die Situation und schafft eine gute Balance.

Im Innehalten und Langsamerwerden, zu dem mich das Leben einerseits herausgefordert hat und zu dem mich meine Sehnsucht zwischen meinen dreißigsten und vierzigsten Lebensjahren auch hinzog, konnten sich die anderen Potenziale in mir entfalten und nach außen wirken. In dem Maße, wie ich die Bedeutung der inneren Bilder und den Wert der Meditation für mein Innehalten erkannte, verband ich diese beiden miteinander. Ich löste mich von dem Irrglauben, dass der Mensch alle Bilder hinter sich lassen muss und kann, um spirituell zu wachsen und damit in seinem Leben zu reifen. Reifen und Wachsen geschehen allmählich und bedürfen der Pflege. Anders gesagt: Ich versuche immer noch und immer wieder, Liebe zu lernen und Liebe zuzulassen. Dazu braucht es eine Auseinandersetzung mit meinen inneren Bildern und Zeiten der Meditation, also Zeiten des Innehaltens.

Anfang der Achtzigerjahre entdeckte ich die Arbeit mit Aktiver Imagination. Es war die Zeit der tiefenpsychologischen Deutung der Märchen und der Bibeltexte. Ich fragte mich bald, ob die inneren Bilder der Märchen – biblische Texte ließ ich anfangs bewusst außen vor – nicht in Resonanz und damit in Beziehung treten können zu den eigenen inneren Bildern. Ich begann mich tiefer auf diese Bilder einzulassen und ihren Auswirkungen bei mir nachzugehen. Ich entdeckte so in mir Defizite und Möglichkeiten, Mangel und Reichtum. Vom Anfang an gehörte der kreative Ausdruck zu meiner Arbeit mit inneren Bildern. Mir wurde bewusst, dass innere Prozesse des Ausdrucks bedürfen.

Da ich selbst von Kindesbeinen an nicht sofort Worte für mein Erleben fand und erst später entdeckte, dass viele Erfahrungen oftmals nicht in Worten fassbar waren, vertraute ich auf die Gestaltwerdung und die weitere Erfassung des inneren Erlebens im Ausdruck. Dieser Ausdruck ist eine besondere Form des Innehaltens. Ich überlasse mich ihm, damit das nicht so Bewusste sich auswirkt im Malen, in der Arbeit mit Ton, im Tanz, in der Bewegung, in Poesie und sich so verdeutlicht. Bis heute erstaunt mich jede Imagination und ihre kleine Schwester, die Fantasiereise, die sich nur der Sprache bemächtigt, um die Erfahrungen mit diesen inneren Bildern zu beschreiben. Sie verzichten auf die Ebene des Ausdrucks, die im Innehalten ein größeres Verstehen und ein anderes Berührt- und Angesprochenwerden zulässt, ja die eigentlich selbst dem Innehalten entspricht.

Ich kann Sie, liebe Leserinnen und liebe Leser, nur einladen, den eigenen inneren Bildern Raum zu geben und mit Weisheit zu schauen, ob diese Bilder Sie herausfordern und fördern. Unterscheiden Sie tiefe innere Bilder bitte von den Angeboten zur Entspannung und zu Wellness. Wellness und Entspannung sind die Antipasti zum Innehalten, durchaus bekömmlich und schmackhaft, aber eben nur Vorspeise und nicht das Hauptmenü.

Da ich dieses Kapitel mit meiner Kindheit begonnen habe, möchte ich auch mit dem Thema Kinder enden. Ich habe die Sorge, dass sich die inneren Bilder der Kinder im letzten Jahrzehnt geändert haben. Sie haben heute bei Kindern weniger Natur- und authentische Lebenserfahrung, ihnen fehlen diese Erfahrungen in unserer Mitwelt. Der Mensch braucht die Begegnung mit dem tiefen Wald, dem klaren Wasser, dem Feuer, dem Berg und dem Meer oder dem See in seiner Ursprünglichkeit. Anstelle dieser Erfahrungen sind für viele Kinder nicht nur Bilder aus Filmen und Fernsehen getreten, sondern Bilder aus einer gemachten und gedachten Unwirklichkeit. Die ganzen Computeranimationen, Computerspiele und wie auch immer sie heißen, vermitteln eine neue andere Wirklichkeit, die nur insofern aus dem realen und auch inneren Leben entspringt, als sie von Menschen entwickelt wurde. Es besteht die hohe Wahrscheinlichkeit, dass Kinder durch die medialen Anregungen in ihren eigenen inneren Entwicklungen verarmen und eingeschränkt werden. Wenn diese Welten auch faszinieren, sie sind als alleinige und primäre Erfahrungswelten nicht gut und langfristig nicht förderlich.

Nun weiß ich, dass solch medialen Prozesse selten umkehrbar sind. Deshalb gilt es für die Entwicklung der Kinder die alten Erfahrungsräume zu bewahren, zu fördern und die ursprünglichen Möglichkeiten, Leben durch Erleben zu entdecken, zu erweitern.

Eine Anregung:
Vielleicht ist es die Aufgabe meiner Generation, der Großelterngeneration, die Erfahrungsräume für innere Bilder, kreativen Ausdruck und Innehalten zu bewahren bzw. aufzubauen. Wirken auch Sie daran mit!

Innehalten, vertraut werden, Ritual

Innehalten ist ein Akt des bewussten Lebens. Leider ist dies oft nicht so einfach. Viele kennen auch gar nicht das Verweilen, die Atempause; sie haben dies nicht oder unzureichend kennengelernt oder sie meiden es ohne jede Absicht.

Manchmal bringt ein Schicksalsschlag, eine eigene Krise, eine Krankheit oder ein besonderes Erlebnis dem Menschen das Innehalten nahe. Aber selbst wer krank im Bett liegen muss und auf Heilung hinwirkt, muss nicht unbedingt anhalten, denn es lässt sich vermeiden. Wenn Sie an den Anfang des Buches denken, erinnern Sie sich, dass es mir konsequent gelungen ist, das vertraute Innehalten zu verdrängen. Der Mensch kann sich von den wesentlichen Fragen seines Lebens ablenken. Er muss sich nicht dem Leben stellen, er kann mal mehr oder weniger gut vor sich hin leben. Meist arbeiten wir dann noch ein wenig mehr. Dieses »Weiter so!« und »Ich kann doch noch viel leisten!« scheint uns, gekoppelt mit der Sehn-Sucht nach Anerkennung, gerade von dem fernzuhalten, was heilsam und notwendig wäre. Innehalten will deshalb auch gelernt und gepflegt sein. Es bedarf der Vertrautheit und der Vergegenwärtigung. Nur so wird es zur Gewohnheit und führt zu hilfreichen, besonderen und erfüllten Momenten des Lebens.

Vielleicht ist es mir gelungen, Sie auf das Innehalten neugierig zu machen. Dann möchte ich Sie nun einladen, sich damit vertraut zu machen. Ein Ritual, eine regelmäßig wiederkehrende Form des Innehaltens macht nicht nur den Anfang leichter. Früher war z.B. das mehrmalige Glockenläuten am Tag für viele Menschen eine Unterbrechung der Arbeit und ein Zeichen des Innehaltens. Es war eine Einladung, aus dem Arbeitsalltag für ein paar Minuten hinauszutreten und sich Gott und damit auch sich selbst zuzuwenden.

Welche Rituale sind für Sie heute möglich und förderlich? Einerseits müssen Sie dies selbst herausfinden, andererseits können Anregungen hilfreich sein:

- Beim Aufstehen sich recken und dehnen und dann ans Fenster treten und hinausschauen.
- Fünf Minuten am Morgen mit einer Tasse Tee oder Kaffee dasitzen und nichts tun, eventuell im Dunkeln (mit einer Kerze).
- In jeder Stunde sich bewusst eine Minute des Innehaltens gönnen.
- Der Mittagsschlaf. Ich gehöre zu den Menschen, die 15 bis 20 Minuten mittags in einem Kurzschlaf innehalten können. Neulich hörte ich, dass man dies lernen kann.
  Alternativ: 15 Minuten hinlegen und nichts tun.
- Zu Hause nicht sofort in den Trubel einsteigen, sondern sich fünf bis zehn Minuten beim Ankommen – ohne etwas zu tun – Zeit lassen.
- Die Dämmerung genießen.
- Ein Musikstück anhören oder einen Text lesen und nachklingen lassen.
- Zeit für ein Gebet haben und nachklingen lassen.
- Vor dem Nachtschlaf innehalten und den Tag Revue passieren lassen, ohne sich zu verstricken, aber den Tag wahrnehmen.

Manche werden nun sagen: Dann halte ich ja den ganzen Tag inne! Aber wäre dies so schlimm oder gar schlecht?

Eigentlich waren es aber Anregungen zum Auswählen. Das Besondere an diesen Anregungen liegt in ihrer täglichen Wiederkehr. Verbinde ich diese Wiederkehr mit dem Innehalten, entwickelt sich ein Ritual. Dieses Ritual kann dann ohne großen Aufwand, ohne täglich neue Entscheidung, die Energie und einen Ruck kostet, wiederholt werden.

So ist das Ritual, die regelmäßige Wiederholung, hilfreich für das Innehalten. Es macht diese »Atempause« zur Gewohnheit und leichter. Allerdings geschieht es unterwegs immer mal wieder, dass diese Wiederholung zur Gewohnheit um ihrer selbst willen wird, d.h., sie geschieht nicht mehr des innewohnenden Sinnes wegen. Sie wird Routine. Dies gehört dazu und dies ist – als Durchgangsstadium oder vertraute Form – gerade in schwierigen Zeiten nichts Schlechtes. Im Gegenteil: Das Durchhalten führt dazu, dass der Mensch wieder achtsam wird, und es ist so möglich, dem Ritual nach dieser Zeit wieder mehr Tiefe zu geben. Es wird in und nach diesem Erkenntnisprozess durch eine behutsame und freudige Sehnsucht eine neue Fülle finden.

Rituale des Innehaltens bedürfen also einer Zeit des Vertrautwerdens, und dazu haben wir alle gute Vorerfahrungen, an die wir anknüpfen können.

❀ Das Vertrautwerden:

Kinder, die wach und mit offenen Sinnen leben, halten ständig inne. Sie bewundern die Welt. Sie sehen, schmecken, tasten und fühlen die Welt. Sie bleiben lange vor der Blume stehen. Manchmal sitzen sie versunken vor einem Gegenstand, manchmal halten sie inne und ergründen die Welt und ihren Sinn auf ihre eigene Art und Weise. Manchmal finden sie geniale Fragen, manchmal geniale Antworten. Meist ist dies mit langen Überlegungen, tiefen Erkenntnissen verbunden, die aus dem Innehalten entspringen.

Das Kind kann innehalten und der Erwachsene kann dies (wieder) lernen, indem er sich Zeiten und Gelegenheiten aussucht, zu denen er innehalten möchte. Nehmen Sie sich z.B. eine oder höchstens zwei Möglichkeiten aus den obigen Anregungen. Führen Sie im Monat einen Tag des Innehaltens ein. Tun Sie dies auch allein. Sie können dies verbinden mit einem Besuch einer schönen Sauna oder mit einem Essen oder mit einem Konzert. Es sollte soviel Freiraum an diesem Tag vorhanden sein, dass Zeit für bewusstes Innehalten und auch für Reflektion des jüngst vergangenen Lebens ist.

❀ Das Staunen:

Zum Innehalten gehören das Staunen und die Neugier. Staunen ist auch eine Möglichkeit, das Innehalten zu lernen. Genauso gilt, wer innehält, entdeckt das Staunen oder lernt es schnell wieder. Dies fördert die Beobachtung, belebt die Sinne und aktiviert den ganzen Menschen. Im Staunen entdeckt der Mensch das Unscheinbare, das Unfassbare und das Unmögliche:

- Wieso waren die Schneeglöckchen am Vortag noch nicht da?
- Wie ist das Kind die Leiter bis obenhin geklettert?

Und nichts ist passiert!

❀ Achtsamkeit:

Innehalten beinhaltet Achtsamkeit und fördert die Achtsamkeit. Ohne Achtsamkeit gibt es kein Innehalten. Wäre ich achtsam mit mir in diesem Jahr umgegangen, hätte sich manches leichter entwickelt, ich hätte weniger Termine und weniger Arbeit. Achtsamkeit ist die Frucht des Innehaltens und gleichzeitig ihre Wurzel. Sie ist der Nährboden, auf dem Innehalten gedeiht und wächst.

❀ Das kleine Innehalten:

Nicht jedes Innehalten ist mit einem Ritual verbunden. Manchmal schafft es auch eine besondere Gelegenheit, mich zum Innehalten anzuregen, so wie heute im Urlaub.

Ich sitze am Meer und schreibe. Das Rauschen des Meeres, die Brandung, das Auslaufen der Wellen, der Rhythmus, der sich leicht variiert, lassen mich den Augenblick genießen.

Ein gutes Essen hat auf mich dieselbe Wirkung, aber es bedarf bei aller Einfachheit mehrerer kleiner schmackhafter Gänge. Das Innehalten bedarf einer Atmosphäre, und genauso bestimmt Atmosphäre das Innehalten. Wenn Sie also ein wenig abschalten wollen, schaffen Sie sich dazu eine sinnliche Atmosphäre, um gelassen in der Natur, auf dem Balkon oder auf der Terrasse zu sitzen.

❀ Das große Innehalten:

Ab und an ist ein großes Innehalten angesagt, es ist dann eine Bestandsaufnahme, eine Bilanz über einen Lebensabschnitt und ein Impuls für Veränderungen.

Ich habe einen Menschen vor Augen. Seit einem halben Jahr gab es bei einer älteren Frau, die noch gut allein lebt, eine kontinuierliche Verschlechterung der Lebensumstände. Endlich ließ sie sich nach viel Drängen untersuchen, und es ergab sich ein Verdacht auf Darmkrebs. Es wurde gut und angemessen operiert, die Ärzte stellten die Lebensqualität im Alter in den Vordergrund, der Krebsbefund bestätigte sich und die Verwandten hielten ständig inne, um die neuen Fakten aufzunehmen und um gute Lebensmöglichkeiten für die Frau in den Blick zunehmen.

Das Innehalten gehörte zur Begleitung. Der einzige Mensch, der, zumindest von außen gesehen, nicht innehielt, war die Frau. Sie wollte nicht innehalten, um nicht wahrzuhaben, was ist. Verständlich, das Szenario ist ja nicht begeisternd. In ihrem Brennpunkt stand die Hoffnung, dass alles so weitergeht wie vorher. Die Welt hält im Kranksein an, und der Mensch möchte diese Welt mit ihrer noch verfügbaren Zeit so schnell wie möglich wieder in Gang setzen. Damit es kein Missverständnis gibt: Es ist das gute Recht dieser Frau, so zu entscheiden, und ich kann es auch verstehen.

Eine andere Sichtweise ergab sich in einem Gespräch über die Situation. Ein Mann sagte: »Ich verstehe sie nicht. Ich würde es anders machen und mich erst einmal zurückziehen und versuchen, mit mir und meinen Lieben klarzukommen. Ich würde mir Zeit nehmen, um festzustellen, was mir noch wichtig ist und was ich noch erleben und tun möchte.« Dies ist das große Innehalten: Der Mensch findet sich und setzt Kraft frei. So erwachsen dem

Menschen drei Einsichten: Er kann sich selbst in der eigenen Umgebung erkennen, er kann eigene Entscheidungen fällen und kann dadurch neue Energie gewinnen.

Eine Anregung:
Welches Ritual würde Ihnen beim Innehalten helfen und wie wollen Sie es einüben?

Ausruhen

Hoffnung.
Am Abend des Tages,
nach getaner Arbeit,
sich ausruhen.
Den Blick verweilen lassen,
endlich
hören,
fühlen,
schauen,
schmecken.
Zeit der Worte.
Zeit der Begegnung.
Leben.

Inmitten der Hast
spielen
die Gedanken
Nachlauf.

Innehalten.
Durchatmen,
sich selbst bemerken,
das Licht der Welt
neu erblicken,
hineinhören
mitten ins Herz der Welt.

Schweigen.
Sich sammeln.
Still werden.
Den Atemhauch spüren.

Innehalten und Verlangsamung

Muss heute alles schneller gehen?
Jim Rakete: Ja, das ist der populäre Irrtum der Stunde.
 Und dabei wird gar nichts mehr entschieden, son-
 dern alles gleichzeitig gemacht und weniger richtig.

Kölner Stadt-Anzeiger Magazin vom 25./26. September 2010

Das Innehalten ist in einer Welt, die immer rascher
produziert, verbraucht und sich verändert, eine Herausforderung. In meiner Lebenszeit entwickelte sich
so vieles so schnell, dass ich ständig Neuem begegnete.
Dies war zugleich reizvoll als auch hektisch und prob-
lematisch.

Ab den Fünfzigerjahren setzte eine bis dahin nicht vorstellbare Entwicklung ein, die sicher durch die vielen Erfindungen im Zweiten Weltkrieg mit verursacht war. Die Medien, die Autos, die Telefone, die Züge, die Flugzeuge – alle wurden in immer neuen Varianten auf den Markt gebracht und funktionierten immer besser. Entwicklung bedeutete in immer kürzeren Abständen Neues präsentieren. Fortschritt entwickeln hieß schneller werden. Dies galt für Produkte genauso wie für die Arbeitsprozesse.

Nehmen wir einige Beispiele. Wurde in den Siebzigerjahren oft noch mit Bleisatz gesetzt, geschieht dies heute durch Computertechnik. Die Buchdruckerkunst hielt sich mit diesem Bleisatz Jahrhunderte und entwickelte sich kontinuierlich. Heute reicht ein Jahrzehnt, und diese Art zu setzen, durchaus im Sinne von Kunst, ist ausgestorben.

Ich erinnere mich noch an die Blau- und Wachsmatrizen aus den Siebzigerjahren, auf denen Klassenarbeiten, Flugblätter, Gottesdienste an Weihnachten oder gar Tagungsprogramme vervielfältigt wurden. Heute wird in einer Topqualität kopiert, nicht vergleichbar mit den ersten Kopien auf Spezialpapier.

Rückblickend war das Tempo rasant und hatte ungeahnte Auswirkungen. Blaumatrizen einzusetzen war eine echte Arbeit, Fehler konnten nur mühsam korrigiert werden. So wurden sie nur sparsam eingesetzt. Heute wird nebenbei mal eben kopiert.

Ich erinnere mich an meine Diplomarbeit 1976 in Pädagogik. Ich ließ sie in Reinschrift mit einer Kugelkopfschreibmaschine mit Korrekturtaste schreiben – welch eine Errungenschaft damals! – und heute ein Stück für das Museum. Heute würde die Schlussfassung in Minutenschnelle ausgedruckt.

All diese Errungenschaften sind wertvoll, der Computer ist nicht mehr wegzudenken und ich möchte auch nicht darauf verzichten. Es geht nicht um die Ablehnung dieser Entwicklung, sondern um die Beschleunigung jeglicher Entwicklung und ihrer Folgen.

Dieses setzt sich auch in den Lernprozessen der Kinder fort. Kinder müssen früher und schneller lernen, die freien Spielräume nehmen ab. Der spielende Mensch, den Schiller noch lobt, hat keine Zeit mehr zum Spiel. Leben besteht aus immer mehr Anforderungen in immer kürzeren Zeiten. Die Verkürzung auf acht Schuljahre zum Abitur führt schneller zum Abschluss. Das geheime Lernziel unserer Zeit heißt »immer schneller«. Dies ist ein Kontrapunkt zum Innehalten.

Diese Beschreibung ließe sich fortsetzen und endlos erweitern. Aber dies hilft nicht weiter. Hilfreicher ist die Frage: Wie gehen wir nun mit den Folgen um und welche Konsequenzen können wir ziehen? Wir spüren, den Menschen geht die Luft aus, die Atempausen werden geringer, es reicht gerade noch die Zeit für Erholungspausen. Die eigenen Kräfte kommen oftmals an die Grenze.

Das Innehalten ist in diesem rasanten Wandel eine Notwendigkeit und eine Chance, die eigenen Bedürfnisse wahrzunehmen und diesen Wandel mitzugestalten.

Ich erinnere mich an eine Geschichte Heinrich Bölls. Sie ist, wie jede echte Literatur, zeitlos wahr: Der Fischer sitzt in seinem Boot am Meer in der Sonne. Er döst, er hält inne und ist einfach da. Ein Tourist kommt vorbei und er sieht den Mann nichts tun. Im Gespräch schlägt er ihm vor, mehrmals am Tag hinauszufahren und zu fischen. Er schwärmt ihm vor, dass er so ein zweites Boot kaufen, eine Fischfabrik aufbauen und Reichtum erwerben könne. Der Tourist beschwört das »Immer mehr«. Auf die Frage des Fischers: Was kann ich dann am Ende tun? antwortet der Tourist: Du kannst dich in die Sonne setzen und genießen. Der Fischer setzt die Pointe: Das mache ich jetzt schon.

Als ich diese Geschichte von Böll zum ersten Mal hörte, gab ich bis zu der Pointe dem Touristen Recht. Der Tourist zeigt einen Weg zu mehr Wohlstand auf. Dagegen ist wenig zu sagen, bis die Pointe kommt. Und mit den Jahren ist die Pointe schärfer geworden. Wir ahnen um den Preis des »immer mehr tun«. Das »immer mehr und immer schneller« führt nicht zu einer neuen Lebensqualität, sondern zu einer heftigen Lebensquantität, d.h., die Zeit wird enger, die Arbeit mehr und das Innehalten entfällt leicht.

Wer mehr haben will oder vermeint haben zu müssen, wird sich seltener in die Sonne bzw. in den Schatten setzen und innehalten. Er wird eher die Vorzüge des »immer schneller« sehen als die Schattenseiten. Jede Entwicklung enthält aber Schatten und Licht. Deshalb gilt es weiterzuentwickeln, was für jeden Einzelnen von uns Licht enthält, aber es gilt auch die Schattenseiten wahrzunehmen und sie zu verändern. Dazu bedarf es des Innehaltens, der inneren Rechtfertigung, der Auseinandersetzung und guter Entscheidungen.

Der Vorstellung des Touristen kann aber nur der Mensch widerstehen oder sie gar als unangemessen empfinden, der sich selbst genügt, der mit sich zufrieden ist und in sich ruht. Dieser Mensch kann sich mit weniger zufriedengeben. »Haben oder sein«, diese alte Frage spitzt Böll zu. Und genau diese Frage stellt sich für den Fischer, zumindest solange das Lebensmodell des Fischers trägt und er mit einem guten Fang am Tag sein Leben gesichert hat. Der Mensch muss also seine Grundbedürfnisse stillen können, um so leben zu können.

Leider geht an diesem Punkte die Geschichte Heinrich Bölls heute im realen Leben anders weiter: Die unabhängigen kleinen Fischer fischen heute nicht mehr genug, um so zu leben. Sie können nicht mehr aus eigener Kraft genug fangen, weil die großen Fangflotten die Meere abgefischt haben. Ihr Lebensstil wurde von außen beendet. Aber es gibt Menschen, die sich damit nicht abfinden, die nachgedacht und innegehalten haben und neue Lösungen gefunden haben. Mit einem von den Fischern bin ich aufs Meer gefahren. Wenn Sie mögen, schauen Sie sich dazu diese Internetseite (www.paoloilpescatore.it) auch auf Deutsch an, die Geschichte von Heinrich Böll erfährt in seinem Sinne eine Fortsetzung.

Der Tourist in dieser Geschichte ist zu einem anderen Schluss gekommen als der Fischer. Innehalten ist erst möglich, wenn der Mensch zu Wohlstand gekommen ist. Und auch dies ist eine Wahrheit. Somit kann der Mensch erst durchatmen, wenn er es zu etwas gebracht hat. Der Mensch muss sich das Innehalten verdienen. Im wahrsten Sinne des Wortes. Das Geld und damit der Wohlstand oder die Sehnsucht danach bestimmen unseren Lebensstil. Echtes Innehalten wird auf den Urlaub und auf das Alter verschoben. Die andere Zeit gilt dem Gelderwerb, der schon lange für viele Menschen mehr ist als Broterwerb. Gelderwerb ist zur Sinnstiftung geworden, nicht unbedingt die Arbeit selbst.

Ein von mir sehr geschätzter Mensch hat in dieser »Leistungszeit« (André Heller) seine Führungs- und Leitungsrolle frühzeitig beendet, sein Arbeiten ganz aufgehört und sich zur Ruhe gesetzt. Wie der Fischer begnügt er sich mit dem, was er hat. Dies ist eine Entscheidung, eine Trennung, geboren aus dem Innehalten. Der Mensch, der innehält, nimmt wahr, was geschieht, er denkt mit, er trifft eigenständige und bewusste Entscheidungen. Der Mensch wird achtsam, wach und lebendig.

So ist Wachstum nur eine Alternative, es gibt auch die Möglichkeit der Bescheidung, der Verlangsamung und der Verantwortung füreinander. Dies gilt sowohl für den persönlichen Bereich als auch für das gesellschaftliche Leben.

Eine Anregung:
Nehmen Sie wahr, wo Sie Ihr eigenes Leben ver-
langsamen möchten, und beginnen Sie mit einem
Schritt.

Beobachtungen

Das Kurze verflüchtigt.

Das Schnelle verläuft.

Das Hastige verfällt.

Das Geschäftige trügt.

Die Langeweile eilt.

Was lange weilt,

wird

endlich

gut.

Innehalten
und mediale Wirklichkeit

Soweit ich mich erinnern kann, habe ich 1958 in einem kleinen Gasthaus zum ersten Mal Fernsehen geschaut. Ich war sechs. Es war ein Schwarzweiß-Film über das neue Waldschwimmbad in unserer kleinen Stadt. Wir hatten zu Hause schon ein großes Radio mit der Möglichkeit, einen Schallplattenspieler anzuschließen. Der jedoch kam erst ein Jahr später. Meine Mutter erwarb beim Buchclub ein rotes Dualkoffergerät mit einem grauen Deckel oder umgekehrt, ich weiß es nicht mehr ganz genau. Beide standen nun in einem Unterbauschrank, und an den Plattenspieler kam ich nur, wenn ich mich auf den Boden legte, den Deckel abnahm und die Platte auflegte. Von Hand natürlich. Immerhin schaltete der Plattenspieler sich zumeist selbst ab oder die Platte lief endlos weiter und machte bei jeder Umdrehung klack, klack, klack.

Ein Klassenkamerad – vielmehr seine Eltern – besaßen schon einen Musikschrank mit eingebautem Radio und Lautsprecher. Während meine erste Platten »kosmos Vogelstimmen«, dann »Peter und der Wolf« und eine geschenkte Platte mit Peter Alexander (ich schämte mich) waren, liefen dort die aktuellen Hits, und ich erinnere mich sogar gut an Elvis. Dies muss etwa ab 1962 gewesen sein. Ein oder zwei Jahre später kaufte meine Mutter selbst einen Fernseher. Die Begründung war einfach: Ich war zum Vagabunden geworden und wanderte zu den Nachbarn und Freunden, um dort fernzusehen.

Im selben Jahr weckte mich tief in der Nacht meine Mutter. Ich war der einzige andere Mensch in unserem kleinen Haus. Sie war krank geworden und hatte wahrscheinlich Herzbeschwerden, die ihr so Angst machten, dass sie mich zum nächsten Telefon schickte. In unserer ganzen Straße gab es aber noch kein Telefon, erst recht keine öffentliche Telefonzelle. Vielleicht gab es diese schon an der Post, aber die war weit weg. Also ging ich in der Nacht zum Kollegen meiner Mutter, der ein Diensttelefon besaß und den Arzt anrief. Ein Telefon kam erst 1971 ins Haus, als ich wegzog.

Sie merken, es war eine andere Zeit. Sie war nicht besser, wie Sie am Beispiel mit dem Telefon merken. Sie war nicht gerade praktisch und bequem, wenn man eine Platte auflegen wollte; aber bei meiner Plattenauswahl war dies nicht so tragisch.

Ein paar Jahre später wurde ich selbst zum Fan der neuen Technikkultur. Ich jobbte ab 1967 für einen Hifi-Verstärker von Saba, einen Receiver von Dual, für gute große Heco-Boxen und für einen Schweizer Plattenspieler namens Lenco. Ich war in der Neuzeit angekommen und hatte meine eigenen Ansprüche. Ich kaufte die erste ECM-Platte, Jazz, fantastisch produziert. Der Sound war genial, und so ging es weiter. Die mediale Entwicklung hatte begonnen, und ich beteiligte mich früh. Ein erster Apple mit Laserdrucker löste den »alten« Schneider-Computer ab.

Diese ganze Entwicklung war und ist für mich sehr ambivalent, bis heute. Ich bin ein Teil davon, ich brauche und nutze sie im Büro und privat, und besonders was Musik betrifft, fasziniert sie mich. Und gleichzeitig erscheint diese Entwicklung grenzenlos, sie läuft mir davon und ich suche mein Maß. Heute ist mein iMac alt, und sicher wird etwas Neues kommen.

In gut 50 Jahren habe ich eine atemlose und sich fast jährlich überschlagende Entwicklung erlebt. Ich hatte und habe einen großen Nutzen davon, aber bedenklich wird es, wenn ich neue Geräte anschaffen muss, weil die alten nicht mehr kompatibel und damit überholt sind. Innehalten – beim Bewahren bleiben – geht in dieser Medienwelt nicht, sonst ist der Mensch abgehängt, fehlt ihm der Anschluss, ganz im doppelten Sinne.

Gleichsam dringen die Medien in die Rückzugsräume vor. Die Allgegenwart der Kopfhörer beim Wandern, Gehen, Laufen durch die Welt verhindert die Wahrnehmung der Mitwelt. Ich muss nicht nur mitrauchen, sondern mithören und mitsehen.

Lautstarke private Telefonate beteiligen mich an fremden Lebensgeschichten und Geschäftsgesprächen. Zeiten der Muße und des leisen Nichts werden zur Seltenheit.

Ich erinnere mich, einige Jahre vor 1984, wahrscheinlich war es 1974, an eine Tagung zu dem gleichnamigen Buch. Die Befürchtungen, die wir für die Zeit nach 1984 hatten, sind nichts gegen die heutigen Möglichkeiten der Überwachung. Wir unterlagen nur einem Irrtum, wir erwarteten politische Überwachung. Eingetreten ist etwas anderes. Wir werden wirtschaftlich mit all unseren Daten erfasst und sitzen als Konsumenten in einem Glaskasten, unterstützen dies mit Paybackkarten und, wie gerade veröffentlicht wurde, die Einkäufe werden mit Kreditkarten registriert und ausgewertet. Es ist vieles öffentlicher, überprüfbarer, vernetzter (manchmal durchaus sehr hilfreich) und enthemmter geworden.

Dieser Zustand ist und bleibt ambivalent. Die mediale Wirklichkeit erlaubt uns Individualität in einem ungeahnten Maße, denn wir können z.B. jeden Film und jede Musik hören. Wir sind ungeheuer informiert und immer erreichbar. Es kommt der Sehnsucht vieler Menschen entgegen, die Kontrolle über das eigene Leben und das Leben anderer zu haben. Was macht mein Mann, meine Frau gerade? Kommen die Kinder nach Hause? Wo sind sie jetzt?

Andererseits fehlt uns offene und kostbare, ja sinnlose und damit wirklich freie Zeit. Nur für uns – unerreichbar. Ich erinnere mich an die unkontrollierbaren Räume und Orte meiner Kinder- und Jugendzeit. Ich konnte nicht per Anruf nach Hause befohlen werden. Diese Freiheit gilt es heute mit all den medialen Errungenschaften wieder zu gewinnen. Wir brauchen eine Zeit, um gut zu leben, die uns Durchatmen ermöglicht, die zum bewussten Sein anhält und einlädt. Ein paar Schritte dazu will ich nennen.

❈ Ein erster Schritt:
   Wir müssen Gleichgültigkeit lernen. Franz Xaver Jans-Scheidegger lehrte mich, dieses Wort in seiner

Vielfalt zu entdecken. Es geht um das gleichermaßen Gültige. Die neue Medienwelt mit ihrer Bereicherung ist genauso gültig wie eine Zeit, die frei davon ist oder kaum von Medien begleitet wird. Wenn wir achtsame Gleichgültigkeit leben – nicht Teilnahmslosigkeit ist gemeint –, gewinnen wir diesen Raum der inneren und äußeren Freiheit.

❀ Ein zweiter Schritt:

Dies bedeutet Verzicht: Es bedarf Handy- und PC-freier Tage. Für manche Eltern und Chefs ist es heute unvorstellbar, dass ihre eigenen Eltern und ihre früheren Chefs nicht alles kontrollieren konnten, sondern Vertrauen hatten, vielleicht auch haben mussten. Manche Menschen wollen *alles* im Griff haben. Aber dies ist Gift für die Seele.

Neulich sah ich einen jungen Mann, der seine Freundin intensiv küsste. Dann klingelte das Handy. Er küsste weiter, ging ans Handy und widmete sich gleichzeitig diesem Kontakt. Multimedial der Junge, alles geht gleichzeitig. Wäre ich die junge Frau gewesen, dann hätte er Probleme bekommen. Hier geschah nichts. Es war schon Alltag.

❀ Ein dritter Schritt:

Es bedarf einer Veränderung der eigenen Haltung gegenüber der medialen Mitwelt. Es ist schon keine Umwelt mehr, die uns umgibt, sondern eine Eigenwelt, die uns bestimmen möchte. Wie oft sind Handys, Laptops, iPods, iPhones, Blackberrys etc. nicht Gebrauchsgegenstände, sondern Symbole des Status, des Konsums, der eigenen Gruppe, des Alters, des Wohlstandes.

Ich wünsche mir die neuen Medien als gute Gebrauchsgegenstände, denn Gebrauchsgegenstände werden an- und ausgemacht. Sie werden beherrscht und beherrschen nicht uns. Auch wegen dieser Abhängigkeiten, die wir, wie ich persönlich beschrieben habe, in wenigen Jahrzehnten aufgebaut und die die Welt grundlegender als alle Kriege verändert haben, bedarf es des Innehaltens.

Nur wenn wir spüren, was geschieht, können wir diese Prozesse mitgestalten und selbst verantworten. Deshalb freue ich mich an Menschen, die nicht immer erreichbar sind. Deshalb hoffe ich darauf, dass alle Generationen nach mir in der Lage sind, eine Zeit, einen Urlaub, einen schönen Abend und einen wunderbaren Tag ganz ohne die mediale Welt zu erleben. Deshalb liebe ich Gästezimmer ohne Fernseher. Deshalb hoffe ich auf Menschen, die sich trotz der medialen Angebote richtig langweilen und den Reichtum von Kontakten und Beziehungen schätzen und leben.

Eine Anregung:

Gönnen Sie sich internet- und handyfreie Tage. Schreiben Sie mal wieder handschriftlich eine Karte oder einen Brief.

Alltag

Innehalten
ist ein Atemholen
im Alltag.

Der Rhythmus des Lebens
entlässt dich nicht
aus der Verantwortung.

Die Verantwortung
ist so groß,
dass du sie nicht tragen kannst.

Die Verantwortung
ist so klein,
dass sie in deinen Händen ruht.

Das Schweigen trägt dich
im Alltäglichen,
im Großen,
im Kleinen.

Das Schweigen
behütet dich vor
Selbstüberschätzung.

Das Schweigen
führt dich über dich hinaus.
Innehalten
ist ein Atemholen
im Alltag.

Innehalten im Arbeitsalltag und in der Freizeit

Innehalten ist dem beruflichen Alltag nicht fremd:

❀ Ich sehe den Arzt vor mir, der das Röntgenbild anschaut, eine Weile die Augen schließt und noch einmal schaut.

❀ Ich erinnere mich an den Fliesenleger, der aufsteht und seine Arbeit stehend anschaut, nicht nur weil Knien mühsam ist. Er blickt versunken auf das gesamte Werk und verändert da ein wenig und dort ein wenig. Für mich waren diese Korrekturen unnötig, fast überflüssig. Für ihn geschieht ein Innehalten und eine Gesamtschau vor der Weiterarbeit. Es hatte etwas von leiser eigener Wertschätzung.

❀ Ich denke an die Krankenschwester, die vor dem Zimmer stehen bleibt, tief Luft holt, ausatmet, mehrmals durchatmet und dann entschlossen ins Zimmer tritt.

❀ Ich beobachte den Gärtner, der die Bäume schneidet. Er tritt zurück, betrachtet eine Weile den ganzen Baum, macht einen Augenblick gar nichts und beginnt dann mit dem Ausschneiden der Äste.

❀ Ich freue mich an dem Pfarrer, dem Meditation eher fremd geblieben ist, aber für den manche Zigarette draußen vor der Tür ein Innehalten, ein andächtiges Ritual ist.

Nun gibt es Arbeiten, vor allem unter Zeitdruck, wo das Innehalten nicht eingeplant ist. Es gibt vielleicht geregelte kleine Pausen zur Erholung. Aber aus den Beispielen wird deutlich: Innehalten ist mehr als eine Pause. Es ist ein nach innen und außen Schauen mit hoher Aufmerksamkeit. Der Arzt schaut vor dem Blick auf das Bild noch einmal nach innen, um mit hoher Wachheit die Aufnahmen zu erschließen.

Die Krankenschwester sammelt ihre Kraft, vielleicht auch ihr Mitgefühl, vielleicht stellt sie sich auch dem Schweren, dem Schmerzhaften der Situation.

Der Gärtner und der Fliesenleger sehen auf das Ganze und nehmen es wahr, sie nehmen das Bild auf und gestalten es weiter.

Innehalten ist also im Beruflichen eine Tugend. Eine Zeit, die nützt, die fördert und neue Impulse setzt. Dies gelingt, wenn die Arbeit sinnvoll ist und Freude macht. Ohne zu bestreiten, dass es entwürdigende und miese Arbeitsplätze gibt, kann fast jeder und jede von uns in seiner Arbeit einen Sinn finden und dieser Arbeit auch einen Sinn geben. Ein Haus zu putzen und Fenster zu streichen kann genauso befriedigend sein, wie ein Buch zu schreiben oder den PC zu beherrschen. Es ist eine Frage des eigenen Standpunktes und der eigenen Wertschätzung.

Michael Ende hat Beppo, dem Straßenkehrer, ein Denkmal gesetzt, der mit Innehalten Atemzug um Atemzug die Straße kehrt. Aus dem Kehren wurde eine Parabel für die Arbeit: Schaue nicht auf das Ende, schaue auf das, was du gerade tust, und mache es von Herzen, so gut du es heute kannst.

Im Verweilen entdeckt der Mensch auch seine Grenzen, seine eigene Unzulänglichkeit, seine Unvollkommenheit. Da verschiebt der Fliesenleger seine Platten noch ein wenig und der Pfarrer denkt vielleicht an den vergessenen Besuch, den er jetzt noch nachholen kann. Diese Aufmerksamkeit schenkt im Beruf die Möglichkeit, mit der eigenen Unvollkommenheit etwas Gutes zu machen. Selbst wenn wir auf einem Gebiet fast perfekt zu sein scheinen, es gibt keine Perfektion, allenfalls den Anspruch auf Perfektion. Der Anspruch auf Vollkommenheit ist dem Wesen des Menschen nicht gemäß. Der Mensch ist nicht perfekt und kann es auch nicht werden. Es wird immer menschliche Fehler und menschliches Versagen geben. Mit Abstand können wir dies erkennen, und erkennen heißt hier zu wissen, dass Unvollkommenheit zu unserem persönlichen Menschsein gehört.

Das Innehalten fördert unsere Arbeit. Wir können sie gut machen und müssen gleichzeitig nicht unwirklichen Ansprüchen hinterherlaufen. Fehler wird es immer geben, und dies macht all die Errungenschaften fragwürdig, die menschliche Fehler, Irrtümer und Versagen nicht verzeihen. Dieser Wahrheit ins Gesicht sehen und tun, was möglich ist, das weist auf ein zufriedenes Arbeitsleben und eine gelassene Arbeitshaltung hin. Wie kommt der Mensch dazu? Der Weg und das Ziel sind eins: Immer wieder innehalten in den alltäglichen Prozessen. Da hier Weg und Ziel sich entsprechen und Innehalten durch Innehalten gelernt wird, kann dies im beruflichen Bereich erworben werden.

Zum Arbeitsleben gehören noch andere Ergebnisse, die das Innehalten schenkt.

Zum einen: Wer den Überblick behält, ist im Endeffekt besser und meist auch schneller als der, der durcharbeitet. Die Weisheit »Hast du es eilig, arbeite langsamer« schützt vor der Hast und der Schnelligkeit, die das Wesentliche übersehen. Hast erhöht die Fehlerquote, überschaubares gelassenes Arbeiten senkt sie. Insofern müsste jeder Arbeitgeber das Innehalten vermitteln und in der Stellenbeschreibung einfordern.

Zum anderen: Wer innehält, ist kreativer und findet leichter neue Lösungen. Neue Lösungen und Kreativität entstehen meist nicht am Schreibtisch, sondern sie sind oft eine Erkenntnis im Augenblick, der nicht vorhersehbar ist.

Bei mir gibt es zwei Momente, in denen ich schwerpunktmäßig für Neues offen bin oder bei denen mir Überraschendes einfällt. Beide Möglichkeiten scheinen sich zu widersprechen und haben doch etwas gemeinsam: Einmal geschieht dies in Phasen, wo eigentlich nichts mehr geht und ich ausgelaugt bin. Obwohl ich eigentlich für neue Ideen nicht mehr offen bin, ist plötzlich, ohne jede Absicht, eine Geschichte, eine Methode oder eine Lösung geboren. Dies passiert immer wieder einmal.

Die andere Möglichkeit, die öfter zu obigen Ergebnissen führt, ist Innehalten und Nichtstun. Manches wächst dabei wie die Pilze in unserem Garten über Nacht. Anderes gedeiht wie ein langer Prozess, eine Ahnung ist vorhanden und erwacht.

Es war erstaunlich: Als ich mich mit anderen darüber austauschte, kannten sie ebenfalls beide Phänomene, die Kreativität freisetzen. Wir waren uns bei beiden Möglichkeiten einig, dass die Freisetzung von Kreativität und das Entdecken von Lösungen nicht machbar sind, sondern uns im Arbeitsprozess erst dann zufallen, wenn wir in der Situation wirklich nichts erzwingen wollen. Dies zeigt: Innehalten ist für das ganze Leben und gerade auch im Beruf fruchtbar. Letzteres sollte nicht der einzige Grund zum Innehalten sein, aber es ist ein guter Grund.

Ein anderer Punkt, der das Innehalten eher verhindert, ist das Streben nach Anerkennung. Für Anerkennung opfern wir fast alles, und sie ist eine der stärksten Triebfedern, ein echter Antreiber.

Ich bin so aufgewachsen, dass mich Anerkennung motivierte. Wenn ich eine gute Leistung erbrachte, wurde ich belohnt. Ich erinnere mich sehr gut, wann dieses Prinzip bei mir zum ersten Mal erfolgreich war. Ich sagte im Kindergartenalter »Sokolade« statt »Schokolade«. Ich lag an einem Sonntagmorgen bei meiner Mutter im Bett und sie versuchte mir vergebens das Wort Schokolade beizubringen. Nichts half. Dann versprach sie mir eine ganze Tafel Schokolade, wenn ich Schokolade drei Mal hintereinander richtig aussprräche. Ich glaube, dass mir dies fast sofort gelang. So habe ich das erste Mal im Leben mit vier oder fünf Jahren eine eigene ganze Tafel Schokolade bekommen. Ich war stolz auf meine Leistung und die Belohnung.

Ich erzähle dieses Beispiel, weil wir gerade als Kind vieles tun, um Anerkennung zu erhalten. Wir zahlen einen inneren persönlichen Preis, und dies setzt sich im ganzen Leben fort. Gerade auch im Beruf. Wir brauchen Anerkennung, aber wir brauchen viel mehr als Anerkennung im Leben: Wir brauchen das Geschenk der Liebe und des Vertrauens. Deshalb bedarf es einer Zeit des Innehaltens, gerade dann, wenn der Beruf viel abverlangt, hohe Anforderungen gestellt werden und die Zeit knapp ist. Es ist verrückt: Gerade wenn wir das Innehalten brauchen, ist es am schwersten. Uns fehlt die Kraft zum Atemholen, obwohl das Innehalten Kraft schenken könnte. Auch wenn wir dies wissen, bedarf es Bewusstheit und Anstrengung, nicht in einen Kreislauf ohne Innehalten zu geraten.

Wenn es den Menschen schwerfällt, das Innehalten in den Beruf zu integrieren, möchten sie wenigstens in der Freizeit Ruhe haben und in der Freizeit bei sich ankommen. Doch auch dies fällt gar nicht leicht, und es ist durchaus einsichtig: Wer im Beruf nicht innehält, wird dies kaum in der Freizeit oder im Urlaub tun können. Der Mensch neigt dazu, seine Freizeit und damit seinen Urlaub mit der gleichen Haltung zu gestalten wie sein Arbeitsleben. Schon Untersuchungen aus der Erforschung des Freizeitverhaltens in den Siebzigerjahren zeigen, dass das Freizeitverhalten oft eine Fortsetzung der Arbeit mit anderen Mitteln ist. Wer durch die Arbeit hastet, hastet auch mit vollem Terminkalender durch die freie Zeit. Wer unentwegt im Dienste »macht«, macht auch in der Freizeit. Wer im Arbeitsleben nicht innehalten kann, wird dies auch kaum außerhalb tun. Und umgekehrt gilt dies leider auch.

Entsprechendes gilt auch im Urlaub. Neulich sagte ein Mann in meinem Alter zu mir:

»Ich darf im Urlaub jetzt nicht herunterfahren, sonst komme ich nicht mehr hoch. Mir fehlt sonst nachher die Energie.« Mir kam dies so vor wie ein Auto, das noch auf zwei von vier Zylindern läuft und dessen Fahrer Angst hat, dass es beim Ausschalten nicht mehr anspringt. Die Angst ist berechtigt, doch noch größer müsste die Angst sein, dass das Auto ganz kaputt geht.

Mir erging es im letzten Sommer im Urlaub anders. Er wurde ein besonderes Lernfeld des Innehaltens. Wir hatten in Schweden ein Haus mit Kompostklo im Hof und ohne Dusche zur Verfügung gestellt bekommen. Ich war skeptisch. Aber wenn Michel aus Lönneberga so leben kann, kann ich dies auch – dachte ich zumindest. Wir fuhren gemütlich nach Schweden, benutzten in der Nacht die Fähre zur Überfahrt und gelangten von Café zu Café – immer wieder anhaltend – zu dem Haus.

Wir fanden es nicht auf Anhieb, standen dann vor einem Haus in einem Garten. Das Dach war mit Planen abgedeckt, und ich erstarrte. Gott sei Dank ging der Gartenweg weiter, erst dahinter kam unser eigentliches Haus – wunderschön einfach. Aber es gab ein neues Problem: Der alte VW-Bus mit dem Kanadier auf dem Dach schaffte von der Höhe und Breite her gerade die Anfahrt und war nicht mehr zu wenden. Die Rückwärtsfahrt ging nur ohne Kanadier, da die Äste lediglich bereit waren, in eine Richtung nachzugeben. Und der Kanadier war nicht zur Seite abzuheben, denn es war kein Platz. Die Kurven rückwärts waren sehr schmal und mit spitzen Steinen in den Mauern versehen. Ich hatte das Gefühl, festgefahren zu sein. Der Wagen war festgefahren und ich selbst auch.

Mein Erstarren verwandelte sich in ein Versteinern, und ich merkte, dass ich die Luft anhielt. Sollte und wollte ich hier Urlaub machen, wenn ich jemals mit dem Auto herauskam?

Ich hielt inne, diesmal gezwungenermaßen. Das Innehalten veränderte meine Sicht, löste die Erstarrung, und ich ging erst einmal ins Haus. Es war sehr persönlich und liebevoll eingerichtet. Das Kompostklo roch tatsächlich nicht, und die Sonne fiel durch die Bäume und spielte auf dem Grasboden. Leichter Wind ließ die Blätter rauschen. Anschließend konnte ich mich auf die Parksituation wieder einlassen und sie gestalten. Dies lag am Innehalten. Ich spürte mich wieder, ich spürte die Umgebung, ich konnte wieder kommunizieren, ich konnte Entscheidungen fällen und sinnvolle Kompromisse schließen. Wie die aussahen? Ich habe eine längere Pause gemacht, alles ausgepackt und für 80 Meter 40 Minuten und viele Anläufe gebraucht, um den Bus wieder flottzukriegen. Danach bin ich nie wieder ans Haus gefahren, und es begann ein Urlaub mit vielen gewünschten, überraschenden und nicht gewollten Aspekten des Innehaltens. Sie sind zwischen den Zeilen des Buches und in mancher Zeile des Buches enthalten. Und das Schönste: Der Urlaub war durch die neuen Erfahrungen des Innehaltens – gefühlt – sehr viel länger. Ich fand zur Muße zurück und möchte Sie auch einladen, Muße im Urlaub zu suchen und sich von ihr finden zu lassen. Vielleicht gönnen Ssie sich noch einmal das entsprechende Kapitel.

Wem Abspannen und Mußefinden im Urlaub nicht gelingt, sollte der oder die nicht doch im Beruf anfangen? Vielleicht. Gerade das Berufsleben mit seinen Forderungen und Überforderungen kann eine Motivation für das Innehalten werden. Es nutzt dem Menschen in seiner Arbeit und fördert die Ergebnisse seiner Arbeit. Es entstehen Freude und Zufriedenheit. Es wächst der Überblick, und Fehler werden geringer. Erstaunlicherweise geht es dabei weniger um große einmalige Zeiten des Innehaltens, sondern das regelmäßige, fast schon routinierte kurze Innehalten trägt hier Früchte.

Eine Anregung:
Schenken Sie sich kontinuierliches Innehalten im Beruf und verwirklichen Sie dies langsam Schritt für Schritt.

Das Kind

Das Kind
mit fünf Jahren
stellt fest.

Jetzt kann ich
sprechen
schnell laufen
Fahrrad fahren
schwimmen
Nudeln kochen
den Tisch decken
abräumen
das Tor treffen

Ich muss

noch

Flöte spielen

in die Schule gehen

schreiben können

rechnen lernen

lesen

selbst über die Straße kommen

meinen Rucksack packen

alleine einschlafen

schneller werden

größer werden

pünktlich sein

und

das Kind wird

erwachsen werden

es wird

müssen,

was es nicht ist,

es wird

wie wir

nicht

mehr,

aber weniger

sich

selbst

sein

Innehalten,
heil werden,
Kraft schöpfen

Seit Jahren treffe ich ab und zu einen Mann, der von einer großen Sehnsucht durchdrungen ist: Er will heil werden, erfüllt leben und sich selbst nicht bemitleiden. Von außen gesehen ist alles in Ordnung und er ist das, was man erfolgreich nennt. Die Familie und die Beziehungen stimmen wirklich, es gibt keinen Grund zur Klage. Aber er ist nicht zufrieden, lebt nicht mit sich in Frieden. Er ist gesund und hat nur überschaubare Wehwehchen. Alles könnte gut sein, aber er sucht etwas, was er nicht hat. Er hat ein inneres Bild von sich, das nicht heil ist, das Sprünge, Risse, Verletzungen und Wunden hat. Er vermisst etwas und er spürt sehr genau, dass seine Lebensgeschichte mit diesen Empfindungen verbunden ist. Er kennt sich und kann doch nicht aus seiner Haut. Seine große Sehnsucht bleibt. Ihn treibt, wie manch andere Menschen auch, die große Frage: Wie kann ich heil werden und meinen Frieden finden? Dabei ist er in einer guten Lage. Er ist gesund und hat keine großen Sorgen. Andere Menschen mit derselben Sehnsucht sind vielleicht auch noch krank, sorgen sich um ihren Arbeitsplatz und haben wenig Geld.

Dieses Heilwerden ist mehr als Gesundheit, hat mit Geld oder Vermögen wenig zu tun, sondern meint eine andere Dimension des Lebens. Heil werden und heilsam leben haben sicherlich eine spirituelle Tiefendimension, und mancher Zeitgenosse wird sagen, dass Heilwerden letztlich nur im Vertrauen zum Urgrund allen Lebens, also zum Göttlichen, zu finden ist. Aber jede Treppe hat eine erste Stufe, und bevor wir auf die letzten Stufen treten, ist es gut, die anderen Stufen beschritten zu haben.

Schauen wir uns einige Stufen des Heilwerdens an:

❀ Jede Persönlichkeit ist so einzigartig, dass sie nur auf ihre Art und Weise heilsamer leben kann. Dem einen Menschen fällt Heilwerden scheinbar zu, der andere erarbeitet es sich hart und kontinuierlich. Niemand ist das Maß des anderen.

❀ Habe Respekt vor dir und deinem Leben!

❀ Werde dankbar für alles was du im Leben ernten kannst! Vergiss nicht, du selbst erntest die Früchte deines Lebens. Wer sonst?

❀ Vergiss, was Heilwerden ist, und werde heil. Lasse deine Vorstellungen davon hinter dir.

❀ Heilwerden geschieht *mit* den Verletzungen, Verwundungen und den Narben des Lebens. Die Vergangenheit ist nie zu ändern, aber deine Haltung, deine Bindung und Verhaftung an Vergangenes. Vergangenes gehört zu dir, aber es bewertet dich nicht. (Dies ist eine schwierige Stufe, und diese Stufe muss immer wieder gegangen werden.)

❀ Sieh die Lichter und Stärkungen auf deinem Weg und würdige sie. Sieh das Heilsame in deinem Leben.

❀ Heilwerden ist nicht abgeschlossen, sondern ein Prozess, ein Weg.

❀ Warte nicht auf Erlösung, sie ist schon lange da. Löse dich von dem, was deinem Frieden im Wege steht. Wie macht man das? Nimm dich nicht so wichtig. Aber nimm dich ernst.

❀ Gib mehr, als du empfängst, und empfange mehr, als du gibst, dies schenkt dir Kraft.

❀ Lebe deine Freude und erlebe deine Traurigkeiten.
Spüre, wenn du traurig bist, und gib der Trauer
Raum. Die eigene durchlebte Trauer um Verlust,
Verpasstes, Schmerzendes … öffnet dich neu für
das Leben.

Alle diese Stufen kann nur derjenige gehen, der das
Heilsame – als Sehnsucht – sehen kann und sehen will.
Dies bedarf des Innehaltens. Bleiben wir bei dem Beispiel der Stufen einer großen Treppe und stellen uns
das Leben als eine lange Treppe mit steilen Passagen,
ruhigen flachen und langgezogenen Abschnitten vor.
Es ist nicht sinnvoll, eine Treppe hinaufzugehen, ohne
Ruhephasen einzulegen. Diese Ruhephasen dienen
dem Schauen in die Weite, der Rückschau auf die ge-
gangenen Stufen, der Erholung und des Kraftschöp-
fens, der Vergewisserung des Weges, dem Staunen über
das Geschenkte, der Veränderung und der Entscheidung, wie ich meinen Weg fortsetze. Denn wer sagt,
dass ein Weg – und sei es eine Treppe – nur eine Möglichkeit bietet? Jeder Zeitraum hat etwas Eigenes und
seinen eigenen Wert.

Heilwerden bedeutet, auch auf dem Lebensweg die
Richtung mehr oder weniger zu ändern, eventuelles
Unheil hinter sich zu lassen, Akzeptanz der Lebensgeschichte und den Mut zu Veränderungen. Das Innehalten kann diese Lebensphasen unterstützen und macht

das Zufriedenwerden erst möglich. Der Mensch kommt durch das Anhalten, Sich-Öffnen und Sich-Wahrnehmen zur Besinnung. Er hört auf, besinnungslos zu leben, und stellt sich seiner eigenen und ursprünglichen Lebensaufgabe. Dies ist nicht unbedingt einfach, aber es schenkt Zufriedenheit. Zufriedenheit ist auch ein Zeichen dafür, seine eigene Aufgabe gefunden zu haben.

Während die Dankbarkeit uns die heilsamen Aspekte verdeutlicht, ist die Trauer eine besondere Zeit und Form des Innehaltens, nach meiner Ansicht die allertiefste und persönlichste. Aus ihr erwächst Heilwerden.

»Wie finde ich aus der Verstockung heraus?«, fragte mich eine Frau. »Ich bin verhärtet, verstockt und unverletzlich kalt. Ich will aber nicht so weiterleben. Ich will lebendig sein!« Es entspann sich ein Gespräch.

»Welches Gefühl steht hinter der Verhärtung, der Verstockung und der Unverletzlichkeit?«

»Schmerz, Enttäuschung, Betrug«, schrie sie mir entgegen.

»Und welches Gefühl liegt dahinter?«

Langes Schweigen entstand, der Atem wurde erst heftiger, dann ruhiger; dann kamen einige Seufzer, leises stilles Weinen setzte ein, das allmählich heftiger wurde.

Und nach langer Zeit zwei Worte: Trauer, Traurigkeit.

Und irgendwo zwischen den Worten ein scheues stilles Lächeln.

Diese Frau ließ ihre Traurigkeit zu und gewann aus der Trauer neue Kraft. Kraft schöpfen ist eine der Früchte des Innehaltens und geschieht auf dem Weg des Heilwerdens. Sicherlich sind viel Bewegung, körperliche Arbeit und Sport ein gutes Training des Menschen, aber Kraft schöpfen ist mehr als eine körperliche Übung. Auch unser Herz, damit unsere Seele und unser Verstand wollen Energie aufnehmen. Dies geschieht besonders, wenn sie zur intensiven Ruhe finden und in Frieden gelassen werden.

So bleibt eine Anregung:
Gönnen Sie sich echte Zeiten des Anhaltens – der Pause, um nicht besinnungslos zu leben. Kommen Sie zur Besinnung.

Innehalten, Stille und Schweigen

Stille ist ein ruhiges Strömen des verborgenen
Lebens.   *Romano Guardini*

Der Mensch sucht die Stille und sogar das Schweigen als Ausgleich, als Raum, der das Zur-Ruhe-Kommen fördert und den Menschen herausnimmt aus Lärm, Berieselung und zu vielen Worten. Stille klingt in Liedern an, findet in Gedichten ihren Platz, und es gibt Jahreszeiten, wie Advent und Weihnachten, die mit Stille verbunden werden. Der Mensch träumt von stillen Zeiten und wünscht sich stille Orte. Gleichsam ist es tagtäglich für viele Menschen schwer, überhaupt ein paar Minuten Stille zu finden. Der Wunsch nach Stille ist viel größer als die Verwirklichung. Und die Vorstellung von Stille ist unterschiedlich.

- ❀ Ist es die absolute Lautlosigkeit? – Sie gibt es nicht, außer in bestimmten Versuchen.
- ❀ Ist es still sein? – Im Sinne von brav sein hat dies nichts mit Stille zu tun.
- ❀ Ist es zur Ruhe kommen? – Dies kommt dem schon näher.
- ❀ Ist es der Augenblick, in dem ich höre, was mich umgibt, und ganz bei mir bin? – Ja, dies ist ein guter Augenblick, in dem Stille sich entfalten kann.

- ❀ Ist Stille …?

Gehen Sie dieser Frage in Ruhe einmal nach. – Holen Sie sich einen Kaffee, einen Tee, ein Glas Wein oder Bier.

Gibt es Stille für Sie persönlich oder ist dies mehr ein Wunsch, eine Sehnsucht?

Stille beschreibt zuallererst einen Erfahrungsraum, einen der wichtigen Erfahrungsräume des Lebens. In ihm kann der Mensch sich begegnen. Hier schließt sich der Kreis zum ersten Kapitel. Dort habe ich beschrieben, dass Innehalten zur Begegnung mit sich selbst führt. Wenn Stille und Innehalten nun beide zur Begegnung mit der eigenen Person einladen, müssten sie beide zusammen dann nicht Besonderes bewirken? Genau so ist es. Stille und Innehalten ergänzen und bereichern sich und sind doch nicht gleich.

Es gibt eine Stille in uns und eine Stille außerhalb von uns. Es kann außerhalb von uns ruhig, leise, ja ganz still sein – und innerlich ist alles aufgewühlt, unruhig, und die Gedanken und Gefühle überschlagen sich. Auch das Gegenteil ist möglich: In der äußeren Umgebung ist es laut, herrschen sogar Krach und Ablenkung vor, und der Mensch erfährt tiefe Stille in sich. Manchmal fallen diese beiden Stilleebenen zusammen. Die äußere Stille fördert dann die innere Stille, und der Mensch erlebt diesen besonderen Erfahrungsraum. Hält der Mensch dann noch inne, kann eine tiefe Begegnung mit sich stattfinden und darüber hinaus mit der Schöpfung und auch mit dem Spirituellen. Dieses Thema vertiefe ich im letzten Kapitel.

Nun machen Menschen die Erfahrung der Stille an unterschiedlichen Orten. Bei Seminaren frage ich immer wieder, wo Menschen Stille erleben. Die meisten erfahren Stille in der Natur beziehungsweise verbunden mit der Natur – sei es am Meer oder auf einem Berg, bei einer Rast auf einer Wanderung, beim Tauchen oder wenn die Schneeflocken fallen. Andere Menschen finden Stille an besonderen Orten und in besonderen Räumen. Manche Kirchen oder Museen in einer Stadt lassen die Geräusche der Umgebung in ihrem Inneren hinter sich und strahlen in ihrer Atmosphäre Ruhe aus. Diese Ruhe öffnet den Menschen und lässt ihn verweilen. Der Mensch beginnt innezuhalten. Die anderen Orte reichen von dem Haus, in dem alle in der Frühe noch schlafen, dem Gang über den Friedhof bis zum Bett und dem stillen Örtchen, an dem niemand Eintritt hat. Manchmal, aber gar nicht so oft, werden spirituell geprägte Möglichkeiten genannt, wie das Gebet oder die Meditation.

Ich habe als junger Mensch die Stille in der Natur entdeckt, unser stilles Haus war mir oft zu still. Zwischen meinem elften und 16. Lebensjahr war ich viel auf Zeltfreizeiten. Diese Sommerzeiten habe ich genossen, sie waren ursprünglich, naturverbunden und mit Phasen des Alleinseins in der Stille verbunden. Diese stillen Zeiten haben mich mehr geprägt, als ich dachte. Ich habe ein Bild in mir, dessen Atmosphäre mir bis heute guttut: Ich sitze an einem Berghang, Buchenzweige über mir, der Bach plätschert zwanzig Meter tiefer, die Sonne spielt mit den Blättern und dem leichten Wind, der Waldboden riecht satt und angenehm. Ich sitze da mit einer Bibelstelle, die ich in der Stillen Zeit wirken lassen soll. Ich weiß nichts mehr über die Bibelstelle, aber diese Atmosphäre ist mir gegenwärtig. Diese Atmosphäre hat ihren eigenen Wert und bewahrt auch die nicht mehr bewussten Inhalte. Ich habe in der Stille gelernt, mit mir alleine zu sein, sei es bei Nachtwanderungen, auf denen wir längere Strecken alleine gingen, oder am Lagerfeuer zur Nachtwache.

Ich betone in diesem Kapitel, dass Stille ein Erfahrungsraum ist, also ein offener Raum, in dem der Mensch seine eigenen Erfahrungen macht. Der Mensch begegnet sich selbst, wenn er sich der Stille aussetzt und sich wirklich auf sie einlässt. Aber diese Stille führt ihn auch über sich hinaus, er kann in dieser Stille von sich selbst absehen und seine Wahrnehmung auf geistliche Zusammenhänge richten. Mir ist das Wort »kann« hierbei wichtig. In der Stille »muss« der Mensch sich nicht entwickeln oder »wird« er gar spirituelle Erlebnisse haben. Vielmehr wird er in der Stille Erfahrungen machen, die er nicht im Griff hat.

Wenn ich von einem Erfahrungsraum spreche, bedeutet dies, dass sich der Mensch sehr unterschiedlich wahrnehmen kann: Es gibt Menschen, die in der Stille nicht ruhig werden, sondern nur kribbelig und noch unruhiger. Das Innehalten in der Stille löst bei ihnen Ängste aus. Andere Menschen werden in der Stille von Gedanken und Bildern überschwemmt, sie können diese Flut kaum ertragen. Wiederum andere geben sich ihren Emotionen hin. Die einen schwelgen in Euphorie und Phänomenen; die anderen erschrecken, wenn frühere Emotionen und vergangene Gefühle sich verdeutlichen. Glücklicherweise gibt es auch Menschen, die in der Stille ihren inneren Frieden finden und das Innehalten schätzen lernen. Meist geschieht dies aber nicht einfach so in der Stille, sondern in der Stille findet der Mensch eine Übung, die zu innerem Frieden, zur Ausgeglichenheit und zur Gelassenheit führt.

Was soll eine Übung in der Stille?

Natürlich kann der Mensch sich der Stille pur aussetzen, für kurze Zeit ist dies meist unproblematisch. Setzt man sich längere Zeit der Stille aus, begegnet man sich mit all seinen Lebenserfahrungen, begegnet Licht und Schatten, Freude und Schmerz, Vergessenem und Bewusstem, gelösten und ungelösten Situationen des Lebens. Dies ist eine Chance, kann aber auch zur Krise werden. Deshalb ist es durchaus sinnvoll, mit einer Übung in die Stille zu gehen. Wir brauchen in der Stille so etwas wie ein Geländer, eine Orientierung, einen Halt, um sich nicht der Stille besinnungslos auszuliefern. Stille kann heilsam sein, aber auch verwirrend.

Wenn Stille und Schweigen einem Menschen guttun, muss dies anderen nicht genauso gehen. Sie tragen eventuell die Sehnsucht nach Stille in sich und brauchen doch für die Stille eine Orientierung und einen Halt.

In der Stille erwachsen oftmals Übungen aus der Situation. So geschieht es, dass sich unwillkürlich in der Stille auf dem Berg oder am Meer eine Übung einstellt. Einer lässt z.B. den Blick in die Ferne schweifen und verweilt im Blick. Ein anderer schaut die Welt. Der Schauende erlebt eine intensive meditative Bildbetrachtung, die nicht gewollt, geplant oder bewusst sein muss. So verweilt er manchmal eine längere Zeit und lässt Raum und Zeit hinter sich. Dies hat Folgen. Der Atem wird langsamer, ebenso der Herzschlag.

Oder: Manche Menschen singen in der Stille einen Liedvers vor sich her, andere erinnern sich an Gedichtzeilen.

Oder: In einer Kirche oder in der Natur setzt sich der Mensch auf eine Bank und schließt die Augen. Er atmet die Atmosphäre ein und überlässt sich der Atmosphäre, die sich aus Gerüchen, Bildern, Stille und in Räumen auch durch die Prägung der Menschen, die hier lachten und weinten, verdichtet.

Allerdings kann dazu auch eine Übung, z.B. eine Meditationspraxis, bewusst gesucht und eingeübt werden.

Ich merke im Älterwerden, dass auch mir die Stille nicht immer leichtfällt. Ich kehre zu den Ursprungsthemen des Lebens zurück, und die Stille verdeutlicht mir diese. Meine Endlichkeit wird mir bewusst, Abschiede berühren mich tief, geboren werden und sterben liegen noch dichter zusammen, als ich eh schon ahnte, Rührung und Berührung erfassen mich. Geborgenheit und Vertrauen, Hingabe und Aufgabe – beides im mehrfachen Sinne sind meine Übung des Lebens. Gleichsam spüre ich gerührt in der Stille, dass auch Liebe eine Übung ist. Sie bedarf der Entwicklung, der Auseinandersetzung, der Vergewisserung oder einfach der Liebe. Ja, Liebe bedarf der Liebe.

Um dies kontinuierlich zu spüren, brauche ich die Stille und das Schweigen zum Innehalten. Nur wenn meine Gedanken, mein Tun, meine Fantasien ganz innehalten, nehme ich wahr, was mich trägt, was noch wichtig und wesentlich ist, was ich in meinem Leben noch säen will und ernten möchte.

Eine Anregung
Nehmen Sie sich ab und zu »Stille Zeit« im Leben. Vertiefen Sie Ihr Innehalten durch eine Zeit der Stille oder eine Woche des Schweigens, z. B. in Taizé, in einem Haus der Stille oder einem Kloster.

Wenn der Mensch

Wenn der Mensch in der Übung
der inneren Einkehr steht,
hat das menschliche Ich
für sich selbst nichts.
Das Ich hätte gerne etwas
und wüsste gerne etwas
und es wollte gerne etwas.
Bis dieses »dreifache« Etwas
in ihm stirbt,
kommt es dem Menschen
gar sauer an.
Das geht nicht an einem Tag
und auch nicht in kurzer Zeit.
Sondern man muss sich hineinzwängen
und sich daran gewöhnen
mit emsigem Fleiß.
Man muss dabei aushalten,
dann wird es
zuletzt leicht und lustvoll.

Johannes Tauler

Innehalten
und Spiritualität

Erst das Schweigen tut das Ohr auf für den inneren
Ton in allen Dingen. *Romano Guardini*

Innehalten ist ein Wesensmerkmal der Spiritualität. In
dem Schöpfungsbericht der Bibel vollendet Gott sein
Werk und ruht sich am siebten Tag von seinem Werk
aus. Dieser Schöpfungsbericht ist kein wissenschaft-
licher Bericht über die Entstehung der Erde und des
Lebens, sondern ein Text mit vielen Zwischentönen
und Grundlagen für den Umgang mit der Schöpfung.
Die Schöpfung wird dem Menschen anvertraut und
seiner Verantwortung, nicht seiner Ausnutzung, über-

geben. Betrachten wir diesen Schöpfungsbericht als eine Bilderfolge des Werdens und des Prozesses des Wachsens, dann ist es überraschend, dass Gott am vorläufigen Ende dieses Prozesses ruht.

Nun haben die Menschen sehr unterschiedliche Gottesvorstellungen und Gottesbilder in sich, die alle einen Versuch darstellen, das Göttliche in Bilder zu fassen, wo Worte nicht mehr ausreichen. Neulich sprach eine Frau von Gott als dem namenlosen Du; ein Kind nannte Gott die Kraft, die in mir ist. In der jüdischen Tradition erleben wir Gott paradox, der Name soll nicht genannt und sich kein Bild von ihm gemacht werden. Gleichsam gibt es viele Namen und Bilder in der Bibel, die Gott umschreiben, z.B. Gott ist wie ein Vater, eine Mutter, ein Hirte, ein König, ein Kind. Wenn ich von Gott spreche, spreche ich vom Urgrund allen Lebens, der mein Sein und das Sein der Schöpfung bewirkt. Dies ist kein alter Mann mit Bart, noch eine Urmutter, sondern Grund meines Seins.

Dies sind alles Aussagen über Gott, die das Unfassbare in Worten und Bildern vermitteln wollen. Mir persönlich sind Aussagen, wie: »Gott ist Liebe«, hilfreich. Sie verleiten nicht dazu, sich Gott als Person vorzustellen, und gleichsam ist Liebe sehr persönlich, sehr intim. Zu Liebe kann ich als Mensch eine Beziehung haben und sie leben. Dieser Urgrund allen Lebens ruht sich nun aus. Hält inne. Ein Siebtel seiner Zeit ruht Gott. Ein starkes Bild, eine Herausforderung für den Menschen. Gott hält es für selbstverständlich, innezuhalten, Gott gönnt sich dies und macht nichts.

In der Schöpfungsgeschichte wird der Mensch als das »Ebenbild«, als das Gegenüber, als Partner und Partnerin Gottes gewürdigt. Jeder Mensch bezieht seine Würde aus dieser Ebenbildlichkeit, die an gar nichts gekoppelt ist und keine Voraussetzungen hat. Nun wäre es doch zu erwarten, dass der Mensch sich genauso über den freien Tag, einen Tag des Innehaltens, freut. Doch so einfach ist es nicht. Der Mensch braucht anscheinend klare Regeln und manchmal auch Vorschriften. Die Freude über einen Tag des Innehaltens reicht nicht. Der Mensch würde freiwillig oder gezwungenermaßen weiterarbeiten.

Immer wieder erleben wir es, dass der Sonntag hinterfragt wird, in Frage gestellt wird oder abgeschafft werden soll. Meist folgt als Begründung: In der Freizeitgesellschaft kann jeder und jede sich einen freien Tag nehmen, wann er oder sie will. Alternativ wird auf die Auslastung der Maschinen und anderer Arbeitsmittel verwiesen. Abgesehen davon, dass es diese Flexibilität schon lange gibt, wo es, wie in Krankenhäusern, notwendig ist, wird dem Menschen das Innehalten und seine Erinnerung an die Notwendigkeit des Innehaltens genommen. Der Sonntag ist nicht nur ein freier Tag, sondern erinnert auch an die Notwendigkeit eines solchen Tages. Dass in der heutigen Wirklichkeit dieser Tag oft nicht zum Innehalten benutzt wird, ist genauso wahr wie die Tatsache, dass dieser Tag für ein heilsames und gesundes Leben nötig ist.

Die biblische Tradition ist so weise und lässt erst einmal Gott ruhen. Der Mensch wird nicht zum Innehalten angehalten, sondern Gott ruht aus. Gott legt einen Urlaubstag ein. Damit wird das Innehalten über den Menschen hinaus legitimiert, Gott ist vorbildlich. Der Mensch muss sich nicht für den freien Tag rechtfertigen, sondern der freie Tag ist ein Wesensmerkmal des Seins, allen Seins. Der Mensch hat mit dem Sonntag ein Ritual, das einmal in der Woche das Innehalten vergegenwärtigt. Damit schafft die jüdisch-christliche Spiritualität mit dem Sabbat bzw. dem Sonntag ein Menschenrecht auf das Innehalten.

Gleichsam hat das Innehalten eine spirituelle Seite: In der Stille wird das Innehalten vertieft, und der Mensch begegnet sich. Bei dieser Begegnung mit sich selbst bleibt der Mensch im Innehalten aber nicht stehen. Indem der Mensch sich öffnet, öffnet er sich auch für das Göttliche. Sobald Menschen ihre Gottesvorstellungen und ihre Gottesvorurteile hinter sich lassen, kann das Innehalten dazu führen, dass sie spüren: Gott ist da.

Gott umgibt mich mit seiner Gegenwart, und je gegenwärtiger ich als Mensch bin, desto mehr nehme ich diese Gegenwart wahr.

Mir persönlich ist das Innehalten wichtig, weil ich mich im Innehalten vier Ebenen meines Seins öffne.
Ich öffne mich
– der göttlichen Wirklichkeit,
– mir selbst,
– anderen Menschen und mit ihnen
– allem anderen was lebt und gedeiht.

Eine besondere Erfahrung des Innehaltens waren für mich die ganz unterschiedlichen Geburten unserer drei mittlerweile erwachsenen Töchter. Ich habe jede Geburt anders erlebt, und doch hat jede mich innerlich bewegt und mich an einem Schöpfungsprozess beteiligt, der weit über mich hinausging. Neues Leben kam in diese Welt, an dem ich als Vater zwar einerseits beteiligt war, andererseits aber dann die Geburt abwartend, etwas helfend und passiv erlebte. Ich war da, und dies war alles, was ich (bei anderen mag dies anders sein) tun konnte. Ich erlebte Dasein und Begleitung, Innehalten und tiefe Berührung. Ich musste und konnte nichts tun als einfach mitgehen und hineingenommen werden. Für mich war dies eine spirituelle Erfahrung, ich erhielt Leben geschenkt.

Ein ganz anderes extremes Beispiel für das Innehalten und seine Notwendigkeit ist die Auseinandersetzung Jesu mit sich und Gott im Garten Gethsemane. Jesus zieht mit seinen engsten Freunden in diesen Garten mit Olivenbäumen und sucht Klarheit für seinen weiteren Lebensweg. Wer heute sagt, dass die Entscheidung durch Gott doch schon lange gefallen war, hat nichts von der Freiheit eines Christenmenschen, wie Luther es so schön sagt, verstanden. Der Weg Jesu wird erst dann sinnvoll, wenn Jesus selbst seine Entscheidungen trifft, wenn Jesus ja oder nein sagen kann. Der Tod ist die Konsequenz seines Lebens und die Auferstehung die Konsequenz aus seiner Gottesverbundenheit im Leben und Sterben.

Jesus ringt in Gethsemane um seinen Weg. In einigen Textfassungen schwitzt Jesus Blut und Wasser und fragt sich im Kontakt mit Gott nach dem Weg und seinem Ja oder Nein dazu. Das Innehalten kann in der Spiritualität zum Ringen, zur Auseinandersetzung um den richtigen bzw. um einen guten und selbstverantworteten Lebensweg werden. In solchen Momenten können wir, wie Jesus, den Engel – also die Nähe Gottes – spüren, der begleitet, mitgeht und Kraft für den Weg gibt.

In jedem Leben wird es solche persönliche und existenzielle Momente geben, die des Innehaltens bedürfen. Im Innehalten können wir die Erfahrung machen, dass wir auch in Schmerz, Angst, Abschied und Trauer begleitet werden. Innehalten ist eine der wenigen Möglichkeiten, um zu erfahren, ob es einen göttlichen Urgrund gibt, der mich als Menschen trägt und begleitet. Dabei geht es um ein zweifaches Innehalten: um das Innehalten im Tun und Machen und um das Innehalten ins uns selbst. Das Herz will zur Ruhe kommen und seinen Frieden haben.

Das Leben ist wie eine Pilgerreise. Man ahnt vielleicht die grobe Wegstrecke, aber man kennt nicht den ganzen Lebensweg. Man weiß, was ungefähr für das Pilgern notwendig ist, doch es gibt auch viele Illusionen im Gepäck und Ballast, den wir nicht brauchen. Man sehnt sich nach den Raststätten und dem Ausruhen; doch kaum einer entkommt der Frage: »Schaffe ich nicht heute noch ein kleines Stück mehr?« Man kommt eigentlich mit wenig aus, aber fast immer ist im Rucksack zu viel zum Tragen. Zur Sicherheit tragen wir mehr mit uns als nötig, und wegwerfen kann man ja immer noch, aber die meisten können nichts wegwerfen. Es sei denn, sie halten inne und räumen innerlich und äußerlich auf.

Mögest du deinen Weg in Frieden gehen,
mögest du innehalten und die Schönheit des
Lebens achten,
mögest du innehalten und zur Besinnung kommen,
möge der Segen Gottes mit dir sein
und dich begleiten.

Nachbetrachtung – nach dem Lesen

Ein Buch kann gelesen und dann auf die Seite gelegt werden. Es gibt aber auch noch Möglichkeiten, das Buch weiter zu nutzen. Sie können Gedanken dieses Buches für andere Gelegenheiten aufnehmen. Vielleicht lesen Sie noch einmal interessante Kapitel. Vielleicht kann es die Arbeit mit anderen Menschen bereichern, dazu möchte ich einige Anregungen geben.

Dieses Buch mit zwölf Kapiteln kann das Fasten begleiten, sei es eine ganz persönliche Fastenzeit oder ein Fasten in der Gruppe. Das Fasten würde dann unter dem Thema Innehalten stattfinden, und jeden Tag könnte ein Kapitel als Thema im Vordergrund stehen. Bei einer kürzeren Dauer des Fastens können Sie einzelne Kapitel auswählen.

Entsprechend können Sie mit dem Buch bei einem Schweigekurs oder bei Tagen zur inneren Einkehr umgehen. Wählen Sie dazu einzelne Kapitel aus. Weniger ist oft mehr.

Die Zwischentexte lassen sich – zumindest teilweise – als Impulse z. B. zu meditativen Übungen verwenden.

Sie können auch für sich eine Zeit von zwölf Wochen aussuchen und sich in jeder Woche ein Kapitel vornehmen. Eine gute Zeit ist auch die Passionszeit von Aschermittwoch bis Ostern, hier wählen Sie sich dann die Kapitel wochenweise aus.

Nehmen Sie aus den Kapiteln jeweils nur einen Impuls, eine Anregung bzw. einen Aspekt auf und lassen Sie Zeit und Raum, damit es sich entfalten kann.

Ich wünsche Ihnen segensreiche Erfahrungen und Auseinandersetzungen mit den Gedanken dieses Buches.

Literatur

Rüdiger Maschwitz, Kooperieren mit dem Unver-
meidbaren, München 2008

Gerda und Rüdiger Maschwitz, Kursbuch Beten,
München 2009

Luigi Pirandello
Mattia Pascal

Luigi Pirandello
Mattia Pascal

Roman

Aus dem Italienischen von Piero Rismondo,
überarbeitet von Michael Rössner

Verlag Klaus Wagenbach   Berlin

Die Originalausgabe erschien 1904 unter dem Titel *Il fu Mattia Pascal* bei Edizioni Nuova Antologia in Rom.

Der vorliegenden Übersetzung liegt die auf das Jahr 1921 zurückgehende Fassung aus dem von Giovanni Macchia herausgegebenen Band 1 der Romane im Rahmen der Pirandello-Gesamtausgabe in der Reihe »I Meridiani« bei Arnoldo Mondadori, Mailand 1973, zugrunde.

Wagenbachs Taschenbuch 379

Inhalt

I.

Prämisse

Eines der wenigen Dinge, vielleicht sogar das einzige, was ich sicher wußte, war, daß ich Mattia Pascal hieß. Und ich zog daraus meinen Nutzen. Jedesmal, wenn einer meiner Freunde oder Bekannten seinen gesunden Menschenverstand so weit verlor, daß er mich um Rat fragen oder meine Meinung hören wollte, zuckte ich mit den Achseln, schloß die Augen halb und antwortete:

»Ich heiße Mattia Pascal.«

»Danke, mein Bester. Das weiß ich.«

»Und ist das etwa nichts?«

Mir schien das zwar, ehrlich gestanden, auch nicht sonderlich viel zu sein. Damals aber wußte ich noch nicht, was es bedeutet, nicht einmal das zu wissen, nötigenfalls nicht mehr antworten zu können:

»Ich heiße Mattia Pascal.«

Jetzt wird mich mancher bedauern (das kostet ja so wenig) und sich den grauenhaften Kummer eines unglückseligen Menschen ausmalen, der zufällig entdeckt, daß er … nichts weiß, kurzum; weder Vater noch Mutter, weder wie es sich zugetragen hat, noch wie es sich nicht zugetragen hat …; und manch einer wird sich obendrein entrüsten (das kostet noch weniger) über die Verderbtheit der Sitten, die Lasterhaftigkeit und das Elend der Zeiten, die zur Ursache so schweren Leides für einen armen Unschuldigen werden können.

Bitte, das sei jedermann unbenommen. Meine Pflicht aber ist es, ihn darauf aufmerksam zu machen, daß es nicht eigentlich darum geht. Im Gegenteil, ich könnte einen regelrechten Stammbaum aufzeichnen, Ursprung und Geschlechterfolge meiner Familie darlegen und nachweisen, daß ich nicht nur meinen Vater

und meine Mutter gekannt habe, sondern auch für eine weit zurückreichende Zeit sowohl Kenntnis von ihren Vorfahren als auch von deren Taten habe, die nicht unbedingt alle lobenswert waren.

Also was denn?

Nun, mein Fall ist weit seltsamer und ganz anders geartet; er ist so andersartig und seltsam, daß ich jetzt darangehe, ihn zu erzählen.

Gut zwei Jahre lang bin ich nun schon in der Bibliothek, die ein gewisser Monsignore Boccamazza anno 1803 unserer Gemeinde auf dem Totenbett vermacht hatte, beschäftigt, wobei ich nicht zu sagen wüßte, ob eher als Mäusejäger oder als Hüter der Bücher. Es ist offenkundig, daß der Monsignore den Charakter und die Gewohnheiten seiner Mitbürger nur unzureichend kannte; oder er hoffte vielleicht, seine Hinterlassenschaft werde mit der Zeit auf bequeme Weise in ihnen die Liebe zum Studium entfachen. Bis jetzt, das kann ich bezeugen, wurde sie nicht entfacht: ich sage dies zum Lobe meiner Mitbürger. Vielmehr wußte die Gemeinde dem Monsignore Boccamazza für sein Geschenk so wenig Dank, daß sie nicht einmal ihm zu Ehren irgendeine kleine Büste errichten ließ, sondern bloß die Bücher in einem großen und feuchten Magazin verstaute. Von dort wurden sie nach vielen, vielen Jahren – man kann sich denken, in welchem Zustand – hervorgeholt und in der abgelegenen kleinen Kirche Santa Maria Liberale untergebracht, die aus einem mir unbekannten Grunde entweiht worden war. Dort überantwortete man sie ohne weitere Umstände irgendeinem Faulpelz mit guten Beziehungen als Pfründe und Sinekure: der Betreffende erhielt zwei Lire pro Tag dafür, daß er sich die Bücher ansah oder auch nicht ansah und ein paar Stunden lang ihren Schimmel- und Modergeruch ertragen mußte.

Solch ein Los wurde auch mir einmal zuteil. Schon vom ersten Tag an empfand ich für diese Bücher eine derart geringe Achtung, ob es sich nun um Druckwerke handelte oder um Handschriften

(es gibt einige sehr alte in unserer Bibliothek), daß ich mich nie und nimmer ans Schreiben gemacht hätte, hielte ich meinen Fall, wie gesagt, nicht wirklich für merkwürdig und überdies geeignet, einem neugierigen Leser als Lehre zu dienen, der, die seinerzeitige Hoffnung des selig im Herrn entschlafenen Monsignore Boccamazza endlich verwirklichend, zufälligerweise in diese Bibliothek käme. Ihr vermache ich mein Manuskript, allerdings unter der Bedingung, daß niemand es öffnet, ehe fünfzig Jahre seit meinem dritten, letzten und endgültigen Tod verstrichen sind.

In diesem Augenblick nämlich (und Gott weiß, wie mich das schmerzt) bin ich tot, ja ich bin schon zweimal gestorben, das erste Mal freilich irrtümlich, und das zweite Mal... Nun, ihr werdet es hören.

II.

Zweite (philosophische) Prämisse, gleichsam als Entschuldigung

Die Anregung, oder vielmehr den Rat, mich ans Schreiben zu machen, gab mir mein Freund, der hochwürdige Don Eligio Pellegrinotto, der gegenwärtige Kustos der Bibliothek Boccamazza. Ihm will ich mein Manuskript anvertrauen, sobald es vollendet ist, sollte es je so weit kommen.

Ich schreibe hier, in der kleinen entweihten Kirche, das Licht fällt von oben, durch die Kuppelfenster, zu mir herab; ich schreibe in der Apsis, die, abgeschlossen durch ein niedriges Gatter aus kleinen Holzpfeilern, dem Bibliothekar vorbehalten ist. Indessen stöhnt Don Eligio unter der heldenmütig übernommenen Aufgabe, ein wenig Ordnung in dieses Bücherchaos zu bringen. Ich fürchte, er wird damit nie zu Ende kommen. Vor ihm hatte sich niemand die Mühe gemacht, auch nur ungefähr, wenigstens durch einen flüchtigen Blick auf die Bücherrücken festzustellen, was für Werke denn dieser Monsignore der Gemeinde vermacht habe; man glaubte, daß alle oder fast alle von religiösen Dingen handelten. Pellegrinotto hatte nun zu seiner größten Genugtuung herausgefunden, daß in der Bibliothek des Monsignore die verschiedensten Wissensgebiete vertreten waren. Nur war das Durcheinander unbeschreiblich, denn die Bücher waren aus dem Magazin wahllos, von links und von rechts, hervorgeholt und aufgestapelt worden, wie sie einem gerade unter die Hände gerieten. Diese Nachbarschaft schuf zwischen den Büchern die gewissermaßen pikantesten Verbindungen. So hatte Don Eligio Pellegrinotto, wie er mir sagte, die größte Mühe, einen höchst freimütigen Traktat *Über die Kunst, Frauen zu lieben* – drei Bände von Antonio Muzio Porro aus dem Jahre 1571 – von einer Biographie zu trennen, die im Jahre 1625 unter dem Titel *Leben und Tod des Faustino Materucci, Benediktiner-*

mönch aus Polirone, den viele den Seligen nennen in Mantua erschien. Die Einbände beider Werke hatten sich infolge der Feuchtigkeit brüderlich aneinandergeklebt. Die Verwirrung wirkte um so größer, als im zweiten Band des so freimütigen Traktats über Leben und Abenteuer von Mönchen ausführlich die Rede war.

Viele merkwürdige und überaus ansprechende Bücher hat Don Eligio Pellegrinotto, den ganzen Tag hoch oben auf der Leiter hockend, der Leiter eines Laternenanzünders, schon aus den Regalen der Bibliothek herausgefischt. Jedesmal, wenn er eines findet, wirft er es mit Schwung von seiner Höhe herab auf den großen Tisch, der in der Mitte steht; die kleine Kirche hallt davon wider; eine Staubwolke erhebt sich, aus der zwei, drei Spinnen entsetzt flüchten. Ich laufe aus der Apsis herbei, springe über das Gatter, mache zunächst mit dem Buch Jagd auf die Spinnen, über den großen, staubigen Tisch; dann öffne ich das Buch und blättere darin herum.

Auf diese Weise habe ich an dieser Art Lektüre nach und nach Geschmack gefunden. Nun sagt mir Don Eligio, ich müsse mir für mein Buch die Bücher zum Vorbild nehmen, die er in der Bibliothek ausfindig macht, das heißt, es müsse deren besonderes Aroma haben. Ich zucke die Achseln. Das könne ich mühelos, sage ich. Etwas ganz anderes halte mich ab.

Über und über mit Schweiß und Staub bedeckt, klettert Don Eligio von der Leiter, um etwas frische Luft in dem kleinen Garten zu schöpfen, den er hinter der Apsis anlegen konnte und den er ringsum mit dürren, dornigen Zweigen und spitzen Hölzern abgesichert hat.

»Ja, mein hochwürdiger Freund«, sage ich, auf der kleinen Mauer sitzend, das Kinn auf den Knauf meines Stockes gestützt, während er sich an seinem Salat zu schaffen macht. »Die Zeit scheint mir nicht mehr danach, Bücher zu schreiben, nicht einmal zum Spaß. Ich muß, auch was die Literatur betrifft, das gleiche sagen, was ich über alles andere zu sagen pflege: Verflucht sei Kopernikus!«

»Hohoho!« ruft Don Eligio aus. Er richtet sich auf, sein Gesicht ist feuerrot unter dem großen Strohhut. »Was hat denn Kopernikus mit der Sache zu tun?«

»Er hat, Don Eligio. Denn als die Erde sich noch nicht drehte ...«

»Was soll das wieder heißen! Sie hat sich doch schon immer gedreht!«

»Das ist nicht wahr. Der Mensch wußte es nicht, und also war es, als drehte sie sich nicht. Für viele Menschen dreht sie sich auch heute noch nicht. Kürzlich erst habe ich mit einem alten Bauern darüber gesprochen, und wissen Sie, was er mir geantwortet hat? Das sei eine gute Ausrede für Betrunkene. Im übrigen – verzeihen Sie – darf es doch auch für Sie keinen Zweifel geben, daß Josua die Sonne zum Stehen brachte.* Aber lassen wir das. Ich sage: Als die Erde sich noch nicht drehte und der Mensch auf ihr in griechischem oder römischem Gewand eine wunderschöne Erscheinung abgab, voll Selbstgefühl war, sich in seiner eigenen Würde gefiel, da konnte wohl, ich glaube es gerne, eine bis ins kleinste, bis in die überflüssigsten Einzelheiten gehende Erzählung Gefallen finden. Heißt es etwa nicht bei Quintilian – Sie selber haben es mich gelehrt –, Geschichte sei dazu da, um erzählt zu werden, und nicht, damit man sie unter Beweis stelle?«

»Ich leugne es nicht«, antwortet Don Eligio. »Aber es ist ebenso richtig, daß noch nie so ins Einzelne gehende, ja die heimlichsten und abseitigsten Kleinigkeiten aufzählende Bücher geschrieben wurden als seitdem – ich gebrauche Ihre Worte – seitdem die Erde sich zu drehen begonnen hat.«

»Schön! ›Der Herr Graf erhob sich frühzeitig, um punkt halb neun Uhr morgens ... Die Frau Gräfin trug ein lila Kleid mit einer reichen Spitzenkrause am Hals ... Teresina starb vor Hunger ... Lucrezia verging vor Liebe ...‹ Du lieber Gott! Was interessiert mich das? Befinden wir uns etwa nicht auf einem unsichtbaren kleinen Kreisel, den ein Sonnenstrahl peitscht; auf einem wahn-

---

* So steht es tatsächlich im Alten Testament, Jos. 10, 12.

sinnig gewordenen Sandkorn, das sich dreht und dreht und dreht, ohne zu wissen wozu, und ohne je ans Ziel zu gelangen? Als fände es Spaß daran, sich so zu drehen, nur um uns einmal etwas mehr Wärme, ein andermal etwas mehr Kälte spüren und nach fünfzig oder sechzig Umdrehungen sterben zu lassen – meist mit dem Bewußtsein, eine Reihe kleiner Dummheiten begangen zu haben. Kopernikus, mein lieber Don Eligio, Kopernikus hat die Menschheit vollkommen verdorben, unrettbar. Jetzt haben wir uns alle nach und nach an die neue Vorstellung von unserer unendlichen Kleinheit gewöhnt, daran, uns mit all unseren schönen Erfindungen und Entdeckungen als ein Nichts im Universum zu betrachten, als weniger denn ein Nichts; was für einen Wert sollen also Berichte über unsere Nöte haben? Ich spreche gar nicht von unseren armseligen persönlichen Nöten, sondern auch von den allgemeinen! Unsere Geschichten? – Geschichten von Würmern! Haben Sie etwas über jenen kleinen Unglücksfall auf den Antillen gelesen? Nichts. Nun, die Erde, die arme, müde geworden, sich so, wie dieser polnische Kanonikus es wollte, zwecklos zu drehen, machte eine kleine ungeduldige Bewegung und spie ein bißchen Feuer aus einem ihrer vielen Münder. Wer weiß, was ihr die Galle hatte überlaufen lassen. Vielleicht die Dummheit der Menschen, die nie so langweilig gewesen sind wie jetzt. Kurz und gut, ein paar Tausend geröstete Würmchen. Und weiter geht's! Wer redet noch davon?«

Don Eligio Pellegrinotto weist mich freilich darauf hin, daß wir, sosehr wir uns auch abmühen, in grausamer Weise die Illusionen, die die fürsorgliche Natur uns zum Wohle geschaffen hat, fortzureißen, zu zerstören, doch nie Erfolg damit haben werden. Glücklicherweise läßt sich der Mensch nämlich leicht ablenken.

Das ist wahr. In gewissen Nächten, die im Kalender angezeichnet sind, läßt unsere Gemeinde die Laternen nicht anzünden, so daß wir sehr oft – wenn es bewölkt ist – im Dunkeln bleiben.

Was im Grunde nichts anderes besagen will, als daß wir auch heute noch glauben, der Mond leuchte nur zu dem Zwecke am

Himmel, um unsere Nächte zu erhellen wie die Sonne unsere Tage, und daß die Sterne nur dazu da sind, uns ein herrliches Schauspiel zu bieten. Ganz sicher. Und wir vergessen oft und gern, daß wir unendlich kleine Atome sind, wir achten einander vielmehr und bewundern uns gegenseitig, ja, wir sind sogar imstande, eines kleinen Streifens Erde wegen miteinander zu raufen oder uns über Dinge zu kränken, die, wären wir wirklich von dem Wissen über das, was wir sind, durchdrungen, uns als unwägbare Nichtigkeiten erscheinen müßten.

Aus der erwähnten segensreichen menschlichen Zerstreutheit heraus – abgesehen von der Merkwürdigkeit meines Falles – werde ich also jetzt von mir reden, aber so kurz wie möglich, das heißt, ich werde nur das mitteilen, was ich für notwendig halte.

Einige dieser Mitteilungen werden mir gewiß nicht eben zur Ehre gereichen; aber ich befinde mich jetzt in einer solchen Ausnahmesituation, daß ich mich bereits als außerhalb des Lebens stehend betrachten darf – also jenseits irgendwelcher Verpflichtungen und Skrupel.

Fangen wir an.

III.

Das Haus und der Maulwurf

Ich habe zu Beginn voreilig erklärt, daß ich meinen Vater gekannt habe. Ich habe ihn nicht gekannt. Ich zählte viereinhalb Jahre, als er starb. Er war mit seinem kleinen Segelschiff nach Korsika aufgebrochen, um dort irgendwelche Geschäfte abzuwickeln, und war nicht mehr zurückgekommen. Ein Wechselfieber hatte ihn innerhalb von drei Tagen dahingerafft. Er war 38 Jahre alt. Seine Frau und seine zwei Söhne, Mattia (das wäre und war ich) und Roberto, der zwei Jahre älter ist als ich, ließ er immerhin in ansehnlichem Wohlstand zurück.

Ein paar alten Leuten im Ort bereitet es immer noch Vergnügen, der Mitwelt einzureden, meines Vaters Vermögen (das schon lange in andere Hände übergegangen ist und daher keinen Schatten mehr auf ihn werfen sollte) sei – sozusagen – geheimnisvollen Ursprungs gewesen.

Er habe es, behaupten sie, in Marseille beim Kartenspiel erworben, dem Kapitän eines englischen Frachtdampfers abgewonnen. Als jener Kapitän das ganze Geld, das er bei sich trug – und es dürfte nicht wenig gewesen sein –, verloren hatte, habe er auch noch eine große Ladung Schwefel verspielt, die er im fernen Sizilien auf Rechnung eines Kaufmanns in Liverpool (auch das wissen sie! Und der Name?) geladen hatte; eines Kaufmanns in Liverpool, der das Schiff gechartert hatte. Aus Verzweiflung darüber habe sich der Kapitän während der Rückfahrt auf hoher See ertränkt. So war der Dampfer, auch um das Gewicht des Kapitäns leichter geworden, in Liverpool eingelaufen. Zum Glück führte er als Ballast die Bosheit meiner Landsleute mit sich.

Wir besaßen Ländereien und Häuser. Mein Vater, ein abenteuerlustiger Mann voller Spürsinn, wählte für seine Handelsgeschäfte keinen festen Sitz: er war mit seinem Segelschiff dauernd unter-

wegs, kaufte alle möglichen Waren dort ein, wo es ihm am günstigsten und zweckmäßigsten schien, und verkaufte sie gleich wieder. Um sich zu keinen allzu großen und riskanten Unternehmungen verleiten zu lassen, legte er seine Gewinne jeweils in Grund- und Hausbesitz an, hier, im Ort, wo er sich, so hoffte er wohl, bald zur Ruhe setzen und den hart erworbenen Wohlstand friedlich und glücklich im Kreise seiner Frau und seiner Kinder genießen würde.

Zuerst kaufte er das Grundstück Due Riviere mit den vielen Oliven- und Maulbeerbäumen, dann das Gut La Stìa, nicht minder ertragreich, wo eine schöne Quelle entspringt, die für den Betrieb der Mühle verwendet wurde, ferner die ganze Anhöhe von Lo Sperone, den besten Weinberg in unserer Gegend, und schließlich San Rocchino, wo er sich eine reizende Villa bauen ließ. Im Ort selbst erwarb er, außer dem Haus, in dem wir wohnten, zwei weitere Häuser und jenes Gebäude, das inzwischen in ein Arsenal verwandelt wurde.

Sein unerwarteter Tod bedeutete unseren Ruin. Meine Mutter war unfähig, das Erbe zu verwalten. Sie nahm zum Verwalter einen Menschen, von dem sie glaubte, daß er ein wenig zu Dank verpflichtet sei, denn die Großzügigkeit meines Vaters hatte es ihm ermöglicht, in geordnete Verhältnisse aufzusteigen. Außerdem hätte ihn die Dankbarkeit, außer Arbeitsamkeit und Ehrlichkeit, keine Opfer gekostet, wurde er doch reichlich entlohnt.

Eine Heilige, meine Mutter! Sie war scheu und sanft und hatte so gar keine Ahnung vom Leben und von den Menschen! Hörte man sie reden, konnte man sie für ein Kind halten. Sie sprach nasal, und sie lachte auch durch die Nase, weil sie dabei die Lippen zusammenbiß, als schämte sie sich ihres Lachens. Sie war von ungemein zarter Konstitution und nach dem Tode meines Vaters immer kränklich. Aber sie klagte nie über ihre Leiden. Ich glaube, sie empfand sie nicht als Last, nahm sie ergeben hin wie eine natürliche Folge ihres Unglücks. Vielleicht hatte sie damit gerechnet, der Schmerz werde auch sie töten, und da konnte sie Gott nur

danken, daß er sie, wenn auch noch so elend und voller Kummer, am Leben erhielt zum Wohle ihrer Kinder.

Für uns empfand sie eine geradezu krankhafte Zärtlichkeit, die ihr das Herz angstvoll schlagen ließ: wir mußten immer in ihrer Nähe sein, als fürchtete sie, uns zu verlieren. Oft ließ sie die Dienerinnen das ganze große Haus durchsuchen, wenn einer von uns sich auch nur ein wenig entfernt hatte.

Wie eine Blinde hatte sie sich der Führung ihres Gatten anvertraut; nun, da er nicht mehr war, fühlte sie sich in der Welt verloren. Sie ging nicht mehr aus dem Haus, nur am Sonntag, um in der nächstgelegenen Kirche der Messe beizuwohnen, frühmorgens, von zwei alten Mägden begleitet, die sie wie Verwandte behandelte. Im Hause selbst zog sie sich in nur drei Zimmer zurück und überließ die vielen anderen der saumseligen Betreuung ihrer Dienerinnen und uns als Tummelplatz.

In allen diesen Zimmern ging von den altmodischen Möbeln, von den verschossenen Vorhängen der eigentümliche Geruch alter Gegenstände aus, gleichsam der Atem einer anderen Zeit. Ich erinnere mich, daß ich mich mehr als einmal in seltsamer Bestürzung umsah, betroffen von der schweigsamen Unbeweglichkeit dieser alten Dinge, die, schon seit vielen Jahren außer Gebrauch, ohne Leben zu sein schienen.

Zu den Leuten, die Mutter häufiger besuchten, zählte auch eine Schwester meines Vaters, eine streitsüchtige alte Jungfer mit einem Paar Marderaugen in ihrem dunklen, stolzen Gesicht. Sie hieß Scolastica. Aber sie blieb immer nur kurz, weil sie jedesmal mitten im Reden plötzlich in Wut geriet und, ohne jemanden zu grüßen, davonrannte. Ich hatte als Kind große Angst vor ihr. Ich starrte sie mit aufgerissenen Augen an, besonders wenn sie zornig aufsprang und, zu meiner Mutter gewandt, mit dem Fuß wütend auf den Boden stampfte und schrie:

»Hörst du es hohl da drunten? Der Maulwurf! Der Maulwurf!«

Sie spielte damit auf Malagna an, den Verwalter, der uns in aller Heimlichkeit den Boden unter den Füßen aushöhlte.

Tante Scolastica wollte (wie ich später erfuhr) um jeden Preis, daß meine Mutter wieder heirate. Schwägerinnen haben gewöhnlich nicht solche Ideen, noch geben sie solche Ratschläge. Sie aber war von einem bitteren und trotzigen Gerechtigkeitsgefühl durchdrungen; und mehr wohl aus diesem als aus Liebe zu uns konnte sie es nicht ertragen, daß jeder Mensch uns so ungehindert bestehlen durfte. In Anbetracht der Untüchtigkeit und Ahnungslosigkeit meiner Mutter konnte da ihrer Meinung nach nur ein zweiter Gatte Wandel schaffen. Sie hatte ihn auch schon zur Hand, in der Person eines nicht sehr eindrucksvollen Mannes namens Gerolamo Pomino.

Er war Witwer und hatte einen Sohn, der noch lebt und ebenfalls Gerolamo heißt: mein bester Freund, sogar mehr als mein Freund, wie ich noch berichten werde. Er verkehrte mit seinem Vater in unserem Haus, zu meiner und meines Bruders Berto Verzweiflung.

Sein Vater hatte als junger Mann lange Zeit um Tante Scolastica geworben, sie aber hatte von ihm – wie übrigens auch von anderen Männern – nichts wissen wollen. Nicht etwa, weil sie sich für unfähig hielt, einen Mann zu lieben, sondern weil der geringste Verdacht, der geliebte Mann könnte ihr auch nur in Gedanken untreu werden, sie dazu gebracht hätte – wie sie sagte –, ein Verbrechen zu begehen. Alle waren sie falsch, die Männer, fand sie, lauter Strolche und Verräter. Auch Pomino? Nein, der nicht. Zu spät hatte sie das erkannt. Allen andern Männern aber, die um ihre Hand angehalten und sich dann anderweitig vermählt hatten, war sie, zu ihrer wilden Genugtuung, auf irgendeinen Betrug gekommen. Nur Pomino nicht. Im Gegenteil. Der Ärmste war das Opfer seiner Frau gewesen. Ein Märtyrer.

Warum also heiratete sie ihn jetzt nicht? Welche Frage! Er war Witwer! Er hatte einer anderen Frau angehört, an die er vielleicht manchmal denken mochte. Und dann, weil … Geht doch! Man sah ihm ja, trotz seiner Schüchternheit, auf zehn Meilen Entfernung an, daß er verliebt war, verliebt in … klar, in wen, der arme Signor Pomino!

Undenkbar, daß meine Mutter je zugestimmt hätte. Es wäre ihr wie ein Sakrileg erschienen, wirklich und wahrhaftig. Möglicherweise glaubte die Ärmste gar nicht, daß Tante Scolastica es ernst meinte. Sie lachte in der ihr eigenen Art über die Temperamentsausbrüche ihrer Schwägerin und über die Ausrufe des bedauernswerten Signor Pomino, der bei den Diskussionen zugegen war und dulden mußte, daß die alte Jungfer ihn mit dem übertriebensten Lob überschüttete.

Ich kann ihn mir gut vorstellen, wie er auf seinem Sessel, als säße er auf einem Marterstuhl, hin und her wetzend immer wieder ausgerufen haben mag:

»Du lieber, heiliger Gott!«

Er war ein hübsches, sauberes Männlein mit sanften, himmelblauen Augen. Wenn ich mich nicht täusche, puderte er sich und hatte sogar die Schwäche, etwas Rot auf die Wangen zu legen, ein klein wenig nur, daß es wie ein Hauch wirkte. Sicher war er stolz, in seinem Alter noch sein volles Haar bewahrt zu haben, er kämmte es mit größter Sorgfalt, scheitelte es in der Mitte und glättete es immerfort mit den Händen.

Ich weiß nicht, wie es um unsere Geschäfte bestellt gewesen wäre, hätte meine Mutter, wenn auch gewiß nicht aus eigenem Bedürfnis, aber im Interesse der Zukunft ihrer Söhne, den Rat der Tante Scolastica befolgt und Signor Pomino geheiratet. Schlechter hätten sie gewiß nicht gehen können, als es unter der Verwaltung Malagnas (des Maulwurfs) der Fall war.

Es stimmt, daß der Großteil unseres Besitzes sich bereits verflüchtigt hatte, als Berto und ich erwachsen wurden; aber wir hätten zumindest den Rest aus den Krallen dieses Diebes retten und, ohne Not zu leiden, leben können, wenn auch nicht mehr im alten Wohlstand. Doch wir waren zwei Nichtstuer; wir wollten uns um nichts kümmern und setzten als Erwachsene das gleiche Leben fort, an das unsere Mutter uns als Kinder gewöhnt hatte.

Nicht einmal zur Schule hatte sie uns schicken wollen. Unser Erzieher und Lehrer war ein gewisser Pinzone. Eigentlich hieß er

Francesco – oder Giovanni – Del Cinque, alle aber nannten ihn Pinzone. Er selber hatte sich daran so gewöhnt, daß er sich nun auch Pinzone nannte.

Er war von einer Magerkeit, daß einen das Schaudern ankam. Er war ungemein hochgeschossen und wäre – himmlischer Gott! – noch mehr in die Länge gewachsen, hätte sich nicht sein Oberkörper, als wäre er es müde, weiter so dünn in die Höhe zu schießen, plötzlich unter dem Nacken zu einem leichten Buckel gekrümmt, aus dem sich der Hals mühsam hervorkämpfte wie der eines gerupften Huhns, mit einem großen, heraustretenden, auf und ab gleitenden Adamsapfel. Oft schob Pinzone angestrengt seine Lippen zwischen die Zähne, als wolle er das ihm eigene schneidende Lächeln zerbeißen, zurückweisen, verbergen. Diese Anstrengung gelang nicht ganz, denn sein Lächeln, dem die Lippen den Weg versperrten, entkam durch die Augen und wirkte schneidender und spöttischer denn je.

Mit diesen seinen Augen sah er in unserem Haus wohl mancherlei, das weder Mutter noch wir sahen. Er sagte nichts, vielleicht weil er es nicht als seine Pflicht erachtete, etwas zu sagen, oder weil er – wie ich eher vermute – das, was er sah, insgeheim und mit giftigem Vergnügen genoß.

Wir konnten mit ihm tun, was wir wollten; er ließ uns gewähren. Plötzlich aber, wenn wir es am wenigsten erwarteten, verriet er uns, als dränge es ihn, sein Gewissen zu besänftigen. So beauftragte ihn Mutter eines Tages, uns in die Kirche zu führen; Ostern stand bevor, wir sollten beichten. Nach der Beichte sollten wir der kranken Gattin Malagnas einen kurzen Besuch abstatten und dann nach Hause kommen. Schönes Vergnügen! Kaum waren wir auf der Straße, als wir Pinzone zu einem kleinen Streich bewogen: wir versprachen ihm einen Liter guten Weins, wenn er uns, statt uns in die Kirche und zu Malagna zu führen, nach La Stìa gehen ließe, wo wir auf Vogelnester Jagd machen wollten. Pinzone willigte ein, überglücklich, rieb sich die Hände, und seine Augen leuchteten. Er trank, dann gingen wir auf das Gut. Ungefähr drei

Stunden lang tollte er dort mit uns herum, half uns auf die Bäume klettern und kletterte selbst mit. Am Abend aber, als wir nach Hause kamen und Mutter ihn fragte, ob wir gebeichtet und Malagna besucht hätten, antwortete er mit dem unverfrorensten Gesicht der Welt:

»Nun, ich will es Ihnen sagen ...« Und er erzählte ihr haargenau, was wir gemacht hatten.

Wie sehr wir uns auch für solche Verrätereien an ihm rächten, es nützte nichts. Dabei handelte es sich, wie ich mich noch gut erinnere, nicht etwa um harmlose Scherze. Berto und ich wußten, zum Beispiel, daß er vor dem Abendessen, auf der Truhe in der Vorhalle sitzend, zu schlafen pflegte. Eines Abends sprangen wir heimlich aus dem Bett, in das man uns strafweise früher als sonst gesteckt hatte, trieben ein Zinnrohr auf, das zwei Spannen lang war und die Form einer Klistierspritze hatte, füllten es mit Seifenwasser aus dem Wäschezuber, führten es an seine Nasenlöcher heran und – ziff! Wir konnten noch sehen, wie er bis zur Decke hoch sprang.

Was wir von solch einem Lehrer lernen konnten, läßt sich leicht denken. Doch lag die Schuld nicht an Pinzone allein. Um uns etwas beizubringen, verfiel er sogar, ohne Rücksicht auf Methode oder Disziplin, auf alle möglichen Mittel, die unsere Aufmerksamkeit anspornen sollten. Bei mir gelang ihm dies zuweilen, denn ich bin von Natur aus leicht zu beeindrucken. Seine Bildung aber war ganz eigentümlich, absonderlich, verschroben. So war er besonders bewandert in einer Literatur, die sich mit Wortspielen abgibt: er kannte die latinisierend-verschnörkelten Gedichte in der Manier des Fidenzio Glottocrisio, die makkaronische Dichtung, die Spottlieder nach dem Vorbild des dichtenden Barbiers Burchiello, Verse à la Leporeo, er rezitierte Alliterationen und Paronomasien, die verketteten, wiederkehrenden, rückläufigen Reime aller möglichen Dichter, die dem Herrgott den Tag stahlen, und nicht wenige sonderbare Verse verfaßte er selber.[*]

[*] s. S. 22

Ich erinnere mich, daß er uns eines Tages in San Rocchino sein Gedicht ›Echo‹ unzählige Male gegen einen Hügel rufen ließ.

Woraus ist das Frauenherz? – Erz
Was kündet ihr Blick, lieb ich sie heiß? – Eis
Was kündest du mir, Echo, meiner Klage Geleit? – Leid.**

Wir mußten sämtliche in Stanzen verfaßten Rätsel des Giulio Cesare Croce auflösen, dann die in Sonettform des Moneti und solche, ebenfalls in Sonettform, irgendeines Tagediebs, der die Kühnheit hatte, sich hinter dem Namen Cato Uticensis zu verbergen. Pinzone hatte sie alle in ein altes Heft mit vergilbten Seiten und hartem Deckel eingetragen, die Tinte, die er dabei benützte, war mit Tabak vermengt.

»Hört einmal dieses Rätselgedicht, es ist von Stigliani.*** Wunderschön! Was kann wohl gemeint sein? Hört nur!«

* Die Lieblingsautoren Pinzones sind durchweg Dichter aus Spätrenaissance und Barock, bei denen der spielerische Charakter überwiegt. Fridenzio Glottocrisio, Pseudonym des Grafen Camillo Crofa (1526–1565), spiegelt (beziehungsvoll für Pinzone) in seinem *Cantici di Fidenzio Glottocrisio Ludimagistro* (1562) in parodistischer Weise den Schulalltag; die »makkaronischen Dichter« sind jene Autoren, die – wie etwa Teofilo Folengo (1491–1544) – Parodien der Heldenepen in »Küchenlatein« (einer Mischung aus Latein und Italienisch) schrieben; Lodovico Leporeos (1582– ca. 1655) Dichtung ist durch extreme Reimhäufigkeit (Binnen- und Endreime) gekennzeichnet. Insgesamt spielen bei allen Autoren Wortspiel, Rätselgedichte und Echoreime, aber auch Nonsens-Dichtung im Stil des florentinischen Barbiers und Dichters Domenico di Giovanni, genannt Burchiello (1404–1449), eine große Rolle, ja sie werden oft zum Selbstzweck – wenigstens erscheint das in der Tradition der italienischen Literaturgeschichtsschreibung zu Pirandellos Zeit so. Heute hat – nicht zuletzt durch Umberto Ecos Barockstudien – eine partielle Neubewertung dieser Dichter eingesetzt.
** Wörtlich wäre das Echogedicht wie folgt wiederzugeben: Wie lang währt im Frauenherzen Liebe – amore? (Stunden – ore.) Liebt' sie mich nicht so heiß, wie ich sie liebte – amai? (Niemals – mai.) Wer bist du, der dies Klagen teilt mit mir – meco? (Echo – eco.)
*** Giulio Cesare Croce (ein volkstümlicher Bologneser Dichter um 1600) und Tommaso Stigliani (1573–1651) gehören zu der ersten Generation der Barockautoren. Hinter dem Pseudonym Cato dürfte sich Francesco Maurello aus

Ich bin zugleich eine und zwei
und zwei mach ich aus dem, was eines war.
Einer benützt mich mit seinen Fünfen
Gegen die unendlichen, die den Leuten im Kopfe schwirren.
Vom Gürtel aufwärts bin ich ganz Mund,
Und zahnlos beiße ich besser als mit Zähnen.
Zwei Nabel hab ich an gegenüberliegenden Punkten,
*Die Augen hab ich in den Füßen und oft die Finger an den Augen.**

Ich glaube ihn jetzt noch vor mir zu sehen, sein Gesicht strahlte beim Aufsagen der Verse vor Verzückung, seine Augen waren halb geschlossen, seine Finger bogen sich nach innen.

Nach der festen Überzeugung meiner Mutter war das, was Pinzone uns lehrte, für unsere Bedürfnisse hinreichend; vielleicht fand sie sogar, wir hätten mehr als nötig gelernt, wenn sie uns die Rätsel des Croce oder des Stigliani deklamieren hörte. Nicht so Tante Scolastica. Da es ihr nicht gelungen war, ihren vielgeliebten Pomino meiner Mutter aufzudrängen, nahm sie nun Berto und mich aufs Korn. Wir aber fühlten uns sicher im Schutze unserer Mutter und beachteten sie gar nicht. Darüber geriet sie in so wilden Zorn, daß sie uns, hätte sie es ungesehen oder ungehört tun können, sicherlich geprügelt hätte, bis uns die Haut vom Leibe fiel. Ich erinnere mich, daß sie einmal, als sie, wie meist, wutentbrannt davonlief, in einem der unbewohnten Zimmer auf mich stieß; sie faßte mich am Kinn, preßte es mit ihren Fingern fest zusammen und sagte: »Wunderhübsch! Wunderhübsch! Wunderhübsch!« Und während sie das sagte, näherte sie ihr Gesicht immer mehr

Parma verbergen, dessen Rätselgedichte in der zweiten Hälfte des 16. Jahrhundets sehr populär waren. Francesco Moneti dagegen ist ein Dichter der zweiten Hälften des 17. Jahrhunderts, der sich als Franziskaner in satirischen Versen gegen die Jesuiten wandte, und ebenfalls zahlreiche Rätselgedichte in Sonettform schrieb.

* Gemeint ist natürlich die Schere, im Italienischen ein Pluralwort (»Le forbici«); darauf beruht hauptsächlich das Spiel des Rätselgedichts.

dem meinen, Aug' in Aug' mit mir, ließ plötzlich eine Art Grunzen hören und stieß dann zwischen den Zähnen hervor: »Hundefratze!«

Besonders auf mich hatte sie es abgesehen, obwohl ich doch dem absonderlichen Unterricht Pinzones weit aufmerksamer folgte als Berto. Es mußte wohl an meinem Gesicht liegen, das unbewegt in seinem Unmut war, und an der dicken runden Brille, die man mir aufgezwungen hatte, um das eine meiner Augen zurechtzurücken, das, ich weiß nicht warum, eigensinnig immer anderswohin blicken wollte.

Diese Brille war für mich ein wahres Martyrium. Eines Tages warf ich sie fort und ließ meinem Auge die Freiheit, hinzublicken, wohin es wollte. Auch wenn es geradeaus geblickt hätte, ich wäre dadurch nicht schöner geworden. Ich strotzte vor Gesundheit, und das genügte mir.

Als ich achtzehn wurde, war mein Gesicht von einem rötlichen gelockten Bart überwuchert, sehr zum Nachteil meiner eher kleinen Nase, die nun wie verloren wirkte zwischen dem Barthaar und meiner breiten und ernsten Stirn.

Vielleicht, wenn es in der Macht des Menschen stünde, die passende Nase zu seinem Gesicht zu wählen, oder wenn wir beim Anblick eines bedauernswerten Mannes, dessen Nase zu groß für sein abgezehrtes Gesicht ist, sagen könnten: »Diese Nase würde mir gut stehen, ich nehme sie mir« –, vielleicht, sage ich, hätte ich dann gerne meine Nase ausgetauscht, und die Augen und manch anderen Teil meines Körpers auch. Doch da ich wußte, daß man das nicht kann, fand ich mich mit meinen Gesichtszügen ab und kümmerte mich nicht mehr viel um sie.

Berto hingegen, schön von Antlitz und Gestalt (zumindest im Vergleich zu mir), konnte sich vom Spiegel nicht trennen, er putzte sich heraus, verwöhnte sich, verschleuderte sein Geld für die neuesten Krawatten, für die erlesensten Parfüms, für Wäsche und Kleider. Um ihn zu ärgern, nahm ich eines Tages aus seinem Kleiderschrank einen funkelnagelneuen Frack, eine hochelegante

Weste aus schwarzem Samt, einen Klappzylinder und ging so aufgemacht auf die Jagd.

Indessen erschien Batta Malagna immer wieder bei meiner Mutter, um über die schlechten Erträge zu klagen. Er sei gezwungen, die drückendsten Schulden zu machen, um unsere übermäßigen Ausgaben zu decken und die vielen Ausbesserungsarbeiten zu bezahlen, die sich in der Landwirtschaft dauernd als nötig erwiesen.

»Da haben wir wieder eine schöne Bescherung gehabt!« sagte er jedesmal schon beim Hereinkommen.

Einmal hatte der Nebel die Oliven in Due Riviere nicht zur Reife kommen lassen, ein andermal hatte die Reblaus die Weingärten von Lo Sperone vernichtet. Man mußte amerikanische Weinstöcke einpflanzen, die gegen das Übel widerstandsfähig sind. Das bedeutete weitere Schulden. Dann kam der Rat, Lo Sperone zu verkaufen, um die Wucherer loszuwerden, die es belagerten. So wurde zuerst Lo Sperone verkauft, dann Due Riviere und dann San Rocchino. Es blieben die Häuser und das Gut La Stìa mit der Mühle. Meine Mutter wartete nur darauf, daß Malagna eines Tages käme, um ihr mitzuteilen, die Quelle sei versiegt.

Wir waren, das stimmt, Nichtstuer und gaben maßlos viel Geld aus; aber es stimmt nicht minder, daß es einen diebischeren Dieb als Batta Malagna auf der ganzen Erdoberfläche nicht gegeben hat und nicht mehr geben wird. Das ist das mindeste, was ich von ihm sagen kann, angesichts der Familienbeziehung, die mit ihm einzugehen ich gezwungen war.

Er verstand es geschickt, es uns an nichts fehlen zu lassen, solange meine Mutter lebte. Jener Wohlstand aber, und jene Freiheit, die er uns ließ, jede Laune zu befriedigen, dienten nur dazu, den Abgrund zu verdecken, in den ich nach dem Tode meiner Mutter stürzte, ich allein – denn mein Bruder hatte das Glück, rechtzeitig eine vorteilhafte Ehe zu schließen.

Meine Ehe hingegen …

»Muß ich auch darüber reden, Don Eligio, auch über meine Ehe?«

Von seiner Leiter herab antwortet Don Eligio Pellegrinotto:

»Und ob! Ganz gewiß. In gehöriger Form ...«

»Was heißt gehörig! Sie wissen sehr gut, daß ...«

Don Eligio lacht, und die ganze entweihte Kirche mit ihm.

»Ich an Ihrer Stelle, Signor Pascal, würde zuerst einmal ein paar Novellen des Boccaccio oder des Bandello lesen. Des Tons wegen, des Tons ...«

Er hat es mit dem Ton, dieser Don Eligio. Uff! Ich schreibe einfach alles nieder, wie es kommt.

Mut also, los!

IV.

Es geschah so

Eines Tages, während der Jagd, blieb ich seltsam betroffen vor einem Strohschober stehen, der, einen kleinen Topf auf der Stangenspitze, aussah wie ein dickwanstiger Zwerg.

»Dich kenne ich doch«, sagte ich, »dich kenne ich ...«

Dann, plötzlich, rief ich: »Ei! Batta Malagna.«

Ich nahm eine dreizackige Heugabel von der Erde und stieß sie ihm mit solcher Lust in den Wanst, daß der Topf beinahe von der Stangenspitze gefallen wäre. Und da war's nun Batta Malagna, wenn er, schwitzend und keuchend, mit schief aufgesetztem Hut daherschlurfte.

Alles an ihm pflegte ins Gleiten zu geraten: die Augenbrauen und die Augen glitten hierhin und dorthin in der verzogenen Fratze; die Nase glitt auf den albernen Schnurrbart und auf den Spitzbart; vom Halsansatz glitten die Schultern herab; der schwabbelige riesige Bauch glitt fast zur Erde, denn er saß überhängend auf kurzen, gedrungenen Beinen, so daß der Schneider, um sie zu bedecken, übermäßig bequeme Hosen anfertigen mußte; und von weitem sah das aus, als trüge er tief unten noch ein Gewand und als berühre der Bauch den Boden.

Wie Malagna mit diesem Gesicht und dieser Gestalt ein solcher Dieb sein konnte, weiß ich nicht. Auch Diebe, stelle ich mir vor, müssen ein entsprechendes Auftreten haben, das er meiner Ansicht nach nicht hatte. Die Hände stets auf dem Rücken, konnte er sich mit seinem Hängebauch nur langsam bewegen und nur mit Mühe seine weiche, miauende Stimme hervorholen. Gerne wüßte ich, wie er die Diebstähle, die er dauernd zu unserem Schaden beging, vor seinem Gewissen verantworten wollte. Da er sie, wie gesagt, nicht nötig hatte, mußte er doch vor sich selber irgendeine Begründung, irgendeine Rechtfertigung finden. Vielleicht,

dachte ich mir, stahl er, um sich irgendwie zu zerstreuen, der arme Mann.

In der Tat dürfte seine Frau ihm schreckliche Qualen bereitet haben. Sie gehörte zu jenen Frauen, die sich Respekt zu verschaffen wissen.

Er hatte den Fehler begangen, eine Frau aus besseren Kreisen zu wählen, während er selber aus der alleruntersten Schicht stammte. Hätte die Frau einen Mann von ihr ebenbürtiger Herkunft geheiratet, sie wäre möglicherweise nicht der Quälgeist geworden, der sie für ihn wurde, denn natürlich mußte sie ihm bei jeder kleinsten Gelegenheit beweisen, daß sie ihm durch Geburt überlegen war und daß man es bei ihr zu Hause so und so gehalten habe. Und Malagna tat folgsam alles so und so, wie sie es sagte – nur um ebenfalls als ein Herr aus besserer Familie zu gelten. Das kostete ihn keine geringe Anstrengung. Er schwitzte immer, war stets in Schweiß gebadet.

Dazu kam, daß die Signora Guendalina kurz nach der Heirat an einem Übel erkrankte, von dem sie nie genesen konnte, denn um zu genesen, hätte sie ein Opfer bringen müssen, das über ihre Kräfte ging: sie hätte auf nichts Geringeres verzichten müssen als auf gewisse getrüffelte Pastetchen, die ihr gar so gut schmeckten, und auf andere ähnliche Leckerbissen, und außerdem, das vor allem, auf Wein. Nicht, daß sie viel getrunken hätte, Gott behüte, sie stammte ja aus besseren Kreisen: aber sie hätte eben nicht einen einzigen Tropfen trinken dürfen.

Berto und ich waren in jungen Jahren manchmal bei Malagna zum Mittagessen. Es war für uns ein rechter Spaß, wenn er seiner Frau, mit allem schuldigen Respekt, Enthaltsamkeit predigte, während er selber mit dem größten Behagen die üppigsten Speisen verzehrte, ja geradezu verschlang.

»Ich kann es nicht zulassen«, sagte er, »daß man wegen des momentanen Genusses, den der Schlund beim Hinabgleiten eines Bissens empfindet, wie zum Beispiel dieses hier,« *(und schon war der Bissen unten)* »sich tagelange Beschwerden zuzieht. Was hat

das für einen Sinn? Ich würde mich nachher aufs tiefste beschämt fühlen, ganz bestimmt. Rosina!« *(rief er nach dem Dienstmädchen)* »Gib mir noch etwas davon. Ausgezeichnet, diese Mayonnaise!«

»Mayonn . . esel!« fuhr die Signora wie eine Viper auf. »Schluß damit jetzt! Gott sollte dich einmal spüren lassen, was es heißt, magenkrank zu sein. Dann würdest du lernen, deine Frau zu respektieren.«

»Wie, Guendalina? Tu ich das denn nicht?« rief Malagna aus, während er sich etwas Wein einschenkte.

Statt jeder Antwort stand seine Frau auf, nahm ihm das Glas aus der Hand und schüttete den Wein aus dem Fenster.

»Wieso? Warum?« ächzte Malagna verdutzt.

Und seine Frau:

»Weil Wein für mich Gift ist! Hast du je gesehen, daß ich mir auch nur einen Tropfen ins Glas gieße? Wenn ja, dann nimm es mir weg und schütte den Wein aus dem Fenster, wie ich es getan habe. Verstanden?«

Verlegen lächelnd sah Malagna erst Berto kurz an, dann mich, dann das Fenster, dann das Glas; schließlich sagte er:

»Mein Gott, bist du denn ein Kind? Ich und Gewalt anwenden? Niemals, meine Liebste: du selber, aus eigener Überlegung, solltest dich beherrschen …«

»Und wie denn?« schrie die Signora. »Wenn ich die Versuchung dauernd vor Augen habe? Wenn ich zusehen muß, wie du ununterbrochen Wein trinkst, ihn genießt, ihn gegen das Licht hältst, nur um mich zu reizen? Schluß damit, sag' ich! Ein anderer Mann würde, um mich nicht so leiden zu lassen …«

Nun denn, Malagna brachte es tatsächlich so weit: er trank keinen Wein mehr, um seiner Frau ein Beispiel von Enthaltsamkeit zu geben und sie nicht leiden zu lassen.

Dann – stahl er … Klar! Irgend etwas mußte er doch tun.

Bald jedoch kam er dahinter, daß sie, die Signora Guendalina, heimlich trank, Wein trank. Als genügte es, um jede schädliche

Wirkung auszuschalten, daß der Mann ihr nicht zusah. Da begann auch er, Malagna, wieder zu trinken, aber außer Hause, um seine Frau nicht zu kränken.

Trotzdem stahl er weiter, das ist wahr. Ich aber weiß, daß er sich von seiner Frau sehnlichst eine gewisse Entschädigung für den vielen Kummer wünschte, den sie ihm bereitete; das heißt, er wünschte, daß sie sich eines Tages entschlösse, ihm einen Sohn in die Welt zu setzen. Eben! Seine Diebereien hätten dann einen Sinn gehabt, eine Rechtfertigung. Was tut man nicht alles für das Wohl seiner Kinder?

Die Frau aber verfiel zusehends mit jedem Tag, und Malagna wagte nicht, über seinen brennenden Wunsch mit ihr auch nur zu reden. Vielleicht war sie überhaupt unfruchtbar. Jedenfalls aber mußte man auf ihre Krankheit alle Rücksicht nehmen. Und wenn sie bei der Entbindung stürbe? Der Himmel bewahre uns!... Auch bestand die Gefahr, daß sie das Kind nicht austragen könne.

So fand er sich schließlich damit ab.

Wirklich? Nach dem Tod der Signora Guendalina lieferte er nicht eben den Beweis. Er beweinte sie, o ja, sehr beweinte er sie und gedachte ihrer stets mit so tiefem Respekt, daß er sie durch keine andere Dame aus besseren Kreisen ersetzen wollte, obwohl er es leicht hätte tun können. Gewiß doch, er war ja jetzt ein reicher Mann. Er nahm vielmehr die Tochter eines einfachen Gutsverwalters, ein gesundes, blühendes, kräftiges, heiteres Geschöpf; und er tat es einzig deshalb, um keinen Zweifel darüber aufkommen zu lassen, daß er imstande sei, Nachkommen zu haben. Und wenn er es damit allzu eilig hatte ..., na ja, man muß bedenken, daß er kein Jüngling mehr war und keine Zeit mehr zu verlieren hatte.

Oliva, die Tochter Pietro Salvonis, unseres Verwalters von Due Riviere: ich kannte sie gut, schon seit ihrer Kindheit.

Ihretwegen schöpfte Mutter die größten Hoffnungen, was mich betraf: daß ich endlich Vernunft angenommen und Geschmack

an der Landwirtschaft gefunden hätte. In ihrer Freude verkannte sie die Sachlage, die arme Frau! Die schreckliche Tante Scolastica aber öffnete ihr eines Tages die Augen:

»Siehst du denn nicht, du Närrin, daß er immer nur nach Due Riviere geht?«

»Ja, wegen der Olivenernte.«

»Wegen der Oliva, du dummes Weib, wegen dieser einen Oliva, dieser einzigen Oliva!«

Da hielt Mutter mir eine regelrechte Strafpredigt: ich möge mich hüten, ein armes Mädchen in Versuchung zu führen und es für immer unglücklich zu machen. Und so weiter und so weiter.

Aber es bestand keine Gefahr. Oliva war anständig, unerbittlich anständig, denn sie wußte sehr genau, welche bösen Folgen es für sie haben würde, wenn sie nachgab. Darum, aus diesem Wissen eben, war sie frei von aller abgeschmackten, gekünstelten Scham; sie war kühn und ungeniert.

Und wie sie lachen konnte! Zwei Kirschen waren ihre Lippen. Und diese Zähne!

Von ihren Lippen kam kein Kuß, dafür bekam ich Bisse ihrer Zähne zu spüren, als Strafe, wenn ich sie an den Armen packte und nicht freigeben wollte, ehe ich nicht wenigstens auf ihre Haare einen Kuß drücken durfte.

Das war alles.

Und jetzt war sie, so schön, so jung, so frisch, Batta Malagnas Frau … Tja! Wer bringt schon die Kraft auf, einer gewissen Sorte von Glück den Rücken zu kehren? Dabei wußte Oliva genau, wie Malagna zu seinem Reichtum gekommen war! Voller Abscheu sprach sie einmal mit mir darüber; und dann ging sie hin und heiratete ihn, seines Reichtums wegen.

Ein Jahr vergeht seit der Hochzeit; zwei Jahre vergehen; von Kindern keine Spur.

Malagna, der all die Zeit hindurch in der Überzeugung gelebt hatte, daß einzig die Unfruchtbarkeit oder die Kränklichkeit seiner Gattin schuld an seiner Kinderlosigkeit gewesen sei, schöpfte

nicht den entferntesten Verdacht, es könnte an ihm liegen. Und er begann, Oliva zu zürnen.

»Nichts?«

»Nichts.«

Er wartete ein weiteres Jahr, ein drittes. Vergebens. Da beschimpfte er sie ganz offen. Und nach einem weiteren Jahr, als er alle Hoffnung aufgeben mußte, mißhandelte er in höchster Erbitterung Oliva rücksichtslos. Sie habe ihn mit ihrem blühenden Aussehen betrogen, schrie er ihr ins Gesicht, betrogen und wieder betrogen; nur, um von ihr einen Sohn zu haben, habe er sie so hoch erhoben, an die Stelle gesetzt, die einst eine Dame eingenommen habe, eine wirkliche Dame, deren Andenken er andernfalls nie einen solchen Schimpf angetan hätte.

Die arme Oliva gab keine Antwort, sie wußte nicht, was sie sagen sollte; sie kam wiederholt zu uns, um ihr Herz bei meiner Mutter auszuschütten. Die sprach ihr Trost zu. Sie dürfe die Hoffnung nicht aufgeben, sie sei ja noch so jung:

»Zwanzig?«

»Zweiundzwanzig ...«

Nun also, Mut! Es sei schon mehr als einmal vorgekommen, daß der Kindersegen sich erst zehn, sogar fünfzehn Jahre nach dem Hochzeitstag eingestellt hat. Fünfzehn Jahre? Er war schon jetzt alt; und wenn ...

Gleich im ersten Jahr war Oliva der Verdacht gekommen, daß – wie sagt man es nur? – das Versagen mehr auf seiner Seite liege als auf ihrer, obwohl er es hartnäckig bestritt. Wie aber den Beweis erbringen? Als sie heiratete, hatte Oliva sich selber geschworen, anständig zu bleiben, und sie wollte diesen Schwur nicht brechen, auch nicht, um sich beruhigende Gewißheit verschaffen zu können.

Wie ich das alles weiß? Wie sollte ich es nicht wissen! ... Ich habe doch gesagt, daß sie zu uns kam, um ihr Herz auszuschütten; ich habe auch schon gesagt, daß ich sie seit ihrer Kindheit kannte; und jetzt sah ich sie in Tränen, weil dieses alte Scheusal sie in seiner dummen und aufreizenden Anmaßung auf die un-

würdigste Weise behandelte. Und ... muß ich denn wirklich alles sagen? Übrigens, es blieb beim Nein; also genug darüber.

Ich tröstete mich bald. Ich hatte damals alle möglichen anderen Dinge im Sinn, zumindest glaubte ich es (was das gleiche ist). Ich hatte auch Geld, was – von allem anderen abgesehen – gewisse Gedanken fördert, die man sonst nicht hätte. Es auszugeben, half mir allerdings dieser verdammte Gerolamo Pomino II., Mino genannt, der infolge der weisen Sparsamkeit seines Vaters nie ausreichend mit Geld versehen war.

Mino folgte uns wie ein Schatten; einmal mir, einmal Berto, und er verstand es, sich mit affenartiger Nachahmungsfähigkeit zu verwandeln, je nachdem, ob er mit Berto oder mit mir zusammen war. Wenn er sich an Berto heftete, führte auch er sich sogleich wie ein Geck auf; und sein Vater, der gleichfalls Anwandlungen zur Eleganz hatte, öffnete ein wenig seinen Geldbeutel. Mit Berto aber dauerte es nicht lange. Als er sich sogar in seiner Art des Gehens nachgeahmt sah, verlor mein Bruder rasch die Geduld, vielleicht fürchtete er, durch Mino lächerlich zu werden. Er behandelte ihn schlecht, bis er ihn endlich los war. Da heftete sich Mino wieder an mich, und sein Vater schnürte den Geldbeutel wieder zu.

Ich hatte mehr Geduld, denn ich trieb öfters meinen Spaß mit ihm. Später bereute ich es. Ich mußte einsehen, daß ich seinetwegen bei gewissen Affären über die Stränge geschlagen oder meine Natur vergewaltigt oder meine Gefühle übertrieben hatte, nur, um ihn zum Staunen oder in eine peinliche Situation zu bringen; an deren Folgen ich dann natürlich selber zu leiden hatte.

Eines Tages nun, als wir auf der Jagd waren und ich ihm von Malagnas Heldentaten gegenüber Oliva erzählt hatte, sagte er, er habe unlängst ein Mädchen gesehen, die Tochter einer Kusine eben dieses Malagna, mit der er gerne eine große Dummheit begehen würde. Die Möglichkeit dazu bestehe durchaus, denn das Mädchen scheine nicht gerade spröde zu sein. Leider habe er noch keine Gelegenheit gefunden, mit ihr auch nur zu reden.

»Geh! Du hast eben nicht den Mut dazu gehabt!« sagte ich lachend.

Mino widersprach; aber er wurde nur zu rot, während er widersprach.

»Ich habe mich dafür mit der Magd unterhalten«, beeilte er sich hinzuzufügen. »Und da habe ich schöne Dinge gehört. Weißt du, was sie mir gesagt hat? Daß dein mieser Malagna immerzu bei ihnen steckt. Irgendwie hat sie den Eindruck, daß er etwas im Schilde führe, zusammen mit dieser alten Hexe, seiner Kusine.«

»Im Schilde? Wieso?«

»Nun, sie sagt, er beklagt sich immer über sein Unglück, wenn er kommt, daß er keine Kinder hat. Hart und finster wie sie ist, meint die Alte, es geschehe ihm nur recht. Offenbar war sie, nach dem Tod von Malagnas erster Frau, darauf aus gewesen, ihre Tochter mit ihm zu verheiraten, und hatte nichts unversucht gelassen, es durchzusetzen. In ihrer Enttäuschung soll sie ihn alles mögliche geheißen haben, ein Rindvieh, einen Feind der Verwandten, einen Verräter am eigenen Fleisch und Blut und so weiter. Auch auf ihre Tochter soll sie böse sein, weil die es nicht verstanden hatte, den Onkel an sich zu binden. Jetzt, wo dieser alte Kerl es schwer bereut, nicht seine Nichte beglückt zu haben – wer weiß, mit welchen neuen hinterhältigen Gedanken sich die alte Hexe trägt.«

Ich hielt mir die Ohren zu und schrie Mino an:

»Schweig!«

Entgegen allem Anschein war ich damals, im Grunde, noch sehr gutgläubig. Da ich aber wußte, welche Szenen sich im Hause Malagna abgespielt hatten und weiterhin abspielten, hielt ich es nicht für ausgeschlossen, daß an dem Verdacht der Magd etwas dran sei; so wollte ich im Interesse Olivas versuchen, Näheres in Erfahrung zu bringen. Ich ließ mir von Mino die Adresse der alten Hexe geben. Mino bat mich, an ihn zu denken, was das Mädchen betraf.

»Sei unbesorgt«, antwortete ich. »Ich überlasse sie dir, klar!«

Wie ich am nächsten Morgen zufälligerweise von meiner Mutter erfuhr, wurde am gleichen Tage ein Wechsel fällig, und ich nahm dies zum Vorwand, um Malagna im Hause eben jener Witwe Pescatore aufzusuchen.

Absichtlich rannte ich, so daß ich erhitzt und in Schweiß gebadet ins Zimmer gestürzt kam.

»Malagna, der Wechsel!«

Hätte ich nicht schon gewußt, daß sein Gewissen nicht rein war, ich hätte es an diesem Tag unbedingt bemerken müssen, als ich ihn bleich, entstellt und stammelnd aufspringen sah:

»Welcher … welcher We … welcher Wechsel?«

»Nun, der Wechsel von Soundso, der heute fällig wird … Mutter schickt mich, sie macht sich Sorgen!«

Batta Malagna ließ sich in seinen Sessel zurückfallen und hauchte in einem unendlich langen »Ah« den ganzen Schrecken aus, den er einen Augenblick lang durchgestanden hatte.

»Schon erledigt! … alles in Ordnung! … So ein Schreck, verdammt noch mal … Ich habe ihn erneuert, jawohl, auf drei Monate, gegen Bezahlung der Zinsen, versteht sich. Und du bist wirklich wegen einer solchen Lappalie bis hierher gelaufen?«

Und er lachte, lachte, daß sein dicker Wanst tanzte. Er lud mich ein, Platz zu nehmen, stellte mich den Frauen vor.

»Mattia Pascal. Meine Kusine Marianna Dondi, verwitwete Pescatore. Meine Nichte Romilda …«

Er bestand darauf, daß ich etwas trinke, um mich von meinem Lauf zu erholen.

»Romilda, sei so gut …«

Er schien hier zu Hause zu sein.

Romilda erhob sich, sah ihre Mutter an, als wollte sie mit den Blicken bei ihr Rat holen, und kehrte, trotz meiner Proteste, kurz darauf mit einem kleinen Tablett zurück, auf dem ein Glas und eine Flasche Wermut standen. Als ihre Mutter das sah, stand sie verärgert auf und sagte zu ihrer Tochter:

»Nicht das! Nicht das! Gib her!«

Sie nahm ihr das Tablett aus den Händen, ging hinaus und kam mit einem anderen, funkelnagelneuen, lackierten Tablett zurück, auf dem sich ein prächtiges Likörservice befand: ein versilberter Elefant, der auf dem Rücken ein gläsernes Fäßchen trug, und ringsum hingen viele Likörgläschen, die leise klirrten.

Ich hätte Wermut vorgezogen. Ich trank nun den Likör.

Auch Malagna und die Alte tranken. Romilda nicht.

Ich hielt mich bei diesem ersten Besuch nur kurz auf. Um einen Vorwand zu haben, wiederzukommen, sagte ich, ich müsse meine Mutter so rasch als möglich über den Wechsel beruhigen, wolle aber gerne an einem der nächsten Tage die Damen neuerdings aufsuchen, um mit mehr Muße meine Zeit in ihrer Gesellschaft zu verbringen.

Die Art, mit der mich Marianna Dondi, verwitwete Pescatore, beim Fortgehen grüßte, ließ nicht darauf schließen, daß sie über meine Ankündigung eines zweiten Besuchs besonders erfreut sei: sie reichte mir kaum die Hand: eine eisige, dürre, knotige Hand; sie senkte die Augen und preßte die Lippen zusammen. Dafür entschädigte mich ihre Tochter mit einem lieblichen Lächeln, das freundliche Aufnahme versprach, und mit einem süßen und zugleich traurigen Blick aus Augen, die auf mich vom ersten Moment an einen ungemein tiefen Eindruck gemacht hatten: Augen von seltsamem Grün, intensiv dunkel, von überaus langen Wimpern beschattet; nächtige Augen, eingerahmt von zwei ebenholzschwarzen, gelockten Haarsträhnen, die bis in die Stirne und zu den Schläfen reichten, als wollten sie das Weiß der Haut um so lebhafter zur Geltung bringen.

Die Wohnung war bescheiden eingerichtet; schon aber konnte man neben den alten Möbeln auch ein paar kürzlich erworbene bemerken, die ihre aufdringliche Neuheit protzig und plump zur Schau stellten. So standen zwei große, seltsam geformte, noch unbenutzte Majolikalampen mit Kugeln aus geschliffenem Glas auf einer armseligen Konsole mit vergilbter Marmorplatte, die einen düsteren Spiegel in einem stellenweise schadhaften runden Rah-

men trug; es war, als gähne er vor Hunger inmitten des Zimmers. Vor einem wackeligen Diwan stand ferner ein Tischchen mit vier vergoldeten Füßen und einer lebhaft bemalten Porzellanplatte; auch einen lackierten japanischen Wandschrank gab es und noch anderes mehr. Auf all den neuen Sachen ruhte, wie schon vorher auf dem Likörservice, das die Kusine, die Witwe Pescatore, im Triumph hereingebracht hatte, Malagnas Blick mit sichtlichem Wohlgefallen.

Die Wände waren fast gänzlich mit alten, gar nicht üblen Stichen behängt. Malagna nötigte mich, einige von ihnen besonders zu bewundern. Sie stammten, wie er mir erklärte, von seinem Vetter Francesco Antonio Pescatore, der sei ein hervorragender Kupferstecher gewesen (und, wie er leise hinzufügte, in Turin in geistiger Umnachtung gestorben); auch dessen Porträt mußte ich mir ansehen.

»Von ihm selber gemalt, eigenhändig, vor dem Spiegel.«

Kurz zuvor noch hatte ich bei mir gedacht, indem ich Romilda betrachtete und dann ihre Mutter: »Sie wird wohl dem Vater ähnlich sehen!« Jetzt, vor seinem Bildnis, wußte ich nicht mehr, was ich denken sollte.

Ich will mich in keine beleidigenden Vermutungen einlassen. Ich gestehe, daß ich dieser Marianna Dondi, verwitweten Pescatore, alles zutraue; wie aber war es vorstellbar, daß sich ein Mann, ein schöner noch dazu, in sie verliebte? Nur ein Wahnsinniger, einer, der noch wahnsinniger wäre, als ihr Gatte es gewesen ist.

Ich berichtete Mino von meinen Eindrücken während meines ersten Besuchs. Ich sprach von Romilda mit solcher Wärme, daß er sofort Feuer fing. Er war überglücklich, daß sie auch mir so gut gefallen hatte und daß er meine Billigung fand.

Dann fragte ich ihn, was er für Absichten habe. Die Mutter sah gewiß wie eine alte Hexe aus; die Tochter aber war anständig, das wollte ich beschwören. Über die niederträchtigen Absichten Malagnas bestand kein Zweifel; es galt also, das Mädchen um jeden Preis und so rasch wie möglich zu retten.

»Aber wie?« fragte mich Pomino, der verzückt an meinen Lippen hing.

»Wie? Das wird sich zeigen. Vor allem muß man sich über einige Dinge Gewißheit verschaffen; man muß der Sache auf den Grund gehen; muß sie genau studieren. Du wirst begreifen, daß man einen solchen Entschluß nicht mir nichts dir nichts fassen kann. Laß mich nur machen; ich will dir helfen. Das ist ein Abenteuer, das ich gerne unternehme.«

»Ja … aber …«, wandte Pomino schüchtern ein, er fühlte sich wie auf Nadeln, als er sah, wie hingerissen ich war. »Meinst du am Ende … heiraten?«

»Ich meine gar nichts. Vorläufig. Hast du etwa Angst davor?«

»Nein, warum?«

»Du bist zu hastig. Langsam, nur langsam. Erst überlegen. Wenn wir uns vergewissern, daß sie tatsächlich so ist, wie sie sein soll: gut, klug, tugendhaft (schön ist sie, kein Zweifel, und sie gefällt dir, wie?) … Also! Nehmen wir an, daß ihr durch die Gewissenlosigkeit ihrer Mutter und dieser anderen Kanaille ernste Gefahr droht, daß sie im Begriffe ist, das wehrlose Opfer eines gemeinen Schachers zu werden: würdest du da zögern, eine verdienstvolle Tat zu vollbringen, eine heilige Tat, eine rettende Tat?«

»Nein … ich nicht!« sagte Pomino. »Aber … mein Vater?«

»Er könnte sich widersetzen? Warum denn? Wegen der Mitgift? Vielleicht. Das wäre aber auch der einzige Grund! Denn weißt du, sie ist die Tochter eines Künstlers, eines ausgezeichneten Kupferstechers, der, nun, der gestorben ist, der, kurz und gut, in Turin gestorben ist … Dein Vater aber ist reich und hat niemanden sonst als dich: er kann dir also ruhig deinen Wunsch erfüllen, ohne auf die Mitgift zu sehen! Und wenn es dir auf gütlichem Wege nicht gelingt, nur keine Furcht: ein kühner Flug aus dem Nest, und alles kommt in Ordnung. Pomino, hast du denn kein Blut in den Adern?«

Pomino lachte, und ich bewies ihm, eins, zwei, drei, daß er der geborene Ehemann sei, wie man ein geborener Dichter ist. Ich

schilderte ihm in lebhaften und verlockenden Farben das Ehe-glück, das ihn mit seiner Romilda erwartete; die Liebe, die Für-sorge, die Dankbarkeit, die sie ihm, ihrem Retter, entgegenbrin-gen würde. Ich schloß:

»Du mußt jetzt Mittel und Wege finden, dich bei ihr bemerkbar zu machen, sie zu sprechen oder ihr zu schreiben. Siehst du, in die-sem Moment, wo diese Giftspinne auf sie lauert, könnte ein Brief von dir für sie einen Rettungsanker bedeuten. Inzwischen werde ich sie öfters besuchen; bei ihr Umschau halten; versuchen, es so einzurichten, daß ich dich ihr vorstellen kann. Einverstanden?«

»Einverstanden.«

Warum eigentlich war ich von der Manie besessen, Romilda zu verheiraten? – Nur so. Ich wiederhole: es machte mir Spaß, Pomino zum Staunen zu bringen. Ich redete und redete, und alle Schwierigkeiten schwanden. Ich war draufgängerisch und nahm alles auf die leichte Schulter. Vielleicht liebten mich deshalb die Frauen, damals, trotz meinem Auge, das in eine falsche Richtung blickte, und trotz meiner vierschrötigen Gestalt. Diesmal aber – ich muß es bekennen – entsprang mein Eifer auch noch dem Wunsch, das Netz zu zerstören, das dieser widerliche alte Kerl in der gemeinsten Weise spann, und ihn mit langer Nase abziehen zu lassen; mich bestimmte der Gedanke an die arme Oliva und – warum nicht? – zugleich die Hoffnung, dem anderen Mädchen, das so tiefen Eindruck in mir hinterlassen hatte, etwas Gutes zu tun.

Welche Schuld habe ich, wenn Pomino meine Anweisungen viel zu schüchtern durchführte? Welche Schuld habe ich, wenn sich Romilda in mich verliebte, statt in ihn, obwohl ich doch immer nur von ihm sprach? Und welche Schuld habe ich, wenn es diese perfide Marianna Dondi, verwitwete Pescatore, verstand, mich glauben zu lassen, es sei mir mit meinen Künsten in kürzester Zeit gelungen, ihr Mißtrauen zu besiegen und sogar ein Wunder zu vollbringen: nämlich ihr mit meinen ausgefallenen Ideen mehr als einmal ein Lachen zu entlocken? Ich sah sie nach und nach die

Waffen strecken; ich sah mich gut aufgenommen; ich dachte, da nun ein junger reicher Mann (ich hielt mich immer noch für reich) in ihrem Hause verkehrte, der offenkundige Zeichen der Verliebtheit in ihre Tochter gab, habe sie ihren gemeinen Plan aufgegeben, sollte sie ihn jemals gehabt haben. So weit war es mit mir gekommen, daß ich sogar daran zu zweifeln begann.

Ich hätte, das ist wahr, den Umstand beachten sollen, daß ich Malagna nie wieder in ihrem Hause antraf und daß es seine guten Gründe haben mußte, wenn sie mich nur morgens empfing. Aber wer schon hätte das weiter beachtet? Auch schien es ganz natürlich, denn ich schlug, um mich ungebundener zu fühlen, jedesmal einen Ausflug ins Freie vor, und solche Ausflüge macht man besser des Morgens. Außerdem, auch ich hatte mich nun in Romilda verliebt, obwohl ich fortfuhr, ihr von Pominos Liebe zu erzählen; ich war wahnsinnig verliebt in diese schönen Augen, in diese kleine Nase, in diesen Mund, in alles an ihr, selbst in die winzige Warze, die sie im Nacken hatte, in die kaum sichtbare Narbe auf ihrer Hand, und ich küßte und küßte sie immer wieder... im Namen Pominos natürlich... bis zur Besinnungslosigkeit.

Und doch wäre vielleicht nichts Ernstes geschehen, hätte Romilda nicht eines Morgens (wir waren in La Stìa und hatten ihre Mutter in der entzückten Betrachtung der Mühle zurückgelassen) plötzlich die allzu ausgiebigen Scherze über ihren fernen schüchternen Verehrer abgebrochen und mich, in einem plötzlichen Weinkrampf meinen Hals umschlingend und am ganzen Leibe zitternd, beschworen, mich ihrer zu erbarmen; ich möge sie von hier fortführen, irgendwie, irgendwohin, weit, weit fort von ihrem Hause, von ihrer bösen Mutter, von allen, jetzt, gleich, auf der Stelle...

Weit fort? Wie sollte ich sie so auf der Stelle weit fortführen?

Später allerdings, und noch wie berauscht, befaßte ich mich mehrere Tage lang mit einer solchen Möglichkeit. Ich meinte es ehrlich, war zu allem bereit. Ich begann auch schon, meine Mutter auf eine bevorstehende Heirat vorzubereiten, die ja nunmehr

auch aus Gewissensgründen unvermeidlich geworden war. Da bekam ich, ohne mir näher erklären zu können warum, einen knappen, trockenen Brief von Romilda, in dem sie mich bat, mich in keiner Weise mehr um sie zu kümmern und sie nicht mehr zu besuchen; ich möge unsere Beziehung als für immer beendet ansehen.

So? Was war denn geschehen? Was?

Am gleichen Tag kam Oliva weinend zu uns gelaufen. Sie sei die unglücklichste Frau der Welt, eröffnete sie meiner Mutter, ihr Ehefrieden sei für immer zerstört. Ihrem Mann sei der Beweis gelungen, daß die Schuld an der Kinderlosigkeit nicht bei ihm liege; triumphierend habe er es ihr mitgeteilt.

Ich wohnte diesem Auftritt bei. Wie ich es zuwege brachte, nicht gleich loszubrechen, weiß ich selber nicht. Der Respekt vor meiner Mutter hielt mich wohl zurück. Von Zorn und Ekel übermannt, eilte ich in mein Zimmer, schloß mich ein. Als ich allein war, raufte ich mir die Haare und fragte mich, wie es möglich sei, daß sich Romilda, nach all dem, was zwischen uns gewesen war, zu einem so schändlichen Spiel hatte hergeben können! Die würdige Tochter ihrer Mutter! Nicht nur den alten Kerl hatten die beiden in der gemeinsten Weise betrogen, sondern auch mich! Mich! Wie ihre Mutter, so hatte auch sie sich meiner in der schandbarsten Weise für ihre niederträchtigen Zwecke bedient, für ihre scheußliche Begehrlichkeit! Und die arme Oliva! Sie war endgültig erledigt ...

Vor Abend noch ging ich aus, am ganzen Leibe bebend, und suchte Oliva in ihrem Hause auf. In der Tasche hatte ich Romildas Brief.

Oliva packte unter Tränen ihre Sachen: sie wollte sofort zu ihrem Vater zurück, dem sie bisher vorsichtshalber mit keinem Wort angedeutet hatte, was sie alles hatte durchstehen müssen.

»Was soll ich denn noch hier?« klagte sie. »Es ist aus! Wenn er sich wenigstens mit einer anderen eingelassen hätte, dann vielleicht ...«

41

»Ah, du weißt also, mit wem er sich eingelassen hat?« fragte ich.

Sie nickte mehrmals unter Tränen und verbarg ihr Gesicht in den Händen.

»Ein blutjunges Ding!« rief sie dann mit erhobenen Armen. »Und die Mutter! Ihre Mutter! Diese Mutter! Mit ihr unter einer Decke, kannst du das verstehen? Ihre eigene Mutter!«

»Mir sagst du es?« entgegnete ich. »Da, lies.«

Ich gab ihr den Brief.

Oliva sah ihn verblüfft an; nahm ihn, fragte mich:

»Was soll das heißen?«

Sie war des Lesens kaum kundig. Sie blickte mich an, unschlüssig, ob es denn wirklich nötig sei, daß sie sich in diesem Moment eine solche Mühe mache.

»Lies«, bestand ich.

Sie trocknete sich die Augen, entfaltete das Blatt und begann, die Schriftzüge zu entziffern, langsam, Buchstaben für Buchstaben. Nach den ersten Worten warf sie einen Blick auf die Unterschrift und sah mich dann mit weit aufgerissenen Augen an:

»Du?«

»Gib her«, sagte ich. »Ich lese ihn dir vor, Wort für Wort.«

Sie aber drückte das Blatt an ihre Brust:

»Nein!« schrie sie. »Ich gebe ihn dir nicht zurück! Den brauche ich jetzt!«

»Wozu?« fragte ich mit bitterem Lächeln. »Du möchtest ihn ihm zeigen? Aber in dem ganzen Brief steht doch kein Wort, das deinen Mann bestimmen könnte, nicht mehr an das zu glauben, was er mit größter Freude glaubt. Die haben ihn dir schön weggefischt, glaube mir.«

»Ach, das ist wahr! Nur zu wahr!« jammerte Oliva. »Er ist mir mit den Händen ins Gesicht gefahren und hat mich angebrüllt, ich solle es ja nicht wagen, die Anständigkeit seiner Nichte in Zweifel zu ziehen.«

»Siehst du?« sagte ich und lachte hart auf. »Du kannst durch Widerspruch gar nichts mehr erreichen. Hüte dich davor! Du

mußt ihm, im Gegenteil, sagen, es sei wahr und nochmals wahr, daß er imstande ist, Kinder zu haben … verstehst du?«

Warum nur schlug dann Malagna, ungefähr einen Monat später, seine Frau in höchster Wut, kam, noch den Schaum vor dem Mund, zu mir gestürzt und forderte Wiedergutmachung, denn ich hätte seine Nichte, ein armes Waisenkind, entehrt, unglücklich gemacht? Er habe, so fügte er hinzu, über die Sache schweigen wollen, um einen Skandal zu vermeiden. Er sei sogar, da er kinderlos war, aus Mitleid mit der Ärmsten bereit gewesen, das Kind nach der Geburt als das seine anzunehmen. Jetzt aber, da Gott ihm endlich das Glück gewähre, *selber ein Kind, ein eheliches, von seiner eigenen Frau geschenkt zu bekommen*, könne er nicht mehr, könne er bei bestem Willen nicht mehr auch noch den Vater für das andere Kind spielen, das seine Nichte erwartete.

»Um das muß Mattia sich kümmern! Diese Sache muß Mattia in Ordnung bringen!« schrie er, rot vor Zorn im Gesicht. »Und zwar sofort! Ich bestehe auf der sofortigen Erfüllung meiner Forderung! Man zwinge mich nicht, mehr zu sagen oder etwas Unbesonnenes zu tun!«

Überlegen wir ein wenig, nun, da wir an diesen Punkt gelangt sind. Ich habe schon allerhand erleben können. Selbst wenn man mich für einen Idioten halten sollte oder für … etwas noch Schlimmeres, es würde mich eigentlich kaum mehr treffen. Ich stehe ja – wie gesagt – gleichsam schon außerhalb des Lebens, und es geht mich nichts mehr an. Wenn ich also, an diesen Punkt gelangt, vernünftig überlegen will, so einzig und allein aus Gründen der Logik.

Es scheint mir klar, daß Romilda nicht notwendigerweise etwas Böses getan hat, zumindest tat sie nichts, um ihren Onkel zu täuschen. Warum sonst hätte Malagna seiner Frau unter Stockhieben Verrat vorgeworfen und mich bei meiner Mutter beschuldigt, Schande über seine Nichte gebracht zu haben?

Tatsächlich beteuert Romilda, daß ihre Mutter damals, als sie ihr kurz nach unserem Ausflug nach La Stìa das Liebesverhältnis eingestehen mußte, das sie unlöslich an mich band, einen Wut-

anfall bekommen und ihr schreiend ins Gesicht hinein erklärt habe, sie werde niemals zulassen, daß ihre Tochter einen Taugenichts heirate, einen Menschen, der sozusagen schon am Rande des Abgrunds stehe. Da sie, Romilda, sich selber in das größte Unglück gestürzt habe, das einem Mädchen zustoßen könne, bleibe ihr, der Mutter, nichts anderes übrig, als aus diesem Unglück den bestmöglichen Nutzen zu ziehen. Was sie damit meinte, war leicht zu erraten. Als Malagna zur gewohnten Stunde kam, entfernte sie sich unter einem Vorwand und ließ Romilda mit ihrem Onkel allein. Da warf sich ihm Romilda unter heißen Tränen – wie sie sagt – zu Füßen und gab ihm zu verstehen, in welcher Notlage sie sich befinde und welches Ansinnen ihre Mutter an sie stelle; sie bat ihn, sich ins Mittel zu legen und ihre Mutter zu einem ehrlichen Vorgehen zu bestimmen, denn sie, Romilda, gehöre bereits einem anderen und wolle ihm treu bleiben.

Malagna ließ sich erweichen – aber nur bis zu einem gewissen Grad. Sie sei noch minderjährig, sagte er, stehe daher unter der Gewalt der Mutter und die könne, wenn sie wollte, sogar gerichtlich gegen mich vorgehen; auch ihm verbiete es das gute Gewissen, eine Heirat mit einem Tunichtgut meinesgleichen, einem hirnrissigen Verschwender, zu billigen, er sehe sich daher nicht in der Lage, ihrer Mutter eine solche Empfehlung zu geben; angesichts des gerechten und natürlichen mütterlichen Zorns, so sagte er, müsse Romilda doch ein gewisses Opfer bringen, eines, das noch dazu ihrem Besten diene; er könne nichts anderes tun, schloß er, als Vorsorge zu treffen – vorausgesetzt, daß alle das strengste Stillschweigen bewahrten –, Vorsorge für das zu erwartende Kind; er wolle ihm ein Vater sein, das wolle er, der keine Kinder habe und sich schon so lange und so sehnlich eines wünsche.

Kann man – frage ich – anständiger vorgehen?

Eben: alles, was er dem Vater gestohlen hatte, wollte er dessen künftigem Kind zuwenden.

Was kann er dafür, wenn ich dann all seine schönen Pläne in der undankbarsten und einsichtslosesten Weise verdarb?

Denn zwei, nein! Zwei denn doch nicht, zum Teufel!

Das schien ihm zu viel. Da mein Bruder Roberto bereits eine vorteilhafte Ehe eingegangen war, meinte Malagna wohl, ihn habe er nicht so schwer geschädigt, daß er auch für ihn Buße tun müsse.

Kurz und gut, man sieht, daß ich allein – inmitten so vieler braver Leute – alles Übel verschuldet hatte. Also mußte ich büßen.

Erst lehnte ich empört ab. Auf die Bitten meiner Mutter aber, die schon den Ruin unserer Familie kommen sah und hoffte, ich könnte mich retten, wenn ich die Nichte ihres Feindes heiratete, gab ich nach und heiratete.

Über meinem Haupte schwebte furchtbar der Zorn der Marianna Dondi, verwitwete Pescatore.

V.

Zeit des Reifens

Die alte Hexe konnte keinen Frieden geben:
»Was hast du nun erreicht?« fragte sie mich: »Genügte es dir
nicht, dich wie ein Dieb in mein Haus einzuschleichen, meiner
Tochter nachzustellen und sie zu verführen? Reichte dir das nicht?«

»O nein, liebe Schwiegermama!« entgegnete ich. »Hätte ich
mich damit begnügt, dann hätte ich ja Ihnen eine Freude gemacht, einen Gefallen erwiesen ...«

»Hast du das gehört?« schrie sie zu ihrer Tochter hinüber. »Er
ist auch noch stolz darauf, er wagt es, sich damit zu brüsten!
Schöne Heldentat, diese Geschichte mit der anderen ...« Und es
folgte eine Blütenlese wüstester Schimpfworte an die Adresse Olivas; sie stemmte die Hände in die Hüften und drehte die Ellenbogen nach vorn: »Nun, was hast du also erreicht? Hast du nicht
auch dein eigenes Kind ins Elend gebracht? Aber freilich, was
kümmert ihn das? Auch das andere Kind ist ja seines, auch das andere ...«

Sie unterließ es nie, zum Abschluß noch dieses feine Gift zu ver-
spritzen, es war von sicherer Wirkung, denn Romilda war eifersüchtig auf das Kind, das Oliva erwartete; es würde in Wohlstand
und Freuden aufwachsen, ihr eigenes hingegen in Not, in der Un-
gewißheit des kommenden Tags, inmitten von Zank und Streit.
Ihre Eifersucht wurde noch durch Nachrichten geschürt, die irgendeine gute, ahnungslos tuende Frau von der Tante Oliva Malagna brachte. Die sei so zufrieden, so glücklich über die Gnade,
die Gott ihr endlich gewährt hatte. Sie blühe und gedeihe; sehe
schöner aus denn je!

Sie, Romilda, hingegen, sieh einmal: kraftlos im Lehnstuhl sitzend, während sie dauernd von Übelkeit befallen wurde; sie war
blaß, heruntergekommen, häßlich geworden, kannte keinen glück-

lichen Augenblick mehr, hatte keine Lust, auch nur den Mund
aufzutun oder die Augen zu öffnen.

Auch das meine Schuld? Allem Anschein nach. Sie wollte mich
nicht mehr sehen, nichts mehr von mir hören. Das alles wurde
noch schlimmer, als, um das Gut La Stìa und die Mühle zu retten,
unsere Häuser verkauft werden mußten und meine arme Mutter
genötigt war, zu mir zu ziehen, in diese Hölle.

Der Verkauf rettete natürlich gar nichts. Malagna, der sich
durch das erwartete Kind mehr denn je berechtigt fühlte, auch
noch die letzten Hemmungen und Skrupel aufzugeben, tat seinen
letzten Streich: Er setzte sich mit den Wucherern ins Einvernehmen und kaufte, ohne dabei selbst in Erscheinung zu treten, die
Häuser für einen Pappenstiel. So blieben die Schulden, die auf La
Stìa lasteten, zum großen Teil ungedeckt; das Gut samt der Mühle
wurde von den Gläubigern unter gerichtliche Verwahrung gestellt.
Wir waren erledigt.

Was nun? Ich machte mich, wenn auch fast ohne Hoffnung,
auf die Suche nach irgendeiner Beschäftigung. Ich war zu allem
bereit, um die allerdringendsten Bedürfnisse meiner Familie befriedigen zu können. Aber ich taugte zu nichts; und der Ruf, den
meine Jugendstreiche und mein Nichtstuertum mir eingetragen
hatten, ermutigte gewiß niemanden, mir Arbeit zu geben. Die
häuslichen Szenen überdies, denen ich täglich beiwohnen und die
ich mitmachen mußte, ließen mir auch gar nicht die nötige Ruhe,
um mich ein wenig zu besinnen und darüber nachzudenken, was
ich tun könne und was zu tun ich imstande wäre.

Daß meine Mutter in ständiger Berührung mit der Witwe Pescatore leben mußte, war für mich eine ekelhafte Vorstellung. Sie
war ja gewiß nicht mehr so ahnungslos, diese heilige, alte Frau,
aber sie war in meinen Augen nicht verantwortlich für ihre Unter-
lassungen, denn sie hatte es einfach nicht glauben können, daß es
so viel menschliche Niedertracht gab; jetzt hockte sie ganz in sich
gekehrt in einem Winkel, die Hände im Schoß, die Augen gesenkt, saß da, als wäre sie nicht ganz sicher, ob sie auch hier blei-

ben werde; als wäre sie gewärtig, abzureisen, bald abzureisen; so Gott es wollte! Nicht einmal der Luft war sie ein Hindernis. Bisweilen lächelte sie Romilda mitleidig zu; sich ihr zu nahen, wagte sie nicht mehr; eines Tages nämlich, als sie kurz nach ihrer Ankunft in diesem Hause Romilda helfen wollte, hatte die alte Hexe sie rüde fortgewiesen.

»Das mache schon ich, das mache ich; ich weiß selber, was ich zu tun habe.«

Damals hatte ich mich still verhalten, aus Vorsicht, denn in diesem Augenblick hatte Romilda Hilfe wirklich nötig; im übrigen aber achtete ich darauf, daß es niemand meiner Mutter gegenüber an Respekt fehlen lasse.

Bald bemerkte ich, daß meine Sorge um die Mutter die alte Hexe und auch meine Frau mit stiller Wut erfüllte. Ich fürchtete, die beiden würden, um ihrem Ärger Luft zu machen und ihre Galle zu erleichtern, meine Mutter schlecht behandeln, wenn ich nicht daheim war. Ich wußte genau, daß meine Mutter mir nichts sagen würde. Dieser Gedanke quälte mich. Immer wieder sah ich ihr in die Augen, um herauszubekommen, ob sie geweint hatte! Sie lächelte mir zu, streichelte mich mit ihren Blicken und fragte mich dann: »Warum siehst du mich so an?«

»Geht es dir auch gut, Mama?«

Sie machte eine schwach abwehrende Handbewegung: »Es geht mir gut; du siehst es doch? Kümmere dich um deine Frau; sie leidet sehr, die Ärmste.«

Es kam mir der Gedanke, an meinen Bruder Roberto nach Oneglia zu schreiben. Ich bat ihn, er möge Mutter zu sich holen, nicht, weil ich eine Last loswerden wollte, die ich auch in meinen bedrängten Verhältnissen mit Freuden auf mich nähme, sondern einzig und allein aus Sorge für ihr Bestes.

Berto antwortete, er könne es nicht; er könne es nicht tun, weil er sich nach unserem finanziellen Zusammenbruch sowohl gegenüber der Familie seiner Frau als auch gegenüber seiner Frau in einer höchst peinlichen Lage befinde: er lebe jetzt von der Mitgift

seiner Frau und könne ihr nicht auch noch die Schwiegermutter aufbürden. Im übrigen – so sagte er – würde sich unsere Mutter in seinem Hause genauso schlecht fühlen, denn auch er wohne mit der Mutter seiner Frau zusammen, und obwohl seine Schwiegermutter an sich ein guter Mensch sei, könnte sie infolge der unvermeidlichen Eifersüchteleien und Reibereien zwischen Schwiegermüttern doch auch böse werden. Es sei daher besser, meine Mutter bleibe bei mir; zumindest würde sie sich in ihren letzten Lebensjahren nicht so weit von ihrem Heimatort entfernen müssen und wäre nicht gezwungen, ihre Lebensgewohnheiten zu ändern. Abschließend beteuerte er, es tue ihm außerordentlich leid, daß er mir aus den oben angeführten Erwägungen auch keine wie immer geartete finanzielle Hilfe zukommen lassen könne, so herzlich gern er es täte.

Ich verbarg den Brief vor Mutter. Vielleicht wäre meine Empörung nicht so groß gewesen, hätte mir in diesem Moment meine Verzweiflung nicht das Urteil getrübt; ich hätte vielleicht – entsprechend meiner sonstigen Art zu denken – in Betracht gezogen, daß zwar eine Nachtigall, die ihre Schwanzfedern hergibt, immer noch von sich sagen kann, ihr bleibe die Gabe des Gesanges; aber ein Pfau – was bleibt dem, wenn er seine Schwanzfedern einbüßt? Für Berto wäre die geringste Störung seines wahrscheinlich nur mit der größten Mühe aufrecht erhaltenen Gleichgewichts, das es ihm gestattete, ruhig und vielleicht sogar mit einem gewissen Anschein von Anstand auf Kosten seiner Frau zu leben, ein ungeheures Opfer, ein nicht wiedergutzumachender Verlust gewesen. Außer seiner schönen Erscheinung, seinen liebenswürdigen Umgangsformen, seiner Haltung eines eleganten Herrn, hatte er seiner Frau weiter nichts zu bieten; nicht einmal ein bißchen Herz, das sie vielleicht für die Ungelegenheiten entschädigt hätte, die unsere arme Mutter ihr bereiten würde. Tja! Gott hatte ihn eben so geschaffen und ihm nur sehr, sehr wenig Herz mitgegeben. Was konnte er dafür, der arme Berto?

Indessen wurde meine Bedrängnis immer größer; ich wußte

nicht mehr, wie Abhilfe schaffen. Auch alle Goldsachen, die meine Mutter besaß, liebe Erinnerungsstücke, mußten verkauft werden. Die Witwe Pescatore fürchtete, ich und meine Mutter würden bald zu Lasten der monatlichen Rente von 42 Lire leben, die ihre Mitgift abwarf. Von Tag zu Tag wurde sie finsterer. Ich erwartete jeden Augenblick den Ausbruch ihrer Wut, die sie, vielleicht mit Rücksicht auf die Anwesenheit und das Verhalten meiner Mutter, schon allzulange unterdrückt hatte. Wenn ich im Hause ziellos umherschwirrte wie eine Fliege, warf das gewitterschwangere Weib mir Blicke zu, die wie Blitze den kommenden Sturm anzukündigen schienen. Ich ging aus dem Haus, um eine Entladung der aufgespeicherten Spannung zu verhindern. Dann aber fürchtete ich für Mutter und kehrte wieder heim.

Eines Tages tat ich es nicht rechtzeitig genug. Das Gewitter war endlich losgebrochen. Der Vorwand war nichtig: ein Besuch, den die zwei alten Mägde meiner Mutter abstatteten.

Die eine hatte sich nichts zur Seite legen können, denn sie mußte für eine Tochter sorgen, die als Witwe mit drei Kindern zurückgeblieben war, und also hatte sie sich sofort anderswo verdingt; die zweite Magd aber, Margherita, war allein auf der Welt und in der glücklichen Lage, mit den Ersparnissen, die sie während ihres langjährigen Dienstes in unserem Hause hatte machen können, ihr Alter in Ruhe zu verleben. Es scheint nun, daß sich meine Mutter in ihrer stillen Art bei diesen beiden guten Frauen und vertrauten Gefährtinnen über ihre elende und bittere Lage beklagt habe. Die brave alte Margherita, die das alles wohl schon geahnt, aber nicht offen auszusprechen gewagt hatte, lud sie daraufhin ein, sofort zu ihr zu ziehen: sie besaß zwei saubere Zimmer, dazu eine kleine Terrasse, die aufs Meer ging, mit vielen Blumen; hier hätten sie mitsammen in Frieden leben können: ach, sie wäre ja so glücklich gewesen, meiner Mutter noch dienen zu dürfen, ihr die Liebe und Ergebenheit zu beweisen, die sie für sie empfand.

Aber konnte denn meine Mutter die Einladung dieser armen alten Frau annehmen? Da nun geriet die Witwe Pescatore in Rage.

Als ich heimkam, sah ich sie gerade mit geballten Fäusten auf Margherita losgehen, die ihr tapfer standhielt, während sich meine Mutter mit Tränen in den Augen und vor Schreck am ganzen Leibe zitternd mit beiden Händen an dem anderen alten Weiblein Schutz suchend festklammerte. Kaum hatte ich meine Mutter in dieser Situation erblickt, als mich die blinde Wut überkam. Ich packte die Witwe Pescatore beim Arm und schleuderte sie zurück, so daß sie stürzte und weit über den Boden hinkollerte. Sie erhob sich im Nu und ging auf mich los, um sich auf mich zu werfen; unmittelbar vor mir aber blieb sie stehen.

»Hinaus!« schrie sie. »Du und deine Mutter, hinaus! Hinaus aus meinem Haus!«

»Höre«, sagte ich, und meine Stimme zitterte von der ungeheuren Anstrengung, die ich machen mußte, um mich zu beherrschen. »Höre: verschwinde auf der Stelle, pack dich fort auf deinen zwei Beinen und reize mich nicht länger. Geh, ich rate dir gut! Geh!«

Weinend und schreiend erhob sich Romilda aus ihrem Lehnstuhl und warf sich ihrer Mutter in die Arme: »Nein! Bleibe bei mir! Verlaß mich nicht, laß mich hier nicht allein!«

Diese feine Mutter aber stieß sie wütend von sich fort:

»Du hast ihn doch gewollt? Dann behalte ihn auch, diesen Vagabunden! Ich gehe allein meiner Wege!« Natürlich ging sie nicht.

Zwei Tage später kam – von Margherita geschickt, nehme ich an – Tante Scolastica hereingestürmt, wie üblich, und holte Mutter zu sich.

Diese Szene verdient, geschildert zu werden.

Die Witwe Pescatore war an diesem Morgen gerade damit beschäftigt, das Brot zu bereiten. Sie hatte die Ärmel aufgekrempelt und den Rock hochgezogen und um die Taille gerollt, damit er nicht beschmutzt werde. Sie wandte sich kaum um, als sie die Tante eintreten sah, sondern fuhr fort, das Mehl zu sieben, als wenn nichts geschehen wäre. Auch die Tante beachtete sie nicht;

sie war übrigens grußlos eingetreten; sie ging schnurgerade auf meine Mutter zu, als gäbe es in diesem Hause keine anderen Menschen als sie.

»Komm sofort, zieh dich an! Komm mit mir. Man hat mir etwas zugeflüstert. Und hier bin ich nun. Rasch, fort! Pack deine Siebensachen!«

Sie sprach stoßweise. Ihre stolz geschwungene Nase bebte in ihrem fahlen, wie von der Gelbsucht gezeichneten Gesicht, ihre Augen funkelten.

Die Witwe Pescatore sagte kein Wort.

Sie war mit dem Sieben fertig, hatte das Mehl bereits eingerührt und zum Teig geknetet. Jetzt schwang sie ihn hoch und schleuderte ihn mit aller Wucht in den Backtrog: das war die Antwort, die sie der Tante gab. Die drängte daraufhin um so mehr zum Fortgehen. Und die Witwe Pescatore bearbeitete den Teig immer heftiger: »Aber ja doch! – aber gewiß doch! – Nur zu! – Na freilich!« Nicht genug damit, sie nahm auch noch das Nudelholz und legte es neben sich auf den Backtrog, als wollte sie sagen: wenn nötig, habe ich auch noch das.

Hätte sie's doch nie getan! Die Tante Scolastica sprang auf, riß sich zornig das Umhangtuch von den Schultern und warf es meiner Mutter zu:

»Da, nimm! Laß alles liegen und stehen und komm!«

Sodann pflanzte sie sich vor der Witwe Pescatore auf. Die wich, um sie nicht so nahe vor sich zu haben, einen Schritt zurück, in drohender Haltung, als wollte sie mit dem Nudelholz ausholen; da fuhr die Tante Scolastica mit beiden Händen in den Backtrog, packte einen Klumpen Teig, schlug ihn ihr auf den Kopf. Zog ihn ihr über das Gesicht und stopfte ihn ihr mit beiden Händen in die Nase, in die Augen, in den Mund, wohin immer sie konnte. Dann packte sie meine Mutter beim Arm und zog sie mit sich fort.

Das Opfer der folgenden Szene war ich allein. Wutschnaubend schabte sich die Witwe Pescatore den Teig vom Gesicht, aus den verklebten Haaren und warf ihn mir ins Gesicht, der ich lachte

und lachte, wie von einem Lachkrampf befallen; sie zerrte mich am Bart und zerkratzte mich von oben bis unten; sodann warf sie sich wie in einem Tobsuchtsanfall auf die Erde, riß sich die Kleider vom Leibe und wälzte sich in wilder Raserei auf dem Fußboden; und dort drüben kotzte (*sit venia verbo*) meine Frau und stieß zwischendurch laute Schreie aus; ich aber rief der sich am Boden wälzenden Witwe Pescatore zu:

»Die Beine, um Gottes willen, zeigen Sie mir bloß nicht Ihre Beine!«

Seit damals, so darf ich sagen, habe ich Gefallen daran gefunden, über mein Unglück und meine Leiden zu lachen. Ich sah mich in jenem Augenblick als Mitspieler in der Tragödie, wie sie komischer nicht vorstellbar war: meine Mutter war mit der verrückten Tante einfach durchgebrannt; meine Frau dort ... reden wir lieber nicht darüber! Marianna Pescatore wälzte sich am Boden; und ich, der ich nicht mehr wußte, woher das sogenannte Brot für den nächsten Tag nehmen, stand da, den Bart mit Teig verklebt, das Gesicht zerkratzt, tropfnaß, ob von Blut oder von Tränen des Lachens, wußte ich nicht. Um es festzustellen, ging ich zum Spiegel. Es waren Tränen; aber ich war nicht wenig zerschunden. Und das eine Auge, wie sehr gefiel es mir jetzt! In der Verzweiflung blickte es mehr denn je auf eigene Faust in eine andere Richtung. Da lief ich fort, entschlossen, nicht mehr nach Hause zurückzukehren, ehe ich nicht eine Möglichkeit gefunden hätte, meine Frau und mich, wenn auch noch so kümmerlich, zu ernähren.

Ich selber empfand in diesem Moment über meinen jahrelangen leichtsinnigen Lebenswandel einen solchen Ärger und Unwillen, daß ich mir leicht denken konnte, wie wenig Mitleid mein Unglück bei anderen Menschen erwecken würde; es würde auf niemanden Eindruck machen. Ich hatte es nicht besser verdient. Ein einziger Mensch nur hätte Erbarmen mit mir haben können: er, der unser Vermögen gestohlen hatte; aber es war unvorstellbar, daß Malagna, nach all dem, was zwischen mir und ihm vorgefallen war, sich verpflichtet fühlen könnte, mir zu helfen.

Die Hilfe kam von einer Seite, von der ich es am wenigsten erwartete.

Am Abend des Tages, den ich gänzlich außer Haus verbracht hatte, begegnete ich zufälligerweise Pomino. Der tat, als sähe er mich nicht, und wollte weitergehen.

»Pomino!«

Mit finsterem Gesicht wandte er sich um, blieb stehen und senkte die Augen:

»Was willst du?«

»Pomino!« wiederholte ich mit erhobener Stimme, packte ihn bei der Schulter, rüttelte ihn und lachte ihm ins finstere Gesicht. »Ist das dein Ernst?«

O menschliche Undankbarkeit! Jetzt war er mir auch noch böse, dieser Pomino, wegen des Verrats, den ich seiner Meinung nach an ihm begangen hätte. Und ich konnte ihn nicht überzeugen, daß, ganz im Gegenteil, er an mir Verrat begangen hatte, daß er mir mehr als Dank schulde, daß er sich vor mir geradezu mit dem Gesicht zur Erde werfen müßte und die Spuren meiner Füße küssen.

Ich war noch immer wie trunken von der bösen Heiterkeit, die sich meiner bemächtigt hatte, seit ich vor dem Spiegel gestanden war.

»Siehst du diese Kratzwunden?« sagte ich zu ihm. »Die hat sie mir zugefügt!«

»Ro ... das heißt, deine Frau?«

»Ihre Mutter!«

Und ich erzählte ihm, wie sich alles zugetragen hatte und warum. Er fand nur ein dünnes Lächeln. Vielleicht dachte er, daß sie ihm keine Kratzwunden zugefügt hätte, die Witwe Pescatore: er befand sich ja in ganz anderen Verhältnissen, war von ganz anderer Natur, von ganz anderer Gemütsart.

Ich fühlte mich schon versucht, ihn zu fragen, warum er denn, wenn die Sache ihm so nahe ging, nicht selber Romilda rechtzeitig geheiratet habe, mit ihr nicht nötigenfalls, wie ich es ihm ge-

raten hatte, durchgebrannt sei, und zwar noch bevor mir infolge seiner lächerlichen Schüchternheit oder Unentschlossenheit das Unglück zugestoßen war, mich in sie zu verlieben; dies und noch vieles andere hätte ich ihm gerne gesagt, in der Erregung, in der ich mich nun befand; aber ich hielt mich zurück. Ich fragte ihn vielmehr, während ich ihm die Hand reichte, mit wem er jetzt seine Zeit verbringe.

»Mit niemandem!« antwortete er seufzend. »Mit überhaupt niemandem! Ich langweile mich, langweile mich tödlich!«

Aus der Verzweiflung, mit der er das sagte, glaubte ich plötzlich den wahren Grund zu erraten, warum Pomino so bedrückt war. Das war's: Wahrscheinlich weinte er nicht so sehr Romilda nach, als der Gesellschaft, die ihm jetzt fehlte. Berto war nicht mehr da; mit mir konnte er nicht mehr verkehren, weil Romilda zwischen uns stand. Was sollte er also anfangen, der arme Pomino?

»Heirate, mein Bester!« sagte ich ihm. »Du wirst sehen, wie lustig das ist!«

Er aber schüttelte ernst den Kopf, schloß die Augen; hob eine Hand: »Niemals! Nie!«

»Brav von dir, Pomino: bleibe standhaft! Wenn du Gesellschaft brauchst, stehe ich zu deiner Verfügung, auch die ganze Nacht, wenn du willst.«

Ich erzählte ihm, mit welchem Vorsatz ich von daheim fortgegangen war, und schilderte ihm meine verzweifelte Lage. Pomino hatte Mitleid mit mir wie ein richtiger Freund und bot mir das bißchen Geld an, das er bei sich trug. Ich dankte ihm herzlich, sagte ihm aber, daß diese Hilfe mir von geringem Nutzen wäre: am nächsten Tag würde ich mich doch wieder in der gleichen Situation befinden. Was ich brauche, sei eine feste Anstellung.

»Warte!« rief da Pomino aus. »Weißt du, daß mein Vater jetzt im Rathaus tätig ist?«

»Nein. Aber es wundert mich nicht.«

»Er ist Stadtrat für das Unterrichtswesen.«

»Das allerdings wundert mich.«

»Gestern, während des Abendessens … warte! Du kennst doch Romitelli?«

»Nein.«

»Sicher kennst du ihn! Er sitzt drüben, in der Bibliothek Boccamazza. Er ist taub, fast blind und schon ganz kindisch geworden. Er hält sich kaum noch auf den Beinen. Gestern nun, beim Abendessen, sagte mein Vater, daß die Bibliothek sich in einem jämmerlichen Zustand befinde, es müsse rasch etwas für sie geschehen. Das ist der Posten für dich!«

»Bibliothekar?« rief ich aus. »Aber ich …«

»Warum nicht?« sagte Pomino. »Wenn Romitelli es konnte …«
Dieses Argument überzeugte mich.

Pomino riet mir, Tante Scolastica zu bitten, mit seinem Vater zu reden. Das wäre das beste.

Am nächsten Tag suchte ich meine Mutter auf und sprach mit ihr darüber, da Tante Scolastica sich in meiner Gegenwart nicht blicken lassen wollte. Vier Tage später war ich Bibliothekar. Sechzig Lire monatlich! Ich war jetzt reicher als die Witwe Pescatore! Ich durfte triumphieren!

In den ersten Monaten war es fast ein Spaß mit diesem Romitelli, dem man absolut nicht beibringen konnte, daß die Gemeinde ihn in den Ruhestand versetzt hatte und er daher nicht mehr in die Bibliothek zu kommen brauchte. Jeden Morgen, zur gleichen Stunde, keine Minute später, erschien er auf seinen vier Beinen (wenn man die beiden Stöcke mitrechnete, die ihm, in jeder Hand einer, weit bessere Dienste leisteten als seine Beine). Sobald er angekommen war, zog er aus der Westentasche eine riesige alte kupferne Uhr und hängte sie mitsamt der mächtigen Kette an die Wand; setzte sich, schob die zwei Stöcke zwischen die Beine, zog eine Hausmütze, eine Schnupftabakdose und ein großes rot-schwarz-kariertes Taschentuch hervor; nahm eine tüchtige Prise Schnupftabak, schneuzte sich und öffnete dann die Tischlade, der er ein zerschlissenes Buch, das der Bibliothek ge-

hörte, entnahm: »Historisches Lexikon der verstorbenen und der lebenden Musiker, Künstler und Amateure«, gedruckt zu Venedig anno 1758.

»Signor Romitelli!« schrie ich ihn an, wenn ich ihn diese Vorbereitungen in aller Seelenruhe treffen und dabei nicht die geringste Andeutung machen sah, daß er mich bemerkt habe.

Wozu schrie ich eigentlich? Selbst wenn man eine Kanone neben ihm abgeschossen hätte, er hätte sie nicht gehört. Ich rüttelte ihn am Arm, da drehte er sich um, blinzelte mit den Augen, verzog sein Gesicht, zwinkerte mir zu und zeigte mir seine gelben Zähne, vielleicht sollte es ein Lächeln sein; hierauf ließ er seinen Kopf auf das Buch sinken, als wollte er es als Kissen benützen. Nicht doch! Dies war seine Art zu lesen, aus zwei Zentimeter Entfernung, mit einem Auge allein; er las laut: »Birnbaum, Johannes Abraham ... Birnbaum, Johannes Abraham, ließ ... Birnbaum, Johannes Abraham, ließ zu Leipzig im Jahre 1738 ... zu Leipzig im Jahre 1738 ... eine Broschüre in Oktavformat ... in Oktavformat drucken: Unparteiische Betrachtungen betreffend eine heikle Stelle des Kritischen Musikers. Mitzler ... Mitzler nahm ... Mitzler nahm diese Schrift in den ersten Band seiner Musikalischen Bibliothek auf. Im Jahre 1739 ...«[*]

Das ging so fort, er wiederholte Namen und Daten zwei- bis dreimal, als wollte er sie seinem Gedächtnis einprägen. Warum er so laut las, weiß ich nicht. Er hätte ja, wie gesagt, auch Kanonenschüsse nicht gehört. Ich sah ihm verwundert zu. Was konnte es einem Mann in seinem Zustand, zwei Schritte vom Grabe entfernt (er starb tatsächlich vier Monate nach meiner Ernennung zum Bibliothekar), was konnte es ihn kümmern, daß Birnbaum, Johannes Abraham, im Jahre 1738 zu Leipzig eine Broschüre in Oktavformat hatte drucken lassen? Dabei kostete ihn die Lektüre

[*] Birnbaums *Dizionario storico di musictisti, artisti e amatori morti e viventi* erschien 1758 in Venedig. Angespielt wird auf Lorenz Christoph Mizlers *Neu eröffnete Musikalische Bibliothek.*

die größte Anstrengung! Demnach hätte man annehmen müssen, er könne diese Daten und Mitteilungen über verstorbene und lebende Musiker (er selber war taub!), Künstler und Amateure bis zum Jahre 1758 nicht entbehren. Oder glaubte er vielleicht, ein Bibliothekar sei, da eine Bibliothek zum Lesen da ist, verpflichtet, selber zu lesen, wenn, wie es der Fall war, sonst niemand in ihr erschien; und hätte er somit statt dieses Buches ebensogut auch ein anderes vorgenommen? Er war schon so verblödet, daß auch diese Annahme denkbar ist, ja, sie hat sogar weit mehr Wahrscheinlichkeit für sich. Der große Tisch in der Mitte war mit einer mindestens fingerdicken Staubschicht bedeckt; in sie konnte ich – um gewissermaßen die schwarze Undankbarkeit meiner Mitbürger wiedergutzumachen – mit großen Buchstaben die folgende Inschrift hineinschreiben:

MONSIGNOR BOCCAMAZZA
DEM GROSSHERZIGEN SPENDER
WIDMEN ALS DAUERNDES ZEICHEN
DER DANKBARKEIT
DIE MITBÜRGER DIESE GEDENKTAFEL.

Dann und wann stürzten von den Regalen zwei, drei Bücher herab, ihnen folgten die Mäuse, ganz besondere Mäuse, dick wie Kaninchen.

Sie waren für mich, was der Apfel für Newton gewesen war. »Ich hab's!« rief ich erfreut aus. »Ich habe meine Beschäftigung gefunden, während Romitelli seinen Birnbaum liest.«

Ich begann meine Tätigkeit also damit, daß ich an den hochwohlgeborenen Cavaliere Gerolamo Pomino, zuständigen Gemeinderat für den öffentlichen Unterricht, von Amts wegen ein ausführliches Gesuch richtete, in dem ich verlangte, daß der Bibliothek Boccamazza, beziehungsweise von Santa Maria Liberale, so rasch wie möglich zumindest ein Katzenpaar zugewiesen werde, dessen Erhaltung der Gemeinde so gut wie keine Kosten verursa-

chen würde, da anzunehmen war, daß die oben erwähnten Tiere sich von den Erträgnissen ihrer Jagd reichlich würden ernähren können. Es wäre auch angezeigt, fügte ich hinzu, in der Bibliothek ein halbes Dutzend Mausefallen mit den entsprechenden Lockmitteln aufzustellen: ich hielt es – als untergeordneter Beamter – für unschicklich, das allzu gewöhnliche Wort Käse dem Auge eines für den öffentlichen Unterricht zuständigen Gemeinderates zu unterbreiten.

Man teilte mir zunächst zwei armselige Kätzchen zu, die vor den riesigen Mäusen erschraken und – um nicht Hungers zu sterben – selber in die Mausefallen krochen und dort den Käse auffraßen. Jeden Morgen fand ich sie in den Fallen, abgemagert, häßlich und so verschreckt, daß sie weder die Kraft noch den Willen aufbrachten, auch nur zu miauen.

Ich beschwerte mich, und da trafen denn zwei schöne, flinke und ernste Katzen ein, die sich ohne Zeitverlust an ihre Aufgabe machten. Auch die Fallen taten ihren Dienst: Sie lieferten mir die Mäuse lebend. Eines Abends, vor dem Fortgehen, steckte ich zwei dieser lebenden Mäuse in Romitellis Tischlade. Ich tat es aus Ärger darüber, daß er meine Bemühungen und meinen Erfolg absolut nicht zur Kenntnis nehmen wollte. Er schien der Ansicht zu sein, seine ausschließliche Pflicht sei es, die Bücher der Bibliothek zu lesen, und die Pflicht der Mäuse sei es, diese Bücher aufzufressen. Ich hoffte, ihm seine tägliche höchst langweilige Lektüre am nächsten Morgen zu vergällen. Keine Spur! Als er die Lade öffnete und die beiden Tiere knapp unter seiner Nase dahinhuschten, wandte er sich mir zu, der ich das Lachen nicht mehr unterdrücken konnte, und fragte mich:

»Was war das?«

»Zwei Mäuse, Signor Romitelli!«

»Aha, Mäuse …« sagte er ungerührt.

Sie gehörten zum Hause; er war sie gewohnt; und so nahm er, als wenn nichts geschehen wäre, die Lektüre seines Schmökers wieder auf.

In einem »Traktat über Bäume« von Giovan Vittorio Soderini*
konnte man lesen, daß die Früchte »teils durch die Wärme, teils
durch die Kälte« zum Reifen gebracht werden, »dieweil die Wärme, wie allgemein bekannt, die gleiche Wirkung übt wie das Kochen, welches die einfache Ursache des Reifens ist«. Giovan Vittorio Soderini wußte also nicht, daß die Obsthändler, außer der
Wärme, auch noch eine andere Methode des Reifens erprobt haben. Um Erstlinge auf den Markt bringen und teuer verkaufen zu
können, pflücken sie die Früchte, Äpfel und Pfirsiche und Birnen,
noch ehe sie genießbar und wohlschmeckend sind, und bringen
sie zur Reife, indem sie sie ordentlich drücken und quetschen.

Auf ähnliche Weise kam auch meine noch grüne Seele zur Reife.

Ich wurde in kürzester Zeit ein anderer, als der ich bis dahin gewesen. Als Romitelli starb, blieb ich ganz allein, von Langeweile
zerfressen, in dieser abseits gelegenen Kirche, zwischen all diesen
Büchern; schrecklich allein, und doch ohne den geringsten
Wunsch nach Gesellschaft. Ich hätte mich nur wenige Stunden
am Tag hier aufhalten müssen; ich schämte mich aber, in meinem
elenden Zustand auf der Straße gesehen zu werden; von daheim
floh ich wie aus einem Gefängnis; also war es hier immer noch am
besten, sagte ich mir. Doch was tun? Nach Mäusen jagen, schön,
aber genügt mir denn das?

Als ich zum ersten Mal ein Buch in der Hand hielt, das ich zufälligerweise und unbewußt von einem der Regale herabgeholt
hatte, durchfuhr mich ein Schauer des Entsetzens. Sollte es auch
mit mir schon soweit gekommen sein wie mit Romitelli, sollte es
auch ich schon als Pflicht empfinden, in meiner Eigenschaft als Bibliothekar die Bücher anstelle all derjenigen zu lesen, die nicht in
die Bibliothek kamen? Ich schleuderte das Buch zu Boden. Dann
hob ich es wieder auf; und – jawohl, meine Damen und Herren! –

---

* Giovan Vittorio Soderini (1526–1567), ein Hofmann der Medici, wurde zu
lebenslanger Haft verurteilt, in der er zahlreiche landwirtschaftliche Abhandlungen verfaßte.

begann zu lesen, auch ich begann mit einem Auge allein zu lesen, denn das andere wollte nichts von der Lektüre wissen.

Ich las von allem etwas, wahllos durcheinander; vor allem aber doch philosophische Werke. Schwere Werke: und doch lebt in den Wolken, wer sie sich einverleibt. Sie verstörten mein an sich schon wirres Hirn nur noch mehr. Wenn ich fühlte, wie mir der Kopf rauchte, schloß ich die Bibliothek und ging einen abschüssigen Pfad hinab, der zu einem einsamen Teil des Strandes führte.

Beim Anblick des Meeres geriet ich in einen Zustand des Staunens und des Schreckens, es wurde mir nachgerade zu einer unerträglichen Bedrückung. Ich saß am Strand und hielt den Kopf gesenkt, um es nicht sehen zu müssen. Ich hörte aber die Brandung den Strand entlang, während ich ganz langsam den dichten und schweren Sand zwischen den Fingern gleiten ließ und murmelte:

»Immer so fort, bis zum Tode, ohne daß sich etwas ändert, immerfort…«

Die Unabänderlichkeit meiner Lebensumstände ließ mich auf seltsame Gedanken kommen, die mich plötzlich durchzuckten, fast wie Blitze des Wahnsinns. Ich sprang auf, wie um die Wahngebilde von mir zu schütteln, und begann am Strand auf und ab zu gehen; und da sah ich, wie das Meer ohne Unterlaß seine müden und schläfrigen Wellen ans Ufer spülte; sah die einsamen Sandflächen und schrie voll Wut mit geballten Fäusten:

»Warum nur? Warum?«

Dabei holte ich mir nasse Füße. Das Meer hatte ein paar Wellen weiter vorgeschickt, als wollte es mich ermahnen:

»Siehst du, mein Lieber, was man von gewissen Warums hat! Nasse Füße. Geh doch in deine Bibliothek zurück! Das Salzwasser wird deine Schuhe durchtränken; und überflüssiges Geld hast du nicht. Kehr in die Bibliothek zurück und laß die philosophischen Werke hübsch bleiben: auch du tust besser daran, zu lesen, daß Birnbaum, Johannes Abraham, im Jahre 1738 zu Leipzig eine Broschüre in Oktavformat usw. drucken ließ: Es wird dir immer noch von größerem Nutzen sein.«

Eines Tages aber kamen sie endlich und sagten mir, daß meine Frau in den Wehen lag, ich möge sofort nach Hause kommen. Ich lief wie ein gehetztes Wild: aber mehr, um mir selber zu entfliehen, ich wollte keine Minute mit mir allein bleiben und daran denken müssen, daß ich nun ein Kind haben würde, in meiner Situation, ein Kind! Kaum hatte ich die Haustür erreicht, als meine Schwiegermutter mich an den Schultern packte, mich herumdrehte und rief:

»Einen Arzt! Los, lauf schon! Romilda stirbt!«

Da bleibt man starr – nicht wahr? –, wenn man plötzlich so etwas hört. Statt dessen: »Lauf!« Ich fühlte meine Beine nicht mehr; ich wußte nicht, wohin mich wenden; und während ich lief, ich weiß selber nicht wie, »Einen Arzt! Einen Arzt!«, so rief ich ununterbrochen; die Leute blieben auf der Straße stehen und wollten, daß auch ich stehenbliebe und ihnen erzählte, was geschehen war; man zog mich am Rockärmel, ich sah in blasse, verstörte Gesichter; ich aber wich aus, wich allen aus: »Einen Arzt! Einen Arzt!«

Indessen war der Arzt schon da, schon in meiner Wohnung. Als ich, nachdem ich alle Apotheken abgelaufen hatte, keuchend, in bejammernswertem Zustand, verzweifelt und wütend wieder heimkam, war das erste Mädchen bereits auf der Welt; man hatte alle Mühe, auch das zweite ans Licht zu bringen.

»Zwei!«

Ich glaube sie jetzt noch vor mir zu sehen, in ihrer Wiege, eine neben der anderen: sie kratzten sich gegenseitig mit ihren Händchen, die so zart waren und doch wie von einem wilden Instinkt bewaffnet schienen. Das flößte mir zugleich Abscheu und Mitleid ein: armselig waren sie, armselig, mehr noch als die beiden Kätzchen, die ich jeden Morgen in der Mausefalle gefunden hatte; und auch sie hatten keine Kraft zu winseln, wie die Kätzchen keine hatten zu miauen. Und dennoch zerkratzten sie sich gegenseitig!

Ich schob sie auseinander, und bei der ersten Berührung mit diesem zarten und kühlen Fleisch durchfuhr mich ein neuer Schauder, ein Schauder unaussprechlicher Zärtlichkeit: sie waren mein!

Das eine starb wenige Tage danach; das andere hingegen wollte mir Zeit lassen, es liebzugewinnen, mit all der Glut eines Vaters, der sonst nichts mehr auf der Welt hat und dem das eigene Kind zum einzigen Lebenszweck geworden ist; es hatte die Grausamkeit, zu sterben, als es schon fast ein Jahr war und überaus reizend aussah, mit seinen Goldlocken, die ich um meine Finger wickelte und nicht oft genug küssen konnte; es nannte mich Papa, und ich erwiderte prompt: »Mein Kind«; und wieder rief es: »Papa ...«; das ging so fort, ohne besonderen Anlaß, so wie die Vögel sich untereinander rufen.

Es starb zur gleichen Zeit wie meine Mutter, am gleichen Tag und fast zur gleichen Stunde. Ich wußte nicht mehr, wie meine Sorgen und mein Leid aufteilen. Ich trennte mich von der Kleinen, sobald sie ruhig schlief, und lief zu meiner Mutter, die sich um sich selbst und um ihren Tod überhaupt nicht kümmerte, sondern nur nach ihr fragte, nach ihrem Enkelkind, und verzweifelt war, daß sie es nicht wiedersehen, nicht ein letztes Mal küssen konnte. Neun Tage dauerte diese Marter! Und nach neun Tagen und neun hintereinander durchwachten Nächten, ohne in dieser Zeit auch nur eine Minute die Augen zu schließen, empfand ich ... muß ich das eigens sagen – viele würden sich scheuen, es einzugestehen, und doch ist es so menschlich, so allzu menschlich, – empfand ich in dem Augenblick keinerlei Schmerz mehr: Ich befand mich eine Weile in einem erschreckenden Zustand düsterer Betäubung, dann schlief ich ein. Gewiß. Vor allem mußte ich schlafen. Dann allerdings, als ich wieder erwachte, ja, da überfiel mich der Schmerz um meine kleine Tochter, um meine Mutter, die beide nicht mehr waren, mit wütender Heftigkeit. Ich fürchtete, wahnsinnig zu werden. Eine ganze Nacht irrte ich durch den Ort und durch die Felder; ich weiß nicht mehr, welche Gedanken mir durch den Kopf gingen; ich weiß nur, daß ich mich schließlich auf dem Gut La Stìa befand, neben dem Mühlbach, und daß ein gewisser Filippo, ein alter Müller, der dort die Wache hielt, sich meiner annahm. Er hieß mich unter den Bäumen niedersitzen, er sprach

lange von meiner Mutter und auch von meinem Vater und von den schönen vergangenen Zeiten; er sagte, ich dürfe nicht weinen und verzweifeln, denn, um über meine kleine Tochter im Jenseits zu wachen, sei ihre Großmutter hinübergeeilt, ihre gute Großmutter, die nahm sie jetzt auf die Knie, erzählte ihr von mir und würde sie niemals allein lassen, niemals.

Drei Tage später schickte mir Roberto, als wollte er mir meine Tränen vergüten, 500 Lire. Damit, so sagte er, sollte ich ein Grab besorgen, das Mutter würdig sei. Dafür aber hatte schon die Tante Scolastica gesorgt. Die 500 Lire lagen eine Zeitlang zwischen den Seiten irgendeines Buches in der Bibliothek.

Dann kamen sie mir zustatten; sie waren – wie ich gleich erzählen werde – die Ursache meines *ersten* Todes.

VI.

Tak tak tak ...

Sie allein schien zu spielen, die kleine anmutige Elfenbeinkugel, die dort drinnen, in dem Roulette, in entgegengesetzter Richtung zum Ziffernblatt lief: Tak tak tak ...

Sie allein: und bestimmt nicht all die Leute, die in qualvoller Spannung ihren launenhaften Lauf beobachteten. Ihr hatten viele Hände unter und auf den gelben Quadraten des Spieltisches Gold, Gold und wieder Gold gleichsam als Opfergabe dargebracht, Hände, die jetzt in angstvoller Erwartung zitterten, unbewußt nach weiterem Gold für den nächsten Einsatz tasteten, während die Augen flehentlich zu sagen schienen: »Wohin wird es dir zu fallen belieben, wohin wirst du zu fallen geneigt sein, liebliche Elfenbeinkugel, du, unsere Göttin!« Durch Zufall war ich hierher gekommen, nach Monte Carlo.

Nach einem der üblichen Auftritte mit meiner Schwiegermutter und mit meiner Frau war ich aus meinem Heimatort geflohen. Diese Auftritte flößten mir, in meinem gedrückten und zerrütteten Zustand nach dem doppelten Unglücksfall, der mich betroffen hatte, einen unerträglichen Ekel ein; ich empfand einen unüberwindlichen Widerwillen gegen das Leben, das ich führen mußte, einen ausgesprochenen Abscheu vor diesem elenden Leben ohne Aussicht und Hoffnung auf Besserung, ohne den Trost, den mir meine süße kleine Tochter gegeben hatte, ohne irgendwelche auch noch so geringe Entschädigung für die Bitternis, die Not, die schreckliche Trostlosigkeit, in die ich geraten war. Da war ich in einem fast plötzlichen Entschluß geflohen, mit Bertos 500 Lire in der Tasche.

Unterwegs dachte ich daran, vom Bahnhof des nächsten Ortes, auf den ich zuging, den Zug nach Marseille zu nehmen: Hier wollte ich mich, und sei es dritter Klasse, auf gut Glück nach Amerika einschiffen.

Schließlich und endlich, Schlimmeres konnte mir nicht widerfahren, als ich zu Hause erlitten hatte und erleiden mußte. Keine Ketten konnten schwerer lasten als die, die ich soeben von meinen Füßen schüttelte. Und dann, ich würde neue Länder kennenlernen, neue Völker, würde ein neues Leben anfangen, mich jedenfalls von dem Druck hier befreien, der jetzt auf mir lag und mich erstickte.

Als ich aber in Nizza ankam, sank mir der Mut. Mein jugendlicher Schwung war schon seit langem gebrochen: zu sehr hatten die Widrigkeiten des Lebens mich ausgehöhlt, hatte das Leid mich entkräftet. Am meisten ängstigte es mich, daß ich mich mit so wenig Geld in eine dunkle Zukunft wagen sollte, weit fort, in ein völlig unbekanntes Leben, für das ich nicht gerüstet war.

Als ich in Nizza ausgestiegen war, wanderte ich, noch unentschlossen, ob nach Hause zurückkehren oder nicht, durch die Stadt. Ich blieb vor einem großen Geschäft in der Avenue de la Gare stehen, auf dessen Schild in mächtigen goldenen Lettern zu lesen war: *Dépôt de Roulettes de Précision.*

In allen Größen konnte man sie hier sehen, zusammen mit verschiedenen anderen Spielutensilien und mehreren Broschüren, auf deren Umschlag ein Roulette abgebildet war.

Im Unglück wird man bekanntlich leicht abergläubisch, auch wenn man hinterher die Leichtgläubigkeit der anderen Leute verlacht, ihre Hoffnungen, die man aus der gleichen abergläubischen Einstellung unwillkürlich selber gehegt hatte und die selbstverständlich niemals Wirklichkeit geworden waren.

Ich erinnere mich noch, daß ich mich nach der Lektüre des Titels einer dieser Broschüren: »Méthode pour gagner à la roulette«, mit einem verächtlichen und mitleidigen Lächeln vom Geschäft entfernte. Nach wenigen Schritten aber kehrte ich um, betrat (aus Neugier, versteht sich, und aus keinem anderen Grunde!) mit dem gleichen verächtlichen und mitleidigen Lächeln das Geschäft und kaufte die erwähnte Broschüre.

Ich wußte überhaupt nicht, um was es dabei ging, worin das

Spiel bestand und wie der Spielvorgang war. Ich begann zu lesen; verstand aber nur wenig.

»Vielleicht«, dachte ich, »kann ich nicht genug Französisch.«

Niemand hatte es mich gelehrt; ich hatte mir selber ein paar Brocken beigebracht, als ich in der Bibliothek einmal in diesem, einmal in jenem Buch herumlas; vor allem aber fühlte ich mich unsicher, was die Aussprache betraf, ich fürchtete, man würde mich auslachen, sobald ich den Mund öffnete.

Diese Befürchtung war es, die mich zunächst unsicher machte; dann aber sagte ich mir, daß ich doch aufgebrochen war, um mich bis nach Amerika zu wagen, völlig mittellos, ohne eine Ahnung von der englischen oder spanischen Sprache zu haben; los also, mit dem bißchen Französisch, das ich konnte, und mit der bewußten Broschüre als Führer – die paar Schritte bis nach Monte Carlo durfte ich wohl wagen.

Weder meine Schwiegermutter noch meine Frau – so sagte ich mir weiter, als ich schon im Zug saß – wissen von dem bißchen Geld, das in meiner Brieftasche geblieben ist. Wenn ich es verliere, bin ich jede weitere Versuchung los. Ich hoffe nur, daß mir so viel bleiben wird, um die Heimreise bezahlen zu können, und wenn nicht … Man hatte mir berichtet, daß es in dem Garten rund um das Spielkasino nicht an – soliden – Bäumen mangelte. Notfalls konnte ich mich immer noch ohne große Kosten mit dem Hosengurt an einem von ihnen erhängen; ich würde dort sogar gute Figur machen. Die Leute würden sagen:

»Wer weiß, wieviel dieser unglückliche Mensch verloren hat!«

Ich hatte Besseres erwartet, ehrlich gesagt. Gewiß, der Eingang war gar nicht übel; es hatte, wie man sehen konnte, die Absicht bestanden, mit diesen acht Marmorsäulen so etwas wie einen Tempel der Fortuna zu errichten. Ein Portal und zwei Seitentore. Auf diesen stand zu lesen: »Tirez«: das verstand ich ohne weiteres; auch das »Poussez« am Hauptportal war mit klar, es besagte offenbar das Gegenteil; also drückte ich und trat ein.

Welch schlechter Geschmack! Geradezu ärgerlich. Man hätte

doch den Leuten, die hier so viel Geld lassen, wenigstens die Genugtuung bieten können, daß man ihnen an einem weniger protzigen und dafür ästhetischeren Ort die Haut über die Ohren zieht. Alle großen Städte sind heute stolz darauf, einen schönen Schlachthof für das arme Vieh zu haben, das ihn doch, da es keine Bildung genossen hat, gar nicht würdigen kann. Andererseits stimmt es, daß die meisten Leute, die hierher kommen, ganz anderes im Sinn haben, als darauf zu achten, ob die fünf Säle auch geschmackvoll genug ausgestattet seien, und ebenso sind diejenigen, die auf den Diwanen sitzen, nur selten in der Lage, zu bemerken, daß die Polsterung von höchst zweifelhafter Eleganz ist.

Hier sitzen meist die unglücklichen Personen, denen das Spiel in ganz besonderer Weise den Kopf verdreht hat: sie studieren die sogenannten Wahrscheinlichkeitswerte, sie berechnen allen Ernstes die Chancen der Einsätze, sie kombinieren ganze Spiele, indem sie die Notizen heranziehen, die sie sich über die Wiederkehr der verschiedenen Nummern gemacht haben: kurz, sie wollen die Logik des Zufalls herausfinden, und das ist, als wollte man Blut aus Steinen gewinnen; und sie sind fest überzeugt, daß ihnen dies heute oder morgen gelingen werde.

Aber man soll sich über nichts wundern.

»Ah, die Zwölf!« sagte ein Herr aus Lugano zu mir, ein Riesenkerl, dessen Anblick die tröstlichsten Gedanken über die Widerstandskraft der menschlichen Rasse wachrufen konnte. »Die Zwölf ist die Königin der Zahlen; sie ist meine Zahl! Sie verrät mich nie! Sehr oft amüsiert es sie zwar, mich zu ärgern; schließlich aber entschädigt sie mich doch, sie hat mich immer noch für meine Treue belohnt.«

Er war in die Nummer Zwölf verliebt, dieser Riesenkerl, er kannte kein anderes Gesprächsthema. Am Tag zuvor, so erzählte er mir, wollte seine Zahl nicht ein einziges Mal kommen; er aber ließ nicht locker, beharrlich setzte er jedesmal auf die Zwölf; er blieb bis zuletzt auf seinem Posten, bis zu dem Augenblick, da die Croupiers verkündeten: »Messieurs, aux trois derniers!«

Das erste dieser drei letzten Spiele brachte nichts; und auch das zweite brachte nichts; beim dritten und letzten Spiel jedoch – bums, da war sie: die Zwölf.

»Sie hat zu mir gesprochen!« sagte er, und seine Augen strahlten vor Freude: »Sie hat zu mir gesprochen!«

Allerdings waren ihm, da er den ganzen Tag verloren hatte, für diesen letzten Einsatz nur wenige Fünf-Franc-Stücke geblieben; so hatte er sich kaum erholen können. Doch was tat's? Die Nummer Zwölf hatte zu ihm gesprochen.

Während ich mir diese Erzählung anhörte, fielen mir vier Verse unseres armen Lehrers Pinzone ein, dessen Heft mit den Wortspielen und mit seinem eigenen seltsamen Gereime wieder zutage gekommen war, als wir unser Haus hatten räumen müssen. Zur Zeit befindet es sich in der Bibliothek. Ich zitierte dem Herrn diese Verse:

Müd' war ich schon vom Warten
Auf Fortunas Gunst trotz ihrer Launen
Einmal, Göttin, trittst du doch in meinen Garten.

Und siehe da, sie kam. Doch ließ ihr Geiz mich staunen.

Der Herr griff sich mit beiden Händen nach dem Kopf und verzog eine Weile schmerzlich sein Gesicht. Ich sah ihn erst erstaunt und dann bestürzt an.

»Was haben Sie?«

»Nichts. Ich lache«, antwortete er.

So also lachte er! Der Kopf tat ihm weh, tat ihm derart weh, daß er die Erschütterung durch das Lachen nicht ertragen konnte.

Und da verliebe sich einer in die Nummer Zwölf!

Ehe ich – wenn auch ohne Illusionen – mein Glück versuchte, sah ich eine Zeitlang zu, um mich mit dem Spielvorgang vertraut zu machen.

Er schien mir weit weniger kompliziert, als ich es mir nach der Lektüre der Broschüre vorgestellt hatte.

In der Mitte des Spieltisches mit dem grünen numerierten Tuch war das Roulette eingebaut. Ringsum saßen oder standen die Spieler, Männer und Frauen, Alte und Junge, aus allen Ländern und aus allen Gesellschaftsschichten, setzten mit nervöser Hast größere oder kleinere Haufen Louisdors, Fünf-Franc-Stücke und Banknoten auf die gelben Nummern in den Quadraten; diejenigen, die nicht ganz an den Tisch herantreten konnten oder wollten, sagten dem Croupier die Nummern und Farben, die sie zu spielen wünschten, und schon schob der Croupier bewundernswert behende mit seinem Rechen die Einsätze an die bezeichneten Stellen; es herrschte Stille, eine seltsame, angstvolle Stille, die vor unterdrückter Spannung zu zittern schien und nur dann und wann von der monotonen und schläfrigen Stimme der Croupiers unterbrochen wurde:

»Messieurs, faites vos jeux!«

Von andern Spieltischen tönten andere, gleichfalls monotone Stimmen herüber:

»Le jeu est fait! Rien ne va plus!«

Schließlich warf der Croupier die kleine Kugel in das Roulette:

»Tak, tak tak ...«

Ihr wandten sich alle Augen mit unterschiedlichem Ausdruck zu: bange Erwartung, Herausforderung, Angst, Schrecken. Gar mancher, der hinter denen stand, die das Glück hatten, einen Sitzplatz zu finden, beugte sich vor, um noch einmal seinen Einsatz zu sehen, ehe der Rechen des Croupiers ihn einheimste.

Endlich fiel die »Boule« in das numerierte Fach, und der Croupier sprach mit seiner gewohnten Stimme die übliche Formel und nannte die Zahl und die Farbe, die gewonnen hatten.

Ich wagte den ersten Einsatz, spielte am linken Tisch im ersten Saal aufs Geratewohl die Fünfundzwanzig; jetzt beobachtete auch ich die tückische Kugel, aber ich lächelte, ich empfand einen seltsamen Kitzel in der Magengegend.

Die »Boule« fällt in das Nummernfach.

»Vingtcinq«, verkündet der Croupier. »Rouge, impair et passe!«

Ich hatte gewonnen! Ich streckte die Hand nach dem um ein Vielfaches vermehrten Geldhaufen aus, aber ein Herr, groß von Gestalt, mit mächtigen, hochgezogenen Schultern, die einen kleinen Kopf mit goldumrandeter Brille auf der Stupsnase trugen, mit fliehender Stirn und langen, glatt zurückgestrichenen, bis zum Nacken herabfallenden Haaren, die blond und grau gesprenkelt waren wie sein Spitz- und Schnurrbart, schob ohne viele Umstände meine Hand zur Seite und holte sich mein Geld.

In meinem miserablen, schüchtern vorgebrachten Französisch wollte ich ihn darauf aufmerksam machen, daß er sich – wenn auch gewiß unabsichtlich – geirrt habe.

Es war ein Deutscher, er sprach noch schlechter Französisch als ich, jedoch mit Löwenwut: Er warf sich förmlich auf mich und behauptete, daß, ganz im Gegenteil, ich mich geirrt hätte und das Geld ihm gehöre.

Ich blickte erstaunt um mich: niemand sagte einen Ton, auch mein unmittelbarer Nachbar nicht, der doch gesehen haben mußte, wie ich meine paar Fünf-Franc-Stücke auf die Fünfundzwanzig gesetzt hatte. Ich betrachtete die Croupiers, die saßen unbewegt da, ungerührt, wie Statuen. »Ach so?« sagte ich mir, streifte seelenruhig die restlichen Geldstücke, die ich vor mir auf den Tisch hingelegt hatte, wieder ein, und sah zu, daß ich von hier fortkam.

»Auch das ist eine Methode ›pour gagner à la roulette‹«, dachte ich. »Eine Methode, die in meiner Broschüre nicht erwähnt wird. Wer weiß, ob es, im Grunde genommen, nicht die einzige verläßliche ist!«

Das Glück aber sollte mich, ich weiß nicht, aus welcher geheimen Absicht, in eindrucksvoller und denkwürdiger Weise widerlegen.

Ich trat an einen anderen Tisch, wo es heiß herging. Vorerst prüfte ich lange die Leute, die den Spieltisch umstanden: es waren zum Großteil Herren im Frack; auch Damen waren darunter; mehr als eine von ihnen machte mir einen zweideutigen Ein-

druck; ein schmächtiger hellblonder Mann mit großen, himmelblauen, blutunterlaufenen Augen und langen, fast weißen Wimpern flößte mir zunächst kein großes Vertrauen ein; er war wohl im Frack, aber man sah, daß er nicht gewohnt war, ihn zu tragen. Ich wollte ihn einmal beim Spiel beobachten: er setzte hoch: verlor, verzog keine Miene; erneuerte den hohen Einsatz beim nächsten Spiel: lächerlich, der würde sich gewiß nicht auf meine paar Groschen stürzen! Obwohl ich bei meinem ersten Spielversuch eine so schlechte Erfahrung gemacht hatte, schämte ich mich jetzt doch meines Verdachtes. Hier warfen so viele Leute das Gold und Silber mit vollen Händen bedenkenlos auf den Spieltisch, als handelte es sich um Kieselsteine, und da sollte ich für meine mehr als bescheidenen Geldbeträge fürchten müssen?

Ich beobachtete unter anderem auch einen jungen Mann, der, mit bleichem, wächsernem Gesicht und einem großen Monokel im linken Auge, schläfrige Gleichgültigkeit mimte; er saß gelassen da; zog die Louisdors aus der Hosentasche; setzte sie, ohne hinzusehen, auf die nächstbeste Nummer und wartete das Fallen der Kugel ab, während er an den Haaren seines werdenden Bartes zupfte; er fragte dann seinen Nachbarn, ob er verloren habe.

Ich sah ihn stets verlieren.

Sein Nachbar war ein magerer, hoch eleganter Herr um die Vierzig: er hatte nur einen etwas zu langen und dünnen Hals und fast kein Kinn, doch hatte er ein paar lebhafte schwarze Augen und reiches, rabenschwarzes, hochgestelltes Haar. Es war ihm ein sichtlicher Hochgenuß, die Frage des jungen Mannes jedesmal zu bejahen. Er selber gewann hie und da.

Ich stellte mich neben einen dicken Herren, dessen Hautfarbe so dunkel war, daß seine Augenhöhlen und Augenlider wie rauchgeschwärzt wirkten: sein Haar war stahlgrau, sein gekräuselter Bart hingegen noch fast schwarz; er strahlte Kraft und Gesundheit aus; und doch war es, als verursache ihm das Kreisen der Elfenbeinkugel asthmatische Beschwerden, er begann jedesmal wie unter einem unwiderstehlichen Druck laut zu keuchen. Die Leute

drehten sich nach ihm um; er bemerkte es nur selten: dann hörte er einen Augenblick zu keuchen auf und sah sich mit einem nervösen Lächeln um, gleich darauf aber setzte sein Gekeuche unfehlbar wieder ein und dauerte so lange, bis die »Boule« in eines der Nummernfächer fiel.

Während ich zusah, begann das Spielfieber nach und nach auch mich zu ergreifen. Die ersten Einsätze verlor ich. Bald aber geriet ich in einen merkwürdigen, absonderlichen Zustand der Trunkenheit: Ich handelte fast mechanisch, aus einer plötzlichen, unbewußten Eingebung heraus; ich setzte jedesmal erst, wenn alle anderen schon gesetzt hatten, als letzter. Da! Sogleich bemächtigte sich meiner das Gefühl, ja, die Gewißheit, daß ich gewinnen würde; und ich gewann. Ich setzte erst nur wenig; dann aber, von Mal zu Mal, immer höher, ohne nachzurechnen. Die gleichsam hellsichtige Trunkenheit nahm immer mehr von mir Besitz, auch ein gelegentlicher Fehlschlag konnte sie nicht trüben, denn es war mir, als hätte ich ihn genau vorausgesehen; manchmal sagte ich mir sogar: »Diesen Einsatz werde ich verlieren; *ich muß ihn verlieren.*« Ich war wie elektrisiert. In einem bestimmten Moment kam mir der Gedanke, alles aufs Spiel zu setzen. So, und dann adieu! Ich gewann. Die Ohren summten mir; ich war mit Schweiß bedeckt und hatte ein eisiges Gefühl. Es schien mir, daß einer der Croupiers, von meinem anhaltenden Glück überrascht, mich beobachte. In meiner Erregung empfand ich den Blick dieses Mannes wie eine Herausforderung. Ohne zweimal zu überlegen, riskierte ich wiederum alles, was ich an Eigenem besessen und was ich gewonnen hatte: meine Hand glitt zur gleichen Nummer wie früher, zur Nummer fünfunddreißig; schon wollte ich sie wieder zurückziehen; aber nein, ich mußte einfach wiederum auf sie setzen, als handelte ich unter einem Befehl.

Ich schloß die Augen, ich mußte sehr bleich sein. Eine große Stille trat ein, ich hatte das Gefühl, als wäre sie meinetwegen eingetreten, als teilten alle meine erwartungsvolle, schreckliche Spannung. Die Kugel lief, lief eine Ewigkeit, mit einer Langsam-

keit, die die Marter ins Unerträgliche steigerte. Schließlich fiel sie ins Nummernfach.

Ich wußte, daß der Croupier mit seiner gewohnten Stimme (die mir überaus entfernt vorkam) nichts anderes verkünden konnte als:

»Trentecinq, noir, impair et passe!«

Ich nahm das Geld und mußte mich entfernen. Ich war wie betrunken. Erschöpft ließ ich mich auf einen Diwan fallen; legte den Kopf auf die Lehne, ein plötzliches, unwiderstehliches Schlafbedürfnis überkam mich, ein Bedürfnis, mich durch den Schlaf wiederherzustellen. Ich war schon daran, ihm nachzugeben, da fühlte ich es wie ein Gewicht, ein geradezu physisches Gewicht, auf mir lasten. Ich fuhr sofort auf. Wieviel hatte ich gewonnen? Ich öffnete die Augen; mußte sie aber gleich wieder schließen: alles drehte sich um mich. Die Hitze hier war erstickend. Wie? Schon Abend? Es fiel mir auf, daß die Lampen brannten. Wie lange hatte ich denn gespielt? Langsam erhob ich mich; ging hinaus.

Draußen im Foyer war es noch Tag. Die kühle Luft erfrischte mich.

Mehrere Personen spazierten hier auf und ab: einige allein, in Gedanken versunken; andere zu zweit oder zu dritt, plaudernd und rauchend.

Ich beobachtete sie alle. Ich war hier ein Neuling, fühlte mich noch gehemmt, hätte aber doch gerne den Eindruck erweckt, als wäre ich schon ein wenig hier zu Hause; ich studierte diejenigen die mir am ungezwungensten vorkamen; aber gerade einer von diesen wurde, als ich es am wenigsten erwartete, plötzlich blaß, stierte vor sich hin, verstummte, warf die Zigarette fort und lief unter dem Gelächter seiner Gefährten davon, kehrte in den Spielsaal zurück. Warum lachten diese Leute? Instinktiv lächelte auch ich und blickte dumm vor mich hin.

»A toi, mon chéri!« sagte eine etwas rauhe Frauenstimme leise zu mir.

Ich drehte mich um und sah eine der Frauen, die früher mit mir am Spieltisch gesessen hatten. Lächelnd reichte sie mir eine Rose. Eine zweite behielt sie für sich: sie hatte sie soeben am Blumenstand im Vestibül gekauft.

Sah ich wirklich aus wie ein Gimpel?

Mich packte die Wut; ich lehnte ab, ohne zu danken, und wollte an ihr vorbei; sie aber faßte mich lachend beim Arm und begann – wobei sie vor den andern so tat, als wären wir schon längst miteinander vertraut – leise und hastig auf mich einzureden. Wenn ich sie richtig verstand, schlug sie mir vor, mit ihr gemeinsam zu spielen. Sie hatte kurz zuvor mein Spielglück gesehen: sie wollte nach meinen Angaben für mich und für sich setzen!

Ich schüttelte sie ab: unwillig ließ ich sie stehen und ging.

Als ich kurz danach den Spielsaal wieder betrat, sah ich sie im Gespräch mit einem Herrn von spanischem Aussehen: er war untersetzt, dunkel, bärtig und schielte ein wenig. Sie hatte ihm die Rose gegeben, die sie vorher mir angeboten hatte. An den Bewegungen der beiden konnte ich merken, daß sie über mich sprachen; ich war auf der Hut.

Ich betrat einen anderen Saal; ging auf den ersten Spieltisch zu, hatte aber nicht die Absicht zu setzen; da näherte sich auch schon der Herr dem Tisch, aber ohne die Frau, und tat so, als beachte er mich nicht.

Ich sah ihn entschlossen an, um ihm zu verstehen zu geben, daß ich alles beobachtet hatte und er bei mir an den Falschen geraten würde.

Er machte jedoch keineswegs den Eindruck eines Betrügers. Ich sah ihn spielen, und hoch noch dazu: er verlor dreimal hintereinander: er hatte wiederholt ein Zucken um die Augen, vielleicht wegen der Anstrengung, die es ihn kostete, seine Nervosität zu verbergen. Als er das dritte Mal verlor, sah er mich an und lächelte.

Ich wandte mich ab und ging in den andern Saal zurück, an den Tisch, an dem ich früher gewonnen hatte.

Die Croupiers hatten sich abgelöst. Die Frau saß an ihrem früheren Platz. Ich hielt mich im Hintergrund, um unbemerkt zu bleiben, und sah, daß sie sehr vorsichtig setzte, und nicht jedesmal. Ich trat vor; sie bemerkte mich: sie hatte eben setzen wollen, hielt sich aber zurück, sie wartete offenbar, daß ich setzte, um dann auf die gleiche Zahl zu setzen wie ich. Sie wartete vergebens. Als der Croupier sagte: »Le jeu est fait! Rien ne va plus!« sah ich sie an, und sie drohte mir scherzhaft mit einem Finger. Mehrere Runden lang spielte ich nicht; dann aber, durch den Anblick der anderen Spieler angeregt, fühlte ich, wie die Eingebung wieder in mir erwachte, und ich begann zu spielen, ohne mehr auf die Frau zu achten.

Was war das für eine geheimnisvolle Eingebung, die mich mit so unfehlbarer Sicherheit dem unvorhersehbaren Wechsel der Nummern und Farben folgen ließ? Handelte es sich bloß um eine wunderbare unbewußte Vorahnung? Wie aber erklärt sich damit meine geradezu wahnwitzige, ganz und gar wahnwitzige Versessenheit, die mich noch jetzt, wenn ich an sie zurückdenke, erschauern macht, denn ich riskierte alles mit diesen Einsätzen, die eine regelrechte Herausforderung an das Schicksal waren, alles, vielleicht sogar mein Leben. Nein, nein: in diesen Augenblicken hatte ich das ausgesprochene Gefühl, daß eine teuflische Macht in mir mich befähigte, das Glück zu beherrschen, es anzulocken, seine Launen den meinen zu unterwerfen. Diese Überzeugung lebte nicht nur in mir allein; sie griff rasch auch auf die andern über; fast alle folgten mir nun in meinem waghalsigen Spiel. Ich weiß gar nicht mehr, wie oft Rot kam, auf das ich lange beharrlich setzte. Ich setzte auf Null, und Null kam. Sogar der junge Mann, der die Louisdors aus seinen Hosentaschen zog, verlor seinen Gleichmut und kam in Bewegung; der dunkelhäutige dicke Herr keuchte mehr denn je. Die Erregung an diesem Spieltisch wuchs mit jedem Augenblick; zitternde Ungeduld, kurze, stoßweise, nervöse Gesten, eine nur mühsam unterdrückte, angstvolle, schreckliche, rasende Spannung. Selbst die

Croupiers hatten ihre steife, ihre ungerührte Haltung aufgegeben.

Plötzlich, als ich den gewaltigen Einsatz vor mir liegen sah, bekam ich eine Art Schwindelanfall. Ich fühlte eine furchtbare Verantwortung auf mir lasten. Ich war fast nüchtern seit dem frühen Morgen, ich zitterte am ganzen Körper infolge der langen, fortwährenden Nervenanspannung. Ich hielt es nicht mehr aus und entfernte mich nach diesem Spiel. Ich taumelte. Da fühlte ich mich am Arm gepackt. Höchst aufgeregt, mit funkelnden Augen wollte mich der bärtige und vierschrötige Spanier um jeden Preis zurückhalten: es war Viertel nach elf Uhr; die Croupiers luden zu den drei letzten Spielen ein: Wir könnten die Bank sprengen!

Er sprach ein höchst komisches Italienisch, ein richtiges Kauderwelsch; ich aber, der ich auch schon wirres Zeug redete, bestand auf meiner Muttersprache:

»Nein, nein, genug! Ich kann nicht mehr! Lieber Signore, lassen Sie mich fort.«

Er ließ mich fort, aber er kam mir nach. Er bestieg mit mir den Zug, der uns nach Nizza zurückbrachte, und wollte unbedingt, daß ich mit ihm zu Abend esse und mich dann in seinem Hotel einmiete.

Die fast ehrfürchtige Bewunderung, die mir entgegenzubringen dieser Mann sich offenbar glücklich schätzte, als wäre ich ein Wundertäter, mißfiel mir nicht einmal. Die menschliche Eitelkeit nimmt gar oft auch eine nicht eben schmeichelhafte Hochschätzung zum Anlaß, sich auf ein Piedestal zu stellen, und läßt sich Beweihräucherungen gefallen, selbst wenn der Rauch, der aus gewissen scheußlichen und wertlosen Weihrauchfässern aufsteigt, ätzend ist, ja, wie der Hauch der Pestilenz. Ich war wie ein General, der eine erbitterte, verzweifelte Schlacht gewonnen hatte, aber durch reinen Zufall, ohne selbst zu wissen wie. Das fühlte ich jetzt allmählich, und je mehr ich wieder zu mir kam, desto lästiger wurde mir die Gesellschaft dieses Menschen.

Es gelang mir nicht, ihn loszuwerden, was immer ich auch tat, als wir in Nizza ausgestiegen waren. Ich mußte mit ihm zu Abend speisen. Da gestand er mir, daß er es gewesen war, der mir die lustige junge Dame ins Foyer des Spielkasinos nachgeschickt hatte. Er versehe sie seit drei Tagen mit »Flügeln aus Banknoten«, um sie wenigstens so weit flügge zu machen, daß sie sich über Wasser halten könne; das heißt, er gebe ihr ein paar hundert Lire, damit sie auch für ihn das Glück versuche. An diesem Abend dürfte die junge Dame, indem sie meinem Spiel folgte, recht schön gewonnen haben, denn beim Fortgehen habe sie sich nicht mehr blicken lassen.

»Was ich können tun? Die Arme wird Besseren gefunden haben. Ich schon alt. Agradecio Dio, Gott sei Dank, ich sie los.«

Er befand sich, wie er mir erzählte, schon seit einer Woche in Nizza und fuhr jeden Morgen nach Monte Carlo, wo er bis zum heutigen Tag ein unglaubliches Pech hatte. Er wollte wissen, wie ich es anstellte, so zu gewinnen. Entweder sei ich dem Spiel auf sein Geheimnis gekommen, oder ich habe ein unfehlbares System.

Ich mußte lachen, ich versicherte ihm, daß ich bis zum Morgen dieses Tages ein Roulette nicht einmal von Abbildungen her gekannt hätte, daß ich nicht nur keine Ahnung vom Spielvorgang hätte, sondern auch nicht im entferntesten vermutet hätte, daß ich je spielen und so groß gewinnen würde. Weit mehr noch als er sei ich wie betäubt und geblendet.

Er glaubte mir nicht. Er verstand vielmehr, in seinem undefinierbaren Kauderwelsch das Gespräch geschickt so zu lenken (zweifellos hielt er mich für einen besonders geriebenen Burschen), daß er mir schließlich den gleichen Vorschlag machte wie am Morgen die erwähnte lustige junge Dame, durch die er mich hatte ködern wollen.

»Nein, nein, entschuldigen Sie!« rief ich aus und versuchte, meinen Ärger durch ein Lächeln zu mildern. »Wie können Sie allen Ernstes glauben, daß es bei diesem Spiel auf irgendein System

oder auf die Kenntnis eines Geheimnisses ankommt? Glück muß man haben! Heute habe ich es gehabt; morgen habe ich vielleicht keines mehr oder wieder; so hoffe ich wenigstens!«

»Aber warum«, fragte er mich, »Sie haben heute Ihr Glück nicht ganz vergewenden?«

»Wie, ver…?«

»Wie saget man das nur? Ausgenutzen, voilà!«

»Ich tat es, lieber Signore, soweit meine Mittel es erlaubten!«

»Bien!« sagte er darauf. »Ich werde für Sie. Sie das Glück, ich das Geld setzen.«

»Da werden wir möglicherweise beide verlieren!« meinte ich lächelnd. »Nein, nein… Hören Sie! Wenn Sie mich wirklich für so vom Glück begünstigt halten – mag sein, daß ich es beim Spiel bin, sonst aber gewiß nicht –, dann wollen wir es doch folgendermaßen halten: Setzen Sie einfach und ohne jede Abmachung mit mir und ohne jede Verantwortung von meiner Seite Ihr vieles Geld dorthin, wohin ich mein eigenes Geld setze, so wie Sie es heute getan haben; und wenn alles gut geht…«

Er ließ mich nicht ausreden: brach in ein seltsames Gelächter aus, das boshaft klingen sollte, und sagte »O nein, Señor! O nein! Heute ich es getan: morgen nicht, bestimmt nicht! Wenn Sie setzen mit meinem, bien! Wenn nicht, ich bestimmt nicht es tue! Besten Dank!«

Ich sah ihn an, bemühte mich, herauszubekommen, was er damit sagen wollte: Hinter seinem Lachen und seinen Worten steckte zweifellos ein für mich beleidigender Verdacht. Das brachte mich auf, ich verlangte eine Erklärung von ihm.

Er hörte zu lachen auf; in seinem Gesicht blieb aber gleichsam eine verblassende Spur seines Lachens zurück.

»Ich sage nein, ich es nicht tue«, wiederholte er. »Ich sage keine Wort mehr!«

Ich schlug heftig mit der Hand auf den Tisch und forderte mit erhobener Stimme:

»So einfach geht das nicht! Sie müssen mit der Sprache heraus,

müssen mir sagen, was Sie mit Ihren Worten und Ihrem blödsinnigen Lachen ausdrücken wollten. Ich verstehe Sie nicht!«

Ich sah, wie er blaß wurde, während ich sprach, er schrumpfte fast zusammen; er schien schon daran, mich um Verzeihung zu bitten. Ich erhob mich wütend, zuckte mit den Achseln.

»Bah, ich verachte Sie mit Ihrem ganzen Verdacht, von dem ich mir nicht einmal im Traum vorstellen kann, was für einer er sein sollte!« Ich zahlte und ging.

Ich kannte einen verehrungswürdigen Mann, der es wohl verdient hätte, daß man ihn seiner einzigartigen Geistesgaben wegen grenzenlos bewunderte: man tat es nicht, weder grenzenlos noch in Grenzen, und zwar weil er sich darauf versteifte, ein Paar – wie ich glaube – hellkarierte enge Hosen zu tragen, die dicht an seinen spindeldürren Beinen klebten. Die Kleider, die wir tragen, ihr Schnitt, ihre Farbe können die seltsamsten Vorstellungen über uns entstehen lassen.

Mein Ärger aber war um so größer, als ich fand, daß ich gar nicht schlecht gekleidet war. Ich trug wohl keinen Frack, aber einen sehr anständigen schwarzen Anzug, einen Traueranzug. In diesem Anzug war ich von jenem Piefke für so blöde gehalten worden, daß er glaubte, sich mein Geld mir nichts dir nichts aneignen zu können; und nun hielt mich dieser Kerl da für einen Gauner – wie das?

»Vielleicht liegt es an meinem großen Bart«, dachte ich im Gehen, »oder an meinem zu kurzen Haar.«

Ich suchte irgendein Hotel, um mich einschließen und nachzählen zu können, wieviel ich gewonnen hatte. Mir war, als steckte ich voller Geld: Überall hatte ich welches, in der Rocktasche, in den Westentaschen: Gold, Silber, Banknoten; es schienen viele zu sein, sehr viele!

Es schlug zwei Uhr. Die Straßen waren verlassen. Ein leerer Wagen fuhr vorüber; ich stieg ein.

Mit nichts hatte ich elftausend Lire gewonnen! Ich hatte lange

nicht so viel Geld beisammen gesehen, also hielt ich es für eine große Summe. Dann aber, als ich an mein früheres Leben zurückdachte, fühlte ich mich tief beschämt. Wie? Die zwei Jahre Bibliothek und all die anderen zusätzlichen Unglücksfälle hatten mich so weit herunterbringen können? Das brannte wie ein neues Gift in mir, während ich das Geld auf dem Bett betrachtete:

»Geh nur, braver Mann, fügsamer Bibliothekar, geh und kehre nach Hause zurück, um mit diesem Schatz die Witwe Pescatore zu besänftigen. Sie wird glauben, du hast ihn gestohlen, und wird sogleich die größte Hochachtung vor dir haben. Und wenn dir dies nicht Lohn genug ist für deine große Mühe, dann geh lieber nach Amerika, wie du es schon wolltest. Jetzt könntest du es, jetzt bist du dafür ausgerüstet. 11 000 Lire! Welch ein Reichtum!«

Ich raffte das Geld zusammen; warf es in die Lade des Nachttisches und legte mich zu Bett. Ich konnte keinen Schlaf finden. Was also sollte ich tun? Nach Monte Carlo zurückgehen, meinen außerordentlichen Gewinn vermehren? Oder mich mit dem Gewonnenen zufriedengeben und es bescheiden genießen? Aber wie? Hatte ich denn noch Lust und Möglichkeit, irgend etwas zu genießen, wenn ich an meine Familie dachte? Nun, ich hätte meine Frau ein klein wenig besser kleiden können, der nichts mehr daran lag, mir zu gefallen, sondern die offenbar absichtlich alles tat, um mir widerwärtig zu werden, den ganzen Tag unfrisiert herumlief, ohne Korsett, in Latschen, während ihr die Kleider von allen Seiten herunterbaumelten. Meinte sie vielleicht, daß es für einen Mann wie mich nicht mehr die Mühe lohnte, sich schön zu machen? Übrigens war sie nach der Gefahr, in der sie bei der Entbindung geschwebt hatte, nie mehr recht gesund geworden. Was ihre Stimmung betraf, so wurde sie mit jedem Tag unfreundlicher, nicht nur gegen mich, sondern gegen alle. Ihr dauernder Groll, ihr Mangel an einer lebendigen und echten Zuneigung entwickelten in ihr gleichsam eine verdrossene Faulheit. Selbst ihre kleine Tochter hatte sie nicht liebgewonnen. Ihre Geburt und die der anderen Kleinen, die schon nach wenigen Tagen

gestorben war, empfand meine Frau wie eine Niederlage, wenn sie Olivas schönen und blühenden Sohn sah, der ungefähr einen Monat später zur Welt gekommen war, nach einer beschwerde-losen und glücklichen Schwangerschaft. All die Widerwärtigkei-ten und Reibereien, zu denen es kommt, wenn sich die Not wie eine schwarze struppige Katze auf die Asche eines erloschenen Herdes niederläßt, machte unser beiderseitiges Zusammenleben verabscheuenswert. Konnte ich denn mit elftausend Lire den Frie-den im Hause wiederherstellen und die Liebe wieder erwecken, die von der Witwe Pescatore auf die niederträchtigste Weise schon im Keime getötet worden war? Lächerlich! Was dann, nach Amerika auswandern? Warum aber sollte ich in so weiter Ferne das Glück suchen, wenn es mich, ohne daß ich an derarti-ges gedacht hätte, ausgerechnet hier in Nizza vor einem Geschäft mit Spielutensilien hatte haltmachen lassen? Ich mußte mich jetzt des Glücks würdig erweisen, damit es mir seine Gunst, die es mir offenbar zuwenden wollte, auch weiterhin gewährte. Los, los! Alles oder nichts, schlimmstenfalls würde ich wieder in der glei-chen Lage sein wie zuvor. Was waren schon elftausend Lire?

Am nächsten Tage kehrte ich nach Monte Carlo zurück und kam zwölf Tage hintereinander wieder. Ich hatte weder Möglich-keit noch Zeit, mich über die Gunst des Glücks zu wundern, die mehr als außerordentlich, die geradezu märchenhaft genannt werden mußte: Ich war wie außer mir, geradezu von Sinnen; ich wundere mich auch heute nicht darüber, ich weiß jetzt nur zu gut, was das Schicksal gegen mich im Schilde führte, als es mich in diesem Maße begünstigte. Ich spielte wie verzweifelt und brachte es in neun Tagen zu einer wahrhaft ungeheuren Geld-summe. Nach dem neunten Tag begann ich zu verlieren, es war wie ein plötzlicher Absturz. Die wunderbare Eingebung blieb aus, als wären meine erschöpften Nerven für sie nicht mehr emp-fänglich. Ich verstand es nicht, rechtzeitig aufzuhören, besser, ich konnte es nicht. Nicht aus eigenem Antrieb hörte ich auf, raffte ich mich zusammen, sondern ein schreckliches, aber, wie

es scheint, an dieser Stätte nicht ungewöhnliches Drama rüttelte mich auf.

Als ich am Morgen des zwölften Tages die Spielsäle betrat, kam der Herr aus Lugano, der in die Nummer zwölf verliebt war, auf mich zu und teilte mir verstört und keuchend, mehr mit Gebärden als mit Worten mit, daß sich kurz zuvor jemand im Garten umgebracht habe. Ich dachte zunächst, es sei mein Spanier, und fühlte schon Gewissensbisse. Ich war sicher, daß er mir geholfen hatte zu gewinnen. Am Tag nach unserem Streit wollte er nicht die gleichen Nummern spielen wie ich und verlor ständig; erst an den folgenden Tagen, da er mich anhaltend gewinnen sah, versuchte er, sich an mich zu halten; jetzt aber wollte ich es nicht mehr: Wie von der Hand der Fortuna selbst geleitet, die unsichtbar an meiner Seite zu sein schien, wechselte ich dauernd die Spieltische. Seit zwei Tagen jedoch hatte ich den Mann nicht mehr gesehen, und genau von diesem Zeitpunkt an begann ich zu verlieren, vielleicht, weil er nicht mehr hinter mir her war.

Ich war fest überzeugt, ich würde ihn, als ich in den Garten hinauslief, tot am Boden liegen sehen. Statt dessen war es der blasse junge Mann, der mit gespielt schläfriger Gleichgültigkeit die Louisdors aus der Hosentasche gezogen und sie, ohne hinzusehen, irgendwohin gesetzt hatte.

Er schien nun viel kleiner zu sein, wie er so dalag, mitten in der Allee: Alles an ihm wirkte ordentlich zurechtgerückt, er hatte die Hacken geschlossen, als hätte er sich vorher niedergelegt, um sich beim Fallen nicht weh zu tun, ein Arm an den Körper gepreßt; der andere war ein wenig gehoben, die Hand wie verkrampft, und ein Finger, der Zeigefinger, war noch gebogen, als wollte er jetzt und jetzt losdrücken. Neben dieser Hand lag der Revolver; etwas weiter der Hut. Zunächst glaubte ich, die Kugel sei aus dem linken Auge ausgetreten, so viel nunmehr gestocktes Blut hatte sich von da über das Gesicht ergossen. Doch nein: das Blut war ihm hier ebenso wie aus den Nasenlöchern und aus den Ohren gespritzt, weiteres Blut war reichlich aus dem kleinen Loch an der

rechten Schläfe gequollen und in den gelben Sand der Allee ge-
flossen, wo es gerann. Ein Dutzend Wespen kreisten summend;
gelegentlich setzte sich eine gierig auf das Auge. Von den vielen
Zuschauern hatte keiner daran gedacht, sie zu verjagen. Ich holte
ein Taschentuch hervor und breitete es über dieses arme, gräßlich
entstellte Gesicht. Niemand war mir dankbar dafür. Ich hatte das
Schauspiel um seine beste Wirkung gebracht. Ich lief fort; ich
kehrte nach Nizza zurück und reiste am gleichen Tag ab.

Ich hatte ungefähr zweiundachtzigtausend Lire bei mir. An
alles hätte ich eher gedacht, als daß mir noch am Abend des gleichen Tages Ähnliches widerfahren würde.

VII.

Ich steige um

Ich dachte:
»Ich werde La Stìa loskaufen, ich werde mich aufs Land zurückziehen, ich werde Müller. Je näher der Erde, desto besser; und – unter ihr vielleicht am besten.

Jeder Beruf hat, im Grunde genommen, etwas Gutes. Sogar der des Totengräbers. Der Müller kann sich am Lärm der mahlenden Mühlsteine erfreuen, am Mehlstaub, der in der Luft schwebt und ihn weiß überzieht.

Ich bin sicher, daß dort in der Mühle von La Stìa jetzt kein einziger Mehlsack auch nur den kleinsten Riß bekommt. Kaum aber werde ich sie wieder haben, wird es heißen: Signor Mattia, der Riegel ist lose! Signor Mattia, der Zapfen ist gebrochen! Signor Mattia, am Getriebe ist etwas nicht in Ordnung!

Ganz wie zu den Zeiten meiner seligen Mutter, als Malagna Verwalter war.

Und während ich mich um die Mühle kümmere, stiehlt mir der Verwalter die Ernte der Felder; und wenn ich mich um die Felder kümmere, stiehlt mir der Müller das Mahlgut. Auf der einen Seite der Müller, auf der anderen der Gutsverwalter, und ich, dazwischen, habe das Nachsehen.

Da wär' es fast besser, ich holte aus der altehrwürdigen Truhe meiner Schwiegermutter einen der Anzüge des seligen Francesco Antonio Pescatore hervor, die seine Witwe mit Kampfer und Pfeffer eingemottet hat und wie heilige Reliquien aufbewahrt, steckte sie, die geborene Marianna Dondi, in diese Kleider und ließe sie den Müller und den Oberverwalter zugleich spielen.

Meiner Frau würde die Landluft gewiß guttun. Vielleicht wird bei ihrem Anblick der eine oder andere Baum sein Laub verlieren; die Vögel werden verstummen; hoffentlich versiegt bloß die Quelle

nicht. Ich aber werde Bibliothekar bleiben, allein sein, ganz für mich allein in Santa Maria Liberale.«

Das waren meine Gedanken, während der Zug dahineilte. Ich konnte die Augen nicht schließen, denn sobald ich es tat, sah ich mit schrecklicher Deutlichkeit die Leiche des jungen Mannes wieder vor mir, wie sie klein und friedlich im frischen Morgen unter den großen, reglosen Bäumen der Allee lag. Ich konnte diesen Alptraum nur durch einen andern verdrängen, der, im buchstäblichen Sinne zumindest, weniger blutig war: durch den Alptraum, den meine Schwiegermutter und meine Frau mir verursachten. Ich kostete in Gedanken die Szene meiner Wiederkehr nach dreizehntägigem geheimnisvollem Verschwundensein aus.

Ich war gewiß (und ich sah sie geradezu vor mir!), daß die beiden bei meinem Eintreten eine verächtliche Gleichgültigkeit vortäuschen würden. Kaum würden sie mir einen Blick schenken, als wollten sie sagen:

»Ach, wieder da? Du hast dir also zwischendurch nicht das Genick gebrochen?«

Sie würden schweigen, und ich würde schweigen.

Nach kurzer Zeit freilich würde die Witwe Pescatore aber unfehlbar beginnen, Galle zu spucken, mich vor allem wegen des mutmaßlichen Verlustes meines Postens zu beschimpfen.

Ich hatte tatsächlich den Bibliotheksschlüssel mitgenommen. Bei der Nachricht von meinem Verschwinden hatte man sicherlich auf polizeiliche Anordnung die Tür gesprengt. Da man mich aber weder tot aufgefunden hatte, noch sonst irgendwelche Spuren oder Nachrichten von mir hatte, wartete man im Rathaus möglicherweise drei, vier, fünf Tage, eine Woche auf meine Rückkehr; dann vergab man den Posten an einen anderen Arbeitslosen.

Was wollte ich jetzt also da, was sollte ich da herumsitzen? Ich hatte mich selber einmal mehr auf die Straße befördert. Dort gehörte ich hin! Zwei arme Frauen können nicht verpflichtet werden, einen Nichtstuer auszuhalten, einen Kerl, der ins Zuchthaus

gehörte, der einfach fortgelaufen ist, um Gott weiß welche neuen Schandtaten zu vollbringen usw. usw.

Ich schweige immer noch.

Die Wut der Marianna Dondi steigert sich, durch mein verächtliches Schweigen angestachelt, immer mehr, kocht über, explodiert – und ich schweige immer noch!

Dann aber ziehe ich die Brieftasche heraus und beginne die Tausend-Lire-Scheine auf den Tisch zu zählen: da, da, da und da ...

Sie reißen Augen und Mund auf, die Marianna Dondi und meine Frau.

Dann: »Wo hast du das gestohlen?«

... siebenundsiebzig, achtundsiebzig, neunundsiebzig, achtzig, einundachtzig; fünfhundert, sechshundert, siebenhundert; zehn, zwanzig, fündundzwanzig; einundachtzigtausendsiebenhundertfünfundzwanzig Lire und vierzig Centesimi habe ich noch in der Tasche.

Seelenruhig nehme ich die Geldscheine wieder zu mir, schiebe sie in meine Brieftasche zurück und stehe auf.

»Ihr wollt mich nicht mehr hier im Haus? Gut, schönsten Dank! Ich gehe, Gott befohlen.«

Ich lachte, als ich mir das vorstellte.

Meine Reisegefährten beobachteten mich, auch sie lächelten verstohlen.

Da wollte ich mir einen ernsten Anstrich geben und dachte an meine Gläubiger. An sie mußte ich ja alle meine Geldscheine verteilen. Verstecken konnte ich sie nicht. Und was hätten sie mir im Versteck genützt?

Genießen würden diese Hunde mich das Geld doch nicht lassen. Weiß Gott, wie viele Jahre sie noch warten müßten, um durch die Erträgnisse der Mühle von La Stìa und des Gutes zu ihrem Geld zu kommen, zumal sie auch die Verwaltung bezahlen mußten, die nicht wenig verschlang. Vielleicht könnte ich die Gläubiger durch ein Angebot in barem Geld zu günstigen Bedingungen loswerden. Ich rechnete nach:

»Soundso viel an Recchioni, diesen Schweinehund; soundso viel an Filippo Brisigo, dem ich es gönnen würde, daß das Geld rechtzeitig zur Bezahlung seines eigenen Begräbnisses käme; er würde dann den Armen nicht mehr das Blut aus den Adern saugen können; soundso viel an Cichin Lunaro aus Turin; soundso viel an die Witwe Lippani ... An wen noch? Ach, die Kette riß nicht ab! Da waren Della Piana, Bossi und Margottini ... und damit war mein ganzer Gewinn weg!«

Ich hatte, letzten Endes, in Monte Carlo nur für sie gewonnen! Die Wut packte mich beim Gedanken an die zwei Tage Spielverlust! Ich hätte wieder ... reich sein können!

Ich seufzte ein paarmal auf, und meine Reisegefährten lächelten erst recht. Ich aber fand keine Ruhe. Der Abend nahte: die Luft war wie Asche; die Fahrt war öde bis zur Unerträglichkeit.

In der ersten italienischen Station kaufte ich eine Zeitung, ich hoffte, ihre Lektüre würde mich einschläfern. Ich breitete das Blatt aus und begann beim Schein des elektrischen Lämpchens zu lesen. Ich erfuhr die tröstliche Nachricht, daß das Schloß von Valençay zum zweiten Mal versteigert und dem Grafen De Castellane für zwei Millionen dreihunderttausend Franc zuerkannt worden war. Die Ländereien rings um das Schloß umfaßten zweitausendachthundert Hektar, es war das größte Gut Frankreichs.

»Ungefähr wie La Stìa ...«

Ich las ferner, daß der deutsche Kaiser in Potsdam eine marokkanische Gesandtschaft zu Mittag empfangen hatte. Dem Empfang wohnte auch der Staatssekretär Baron von Richthofen bei. Die Gesandtschaft, die anschließend der Kaiserin vorgestellt wurde, nahm sodann einen Imbiß ein – wer weiß mit welcher Gier sie ihn verschlang!

Auch der Zar und die Zarin von Rußland hatten in Petersburg eine Sondermission empfangen, eine aus Tibet, die den Majestäten die Geschenke des Lama überbrachte.

»Die Geschenke des Lama!« fragte ich mich und schloß nachdenklich die Augen. »Was kann das nur gewesen sein?«

Schlafmittel: denn ich schlief ein. Aber es waren Schlafmittel von geringer Wirkung: ich erwachte bald wieder, durch ein Stoßen des Zuges aufgerüttelt, der an einer Station hielt.

Ich sah auf die Uhr: es war Viertel nach Acht. In einer knappen Stunde würde ich am Ziel sein.

Ich hatte die Zeitung noch in der Hand und blätterte um, vielleicht fand sich auf der zweiten Seite ein besseres Geschenk als das des Lama. Mein Blick blieb an dem fettgedruckten Wort **Selbstmord** haften.

Ich dachte sofort, es könne sich um den Selbstmord von Monte Carlo handeln, und begann zu lesen. Aber ich stockte schon bei der ersten, in kleinstem Schriftgrad gedruckten Zeile: »*Man telegraphiert uns aus Miragno.*«

Miragno? Wer hatte denn in meiner Heimatstadt Selbstmord begangen?

Ich las: »*Gestern, Samstag, den 28., wurde im Wassergraben einer Mühle eine Leiche in fortgeschrittenem Zustand der Verwesung…*«

Plötzlich umnebelte sich mein Blick, es schien mir, als hätte ich in der folgenden Zeile den Namen meines Gutes gelesen: da es mir schwerfiel, den kleinen Druck mit einem Auge allein zu entziffern, stand ich auf, um dem Licht näher zu sein.

»*… der Verwesung aufgefunden. Die Mühle gehört zu einem Gut, das La Stìa heißt und ungefähr zwei Kilometer von unserer Stadt entfernt liegt. In Gegenwart der gerichtlichen Kommission und mehrerer Zuschauer, die sich am Tatort eingefunden hatten, wurde die Leiche zum Zwecke der nötigen gerichtlichen Erhebungen aus dem Wassergraben gezogen und unter Bewachung gestellt. Später wurde die Leiche als die unseres…*« Das Herz schlug mir bis in den Hals, entgeistert betrachtete ich meine Reisegefährten, die alle schliefen.

»*In Gegenwart der gerichtlichen Kommission … aus dem Wassergraben gezogen … unter Bewachung gestellt … wurde die Leiche als die unseres Bibliothekars…*«

»Ich?«

»In Gegenwart der gerichtlichen Kommission ... später ... als die unseres Bibliothekars Mattia Pascal identifiziert, der seit mehreren Tagen abgängig war. Motiv des Selbstmordes: finanzielle Schwierigkeiten.«

»Ich? ... *Abgängig ... identifiziert ... Mattia Pascal ...«*

Mit grimmigem Gesicht und Aufruhr im Herzen las ich diese wenigen Zeilen, wieder und wieder, ich weiß nicht mehr wie oft. In einer ersten Aufwallung regten sich alle meine Lebensenergien wie zu einem heftigen Protest: als könnte diese in ihrer gleichmütigen Kürze so aufreizende Meldung tatsächlich auch für mich wahr sein. Aber wenn auch nicht für mich, so war sie doch für die anderen wahr; und die Gewißheit, die diese anderen seit gestern von meinem Tode hatten, empfand ich als eine unerträgliche, andauernde, erdrückende Vergewaltigung ...

Ich betrachtete neuerlich meine Reisegefährten. Fast kam es mir vor, als schliefen auch sie in dieser Gewißheit, hier vor meinen Augen, und da war ich schon versucht, sie aufzurütteln, aus ihren unbequemen, peinsamen Stellungen, sie zu wecken, um ihnen ins Gesicht zu schreien, daß es nicht wahr sei.

»Wie ist das möglich?«

Noch einmal las ich die bestürzende Nachricht.

Ich konnte kaum mehr an mich halten. Ich wünschte, der Zug bliebe stehen, ich wünschte, er solle wie verrückt dahinsausen: sein gleichförmig dumpfer und schwerer, mechanisch harter Rhythmus brachte mich immer mehr zur Raserei. Ich schloß und öffnete immer wieder meine Hände, preßte mir die Fingernägel in die Handflächen; zerknitterte die Zeitung; glättete sie wieder, um noch einmal die Nachricht zu lesen, die ich bereits auswendig kannte, Wort für Wort.

»Identifiziert! Wie war das möglich, daß man mich identifiziert hat? ... *Im Zustand fortgeschrittener Verwesung* ... Puh!«

Ich sah mich einen Augenblick lang in den grünlichen Fluten des Mühlgrabens treiben, vom Wasser aufgequollen, gräßlich ...

Ein unwillkürlicher Schauder packte mich, ich kreuzte die Arme auf meiner Brust, betastete mich mit den Händen:

»Ich, nein, ich nicht … Wer mag es nur sein? … Gewiß sah er mir ähnlich … Vielleicht trug er einen Bart wie ich … die gleiche Gestalt … und so haben sie mich identifiziert! … *Seit mehreren Tagen abgängig …* Das allerdings! Ich aber möchte wissen, jawohl, das möchte ich wissen, wer es so eilig hatte, mich zu identifizieren. War es denn möglich, daß dieser Unglückliche mir so ähnlich sah? Gekleidet war wie ich? Genauso wie ich? Sie wird es wohl gewesen sein, Marianna Dondi, verwitwete Pescatore: sie, ja, sie, ist sofort auf mich verfallen, hat mich sofort identifiziert! Sie wird es kaum zu hoffen gewagt haben, wie man sich denken kann. ›Er ist es! Er ist es! Mein Schwiegersohn! Ach, der arme Mattia, ach, der arme Junge!‹ Vielleicht ist sie sogar in Tränen ausgebrochen; vielleicht hat sie sich neben der Leiche dieses armen Teufels niedergekniet, der ihr keinen Fußtritt mehr geben, ihr nicht mehr zurufen konnte: ›Scher dich fort von hier, ich kenne dich nicht!‹«

Ich zitterte am ganzen Körper. Endlich blieb der Zug wieder in einer Station stehen. Ich öffnete die Wagentür und stürzte hinaus, ich hatte die wirre Vorstellung, ich müsse irgend etwas tun, sofort: ein dringendes Telegramm abschicken, um die Nachricht zu dementieren.

Der Sprung aus dem Wagen wurde meine Rettung: als wäre meine dumme, fixe Vorstellung plötzlich aus meinem Gehirn geschüttelt, erkannte ich blitzartig … das war ja meine Befreiung, meine Freiheit, mein neues Leben!

Ich hatte zweiundachtzigtausend Lire bei mir und mußte sie niemandem mehr geben! Tot war ich, tot: ich hatte keine Schulden mehr, keine Frau mehr, keine Schwiegermutter mehr, niemanden! Ich war frei! frei! frei! Was wollte ich mehr?

Als mir dieser Gedanke kam, muß ich mich sehr seltsam benommen haben, dort in dieser Station auf dem Bahnsteig. Ich hatte die Wagentür offengelassen. Ich sah mich von Menschen umringt, die mir irgend etwas, ich weiß nicht was, zuriefen;

schließlich packte mich einer und stieß mich weiter, indem er mir laut zurief:

»Der Zug fährt ab!«

»Lassen Sie ihn doch fahren, lieber Signore, lassen Sie ihn doch weiterfahren!« rief ich zurück. »Ich steige um!«

Ein Zweifel befiel mich jetzt: der Zweifel, ob die Nachricht nicht inzwischen dementiert worden war; ob man in Miragno nicht schon hinter den Irrtum gekommen war, ob sich nicht die Verwandten des wahren Toten gemeldet und die falsche Identifizierung richtiggestellt hatten.

Ehe ich mich freuen durfte, mußte ich meiner Sache sicher sein, mußte verläßliche und genaue Nachrichten einholen. Aber wie?

Ich suchte die Zeitung in meinen Taschen. Ich hatte sie im Zug zurückgelassen. Ich drehte mich um, betrachtete das leere Gleis, das sich aus der schweigsamen Nacht leuchtend heraushob, und da fühlte ich mich auf dieser armseligen Zwischenstation verloren wie im leeren Raum. Ein neuer, noch größerer Zweifel kam mir: sollte ich geträumt haben?

Doch nein:

»Man telegraphiert uns aus Miragno. Gestern, Samstag, den 28. ...«

Ich konnte die Meldung Wort für Wort auswendig aufsagen. Nein, es gab keinen Zweifel! Trotzdem war mir das zu wenig; es durfte mir nicht genügen.

Ich sah mich in der Station um; ich las den Namen: ALENGA.

Würde ich vielleicht im Ort andere Zeitungen finden? Es war, wie mir eben einfiel, Sonntag. An diesem Morgen war also in Miragno die einzige Zeitung, die dort gedruckt wurde, *Il Foglietto*, erschienen. Ich mußte mir um jeden Preis ein Exemplar verschaffen. In diesem Blatt würde ich alle Details finden, die ich brauchte. Wie aber konnte ich hoffen, den *Foglietto* in Alenga zu bekommen? Nun, ich würde unter falschem Namen an die Redaktion des Blattes telegraphieren. Ich kannte den Direktor Miro Colzi, den alle in Miragno Lodoletta, die junge Lerche, nannten, da er

einst unter diesem idyllischen Titel seinen ersten und letzten Gedichtband veröffentlicht hatte.

Würde aber diese Bestellung aus Alenga für Lodoletta nicht ein auffälliges Ereignis sein? Sicherlich war die »interessanteste« Nachricht der Woche und somit die »Sensation« dieser Nummer mein Selbstmord. Lief ich also nicht Gefahr, daß ihm die ungewöhnliche Bestellung verdächtig erscheinen könnte?

»Ach wo!« dachte ich gleich danach. »Lodoletta kann es gar nicht in den Sinn kommen, daß ich mich nicht wirklich ertränkt habe. Er wird den Grund für die Bestellung in irgendeiner anderen ›Sensationsmeldung‹ seiner heutigen Ausgabe vermuten. Seit einiger Zeit kämpft er heldenhaft gegen die Gemeinde für die Wasserleitung und für die Gasanlage. Weit eher also wird er annehmen, dieser ›Feldzug‹ sei der Anlaß der Bestellung.«

Ich betrat die Bahnhofshalle.

Glücklicherweise war der Kutscher des einzigen vorhandenen Gefährtes, eines Postwagens, noch da und unterhielt sich mit den Bahnangestellten; der kleine Ort war ungefähr dreiviertel Stunden Wagenfahrt vom Bahnhof entfernt, der Weg führte ununterbrochen steil bergan.

Ich bestieg das altersschwache, kaleschenartige Fahrzeug, das in allen Fugen ächzte und ohne Licht war; fort ging es in die Finsternis.

Ich hatte jetzt an viele Dinge zu denken; trotzdem bemächtigte sich meiner immer wieder jene heftige Erregung, die ich bei der Lektüre der mich so unmittelbar berührenden Zeitungsnachricht empfunden hatte; in der schwarzen und fremden Einsamkeit fühlte ich mich jetzt für Augenblicke, wie kurz zuvor beim Anblick des verlassenen Gleises, gleichsam im leeren Raum; in beängstigender Weise vom Leben losgelöst, ein Überlebender meiner selbst, verloren, in Erwartung meines Weiterlebens nach dem Tode, ohne mir dieses Leben noch vorstellen zu können.

Um mich abzulenken, fragte ich den Kutscher, ob es in Alenga einen Zeitungsvertrieb gäbe.

»Wie? Was? Nein, Signore!«

»Verkauft man denn in Alenga keine Zeitungen?«

»O doch, Signore. Der Apotheker Grottanelli verkauft sie.«

»Gibt es ein Hotel?«

»Es gibt das Wirtshaus Palmentino.«

Er war vom Bock gestiegen, um die alte Schindmähre, die schnaufend ihre Nüstern schon fast zur Erde herabhängen ließ, etwas zu entlasten. Ich konnte ihn kaum sehen. Erst als er sich die Pfeife anzündete, erblickte ich ihn besser im zuckenden Lichtschein und dachte: »Wenn er wüßte, wen er da fährt ...«

Sofort mußte ich die gleiche Frage an mich selber richten:

»Wen fährt er wirklich? Ich selber weiß es nicht. Wer bin ich jetzt? Ich muß darüber nachdenken. Einen Namen muß ich mir geben, das zumindest muß ich tun, und zwar sofort, damit ich das Telegramm unterschreiben kann und nicht in Verlegenheit gerate, wenn man mich im Wirtshaus fragt, wie ich heiße. Vorläufig genügt es, wenn ich an nichts anderes als an meinen Namen denke. Überlegen wir ein wenig! Wie heiße ich nur?«

Ich hätte nie vermutet, daß die Wahl eines Vor- und Zunamens mich so viel Mühe und Nervenanspannung kosten würde. Besonders der Zuname! Ich fügte einfach Silben aneinander, ohne weiter nachzudenken: auf diese Weise entstanden Familiennamen wie Strozzani, Parbetta, Martoni, Batusi, die mir alle gräßlich auf die Nerven gingen. Ich konnte in ihnen nichts Charakteristisches, keinerlei Sinn entdecken. Als müßten Familiennamen einen Sinn haben ... Los, weiter! Irgendein Name ... Martoni, zum Beispiel, warum nicht? Carlo Martoni ... fertig! Bald darauf aber meinte ich achselzuckend: »Warum nicht gleich Karl Martell ...« Und die aufreibende Suche begann von neuem.

Als ich im Ort ankam, hatte ich noch immer keinen Namen. Glücklicherweise brauchte ich keinen für den Apotheker, der zugleich Post- und Telegraphenbeamter war, Drogist, Papierhändler, Zeitungsverkäufer, ein Rindvieh und alles mögliche dazu. Ich kaufte von den Zeitungen, die hier auslagen, je ein Exemplar: es

waren die in Genua erscheinenden Zeitungen: *Il Caffaro* und *Il Secolo XIX*; ich fragte ihn, ob er auch *Il Foglietto* aus Miragno habe?

Er hatte ein Gesicht wie eine Eule, dieser Grottanelli, mit ein Paar kugelrunden Augen, die wie Glasaugen aussahen und über die er zeitweise und wie mit großer Anstrengung seine knotigen Augenlider herunterließ.

»*Il Foglietto?* Kenne ich nicht.«

»Ein kleines Provinzblatt, ein Wochenblatt«, erklärte ich ihm. »Ich würde es gerne haben. Die Ausgabe von heute, natürlich.«

»*Il Foglietto?* Kenne ich nicht«, wiederholte er hartnäckig.

»Mag sein, aber es tut nichts zur Sache, daß Sie es nicht kennen: ich bezahle alle Kosten für eine telegraphische Bestellung bei der Redaktion. Ich möchte zehn, zwanzig Exemplare, morgen oder so rasch es eben geht. Ist das möglich?«

Er gab keine Antwort. Mit starren blicklosen Augen wiederholte er nur immer wieder: »*Il Foglietto?*...kenne ich nicht.« Endlich entschloß er sich, nach meinem Diktat die telegraphische Bestellung und Geldüberweisung aufzusetzen, als Adresse nannte ich seine Apotheke.

Am nächsten Tag, nach einer durchwachten, von stürmischen Gedanken heimgesuchten Nacht, wurden mir im Wirtshaus Palmentino fünfzehn Exemplare des *Foglietto* zugestellt.

In den beiden Blättern aus Genua, die ich, sobald ich allein geblieben war, durchgesehen hatte, war kein Hinweis zu finden gewesen. Die Hände zitterten mir, als ich den *Foglietto* entfaltete. Auf der ersten Seite stand nichts. Ich warf einen Blick auf die beiden inneren Seiten, und da fiel mir denn auch gleich auf der dritten Seite, zwischen schwarzen Trauerbalken, mein fettgedruckter Name in die Augen:

Mattia Pascal

Schon seit Tagen fehlte von ihm jede Nachricht: es waren Tage zitternder Ratlosigkeit und unsäglicher Angst für seine verzweifelte

Familie; diese Ratlosigkeit und Angst wurde von allen wohlgesinnten Bürgern unserer Stadt geteilt. Sie liebten ihn seiner Herzensgüte, seiner heiteren Gemütsart und natürlichen Bescheidenheit wegen. Solche und noch andere schätzenswerte Eigenschaften ließen ihn ergeben und gefaßt die schweren Schicksalsschläge ertragen, durch die er in der letzten Zeit, nach einem sorgenlosen Leben im Wohlstand, zu einem kümmerlichen Dasein verurteilt wurde.

Als sich die tiefbesorgte Familie nach dem ersten Tag seines rätselhaften Verschwindens zur Bibliothek Boccamazza begab, wo er sein Amt gewissenhaft versehen und fast den ganzen Tag damit verbracht hatte, seinen regen Geist durch die Lektüre gelehrter Werke zu bereichern, fand sie die Tür verschlossen; und sogleich meldete sich im Angesicht dieser verschlossenen Türe ein schwarzer und banger Verdacht, ein Verdacht, der zunächst ein paar Tage lang durch die allerdings immer mehr schwindende Hoffnung zurückgedrängt wurde, er habe sich zu irgendeinem unbekannten Zweck aus der Stadt entfernt.

Doch leider! Der Verdacht sollte zur Gewißheit werden.

Der kürzlich erfolgte Verlust seiner von ihm angebeteten Mutter und gleichzeitig seines einzigen Töchterchens hatte, nach der Einbuße des Familienbesitzes, unseren armen Freund bis ins Innerste erschüttert. Schon einmal, vor ungefähr drei Monaten, hatte er eines Nachts versucht, seinem traurigen Leben ein Ende zu setzen, an der gleichen Stelle, im Wassergraben neben der Mühle, die ihn an den einstigen Glanz seines Hauses und an seine glücklichen Tage erinnerte. Schon Dante sang:

> ... Kein Schmerz kann mehr verwunden,
> als der: im Elend freudenreicher Tage
> zu gedenken...*

Mit Tränen in den Augen und unter Schluchzen erzählte es uns angesichts der von Wasser triefenden und entstellten Leiche ein alter

---

* Dante, *Inferno*, V. Gesang

Müller, welcher der Familie der alten Besitzer treu ergeben geblieben ist. Düstere Nacht war herabgesunken; am Boden neben der von zwei königlichen Carabinieri bewachten Leiche brannte eine rote Laterne, als der alte Filippo Brina (sein Name bleibe unserem Herzen eingeprägt) uns dies jammernd berichtete. Damals, in jener traurigen Nacht, war es ihm noch gelungen, den Unglücklichen daran zu hindern, seinen schrecklichen Vorsatz zu verwirklichen; das zweite Mal aber fand sich kein Filippo Brina mehr, der ihn zurückgehalten hätte. Und Mattia Pascal lag im Wassergraben der Mühle vielleicht eine ganze Nacht und den halben nächstfolgenden Tag.

Wir ersparen es uns, die herzzerreißende Szene zu schildern, die sich am Tatort abspielte, als vorgestern gegen Abend die untröstliche Gattin vor den armseligen, unkenntlichen irdischen Überresten ihres geliebten Gatten stand, der ihrem gemeinsamen Töchterchen nachgefolgt war.

Die ganze Stadt teilt ihren Schmerz, das zeigte sich, als sie den Toten zur letzten Ruhestätte begleitete, wo unser Gemeinderat Cavaliere Pomino kurze ergriffene Worte des Abschieds sprach.

Unser tief empfundenes Beileid gilt der armen Familie in ihrer Trauer, dem Bruder Roberto, der fern von Miragno weilt, wir selbst aber rufen unserem guten Mattia aus schmerzzerrissener Brust zum letzten Male zu: Vale, geliebter Freund, Vale!

M. C.

Auch ohne diese beiden Anfangsbuchstaben hätte ich Lodoletta als Verfasser des Nachrufs erkannt.

Vor allem aber muß ich bekennen, daß mir der Anblick meines Namens zwischen den schwarzen Balken, obwohl er mir nicht unerwartet kommen konnte, nicht nur keinerlei Vergnügen bereitete, sondern mir ein derartiges Herzklopfen verursachte, daß ich die Lektüre schon nach ein paar Zeilen abbrechen mußte. Die »zitternde Ratlosigkeit und unsägliche Angst« meiner Familie entlockte mir ebensowenig ein Lachen wie die Liebe und Achtung,

die meine Mitbürger meinen guten Eigenschaften und meiner gewissenhaften Amtstätigkeit entgegenbrachten. Die Berufung auf jene traurige Nacht, die ich nach dem Tode meiner Mutter und meiner kleinen Tochter in La Stìa verbracht hatte und die nun als Beweis, ja vielleicht als der stärkste Beweis für meinen Selbstmord galt, überraschte mich zunächst, ich empfand sie wie ein unvorhergesehenes und düsteres Spiel des Zufalls; dann aber bedrückte sie mich und schuf mir Gewissensbisse.

Ach nein! Der Tod meiner Mutter und meiner kleinen Tochter hatte mich nicht in den Selbstmord getrieben, obwohl ich in jener Nacht daran gedacht hatte! Ich war aus Verzweiflung geflohen, das stimmt; jetzt aber kehrte ich aus einem Spielkasino zurück, wo die Glücksgöttin mir in ungewöhnlicher Weise zugelächelt hatte, und sie fuhr fort, mir zuzulächeln; dafür hatte sich ein anderer an meiner Statt getötet, zweifellos ein Ortsfremder, den ich darum gebracht hatte, von seinen fernen Eltern und seinen Freunden beweint zu werden, und den ich nun dazu verdammt hatte – Ironie ohnegleichen! –, ein falsches, ihm nicht zugedachtes Mitleid erdulden zu müssen und sogar eine Trauerrede des geschminkten Cavaliere Pomino über sich ergehen zu lassen!

Das war der erste Eindruck, den der mir gewidmete Nachruf im *Foglietto* in mir hinterließ.

Dann wieder bedachte ich aber, daß dieser arme Teufel gewiß nicht durch meine Schuld gestorben war. Selbst wenn ich mich wieder zum Leben erweckte, ihn konnte ich nicht mehr ins Leben zurückrufen; wenn ich mir seinen Tod zunutze machte, überlegte ich weiter, so unterschlug ich seinen Verwandten nicht nur nichts, sondern ich täte ihnen noch etwas Gutes: für sie war ja ich der Tote, und nicht er, sie konnten ihn also für vermißt halten, konnten immer noch hoffen, ihn eines Tages wiederzusehen.

Blieben meine Frau und meine Schwiegermutter. Konnte ich wirklich an die Trauer glauben, die sie über meinen Tod empfanden, an ihre »unsägliche Angst« und an diesen ganzen »herzzerreißenden Schmerz«, von dem das makabre Glanzstück Lodo-

lettas sprach? Zum Kuckuck, es hätte doch genügt, ganz langsam ein Auge des armen Toten zu öffnen, um zu bemerken, daß er nicht ich war; und selbst wenn man annehmen wollte, daß die Augen am Grund des Wassergrabens geblieben waren, so kann doch, sollte man meinen, eine Frau, außer sie tut es in bewußter Absicht, nicht so leicht einen fremden Mann mit ihrem eigenen Gatten verwechseln.

So eilig hatten sie es also, mich in diesem Toten zu erkennen? Hoffte die Witwe Pescatore, daß Malagna, gerührt und vielleicht nicht frei von Gewissenbissen aufgrund meines grausigen Selbstmords, nun meiner armen Witwe seine Hilfe bieten würde? Schön: waren sie es zufrieden, so war ich es um so mehr!

»Tot? Ertrunken? Ein Kreuz über das Ganze und kein Wort mehr davon!«

Ich erhob mich, dehnte und streckte meine Arme und stieß einen langen Seufzer der Erleichterung aus.

VIII.

Adriano Meis

Sofort schickte ich mich an, einen anderen Menschen aus mir zu machen, nicht einmal so sehr, um die anderen zu täuschen, die sich ja selber hatten täuschen wollen, noch dazu mit einer Leichtfertigkeit, die in meinem Fall vielleicht nicht zu beklagen, an sich aber alles eher als rühmenswert war; nein, ich tat es, um der Glücksgöttin zu gehorchen und weil meine Lage es erforderte.

Wenig oder nichts Gutes konnte ich dem unglücklichen Mann nachsagen, dem sie mit aller Macht im Wassergraben einer Mühle ein elendes Ende bereitet hatten. Nach all den Dummheiten, die er begangen, verdiente er vielleicht kein besseres Los.

Nun wünschte ich mir bloß, daß nicht nur in meinem Äußeren, sondern auch in meinem Innern keine Spur von ihm zurückbleiben sollte.

Ich war jetzt allein, und noch mehr allein, als ich es war, konnte man auf dieser Welt gar nicht sein, ich war ohne jede Bindung und Verpflichtung in der Gegenwart, frei, ein neuer Mensch, vollkommen Herr meiner selbst, erlöst von der Bürde meiner Vergangenheit und mit einer Zukunft vor mir, die ich nach Gefallen formen konnte.

Flügel wuchsen mir! So leicht fühlte ich mich!

Mein bisheriges Lebensgefühl, das von meinen vergangenen Erlebnissen bestimmt worden war, durfte nun für mich keinerlei Berechtigung mehr haben. Ich mußte zu einem neuen Lebensgefühl gelangen, das ohne den geringsten Bezug auf die unglücklichen Erfahrungen des seligen Mattia Pascal war.

Alles lag nun an mir: ich konnte und mußte der Schmied meines neuen Schicksals sein, in dem vollen Ausmaß, das die Glücksgöttin mir gewährt hatte.

»Vor allem aber«, sagte ich mir, »muß ich meine Freiheit hegen und pflegen: Von nun an soll sie unbelastet, in leichtem Gewand auf ebenem und immer neuem Wege wandeln. Ich will die Augen schließen und einfach weitergehen, sollte das Schauspiel des Lebens einen allzu unerfreulichen Anblick bieten. Da will ich mich lieber an die Dinge halten, die man gemeinhin als die unbelebten bezeichnet, ich will schöne Landschaften aufsuchen, angenehme und ruhige Städte. Ich werde mich nach und nach umerziehen; ich werde mit Liebe und Geduld an meiner Verwandlung arbeiten, damit ich am Ende sagen kann, ich habe nicht nur zwei Leben gelebt, sondern ich bin auch zwei Menschen gewesen.«

Schon in Alenga hatte ich, um zu beginnen, wenige Stunden vor meiner Abreise einen Friseur aufgesucht, der mir den Bart kurz schneiden sollte; eigentlich wollte ich ihn mir, zusammen mit dem Schnurrbart, sofort ganz abnehmen lassen, doch die Angst, ich könnte in dem kleinen Ort Verdacht erregen, hielt mich ab.

Der Friseur war zugleich auch Schneidermeister. Infolge der jahrelangen Gewohnheit, stets die gleiche gekrümmte Haltung einzunehmen, wirkten die Hüften des alten Mannes wie ein aufgeklebter Gummizug. Die Brille trug er auf der Nasenspitze. Er war wohl mehr Schneidermeister als Friseur: Er stürzte sich wie ein strafender Engel, mit einer Riesenschere bewaffnet, deren Spitzen er mit der anderen Hand stützen mußte, auf den wuchernden Bart, der schon nicht mehr der meine war. Ich wagte kaum zu atmen. Ich schloß die Augen und öffnete sie erst wieder, als ich ganz leise gerüttelt wurde. Der brave Mann war ganz mit Schweiß bedeckt und überreichte mir einen Handspiegel, damit ich ihm sagen könne, ob er seine Sache gut gemacht habe.

Das schien mir zuviel des Eifers!

»Nein, danke«, wehrte ich ab, »nehmen sie ihn wieder fort. Ich möchte ihn nicht erschrecken.«

Er riß die Augen auf und fragte: »Wen?«

»Den Spiegel. Sehr hübsch! Vermutlich ein altes Stück …«

Der Spiegel war rund, der intarsierte Griff war aus Bein ge-

schnitten: weiß Gott, was für eine Geschichte er hatte und wie er in diesen Schneider-Friseur-Laden geraten war. Schließlich aber, um den Meister nicht zu kränken, der mich immer noch erstaunt anstarrte, hielt ich mir den Spiegel vor die Augen.

Und ob er seine Sache gut gemacht hatte!

Nach dieser ersten Tat der Verstümmelung bekam ich einen Begriff, welch Scheusal durch die notwendige und radikale Änderung der Personenbeschreibung des Mattia Pascal bald entstehen würde. Ein neuer Grund, ihn zu hassen! Sein Kinn war winzig, spitz und fliehend. Jahrelang war es unter dem großen Bart verborgen gewesen, jetzt erschien es mir als Verrat an meiner Person: Von nun an sollte ich dieses lächerliche Ding offen zur Schau tragen! Und was für eine Nase er mir als Erbe hinterlassen hatte! Und dieses Auge!

»Ah, dieses Auge«, dachte ich, »das in der einen Gesichtshälfte so verzückt dreinblickte, wird auch in meinem neuen Gesicht immer das seine sein! Ich kann nichts anderes tun, als es, so gut es geht, hinter einem Paar farbigen Augengläsern zu verbergen. Die sollen mir – man stelle sich vor – zu einem liebenswürdigen Äußeren verhelfen. Ich werde mir die Haare wachsen lassen, und mit dieser schönen breiten Stirn, mit Augengläsern und glatt rasiert werde ich aussehen wie ein deutscher Philosoph. Dazu ein Gehrock und ein Schlapphut mit breiter Krempe.«

Da half nichts: bei dem Aussehen mußte ich ein Philosoph sein. Zwangsläufig. Nun denn: ich werde eben mit stillheiterer Philosophie inmitten dieser jämmerlichen Menschheit dahinwandeln; wie sehr ich mich auch bemühte, es schien mir schwierig, sie nicht nach wie vor lächerlich und schäbig zu finden.

Mein neuer Name wurde mir ein paar Stunden nach meiner Abreise aus Alenga im Zug nach Turin gleichsam aufgedrängt.

Mit mir fuhren zwei Herren, die angeregt über christliche Ikonographie diskutierten. Die beiden waren darin sehr bewandert, wie mir schien, ich selbst verstand ja nichts davon.

Der eine, der jüngere, hatte ein fahles, von einem struppigen

schwarzen Bart dicht bewachsenes Gesicht. Es bereitete ihm anscheinend eine große und besondere Genugtuung, zu verkünden, daß, ältesten Zeugnissen zufolge, die von Justinus, dem Märtyrer, von Tertullian und von weiß Gott wem noch bestätigt wurden, Christus außerordentlich häßlich gewesen sei.

Er sprach mit einer hohlen Stimme, die in seltsamem Gegensatz zu seinem verklärten Aussehen stand.

»Jawohl, außerordentlich häßlich! Und ob! Ganz besonders häßlich! Und auch Cyrill von Alexandrien, ganz gewiß, Cyrill von Alexandrien behauptet sogar, Christus sei der häßlichste aller Menschen gewesen.«

Sein Gesprächspartner war ein kleiner, überaus magerer alter Mann von asketisch schlechtem Aussehen. Trotz der Ruhe, die er bewahrte, verriet eine Falte in seinem Mundwinkel eine feine Ironie. Er lag mehr auf dem Rücken, als daß er saß, während sein langer, vorgereckter Hals sich wie unter einem Joch bog. Er widersprach und meinte, auf die alten Zeugnisse sei kein Verlaß.

»Die Kirche nämlich war in den ersten Jahrhunderten ausschließlich darum bemüht, Lehre und Geist ihres Gründers zu ihrer eigenen Substanz zu machen und kümmerte sich wenig, eben, ganz genau, sie kümmerte sich wenig um seine körperliche Erscheinung.«

Auf einmal kamen sie auf Veronika zu sprechen und auf die beiden Statuen in der Stadt Paneas, von denen man annimmt, daß sie Christus und das blutflüssige Weib darstellen.*

»Aber wo!« brach der bärtige junge Mann los. »Darüber gibt es doch heute keinen Zweifel mehr! Diese beiden Statuen stellen den Kaiser Hadrian dar, Adriano imperatore, und die Stadt, die vor ihm auf den Knien liegt.«

Der alte Mann verfocht in aller Gelassenheit die offenbar ge-

---

* Paneas (Caesarea Philippi), Stadt in Palästina, in der einer von Eusebius überlieferten Legende zufolge Christus die blutflüssige Frau geheilt haben soll. Die Diskussion über die Statuen entspricht dem Stand der archäologischen Diskussion dieser Zeit.

genteilige Meinung, denn sein Partner wiederholte hartnäckig und unerschütterlich, während er mich ansah:

»Adriano!«

»… griechisch Beronike. Aus Beronike wurde dann: Veronika …«

»Adriano!«

»Oder: Veronika, vera icon: eine durchaus wahrscheinliche Verballhornung …«

»Adriano!« (Blick auf mich.)

»Denn die Beronike, die in den Akten des Pilatus …«

»Adriano!«

Er wiederholte den Namen Adriano auf diese Weise unzählige Male, wobei er stets den Blick auf mich gerichtet hielt.

Als die beiden an der gleichen Station ausstiegen und ich im Abteil allein blieb, trat ich ans Wagenfenster, um ihnen nachzusehen: sie diskutierten immer noch im Weitergehen.

Plötzlich verlor der alte Mann die Geduld und begann zu laufen.

»Wer sagt das?« rief ihm der junge Mann mit fester und lauter Stimme und in herausforderndem Ton nach.

Da drehte sich der andere um und rief zurück:

»Camillo De Meis!«*

Mir war es, als riefe auch er diesen Namen mir zu, der ich unterdessen mechanisch das »Adriano …« von vorhin wiederholte. Auf der Stelle ließ ich das De weg und blieb einfach bei Meis allein.

»Adriano Meis! Ja doch … Adriano Meis: das klingt gut.«

Ich fand, dieser Name passe trefflich zu meinem glattrasierten Gesicht, zu der Brille, zu den langen Haaren und zu dem Schlapphut und dem Gehrock, die ich mir noch anschaffen mußte.

»Adriano Meis. Ausgezeichnet! Man hat mich getauft.«

* Angelo Camillo de Meis (1817–1891), ein Vertreter der von Hegel beeinflußten süditalienischen Historikerschule nach der Vereinigung Italiens, als Philosoph scharfer Gegner Darwins. Die Wahl dieses »Paten« drückt sich wohl auch in dem Wunsch des »Adriano Meis« aus, wie ein »deutscher Philosoph« auszusehen.

Fest entschlossen, jede Erinnerung an mein früheres Leben glatt zu tilgen, von nun an ein neues zu beginnen, fühlte ich mich von frischer, kindhafter Fröhlichkeit durchdrungen und erhoben; mein Bewußtsein erschien mir geradezu jungfräulich, durchsichtig klar, mein Geist war wachsam und bereit, sich alles für die Errichtung meines neuen Ichs zunutze zu machen. Mein Inneres war in Aufruhr vor Jubel über meine neue Freiheit. Nie noch hatte ich die Menschen und die Dinge so gesehen; die Luft zwischen ihnen und mir war wie von einem Nebel befreit; die neuen Beziehungen, die ich zu ihnen herstellen mußte, erschienen mir leicht und einfach, denn zu meiner innigsten Freude würde ich nun sehr wenig von ihnen brauchen. Meine Seele fühlte sich wunderbar leicht; wie von einer unsagbar heiteren Trunkenheit erfaßt! Die Glücksgöttin hatte mich plötzlich von jeder Verstrickung befreit, aus dem gewöhnlichen Leben herausgelöst und mich zum unbeteiligten Zuschauer des Kampfes gemacht, den die anderen mit ihren Sorgen führten. Ich sagte mir:

»Du wirst noch sehen, wie seltsam dir diese Sorgen vorkommen werden, von außen betrachtet! Da läuft so ein Mensch herum, zieht sich fast ein Gallenleiden zu und bringt einen armen alten Mann zur Weißglut, nur weil er sich darauf versteift, daß Christus der häßlichste aller Menschen gewesen sei...«

Ich lächelte. Ich mußte jetzt über alles und jedes lächeln, zum Beispiel über die Bäume auf den Feldern draußen, sie liefen mir auf ihrer scheinbaren Flucht in den absonderlichsten Stellungen entgegen, oder über die da und dort hingestreuten Landhäuser, denn ich fand meinen Spaß daran, mir vorzustellen, wie die Bauern dort mit geblähten Backen vor Wut über den Nebel schnaubten, der den Olivenbäumen solchen Schaden zufügte, und wie sie die Fäuste gegen den Himmel ballten, der keinen Regen schicken wollte; ich lächelte über die Vögel, die erschrocken vor dem schwarzen Ding, das so lärmend durch die Landschaft fuhr, davonflatterten; über das Schwingen der Telegraphendrähte, die den Zeitungen Nachrichten zutrugen, wie die aus Miragno über

meinen Selbstmord im Mühlgraben von La Stìa; und auch über die armen Bahnwärtersfrauen mußte ich lächeln, die das zusammengerollte Signalfähnchen schwenkten, schwanger waren und sich die Kappe ihres Mannes auf den Kopf gedrückt hatten.

Plötzlich fiel mein Blick auf den Ehering, der mir noch immer den Ringfinger der linken Hand einengte. Es gab mir einen richtigen Riß: ich schloß die Augen, umklammerte die linke Hand mit der rechten, um den kleinen Goldreifen zu verstecken, und versuchte ihn heimlich vom Finger zu streifen. Ich mußte daran denken, daß im Innern des Reifens, der sich öffnen ließ, zwei Namen eingraviert waren: *Mattia – Romilda*, dazu das Hochzeitsdatum. Wohin mit dem Ding?

Ich öffnete die Augen und betrachtete eine Weile verärgert den Ring, der in meiner Handfläche lag.

Ich fühlte, wie sich rings um mich alles wieder verdüsterte. Das war ein Rest der Kette, die mich an die Vergangenheit fesselte! Ein kleiner, an sich so leichter Ring, und wog doch so schwer! Die Kette aber war bereits zerrissen, fort also auch mit diesem letzten Kettenglied!

Ich stand schon im Begriff, den Ring aus dem Wagenfenster zu werfen, hielt mich aber zurück. Der Zufall hatte mich bisher in so ungewöhnlicher Weise begünstigt, ich konnte ihm nicht länger trauen; von nun an mußte ich alles für möglich halten, auch daß ein kleiner Ring, ins freie Feld geworfen, zufälligerweise von einem Bauern gefunden wird, von Hand zu Hand geht und daß die in seinem Innern eingravierten Namen und das Hochzeitsdatum die Wahrheit an den Tag bringen, die Wahrheit nämlich, daß der Ertrunkene von La Stìa nicht der Bibliothekar Mattia Pascal war.

»Nein«, dachte ich, »nein. Ich muß einen sicheren Ort finden … aber wo?«

Da hielt der Zug an einer Station. Ich sah mich um, und sogleich kam mir ein Gedanke, vor dessen Verwirklichung ich zunächst eine gewisse Scheu empfand. Das sage ich, damit es mir

als Entschuldigung für diejenigen dient, die schöne Gesten lieben: Leute, die nicht weiter nachdenken und sich nicht gerne daran erinnern, daß die Menschen bestimmten Bedürfnissen unterworfen sind, denen leider selbst die nachgeben müssen, deren Seele schweres Leid bedrückt. Cäsar, Napoleon und, so unschicklich dies klingen mag, auch die schönste Frau … Genug. Auf der einen Seite stand das Wort »Herren«, auf der anderen das Wort »Damen«; und dort bestattete ich meinen Ehering.

Weniger zu meiner Zerstreuung, als um meinem neuen Leben, das noch im leeren Raum schwebte, einen gewissen Halt zu geben, begann ich mich nun näher mit Adriano Meis zu beschäftigen, ihm eine Vergangenheit zu ersinnen, mich zu fragen, wer mein Vater gewesen, wo ich geboren wurde und so weiter. Ich tat es mit Bedacht, bemüht, mir alles ganz genau vor Augen zu halten und es bis in die kleinsten Kleinigkeiten festzulegen. Ich war das einzige Kind meiner Eltern: darüber, so meinte ich, sollte es keine Diskussion geben.

»Einziger kann man wohl nicht sein … Oder doch nicht? Wer weiß, wie viele es gibt wie mich, in meiner Lage, die gleichsam meine Brüder sind. Man hinterlegt einen Hut und eine Jacke, in deren Tasche sich ein Brief befindet, auf der Brüstung einer Brücke, die über einen Fluß führt, und statt in den Fluß zu springen, geht man einfach seiner Wege, nach Amerika oder anderswohin. Nach einigen Tagen wird eine unkenntliche Leiche aus dem Wasser gefischt: es wird wohl die sein, auf die sich der Brief auf dem Brückengeländer bezieht. Und damit ist der Fall erledigt! Ich, freilich, habe es nicht absichtlich getan: kein Brief, keine Jacke, kein Hut … Aber ich bin doch einer wie sie, nur habe ich ihnen eines voraus: ich kann meine Freiheit mit bestem Gewissen genießen. Man wollte sie mir unbedingt schenken, also …«

Also sagen wir, einziges Kind. Geboren … Wäre es nicht klüger, keinen bestimmten Geburtsort anzugeben? Aber wie? Man kann nicht auf den Wolken geboren werden und den Mond zur Hebamme haben, obwohl ich in der Bibliothek gelesen hatte, daß

man ihm im Altertum, neben vielen anderen Berufen, auch diesen zuschrieb und daß die schwangeren Frauen den Mond unter dem Namen Lucina um Hilfe anflehten.

Auf den Wolken gewiß nicht; aber auf einem Schiff, zum Beispiel, konnte man wohl geboren werden. Ausgezeichnet! Während einer Reise zur Welt gekommen. Meine Eltern begaben sich auf die Reise ..., nur damit ich auf einem Schiff zur Welt käme. Nein, allen Ernstes! Wo gab es einen plausiblen Grund, eine Frau, die unmittelbar vor der Entbindung steht, auf Reisen zu schicken ... Oder sollten meine Eltern nach Amerika ausgewandert sein? Warum nicht? Es wandern doch so viele dorthin aus ...

Auch Mattia Pascal, dieser arme Kerl, wollte dorthin. Und diese zweiundachtzigtausend Lire hat, sagen wir, mein Vater in Amerika verdient? Unmöglich! Mit zweiundachtzigtausend Lire in der Tasche hätte er abgewartet, daß seine Frau das Kind in aller Bequemlichkeit auf dem Festland zur Welt bringe. Und auch leeres Geflunker! Zweiundachtzigtausend Lire verdient ein Emigrant nicht mehr so leicht in Amerika. Mein Vater ... übrigens, wie hieß er? Paolo. Jawohl, Paolo Meis. Mein Vater, Paolo Meis, hatte sich, wie so viele andere, falsche Hoffnungen gemacht. Drei, vier Jahre lang hatte er sich abgerackert; dann hatte er, enttäuscht, aus Buenos Aires einen Brief an meinen Großvater geschrieben ...

Ja, einen Großvater, einen Großvater wollte ich unbedingt noch gekannt haben, einen lieben, herzensguten alten Mann, wie der, zum Beispiel, der vorhin aus dem Zug ausgestiegen war, ein Gelehrter, der sich mit christlicher Ikonographie befaßte.

Rätselhafte Launen der Phantasie! Wieso, aus welchem unerklärlichen Bedürfnis, entstand in diesem Moment in mir die Vorstellung, mein Vater, dieser Paolo Meis, sei ein Draufgänger gewesen? Jawohl, er hatte meinem Großvater viel Kummer bereitet: er hatte gegen dessen Willen geheiratet und war nach Amerika durchgebrannt. Vielleicht vertrat auch er die Auffassung, daß Christus besonders häßlich gewesen sei. Und häßlich und zürnend, in der Tat, mußte er meinem Vater drüben in Amerika, er-

schien sein, sonst hätte der sich wohl nicht entschlossen, mit seiner hochschwangeren Frau sofort abzureisen, als das Geld vom Großvater eingetroffen war.

Warum aber mußte ich ausgerechnet auf der Reise geboren werden? Wäre es nicht besser gewesen, noch in Amerika zur Welt zu kommen, in Argentinien, wenige Monate vor der Heimkehr meiner Eltern? Gewiß! Und mein Großvater geriet sogleich in Rührung über seinen kleinen unschuldigen Enkel; meinetwegen, einzig meinetwegen verzieh er seinem Sohn. So hatte ich also, noch als ganz kleines Kind, den Ozean überquert, vermutlich in der dritten Klasse. Während der Reise bekam ich eine schwere Bronchitis und blieb nur wie durch ein Wunder am Leben. Sehr gut! Mein Großvater hat es mir immer wieder erzählt. Ich aber durfte mich keineswegs, wie man es sonst so gerne tut, darüber beklagen, daß ich damals, erst wenige Monate alt, nicht gestorben war. Nein: was hatte ich denn für Schmerzen in meinem Leben erleiden müssen? Einen einzigen, die Wahrheit zu gestehen: den Schmerz über den Tod meines Großvaters, bei dem ich aufgewachsen war. Mein leichtsinniger Vater Paolo Meis, der sich nicht einzuordnen verstand, war schon nach einigen Monaten wieder nach Amerika durchgegangen und hatte seine Frau und mich beim Großvater zurückgelassen; drüben starb er dann am gelben Fieber. Als ich drei Jahre war, machte mich der Tod meiner Mutter zur Vollwaise, daher meine schwache Erinnerung an meine Eltern; nur dies wenige wußte ich über sie. Aber das war noch nicht alles! Ich wußte nicht einmal genau, wo ich geboren wurde. In Argentinien, gewiß! Aber wo? Mein Großvater wußte es nicht, entweder weil mein Vater es ihm nicht gesagt oder weil er es vergessen hatte, und daß ich mich nicht erinnern konnte, war klar.

Fassen wir zusammen:

a) einziger Sohn des Paolo Meis; – b) geboren in Amerika, in Argentinien, ohne nähere Angaben; – c) Ankunft in Italien im Alter von wenigen Monaten (Bronchitis); – d) ohne Erinnerung an

die Eltern und fast ohne Nachrichten über sie; – e) aufgewachsen beim Großvater.

Und wo? Nun, überall ein wenig. Zuerst in Nizza. Unklare Erinnerungen: Piazza Massena, die Promenade, die Avenue de la Gare ... Dann Turin.

Ja, dorthin fuhr ich jetzt und nahm mir viele Dinge vor: Ich nahm mir vor, eine Straße und ein Haus zu suchen, wo mein Großvater mich bis zu meinem zehnten Lebensjahr in der Obhut einer Familie gelassen hatte, die ich an Ort und Stelle erfinden wollte, damit sie mit den lokalen Verhältnissen übereinstimme; ich nahm mir vor, das Leben des kleinen Adriano Meis in der Wirklichkeit nachzuerleben, oder besser gesagt, in der Phantasie zu verfolgen.

Dieses Nachspüren, diese phantastische Konstruktion eines nicht wirklich gelebten, aber nach und nach aus fremden Leben und Ortschaften zusammengefügten Lebens, das ich zu meinem eigenen machte und als solches empfand, verschaffte mir in der ersten Zeit meines Umherreisens ein seltsames und neues Vergnügen, eines, in das sich auch so etwas wie Trauer mischte. Das war jetzt meine Beschäftigung. Ich lebte nicht nur meine Gegenwart, sondern auch meine Vergangenheit, das heißt, ich lebte die Jahre nach, die Adriano Meis nicht gelebt hatte.

Nichts oder nur sehr wenig von dem, was ich in der ersten Zeit zusammenphantasierte, konnte ich aufrechterhalten. Es läßt sich tatsächlich nichts erfinden, was nicht mehr oder weniger tief in der Wirklichkeit wurzelt; auch die seltsamsten Dinge können wahr sein, ja, es gelingt keiner Phantasie, gewisse Wahnsinnstaten, gewisse unwahrscheinliche Ereignisse zu ersinnen, die dem zuckenden Schoß des Lebens selbst entspringen, aus ihm hervorbrechen; und doch, wie sehr ist die lebendige, pulsierende Wirklichkeit verschieden von den Erfindungen, zu denen wir sie verarbeiten! Wie vieler wesentlicher, minutiöser, unausdenkbarer Dinge bedarf doch unsere Erfindung, um jene Wirklichkeit wiederzuge-

winnen, aus der wir sie bezogen hatten, wie vieler Fäden bedarf es, um sie mit dem höchst komplizierten Geflecht des Lebens zu verknüpfen, Fäden, von denen wir sie erst abgeschnitten hatten, damit sie ein Gebilde für sich werde!

Was war ich denn jetzt anderes als ein erfundener Mensch? Eine wandernde Erfindung, die, wenn auch in die Wirklichkeit hineingestellt, doch für sich sein wollte und im übrigen auch zwangsläufig für sich sein mußte.

Indem ich das Leben der anderen Menschen verfolgte und genau beobachtete, sah ich seine unendlich vielen Verknüpfungen und gleichzeitig die vielen Fäden, die bei mir zerrissen waren. Konnte ich diese Fäden jetzt wieder mit der Wirklichkeit verbinden? Wer weiß, wohin sie mich ziehen würden; vielleicht verwandelten sie sich plötzlich in Zügel, an denen durchgehende Pferde das armselige Gefährt meiner notgedrungenen Erfindung in den Abgrund rissen. Nein. Nur in der Phantasie durfte ich diese Fäden wieder anknüpfen.

Und so beobachtete ich in den Straßen und in den Gärten die fünf- bis zehnjährigen Buben, ich studierte ihre Bewegungen, ihre Spiele, ich sammelte ihre Redewendungen, um daraus nach und nach die Kindheit des Adriano Meis zusammenzustellen. Das gelang mir so gut, daß sie in meinem Geist fast alle Wirklichkeitscharakter annahmen.

Ich wollte keine neue Mutter erfinden, es wäre mir wie eine Schändung des noch immer lebendigen und schmerzlichen Andenkens an meine Mutter vorgekommen. Aber einen Großvater, den schon, den Großvater, auf den meine Phantasie im ersten Augenblick verfallen war, wollte ich mir erschaffen.

Aus wie vielen wirklichen Großvätern, aus wie vielen lieben, alten Männern, die ich in Turin, in Mailand, in Venedig, in Florenz beobachtete und studierte, setzte sich mein Großvater zusammen! Von dem einen stibitzte ich mir die beinerne Schnupftabakdose und das große Schnupftuch mit den roten und schwarzen Quadraten, von einem anderen den kleinen Spazierstock, von

einem dritten die Brille und den Seemannsbart, von einem vierten die Art zu gehen und sich die Nase zu putzen, von einem fünften die Art zu reden und zu lachen; so entstand ein liebenswertes, altes Männlein, kunstverständig und ein wenig aufbrausend, ein Großvater ohne Vorurteile, der mich in keine reguläre Schule schicken wollte, sondern es selber unternahm, mich zu unterrichten, im lebendigen Gespräch und indem er mich auf seine Reisen mitnahm, von Stadt zu Stadt, durch Museen und Bildergalerien.

Ob ich mir Mailand ansah, Padua, Venedig, Ravenna, Florenz oder Perugia, er war immer mit mir, er war wie ein Schatten, dieser erfundene Großvater, und mehr als einmal sprach er zu mir auch durch den Mund eines alten Cicerone.

Ich wollte aber auch für mich selbst leben, in der Gegenwart. Von Zeit zu Zeit übermannte mich die Vorstellung von meiner unbegrenzten, einzigartigen Freiheit, und da empfand ich eine so plötzliche, so heftige Freude, daß ich vor seligem Staunen fast verging; ich fühlte, wie diese Freude mit einem langen und breiten Atemzug in meine Brust drang und meinen Geist erhob. Allein! Allein! Allein! Herr meiner selbst! Ohne irgendwem Rechenschaft ablegen zu müssen! Ich konnte hinfahren, wohin ich wollte: Nach Venedig? nach Venedig! Nach Florenz? nach Florenz! mein Glücksgefühl folgte mir überallhin nach. Ich erinnere mich eines Sonnenuntergangs in Turin, in den ersten Monaten meines neuen Lebens, auf dem Lungo Po, in der Nähe der Brücke, die mit einem Wehr den Anprall der wild heranbrausenden Wasser dämmt: die Luft war von wunderbarer Durchsichtigkeit; in dieser Klarheit schienen die im Schatten liegenden Dinge wie mit einer Glasur überzogen; und während ich sie betrachtete, fühlte ich mich so berauscht von meiner Freiheit, daß ich beinahe fürchtete, wahnsinnig zu werden und sie nicht mehr lange ertragen zu können.

Meine äußere Umwandlung hatte ich bereits von Kopf bis Fuß vollzogen: ich war jetzt ganz glattrasiert, trug ein Paar hellblaue Augengläser, langes Haar in künstlerischer Unordnung: ich sah

wirklich wie ein anderer aus! Zuweilen blieb ich vor einem Spiegel stehen, um mich mit mir selber zu unterhalten, und mußte lachen.

»Adriano Meis! Glücklicher Mensch! Schade nur, daß du dich so zurechtmachen mußt ... Aber was tut's? Es geht ja ausgezeichnet! Wenn da nicht *sein* Auge wäre, das Auge dieses Idioten, dann wäre deine seltsam tolle Erscheinung so übel nicht. Gewiß, die Frauen lachen, wenn sie dich sehen. Es ist aber, im Grunde genommen, nicht deine Schuld. Hätte der andere das Haar nicht so kurz getragen, dann wärst du jetzt nicht genötigt, es so lang zu tragen, und es ist, ich weiß, durchaus nicht dein Geschmack, so glattrasiert wie ein Priester herumzulaufen. Geduld! Wenn die Frauen lachen – dann lache mit ihnen: es ist das beste, was du tun kannst.«

Im allgemeinen aber lebte ich fast ausschließlich mit mir allein und für mich. Nur höchst selten wechselte ich ein Wort mit den Gastwirten, den Kellnern, den Tischnachbarn, und niemals aus dem Bedürfnis, ein Gespräch anzuknüpfen. An der Hemmung, die ich dabei empfand, merkte ich, daß ich am Lügen keinen Geschmack fand. Übrigens zeigten auch die anderen wenig Lust, mit mir zu reden: vielleicht hielten sie mich, meines Aussehens wegen, für einen Ausländer. Als ich in Venedig war, konnte ich einen alten Gondoliere nicht davon abbringen, ich sei ein Deutscher, ein Österreicher. Nun, wenn auch in Argentinien geboren, war ich doch von italienischen Eltern. Meine, nennen wir es so: »Fremdheit«, war ganz anderer Art, und nur ich allein wußte darum; ich war nichts mehr; ich wurde in keiner Einwohnerstatistik geführt, außer in der von Miragno, und da als verstorben und unter einem anderen Namen.

Ich war nicht traurig darüber, aber als Österreicher, nein, als Österreicher wollte ich nun wirklich nicht gelten. Ich hatte bisher nie Anlaß gehabt, mich mit dem Wort »Vaterland« zu beschäftigen. Ich hatte an ganz andere Dinge zu denken, früher einmal! Jetzt, in der Muße, begann ich über viele Dinge nachzusinnen,

von denen ich niemals geglaubt hätte, sie könnten mich auch nur im geringsten interessieren. Ich tat es eigentlich gegen meinen Willen, und mehr als einmal zuckte ich, am Ende gelangweilt, mit den Achseln. Mit irgend etwas aber mußte ich mich doch beschäftigen, wenn ich des Umherwanderns und Schauens müde war. Um mich von lästigen und überflüssigen Betrachtungen abzulenken, begann ich zuweilen ganze Bögen Papier mit meiner neuen Unterschrift vollzukritzeln, dabei versuchte ich, meine Handschrift zu ändern, indem ich die Feder anders als früher in der Hand hielt. Dann aber zerriß ich das Papier und warf die Feder hin. Ich konnte doch ebensogut auch Analphabet sein! Wem sollte ich denn schreiben? Ich bekam von niemandem Briefe und konnte auch von niemandem welche bekommen.

Dieser Gedanke, wie auch noch mancher andere, ließ mich einen Abstecher in die Vergangenheit machen. Ich sah wieder das Haus vor mir, die Bibliothek, die Straßen von Miragno, den Strand; und ich fragte mich: »Wird Romilda noch Trauer tragen? Vielleicht vor der Welt. Was mag sie tun?« Und ich stellte sie mir vor, wie ich sie so oft zu Hause gesehen hatte; ich stellte mir auch die Witwe Pescatore vor, die sicherlich mein Andenken verwünschte.

Keine von den beiden, dachte ich, wird auch nur einmal auf den Friedhof gegangen sein, um diesen armen Menschen, der so elend gestorben war, zu besuchen. Wer weiß, wo man mich begraben hat! Möglicherweise hat die Tante Scolastica nicht so viel Geld auslegen wollen wie für meine Mutter; und Roberto schon gar nicht; er wird gesagt haben: Wer hat ihn geheißen, das zu tun? Schließlich hätte er als Bibliothekar mit zwei Lire am Tag ganz gut leben können. Ich werde wie ein Hund auf dem Armenfriedhof verscharrt sein … Aber lassen wir das, denken wir nicht daran! Es tut mir nur für den armen Mann leid, der vermutlich menschlichere Verwandte hatte als ich, sie würden seiner besser gedenken. Schließlich aber, was geht ihn das noch an? Er hat keine Sorgen mehr!

Eine Zeitlang setzte ich noch meine Reisen fort. Ich fuhr über Italiens Grenzen hinaus; besuchte die schöne Rheingegend, fuhr mit dem Rheinschiff bis Köln; hielt mich in den wichtigsten Städten auf: in Mannheim, in Worms, in Mainz, in Bingen, in Koblenz … Ich wäre gern über Köln, über Deutschland hinaus, mindestens bis nach Norwegen gefahren; dann aber bedachte ich, daß ich meiner Freiheit doch gewisse Zügel auferlegen müsse. Das Geld, das ich besaß, sollte für mein ganzes Leben reichen, und dafür war es nicht allzuviel. Ich konnte noch dreißig Jahre leben; und außerhalb des Gesetzes stehend, ohne irgendein Dokument in Händen, das zumindest meine tatsächliche Existenz bekundete, konnte ich mir unmöglich eine Anstellung verschaffen; wenn ich nicht in eine böse Situation geraten wollte, mußte ich mich also einschränken und mit wenig leben. Nach meiner Berechnung durfte ich nicht mehr als zweihundert Lire im Monat ausgeben: recht wenig; aber seit gut zwei Jahren hatte ich mit weniger gelebt, und dabei war ich nicht allein gewesen. Ich würde es mir also einrichten können.

Im Grunde war ich es schon ein wenig müde, immer allein und stumm auf der Wanderschaft zu sein. Ich empfand das instinktive Bedürfnis nach Gesellschaft. Ich bemerkte dies an einem traurigen Novembertag in Mailand, als ich von meiner kleinen Deutschland-Reise zurückgekehrt war.

Es war kalt, und gegen Abend wurde es regnerisch. Unter einer Straßenlaterne gewahrte ich einen alten Zündholzverkäufer, der Bauchladen, den er an einem Riemen umgehängt trug, hinderte ihn daran, sich fest in den zerschlissenen Mantel zu hüllen, den er um die Schultern gelegt hatte. Von den Fäusten, die er ans Kinn preßte, hing eine Schnur bis zu den Füßen. Ich bückte mich, um besser zu sehen, und entdeckte, zwischen seinen zerrissenen Schuhen, ein winziges Hündchen, das erst wenige Tage alt war, vor Kälte zitterte und, in sich zusammengerollt, ununterbrochen winselte. Armes Tier! Ich fragte den Alten, ob er es verkaufe. Ja, sagte er, und er würde es billig hergeben, obwohl es sehr kostbar

sei: aus diesem winzigen Tier würde noch ein schöner, ein großer Hund werden:

»Fünfundzwanzig Lire.«

Das arme Hündchen fuhr fort zu zittern, es war gar nicht stolz darauf, daß man es so hoch einschätzte: es wußte wohl, daß mit diesem Preis nicht seine künftigen glänzenden Eigenschaften eingeschätzt wurden, sondern die Dummheit, die sein Herr mir vom Gesicht abzulesen meinte.

Indessen hatte ich genügend Zeit gehabt zu bedenken, daß ich mir durch den Kauf des Hundes zwar einen treuen und anspruchslosen Freund erwerben könnte, der mich lieben und achten würde, ohne mich jemals zu fragen, wer ich eigentlich sei, woher ich käme und ob ich alle meine Papiere in Ordnung hätte; doch wäre ich in diesem Fall genötigt gewesen, eine Steuer zu bezahlen; ich, der ich jetzt steuerfrei lebte! Es wäre mir wie eine erste Gefährdung meiner Freiheit erschienen, als hätte ich ihr eine Scharte zugefügt.

»Fünfundzwanzig Lire? Gott befohlen!« sagte ich zu dem alten Zündholzverkäufer.

Ich drückte mir meinen breitkrempigen Hut tief ins Gesicht und entfernte mich, während bereits ein ganz feiner Regen vom Himmel herabnieselte. Dabei mußte ich mir zum ersten Mal sagen, daß meine grenzenlose Freiheit gewiß sehr schön sei, ganz ohne Zweifel, aber doch auch ein wenig tyrannisch, da sie es mir, wie sich nun gezeigt hatte, nicht einmal gestattete, ein winziges Hündchen zu kaufen.

IX.

Etwas Nebel

Im ersten Winter hatte ich, von meinen Reiseerlebnissen abgelenkt und im Rausch meiner neuen Freiheit, gar nicht recht bemerkt, ob er streng, regnerisch oder neblig war. Im zweiten Winter nun war ich, wie gesagt, des Wanderns schon ein wenig müde und entschlossen, mich einzuschränken. Und da bemerkte ich eben, daß … Ja, es war etwas neblig; und kalt war es; wie sehr ich mich auch dagegen wehrte, ich mußte doch feststellen, daß das Wetter auf meine Stimmung abfärbte und ich unter ihm litt.

»Was du dir nur einbildest«, hielt ich mir vor. »Damit du deine Freiheit ungetrübt genießen kannst, darf sich der Himmel nicht mehr bewölken!«

Meine Kreuz- und Querfahrten hatten mir genug Unterhaltung geboten: im ersten Jahr hatte Adriano Meis seine sorglose Jugend verbracht; nun mußte er zum Mann werden, sich innerlich sammeln, sich ein bescheidenes und ruhiges Leben vornehmen. Das würde ihm leichtfallen, er war ja frei und ohne irgendwelche Verpflichtungen!

So schien es mir; und ich begann darüber nachzudenken, in welcher Stadt ich meinen Wohnsitz nehmen sollte, denn wenn ich mich wirklich auf eine geregelte Existenz einrichten wollte, dann konnte ich nicht länger wie ein Vogel ohne Nest sein. Aber wo? In einer großen oder einer kleinen Stadt? Ich wußte mich nicht zu entscheiden.

Ich schloß die Augen, und meine Gedanken trugen mich im Flug zu den Städten, die ich gesehen hatte; von einer zur anderen, und in jeder verweilte ich so lange, bis ich eine bestimmte Straße, einen bestimmten Platz, ein bestimmtes Lokal, das mir in Erinnerung geblieben war, wieder ganz deutlich vor mir sah. Ich sagte mir:

»Da bin ich einmal gewesen! Wieviel abwechslungsreiches Leben wird mir nun entgehen, da und dort! Und doch, wie oft habe ich mir schon gesagt: Hier möchte ich zu Hause sein! Hier würde ich gerne leben! Ich beneidete die Einwohner jener Städte, die ruhig und in gewohnter Weise ihren üblichen Beschäftigungen nachgehen konnten, ohne das peinliche Gefühl des Provisoriums, das den, der dauernd auf Reisen ist, mit Unrast erfüllt.«

Dieses peinliche Gefühl des Provisoriums war ich immer noch nicht losgeworden, es hinderte mich daran, das Bett, in das ich mich schlafen legte, und die Gegenstände, die mich umgaben, zu lieben.

Jedes Ding verwandelt sich in unserem Innern je nach den Vorstellungen, die es in uns wachruft und mit denen es sich sozusagen umgibt. Gewiß kann ein Ding auch an und für sich gefallen, kann verschiedenste angenehme Empfindungen wecken und sie zu einer harmonischen Wahrnehmung vereinen; weit häufiger aber liegt das Vergnügen, das ein Gegenstand uns verschafft, nicht am Gegenstand selbst. Unsere Phantasie verschönt ihn, umhüllt, ja umstrahlt ihn förmlich mit liebevollen Vorstellungen. Wir nehmen ihn gar nicht wahr, wie er wirklich ist, sondern sehen ihn gleichsam belebt von den Bildern, die er in uns hervorruft oder die wir gewohnheitsmäßig mit ihm verbinden. Kurzum, wir lieben an den Gegenständen das, was wir in sie hineinlegen; die Übereinstimmung, harmonische Beziehung, die wir zwischen ihnen und uns herstellen, ihre Seele, die sie für uns allein besitzen und die von unseren Erinnerungen geprägt wird.

Wie hätte ich das alles in einem Hotelzimmer haben können?

War es denn nicht möglich, wieder ein Haus zu haben; eines, das mir ganz allein gehörte? Ich hatte nicht viel Geld … Aber vielleicht ein bescheidenes Häuschen mit nur wenigen Zimmern? Nur langsam: man mußte zuerst allerlei gut bedenken. Frei, ganz und gar frei, konnte ich gewiß nur sein, wenn ich blieb, wie ich war, mit dem Koffer in der Hand: heute hier, morgen dort. Sobald ich mich aber an einem Ort niederließ und Hauseigentümer

wurde, gab es sofort wieder Registrierungen und Steuern! Und würde man mich nicht beim Einwohnermeldeamt eintragen? Ganz sicher! Aber wie? Unter einem falschen Namen? Und dann, wer weiß?, geheime Nachforschungen der Polizei über meine Person? ... Kurz, Scherereien, Komplikationen! ... Nein, ich sah ein, daß ich nie mehr ein eigenes Haus, eigenen Besitz haben könnte. Ich würde mich vielmehr bei einer Familie als Pensionsgast einmieten, ein möbliertes Zimmer nehmen. Warum sollte ich mir solch geringfügiger Dinge wegen lange den Kopf zerbrechen?

Es war der Winter, der mich auf diese melancholischen Gedanken brachte, der Winter, das bevorstehende Weihnachtsfest, an dem man sich nach einem warmen Winkel sehnt, nach der Gemütlichkeit und Geborgenheit eines Zuhause.

Meinem letzten Heim brauchte ich gewiß nicht nachtrauern. Und das andere, das frühere, das Vaterhaus, an das allein ich mit Bedauern zurückdachte, hatte man schon vor langer Zeit niedergerissen, lange ehe ich in meine jetzige Situation geriet. So mußte ich mich damit trösten, daß ich gewiß nicht glücklicher sein würde, wenn ich das Weihnachtsfest in Miragno, mit meiner Frau und mit meiner Schwiegermutter (ich erschauderte!) verleben müßte.

Um mich selbst zum Lachen zu bringen und abzulenken, stellte ich mir vor, daß ich mit einem großen Weihnachtsstollen unterm Arm vor meiner Haustür erschiene.

»Verzeihung, wohnen hier noch die Signora Romilda Pescatore, verwitwete Pascal, und die Signora Marianna Dondi, verwitwete Pescatore?«

»Jawohl, Signore, wer aber sind Sie?«

»Ich bin der verstorbene Gatte der Signora Pascal, jener arme brave Mann, der im Vorjahr den Tod durch Ertrinken gefunden hat. Ich habe mich jetzt flugs aus dem Jenseits hierher begeben, um, mit Erlaubnis meiner Vorgesetzten, die Feiertage im Kreise meiner Familie zu verbringen. Ich kehre dann auf der Stelle wieder zurück!«

Wäre bei meinem plötzlichen Anblick die Witwe Pescatore vor Schreck umgekommen? Ach wo! Die? Unvorstellbar! Die hätte höchstens mich neuerdings zum Tode befördert, nach spätestens zwei Tagen.

Mein Glück – davon mußte ich mich einfach überzeugen –, mein Glück bestand ja gerade darin, daß ich mich von meiner Frau, meiner Schwiegermutter, den Schulden, den demütigenden Sorgen meines ersten Lebens befreit hatte. Jetzt war ich frei, ganz und gar. Genügte mir denn das nicht? Ich hatte doch noch ein ganzes Leben vor mir. Und außerdem ... wer weiß, wie viele in diesem Augenblick genauso einsam waren wie ich!

»Gewiß«, so flüsterte mir das schlechte Wetter, dieser verdammte Nebel ein, »aber sie sind entweder Fremde und haben anderswo ein Haus, in das sie früher oder später zurückkehren werden, oder sie haben zwar auch kein Haus, werden aber morgen eines haben können, jedenfalls aber steht ihnen das gastliche Haus irgendeines Freundes zur Verfügung. Du hingegen, wirst, offen gesagt, immer und überall ein Fremdling sein: darin liegt der Unterschied. Ein Fremdling des Lebens, Adriano Meis.«

Ich schüttelte diese lästigen Gedanken von mir:

»Nun schön! Weniger Scherereien. Ich habe keine Freunde? Ich werde schon welche finden ...«

In dem Gasthaus, das ich damals besuchte, war ein Herr, mein Tischnachbar, sichtlich geneigt, sich mit mir anzufreunden. Er mochte um die Vierzig sein: spärliches, dunkles Haar, eine in Gold gefaßte Brille, die ihm nicht recht auf der Nase sitzen wollte, vielleicht, weil das Gewicht eines Kettchens, das gleichfalls aus Gold war, sie herunterzog. Oh, an sich ein netter Kerl, der kleine Mann! Man stelle sich vor: wenn er aufstand und sich den Hut aufsetzte, schien er plötzlich ein anderer zu sein: ein kleiner Junge. Der Fehler lag an seinen Beinen, die so kurz waren, daß sie, wenn er saß, den Boden nicht berührten: er stand nicht eigentlich auf, sondern glitt vielmehr vom Sessel. Er versuchte, den Fehler dadurch gutzumachen, daß er hohe Absätze trug. Wer wollte ihm

das verübeln? Gewiß, sie machten großen Lärm, diese Absätze; doch bekamen dadurch seine kleinen, rebhuhnartigen Schritte etwas anmutig Gebieterisches.

Nun, er war ein braver Mann, einfallsreich – vielleicht ein wenig launisch und sprunghaft –, aber er hatte doch originelle Ansichten; außerdem war er Cavaliere.

Er hatte mir seine Visitenkarte gegeben: »Cavalier Tito Lenzi«. Übrigens, diese Visitenkarte: sie brachte mich fast in Verlegenheit, ich fürchtete schon, einen schlechten Eindruck zu machen, denn ich konnte ihm, als Erwiderung, die meine nicht geben. Ich hatte noch keine Visitenkarten, ich hatte Hemmungen, sie mir mit meinem neuen Namen drucken zu lassen. Dummes Zeug! Geht es denn nicht auch ohne Visitenkarten? Man sagt laut seinen Namen, und Schluß.

Das tat ich denn auch; doch mein wirklicher Name, die Wahrheit zu gestehen ... Genug davon!

Wunderschöne Reden hielt er, der Cavaliere Tito Lenzi! Auch Latein konnte er; er zitierte spielend Cicero.

»Das Gewissen! Das Gewissen nützt gar nichts, mein lieber Signore! Das Gewissen genügt nicht als Orientierung im Leben. Vielleicht würde es genügen, wenn es gewissermaßen eine Burg und nicht ein Marktplatz wäre; das heißt, wenn wir uns isoliert vorstellen könnten, wenn das Gewissen nicht seiner Natur zufolge für alle anderen offen wäre. Im Gewissen nämlich besteht meiner Meinung nach eine wesentliche Beziehung ... eine wesentliche, gewiß, zwischen mir, der denkt, und den anderen Wesen, die ich denke. Es ist also nichts Absolutes, das sich selbst genügt, verstehen Sie? Wenn sich die Gefühle, die Neigungen, der Geschmack der anderen Wesen, die ich denke oder die Sie denken, nicht in mir oder in Ihnen widerspiegeln, dann können wir weder befriedigt sein, noch ruhig, noch glücklich; tatsächlich kämpfen wir alle darum, daß unsere Gedanken, unsere Neigungen, unser Geschmack sich im Gewissen der anderen widerspiegeln. Und wenn dies nicht möglich ist, weil ... sagen wir ... die momentanen

Umstände nicht so geartet sind, daß die Samen, lieber Signore ...
die Samen Ihrer Ideen übertragen und im Geist der anderen zum
Blühen gebracht werden, dann können Sie nicht behaupten, daß
Ihr Gewissen allein Ihnen genügt. Wozu genügt es Ihnen denn?
Es genügt Ihnen, um allein zu leben? Unfruchtbar im Schatten?
Ach, gehen Sie doch! Hören Sie; ich hasse die Rhetorik, dieses
alte, lügnerische, prahlerische Weib, diese bebrillte Eule. Die Rhetorik, ganz gewiß, hat im Brustton der Überzeugung die schöne
Phrase geprägt: ›Ich habe mein Gewissen, und das genügt mir.‹
Tja? Cicero hat schon früher erklärt: ›*Mea mihi conscientia pluris
est quam hominum sermo.*‹ Cicero jedoch, seien wir doch ehrlich,
ist nichts als Beredsamkeit und Beredsamkeit ... Gott bewahre
uns vor ihr, lieber Signore! Sie ist noch lästiger als das Gekratze
eines Anfängers auf der Geige!«

Ich hätte ihm am liebsten einen Kuß gegeben. Freilich blieb dieses liebenswerte Männchen nicht bei seinen scharfsinnigen, ge-
dankenreichen Reden, von denen ich dieses Beispiel anführte; er
wurde vertraulich; und da geriet ich, der ich unsere Freundschaft
schon auf bestem und schönstem Wege wähnte, in eine gewisse
Verlegenheit; so etwas wie eine innere Macht zwang mich, ihm
auszuweichen, mich zurückzuziehen. Solange nur er sprach und
sich die Unterhaltung um allgemeine Themen drehte, ging alles gut; nun aber wollte der Cavaliere Tito Lenzi, daß auch ich
rede.

»Nicht wahr, Sie sind nicht aus Mailand?«

»Nein ...«

»Auf der Durchreise?«

»Ja ...«

»Schöne Stadt, Mailand, wie?«

»Ja, schön ...«

Ich antwortete wie ein dressierter Papagei, und je drängender
seine Fragen wurden, desto mehr suchte ich mit meinen Antworten gleichsam das Weite. Bald war ich in Amerika angelangt.
Kaum aber hatte das Männlein erfahren, daß ich in Argentinien

geboren wurde, hüpfte es von seinem Sessel und drückte mir stürmisch die Hand:

»Oh, ich gratuliere Ihnen, lieber Signore! Ich beneide Sie! Amerika … Ich bin dort gewesen.«

Er war dort gewesen? Mach, daß du fortkommst!

»In diesem Fall«, beeilte ich mich zu sagen, »muß eher ich Sie
beglückwünschen, daß Sie dort gewesen sind, denn von mir
könnte ich fast sagen, ich sei nicht dort gewesen, obwohl ich dort
geboren wurde; aber ich kam mit nur wenigen Monaten schon
fort; so hat mein Fuß amerikanischen Boden eigentlich nie berührt!«

»Wie schade!« rief der Cavaliere Tito Lenzi bedauernd aus. »Sie
haben aber doch Verwandte drüben, denke ich!«

»Nein, niemanden …«

»Aha, Sie sind also mit Ihrer ganzen Familie nach Italien gekommen und haben sich hier angesiedelt? Wo wohnen Sie denn?«
Ich zuckte mit den Achseln. Ich saß wie auf Nadeln:

»Ach!« seufzte ich. »Einmal da, einmal dort … Ich habe keine
Familie und … Ich reise herum!«

»Wie schön! Sie Glücklicher! Sie reisen … Sie haben wirklich
gar niemanden?«

»Niemanden …«

»Wie schön! Sie Glücklicher! Ich beneide Sie!«

»Sie aber haben Familie?« fragte ich ihn meinerseits, um das
Gespräch abzulenken.

»Ach nein, leider!« seufzte er betrübt. »Ich bin allein und bin
immer allein gewesen!«

»So wie ich, also! …«

»Ich aber langweile mich, lieber Signore! Ich langweile mich!«
brach das Männlein los. »Für mich ist die Einsamkeit … ach ja,
ich bin ihrer eigentlich schon müde. Freunde habe ich viele; aber
glauben Sie mir, es ist in einem gewissen Alter wirklich nicht
schön, wenn man nach Hause kommt und dort niemanden an-
trifft. Tja! Mancher begreift und mancher begreift nicht, lieber

Signore. Dabei ist, wer die Sache begreift, noch viel schlimmer daran, denn er wird am Ende energie- und willenlos. Wer es begreift, sagt sich nämlich: Das darf ich nicht tun, jenes darf ich nicht tun, ich muß mich hüten, eine Dummheit zu begehen! Ausgezeichnet! Es kommt aber der Moment, wo man bemerkt, daß das ganze Leben eine Dummheit ist, und nun sagen Sie mir, was das denn heißen soll, man habe keine Dummheit begangen: es heißt zumindest, daß man nicht gelebt hat, lieber Signore.«

»Aber Sie«, versuchte ich ihn zu trösten, »Sie haben glücklicherweise noch genügend Zeit vor sich ...«

»Dummheiten zu begehen? Aber ich habe doch schon so viele begangen, glauben Sie mir!« antwortete er mit einer eitlen Handbewegung und einem eitlen Lächeln. »Ich bin viel gereist, bin viel herumgekommen wie Sie, und ... Abenteuer über Abenteuer ... sogar sehr merkwürdige und pikante habe ich erlebt, jawohl ... Sehen Sie, eines Abends in Wien zum Beispiel ...«

Ich fiel aus den Wolken. Wie? Er und Liebesabenteuer? Drei, vier, fünf, in Österreich, in Frankreich, in Italien ... auch in Rußland? Und was für ein Abenteuer. Eines frecher als das andere ... Folgender Gesprächsfetzen zwischen ihm und einer verheirateten Frau möge als Beispiel dienen:

ER: »Wenn man darüber viel nachdenkt, liebe Signora, ich weiß ... Den Mann betrügen, o Gott! Die Treue, die Anständigkeit, die Würde ... drei große, gewichtige, heilige Worte. Und dann noch: die Ehre! Ein weiteres ungeheures Wort. In der Praxis aber, glauben Sie mir, liebe Signora, sieht das anders aus: Belanglosigkeiten! Fragen Sie nur Ihre Freundinnen, die sich schon in Abenteuer eingelassen haben.«

DIE VERHEIRATETE FRAU: »Ja; und alle haben dann eine schwere Enttäuschung erlebt!«

ER: »Das glaube ich gerne! Selbstverständlich! Denn sie wurden von diesen großen Worten abgehalten, gehemmt, ein Jahr, sechs Monate, sie haben jedenfalls allzulange Zeit zugewartet, ehe sie

sich entschlossen. Und die Enttäuschung rührt eben von dem Mißverhältnis zwischen der Geringfügigkeit des Ereignisses und den allzu vielen Gedanken her, die man sich vorher gemacht hat. Man muß sich sofort entschließen, liebe Signora! Gedacht, getan. Es ist ja so einfach!«

Es genügte, ihn anzusehen, es genügte, seine winzige lächerliche Erscheinung ein wenig in Augenschein zu nehmen, um zu merken, daß er log, es bedurfte keiner weiteren Beweise.

Meine Überraschung wich einer tiefen Beschämung, ich schämte mich für ihn, weil er sich der jämmerlichen Wirkung, die seine Großsprecherei zwangsläufig auslösen mußte, nicht bewußt wurde, aber ich schämte mich auch für mich, ich sah, mit welcher Unbefangenheit, mit welcher Wonne er, der dazu in keiner Weise genötigt war, drauflos log, während ich, der ich ohne Lüge nicht auskam, mich mit ihr abmühte, unter ihr litt, mich jedesmal innerlich in Qualen wand.

Scham und Ärger. Ich hatte große Lust, ihn am Arm zu packen und ihm zuzurufen:

»Entschuldigen Sie, Cavaliere, wozu das? Wozu?«

So richtig und natürlich meine Scham und mein Ärger waren, so dumm zumindest wäre, wie ich bei näherem Überlegen feststellen mußte, eine solche Frage gewesen. Denn wenn dieses liebe Männlein leidenschaftlich bemüht war, mir seine Abenteuer einzureden, so hatte das seinen Grund eben darin, daß für ihn keine Notwendigkeit bestand zu lügen; ich hingegen … ich war von den Umständen zur Lüge gezwungen. Kurz, was für ihn ein Spaß, ja fast die Ausübung eines guten Rechts sein mochte, war für mich, ganz im Gegenteil, eine bedauerliche Notwendigkeit, ich war dazu verurteilt.

Was folgte aus dieser Überlegung? Daß ich, durch meine Situation unentrinnbar zur Lüge gezwungen, leider nie mehr einen Freund, einen wirklichen Freund haben konnte. Also weder Haus noch Freunde … Freundschaft heißt, sich einem Menschen eröff-

nen; und wie hätte ich irgend jemandem das Geheimnis meines Lebens ohne Namen und Vergangenheit, das wie ein Pilz aus dem Selbstmord des Mattia Pascal hervorgeschossen war, eröffnen können? Ich konnte nur oberflächliche Bekanntschaften schließen, mit meinen Mitmenschen nur kurze, belanglose Worte wechseln.

Nun, das waren eben die Schattenseiten meines Glücks. Sei's drum! Sollte ich mich dadurch entmutigen lassen?

»Ich werde mit mir allein und für mich allein leben, wie ich es bisher getan habe!«

Gewiß; ich fürchtete aber, ehrlich gestanden, daß meine eigene Gesellschaft mir weder genügen noch mich zufriedenstellen würde. Und dann, wenn ich mir das Gesicht betastete und spürte, daß ich glattrasiert war, oder wenn ich mit der Hand über mein langes Haar strich oder mir die Brille auf der Nase zurechtrückte, hatte ich eine seltsame Empfindung: es schien mir fast, als wäre ich nicht mehr ich, als betastete ich nicht mich selber.

Es stimmte, daß ich mich für die anderen so zurechtgemacht hatte und nicht für mich. Und da sollte ich nur mir gegenüber diese Maske tragen? Wenn alles, was ich über Adriano Meis ersonnen und erfunden hatte, nicht für die anderen bestimmt war, für wen denn sollte es bestimmt sein? Für mich? Ich aber konnte, wenn überhaupt, nur unter der Voraussetzung daran glauben, daß die anderen daran glaubten.

Wenn dieser Adriano Meis nun nicht den Mut aufbrachte, zu lügen, sich mitten ins Leben zu begeben, sondern sich absonderte und, müde, in diesen traurigen Wintertagen allein durch die Straßen Mailands zu gehen, ins Hotel zurückkehrte und sich in Gesellschaft des toten Mattia Pascal einschloß, dann, ja, dann, so sah ich voraus, würde es um meine Sache schlecht bestellt sein; dann war das, was meiner wartete, kein Vergnügen, und mein schönes Glück würde ...

Vielleicht aber war das die Wahrheit: daß es mir in meiner grenzenlosen Freiheit schwerfiel, irgendeinen Anfang für mein Leben zu finden. Sobald ich einen Entschluß fassen wollte, fühlte ich mich

wie zurückgehalten, glaubte ich, alle möglichen Hindernisse und Schatten und Schwierigkeiten zu sehen.

Da ging ich wieder aus, begab mich auf die Straße, beobachtete alles, blieb wegen jeder Nichtigkeit stehen, dachte über die kleinsten Kleinigkeiten lange nach, müde betrat ich ein Café, las ein paar Zeitungen, betrachtete die Leute, die kamen und gingen; schließlich ging auch ich. Das Leben aber erschien mir jetzt vom Standpunkt des unbeteiligten Zuschauers aus ohne Sinn und Zweck; ich fühlte mich verloren in diesem Menschentrubel. Der Lärm, das ununterbrochene Brausen der Stadt betäubte mich.

»Warum nur«, fragte ich mich ärgerlich, »mühen sich die Menschen damit ab, ihren Lebensapparat nach und nach immer komplizierter zu machen? Wozu dieser ganze Wirbel der Maschinen? Und was wird der Mensch machen, wenn die Maschinen erst alles machen? Wird er dann darauf kommen, daß der sogenannte Fortschritt nichts mit Glück zu tun hat? Welche Freude verschaffen uns denn, auch wenn wir sie bewundern, all die Erfindungen, mit denen die Wissenschaft allen Ernstes glaubt, die Menschheit zu bereichern (und sie in Wahrheit arm macht, weil diese Erfindungen doch so viel Geld kosten)?«

Am Tag zuvor hatte ich in der Straßenbahn einen jener armen Teufel getroffen, die nicht umhin können, der Welt alles mitzuteilen, was ihnen durch den Sinn geht.

»Welch eine schöne Erfindung!« sagte er. »Für zwei Soldi durchquere ich in wenigen Minuten halb Mailand.«

Er sah nur die zwei Soldi, welche die Fahrt kostete, dieser arme Kerl, und bedachte gar nicht, daß sein bescheidenes Gehalt ganz daraufging, ja nicht einmal ausreichte, um dieses lärmende und betäubende Leben mit der elektrischen Straßenbahn, dem elektrischen Licht usw. usw. zu bestreiten.

Und doch, so dachte ich, schafft die Wissenschaft die Illusion, das Dasein leichter und bequemer zu machen! Aber nehmen wir einmal an, daß sie es mit ihren komplizierten Maschinen tatsächlich erleichtert, dann frage ich mich dennoch: »Kann man denn

jemandem, der zu einer leeren und nutzlosen Tätigkeit verdammt ist, einen schlechteren Dienst erweisen, als wenn man ihm diese Tätigkeit auch noch erleichtert, sie fast mechanisch werden läßt?«

Ich kehrte ins Hotel zurück.

Dort hing, in einer Fensternische im Korridor, ein Käfig mit einem Kanarienvogel. Da ich keinen anderen Gesprächspartner hatte und nicht wußte, was ich sonst tun sollte, begann ich, mit ihm, mit dem Kanarienvogel, zu reden: ich ahmte sein Trillern mit meinen Lippen nach, und er glaubte tatsächlich, es spreche jemand mit ihm. Er hörte zu, entnahm meinem Gepiepse vielleicht manche liebe Nachricht über Nester, über Blätter, über die Freiheit ... Er regte sich in seinem Käfig, drehte sich um, hüpfte, sah mich von der Seite an, schüttelte seinen kleinen Kopf, und dann antwortete er mir, fragte mich und hörte neuerlich zu. Armer kleiner Vogel! Er vermochte mich zu rühren, er schon, während ich doch selber nicht wußte, was ich ihm gesagt hatte ...

Wenn man es genau bedenkt, widerfährt nicht Ähnliches auch uns Menschen? Glauben nicht auch wir, daß die Natur zu uns rede? Hören wir nicht auch aus ihren geheimnisvollen Stimmen einen Sinn heraus, eine wunschgemäße Antwort auf die bangen Fragen, die wir an sie richten? Und dabei hat die Natur in ihrer unendlichen Größe vielleicht nicht die mindeste Ahnung von unserer Existenz und unseren eitlen Illusionen.

Sieh mal an, zu welchen Schlüssen ein Scherz verleiten kann, der Scherz eines zum Alleinsein verurteilten Menschen, dem in seinem Müßiggang nichts Besseres einfiel! Ich hätte mich am liebsten geohrfeigt.

Stand ich also im Begriff, allen Ernstes ein Philosoph zu werden?

Nein, nein, mein Verhalten war keineswegs logisch. So konnte das nicht weitergehen. Ich mußte meine Zurückhaltung überwinden und um jeden Preis einen Entschluß fassen.

Kurz, ich mußte leben, leben, leben.

X.

Ein Weihwasserbecken
und ein Aschenbecher

Wenige Tage später war ich in Rom, hier wollte ich meinen ständigen Wohnsitz nehmen.

Warum in Rom und nicht anderswo? Den wahren Grund erkenne ich erst jetzt, nach allem, was mir begegnet ist, aber ich werde ihn nicht sagen; denn ich will meine Erzählung nicht durch Betrachtungen stören, die an dieser Stelle unangebracht wären. Damals wählte ich Rom vor allem, weil es mir besser als alle anderen Städte gefiel und auch, weil es mir besonders geeignet zu sein schien, unter so vielen Fremden auch noch einen Fremden wie mich ungerührt zu beherbergen.

Die Wahl der Wohnung, das heißt eines anständigen Zimmers in einer ruhigen Straße bei einer ordentlichen Familie kostete mich viel Mühe. Endlich fand ich eines in der Via Ripetta, mit Blick auf den Fluß. Zwar war, ehrlich gestanden, mein erster Eindruck von der Familie, die mich aufnehmen sollte, nicht sehr günstig; als ich ins Hotel zurückkehrte, war ich sogar lange unschlüssig, ob ich nicht weitersuchen sollte.

An der Wohnungstür im vierten Stock waren zwei Schilder angebracht: *Paleari* stand auf dem einen, *Papiano* auf dem anderen; unter diesem war mit zwei kupfernen Reißnägeln eine Visitenkarte befestigt und auf der stand: *Silvia Caporale*.

Ein alter Mann um die Sechzig öffnete mir (Paleari? Papiano?), er war in Leinenunterhosen, seine nackten Füße steckten in schmutzigen Latschen, sein rosiger nackter Oberkörper war fleischig und unbehaart, seine Hände waren eingeseift und auf dem Kopf bildete Seifenschaum einen mächtigen Turban.

»Oh, entschuldigen Sie«, rief er aus. »Ich dachte, es sei das Dienstmädchen … Bitte um Nachsicht, da ich Ihnen so entgegen-

trete ... Adriana! Terenzio! Rasch, rasch! Siehst du nicht, daß hier ein Herr ist ... Gedulden Sie sich nur einen Augenblick; kommen Sie herein ... Was wünschen Sie?«

»Ist hier ein möbliertes Zimmer zu vermieten?«

»Gewiß, Signore. Da ist schon meine Tochter; sprechen Sie mit ihr. Los, Adriana, das Zimmer!«

Völlig verwirrt erschien ein winziges, blondes und blasses Fräulein, mit himmelblauen Augen, die sanft und traurig wirkten wie das ganze Gesicht. Adriana, mein Name! »Nein, so etwas!« dachte ich. »Wie ausgemacht!«

»Wo ist denn Terenzio?« fragte der Mann mit dem Turban aus Seifenschaum.

»Mein Gott, Papa, du weißt doch, daß er seit gestern in Neapel ist. Geh weg! Wenn du dich sehen könntest ...« antwortete die kleine Signorina verlegen. Bei aller Verärgerung verriet ihre zarte Stimme die Sanftheit ihres Wesens.

Der Mann zog sich zurück, wobei er mehrmals wiederholte: »Ja, richtig! Ja, richtig!« Er schlurfte mit den Latschen über den Boden und fuhr fort, sich seinen kahlen Schädel und den grauen Bart einzuseifen.

Ich mußte lächeln, aber ich tat es wohlwollend, um das Kind nicht in noch größere Verlegenheit zu bringen. Sie schloß die Augen halb, wie um mein Lächeln nicht sehen zu müssen.

Erst war sie mir wie ein kleines Mädchen vorgekommen; dann jedoch, als ich mir ihr Gesicht näher ansah, merkte ich, daß sie schon eine erwachsene Frau war. Das erklärte auch, wenn man will, warum sie dieses Hauskleid trug, das sie etwas plump machte, denn es paßte weder zu ihrer kleinen Gestalt noch zu ihren Gesichtszügen. Sie war in Halbtrauer.

Sie sprach sehr leise. Während sie mich durch einen dunklen Korridor in das Zimmer führte, das ich mieten sollte, vermied sie es, mich anzusehen (wer weiß, welchen ersten Eindruck sie von mir hatte!). Als die Tür geöffnet wurde, fühlte ich, wie die Luft und das Licht, die durch zwei große, dem Fluß zugekehrte Fen-

ster hereindrangen, meine Brust weiteten. Ganz im Hintergrund sah man den Monte Mario, den Ponte Margherita und das ganze neue Viertel von Prati bis zur Engelsburg; der Blick erfaßte die alte Ripetta-Brücke und die neue, die daneben soeben errichtet wurde; etwas weiter den Ponte Umberto und all die alten Häuser von Tordinona, die sich entlang dem weiten Bogen, den der Fluß hier macht, hinzogen; auf dieser Seite sah man in der Ferne noch die grünen Höhen des Gianicolo mit dem großen Springbrunnen von San Pietro in Montorio und der Reiterstatue Garibaldis.

Dieses weiten Ausblicks wegen mietete ich das Zimmer, das im übrigen einfach und hübsch möbliert und hell, weißblau tapeziert war.

»Die kleine Terrasse hier nebenan«, sagte das kleine Mädchen im großen Hauskleid, »gehört uns ebenfalls, zumindest jetzt noch. Man will sie niederreißen, heißt es, weil sie einen Vorsprung macht.«

»Einen … Was?«

»Vorsprung: sagt man nicht so? Aber es ist noch Zeit bis dahin, zuerst muß der Lungotevere fertig ausgebaut sein.«

Als ich sie so leise und ernst sprechen hörte und so erwachsen gekleidet sah, mußte ich lächeln. Ich sagte: »So?«

Sie war beleidigt. Sie senkte die Augen und schob die Lippen zwischen die Zähne. Da wurde ich ihr zuliebe ebenfalls ernst:

»Und … Verzeihen Sie, Signorina: kleine Jungen, Kinder, gibt es keine im Haus, wie?«

Sie schüttelte den Kopf, ohne den Mund zu öffnen. Vielleicht spürte sie, ganz gegen meine Absicht, aus meiner Frage doch den Schuß Ironie heraus. Ich hatte »kleine Jungen« gesagt und nicht »kleine Mädchen«. Ich bemühte mich gleich, auch das wiedergutzumachen:

»Und … Sagen Sie, Signorina: Sie vermieten sonst keine Zimmer, nicht wahr?«

»Dieses hier ist unser bestes«, erwiderte sie, ohne mich anzusehen. »Wenn es Ihnen nicht zusagt …«

»Nein, nein … Ich habe nur gefragt, weil ich wissen wollte, ob…«

»Wir vermieten noch ein Zimmer«, sagte sie und hob die Augen mit erzwungener Gleichgültigkeit. »Dort drüben, es geht nach vorne … auf die Straße. Es wird schon seit zwei Jahren von einem Fräulein bewohnt. Sie gibt Klavierunterricht … aber nicht hier im Hause.«

Als sie das sagte, deutete sie ein leises, trauriges Lächeln an. Sie fügte hinzu: »Hier wohnen nur noch ich, mein Vater und mein Schwager …«

»Paleari?«

»Nein: Paleari ist mein Vater, mein Schwager heißt Terenzio Papiano. Er muß aber fort von hier, er und sein Bruder, der zur Zeit ebenfalls bei uns wohnt. Meine Schwester ist tot … seit sechs Monaten.«

Um das Gesprächsthema zu wechseln, fragte ich, wie hoch die Miete sei, die ich zu bezahlen hätte; wir wurden sofort einig; ich fragte auch, ob ich eine Anzahlung leisten solle.

»Wie Sie wünschen«, antwortete sie. »Aber vielleicht sagen Sie mir erst einmal Ihren Namen …«

Ich tastete meine Brust ab, lächelte nervös, sagte:

»Ich habe … ich habe nicht einmal eine Visitenkarte bei mir … Ich heiße Adriano, ja, eben: ich habe gehört, Signorina, daß Sie auch Adriana heißen. Vielleicht ist Ihnen das unangenehm …«

»Aber gar nicht! Warum denn?« meinte sie. Sie hatte wohl meine merkwürdige Verlegenheit bemerkt und lachte jetzt wirklich wie ein kleines Mädchen.

Auch ich lachte und sagte dann:

»Nun, wenn es Ihnen nichts ausmacht, dann heiße ich Adriano Meis: so, jetzt wissen Sie's! Kann ich schon heute abend hier einziehen? Oder lieber morgen früh …«

Sie antwortete: »Wie Sie wünschen.« Ich aber gewann den Eindruck, ich würde ihr eine große Freude bereiten, wenn ich gar nicht wiederkehrte. Ich hatte mir nichts Geringeres herausgenom-

men, als der Erwachsenenwürde ihres Hauskleids nicht den schuldigen Respekt zu erweisen.

Wenige Tage später jedoch konnte ich sehen, ja mit Händen greifen, daß das arme Kind dieses Kleid, auf das sie wahrscheinlich gerne verzichtet hätte, leider zu Recht trug. Die ganze Last des Haushalts lag auf ihren Schultern, wehe, wenn es sie nicht gegeben hätte!

Ihr Vater, Anselmo Paleari, der alte Mann, der mir mit dem Turban aus Seifenschaum entgegengekommen war, hatte Seifenschaum auch in seinem Hirn. Am gleichen Tag, an dem ich einzog, stellte er sich mir vor, nicht nur – wie er sagte –, um sich bei mir nochmals für die Aufmachung zu entschuldigen, in der er mir zum ersten Mal begegnet war, sondern weil es ihm ein besonderes Vergnügen sei, mich kennenzulernen, da ich wie ein Gelehrter oder vielleicht auch wie ein Künstler aussehe:

»Oder irre ich mich?«

»Sie irren sich. Künstler ... ganz gewiß nicht! Gelehrter ... so, so ... Ich lese gern das eine oder andere Buch.«

»Oh, Sie haben ja gute Bücher da!« meinte er und betrachtete die Rücken der wenigen Bände, die ich auf dem Schreibtisch aufgereiht hatte. »Demnächst werde ich Ihnen meine zeigen, ja? Auch ich habe gute Bücher. Mhm!«

Er zuckte die Achseln und blieb wie abwesend mit verklärten Augen stehen, er hatte offenbar alles rings um sich vergessen, wo er sich befand und wer er war; er wiederholte noch zweimal: »Mhm! ... Mhm!«, zog die Mundwinkel herunter, wandte mir dann den Rücken und ging hinaus, ohne zu grüßen.

Anfangs war ich darüber einigermaßen erstaunt; als er mir dann aber, wie versprochen, die Bücher in seinem Zimmer zeigte, konnte ich mir nicht nur seine Geistesabwesenheit, sondern auch noch vieles andere erklären. Die Bücher trugen Titel wie: *La Mort et l'au-delà, L'homme et ses corps, Les sept principes de l'homme, Karma, La clef de la Théosophie, ABC de la Théosophie, La doctrine secrète, Le Plan Astral* usw. usw.

Signor Anselmo Paleari war Mitglied der theosophischen Gesellschaft.

Man hatte ihn als Sektionschef irgendeines Ministeriums vorzeitig in den Ruhestand versetzt. Das war sein Verderben gewesen, nicht nur sein finanzielles, denn da er nun frei war und Herr seiner Zeit, versenkte er sich in seine phantastischen Studien und nebelhaften Betrachtungen und zog sich immer mehr vom materiellen Leben zurück. Mindestens die Hälfte seiner Pension ging für den Ankauf dieser Bücher drauf. Er besaß schon eine kleine einschlägige Bibliothek. Die theosophische Lehre schien ihn jedoch nicht voll zu befriedigen. Ganz offensichtlich war er von den Zweifeln der Kritik angenagt, denn neben diesen theosophischen Werken besaß er auch eine reiche Auswahl antiker und moderner philosophischer Abhandlungen sowie wissenschaftliche Werke. In der letzten Zeit hatte er sich überdies mit spiritistischen Experimenten befaßt.

In seiner Untermieterin, der Klavierlehrerin Silvia Caporale, glaubte er ungewöhnliche mediale Fähigkeiten entdeckt zu haben, die zwar, um die Wahrheit zu sagen, noch nicht recht entwickelt waren, sich aber mit der Zeit und mit der Übung zweifelsohne noch entfalten und selbst die Leistungen der berühmtesten Medien übertreffen würden.

Ich kann bezeugen, daß ich noch nie in einem Gesicht von so ordinärer, an eine Karnevalsmaske gemahnender Häßlichkeit ein Paar so leidvolle Augen gesehen habe wie in dem der Signorina Silvia Caporale. Sie waren tiefschwarz, mandelförmig und erweckten den Eindruck, als hätten sie, wie bei automatischen Puppen, ein bleiernes Gegengewicht. Die Signorina Silvia Caporale war über vierzig Jahre alt und hatte unter ihrer stets geröteten Knollennase einen ansehnlichen Schnurrbart.

Später erfuhr ich, daß diese arme Frau liebestoll und eine Trinkerin war; sie wußte, daß sie häßlich und obendrein schon alt war, und aus Verzweiflung darüber trank sie. An manchen Abenden erschien sie in einem wahrhaft bejammernswerten Zustand: Der

Hut saß ihr schief auf dem Kopf, die Knollennase leuchtete wie eine rote Rübe, ihre halbgeschlossenen Augen wirkten trauriger denn je.

Sie warf sich aufs Bett, und sogleich brach all der Wein, den sie getrunken hatte, als ein endloser Tränenstrom aus ihr hervor. Das arme Mütterchen im Hauskleid mußte sie bis tief in die Nacht trösten: sie hatte Mitleid mit ihr, Mitleid, das den Ekel überwand: sie wußte, daß diese Unglückliche allein auf der Welt war, mit ihrer Tollheit im Leibe, die sie das Leben hassen ließ, das sie schon zweimal hatte von sich werfen wollen; das Hausmütterchen brachte sie allmählich so weit, daß sie ihr versprach, brav zu sein und es nicht wieder zu tun; und am nächsten Tag, jawohl, meine Damen und Herren, erschien sie wieder herausgeputzt, hatte kleine äffische Bewegungen, war plötzlich wie verwandelt, wirkte wie ein unschuldiges und launenhaftes Kind.

Die paar Lire, die sie gelegentlich verdiente, indem sie mit Debütantinnen in Konzert-Cafés Chansons einstudierte, gab sie fürs Trinken aus oder um sich herauszuputzen. Weder bezahlte sie die Miete noch das bißchen Essen, das die Familie ihr gab. Aber man konnte sie nicht fortjagen. Wie sonst hätte Signor Anselmo Paleari seine spiritistischen Experimente durchführen sollen?

Eigentlich aber steckte noch ein anderer Grund dahinter. Als die Signorina Caporale nach dem Tod ihrer Mutter, vor zwei Jahren, ihren Haushalt aufgab und zu den Palearis zog, vertraute sie ungefähr sechstausend Lire, den Erlös vom Verkauf ihrer Möbel, Terenzio Papiano für ein Geschäft an, das er ihr vorgeschlagen und als absolut sicher und einträglich bezeichnet hatte. Diese sechstausend Lire waren weg.

Als sie, die Signorina Caporale selber, mir dies unter Tränen eingestand, konnte ich Signor Anselmo Paleari einigermaßen entschuldigen, ursprünglich nämlich hatte ich geglaubt, er dulde es lediglich seines verruchten Hobbys wegen, daß seine Tochter mit einem Weib dieser Sorte in Berührung kam.

Allerdings mußte man für die kleine Adriana, die im Kern gut

und von fast übergroßer Verständigkeit war, wohl kaum fürchten: tatsächlich fühlte sie sich, mehr als durch irgend etwas anderes, durch die mysteriösen Praktiken ihres Vaters verletzt, durch diese Geisterbeschwörungen mit Hilfe der Signorina Caporale.

Sie war religiös, die kleine Adriana. Ich bemerkte es schon in den ersten Tagen. Oberhalb des Nachtkästchens, neben meinem Bett, war an der Mauer ein blaues, gläsernes Weihwasserbecken angebracht. Ich hatte mich mit der noch brennenden Zigarette zu Bett gelegt und begonnen, eines von Palearis Büchern zu lesen; in meiner Zerstreutheit legte ich dann den erloschenen Zigarettenstummel im Weihwasserbecken ab. Am nächsten Tag war es nicht mehr da, statt dessen stand auf dem Nachtkästchen ein Aschenbecher. Ich fragte sie, ob sie es von der Wand genommen habe; sie errötete leicht und antwortete:

»Verzeihen Sie, aber mir schien, daß Sie einen Aschenbecher nötiger brauchen.«

»War denn Weihwasser drinnen?«

»Ja. Uns gegenüber ist die Kirche San Rocco ...«

Sie ging hinaus. Wollte dieses kleine Mütterchen einen Heiligen aus mir machen, da sie aus dem Taufbecken von San Rocco Weihwasser auch für mich holte? Für mein Weihwasserbecken und sicherlich auch für das ihre. Der Vater schien keinen Bedarf danach zu haben. Und das Weihwasserbecken der Signorina Caporale war, wenn überhaupt, weit eher mit geweihtem Wein zu füllen.

Jede winzige Kleinigkeit löste bei mir – der ich mich schon lange wie in einer seltsamen Leere fühlte – umständliche Betrachtungen aus. Der Zwischenfall mit dem Weihwasserbecken erinnerte mich daran, daß ich schon als Kind die religiösen Bräuche nicht mehr eingehalten hatte, und seitdem Pinzone fort war, der mich zusammen mit Berto auf Anordnung unserer Mutter in die Kirche geführt hatte, war ich auch in keiner Kirche mehr gewesen, um zu beten. Ich hatte nie eine Veranlassung gehabt, mich zu fragen, ob

ich eigentlich gläubig sei. Und Mattia Pascal war eines schlimmen Todes ohne die Tröstungen der Kirche gestorben.

Ich sah mich plötzlich in einer absonderlichen Lage. Für alle, die mich kannten, hatte ich mich – ob im guten oder im schlechten Sinne – vom unangenehmsten und bedrückendsten Gedanken befreit, den man als Lebender haben kann: vom Gedanken an den Tod. Wer weiß, wie viele in Miragno sagten:

»Der Glückliche! Er hat es hinter sich! Jedenfalls ist er die Sorge los.«

Gar nichts war ich los! Dauernd hatte ich eines von Anselmo Palearis Büchern in der Hand, und diese belehrten mich, daß die Toten, die wirklich Toten, von den »Hüllen« des Kâmaloka umgeben, sich in genau der gleichen Lage befanden wie ich, besonders die Selbstmörder. Von ihnen behauptet Herr Leadbeater, Verfasser des *Plan Astral (premier degré du monde invisible, d'après la théosophie)*, daß noch allerlei menschliche Gelüste sie erregen, die sie allerdings nicht befriedigen können, da sie nicht mehr über den fleischlichen Körper verfügen, nur wissen sie nicht, daß sie ihn verloren haben.

»Ei«, dachte ich, »fast könnte ich meinen, ich habe mich tatsächlich im Mühlgraben von La Stìa ertränkt und bilde mir nur ein, daß ich noch lebe.«

Es gibt bekanntlich ansteckende Wahnvorstellungen. Und obwohl ich mich anfangs gegen sie wehrte, steckten Palearis fixe Ideen mich doch an. Nicht, daß ich wirklich geglaubt hätte, ich sei tot: obzwar auch das kein großes Übel gewesen wäre, denn es mag wohl hart sein zu sterben, ich glaube aber nicht, daß man, einmal gestorben, noch den traurigen Wunsch haben könnte, ins Leben zurückzukehren. Ich entdeckte jedoch plötzlich, daß ich tatsächlich noch einmal sterben müsse: das war das Übel! Wer hatte daran noch gedacht? Nach meinem Selbstmord in La Stìa hatte ich naturgemäß nichts anderes vor mir gesehen als das Leben. Und da ließ nun Signor Anselmo Paleari wieder die Schatten des Todes vor mir erstehen.

137

Er wußte von nichts anderem zu reden, dieser unglückselige Mensch! Er sprach aber davon mit solcher Begeisterung, und er fand im Eifer des Gespräches immer wieder so einzigartige Bilder und Ausdrücke, daß mir, wenn ich ihm zuhörte, sofort die Lust wieder verging, von hier auszuziehen, um ihn loszuwerden. Übrigens waren die Lehre und der Glaube des Signor Paleari, so kindisch sie in vielem anmuten mochten, im Grunde tröstlich; und da sich mir der Gedanke, daß ich früher oder später allen Ernstes würde sterben müssen, leider nun einmal aufgedrängt hatte, mißfiel es mir nicht, daß in dieser Weise darüber gesprochen wurde.

»Wo bleibt die Logik?« fragte er mich eines Tages, nachdem er mir einen Abschnitt aus einem Buch von Finot vorgelesen hatte. Es war von einer so schaurigen, makabren Philosophie erfüllt, daß man sie für den Traum eines morphiumsüchtigen Totengräbers hätte halten können; es ging ausgerechnet um das Leben der Würmer, die bei der Zersetzung des menschlichen Körpers entstehen. »Wo bleibt die Logik? Materie, gut, Materie: nehmen wir an, alles sei Materie. Aber es gibt doch Formen und Formen, Arten und Arten, Eigenschaften und Eigenschaften: es gibt, zum Teufel!, den Stein und den unwägbaren Äther. Selbst in meinem Körper gibt es Zähne und Nägel und Haare und, zum Kuckuck, auch das überaus feine Gewebe des Auges. Nun mag, Signore, gewiß, warum denn nicht?, das, was wir die Seele nennen, gleichfalls Materie sein; aber Sie werden mir zugeben, daß sie nicht die gleiche Materie ist wie der Fingernagel, der Zahn, das Haar; sie mag Materie sein wie der Äther oder was weiß ich. Den Äther erkennt man als Hypothese an, und die Seele nicht? Wo bleibt die Logik? Materie, gut, Signore. Folgen Sie ein wenig meiner Überlegung, und Sie werden sehen, wohin ich gelange, selbst wenn ich alles zugebe. Kommen wir zur Natur. Wir betrachten heute den Menschen als Erben einer Reihe zahlloser Generationen, nicht wahr? Als das Produkt einer langsamen Arbeit der Natur. Sie, lieber Signor Meis, halten den Menschen dagegen wohl für ein grausames und im großen und ganzen nicht besonders schätzens-

wertes Tier? Auch das will ich zugeben, und ich sage: gut, der Mensch nimmt auf der Stufenleiter der Lebewesen keine sehr hohe Stellung ein; vom Wurm zum Menschen führen, sagen wir, acht, vielleicht sieben, vielleicht fünf Stufen. Aber, zum Kuckuck!, die Natur hat sich Tausende und Abertausende von Jahrhunderten abgemüht, um diese fünf Stufen, vom Wurm zum Menschen, zu erklimmen; sie hat sich entwickeln müssen, nicht wahr, diese Materie, um zu diesem Tier zu werden, das stiehlt, zu diesem Tier, das tötet, zu diesem Tier, das lügt, das aber doch auch imstande ist, die *Göttliche Komödie* zu schreiben, Signor Meis, und Opfer zu bringen, wie es Ihre Mutter und meine Mutter getan haben! Und nun soll das mit einem Mal, bums, wieder auf Null zurückfallen? Wo bleibt die Logik? Meine Nase mag zu einem Wurm werden, mein Fuß, nicht aber meine Seele, zum Kuckuck!, die, jawohl Signore, auch Materie sein mag, wer bestreitet es?, aber nicht wie meine Nase oder mein Fuß. Wo bleibt die Logik?«

»Verzeihen Sie, Signor Paleari«, wandte ich ein, »aber nehmen wir an, ein großer Mann geht spazieren, fällt, schlägt sich den Kopf an, verblödet. Wo bleibt die Seele?«

Signor Anselmo sah mich eine Weile an, als wäre ihm plötzlich ein Felsblock vor die Füße gefallen.

»Wo die Seele bleibt?«

»Ja, Sie oder ich, der ich kein großer Mann bin, aber doch … mit Vernunft begabt: ich gehe spazieren, falle, schlage mit dem Kopf an, verblöde. Wo bleibt die Seele?«

Paleari faltete die Hände und erwiderte mit dem Ausdruck nachsichtigen Mitleids:

»Heiliger Gott, warum wollen Sie denn fallen und sich den Kopf anschlagen, lieber Signor Meis?«

»Nur angenommen …«

»Aber nicht doch, Signore: Gehen Sie ruhig spazieren. Nehmen wir einfach die alten Leute, die, ohne erst fallen und sich den Kopf anschlagen zu müssen, auf die natürlichste Weise verblöden können. Nun, was will das besagen? Sie möchten beweisen, daß

mit der Schwächung des Körpers auch die Seele erschlafft, und möchten damit dartun, daß mit dem Erlöschen des einen auch das andere erlischt? Aber gestatten Sie! Denken Sie doch an die entgegengesetzten Fälle: an völlig erschöpfte Körper, in denen das Licht der Seele mächtig leuchtet: an Giacomo Leopardi! oder an viele alte Menschen, zum Beispiel an Seine Heiligkeit Leo XIII.! Nun also? Und stellen Sie sich jetzt ein Klavier und einen Klavierspieler vor: plötzlich, während des Spielens, wird das Klavier verstimmt; eine Taste schlägt nicht mehr an; zwei, drei Saiten reißen; nun denn, auf einem solchen Instrument wird der Klavierspieler, wie tüchtig er auch sein mag, zwangsläufig schlecht spielen, das will ich meinen! Und wenn schließlich das Klavier gar keinen Laut mehr von sich gibt, hat dann auch der Klavierspieler zu existieren aufgehört?«

»Das Gehirn wäre das Klavier, der Klavierspieler die Seele?«

»Ein alter Vergleich, Signor Meis! Wenn nun das Gehirn Schaden leidet, erscheint die Seele zwangsläufig als verdummt oder verrückt oder was weiß ich. Und wenn der Klavierspieler nicht infolge eines Mißgeschicks, sondern durch Unachtsamkeit oder absichtlich sein Instrument zerbricht, dann muß er dafür bezahlen: wer etwas zerbricht, muß bezahlen: man muß für alles bezahlen, für alles. Dies aber gehört auf ein anderes Blatt. Sagt es Ihnen denn, verzeihen Sie, gar nichts, daß die Menschheit, die gesamte Menschheit, seitdem wir von ihr Kenntnis haben, stets nach dem jenseitigen Leben gestrebt hat? Das ist eine Tatsache, ein handgreiflicher Beweis.«

»Es heißt, der Selbsterhaltungstrieb ...«

»Nicht doch, Signore, denn ich pfeife, verstehen Sie, auf diese jämmerliche Hülle, die mich bedeckt! Sie bedrückt mich, und ich ertrage sie, weil ich sie ertragen muß; wenn man mir aber beweist, daß ich – nachdem ich sie noch weitere fünf oder sechs oder zehn Jahre ertragen habe – damit nicht den Kaufpreis in irgendeiner Weise bezahlt habe, sondern daß alles einfach aus ist, dann, zum Teufel, werfe ich sie noch heute von mir, in diesem selben Augen-

blick: wo bleibt da der Selbsterhaltungstrieb? Ich erhalte mich einzig deshalb, weil ich fühle, daß es so nicht zu Ende sein kann! Aber, so sagt man, der einzelne Mensch ist etwas und die Menschheit etwas anderes. Mit dem Individuum ist es zu Ende, die Art aber setzt ihre Entwicklung fort. Feine Beweisführung! Das wäre ja die Höhe! Als ob die Menschheit nicht ich wäre und Sie und so weiter, jeder einzelne von uns. Und haben wir nicht alle das gleiche Gefühl, daß es nämlich nichts Absurderes und Grausameres gäbe, als wenn sich alles in diesem jämmerlichen Hauch erschöpfte, der unser Erdendasein ist: fünfzig, sechzig Jahre Schererereien, Misere, Mühe: für was? Für nichts! Für die Menschheit? Aber wenn es doch auch mit der Menschheit eines Tages zu Ende sein wird? Denken Sie darüber nach: dieses ganze Leben, dieser ganze Fortschritt, diese ganze Entwicklung – wozu hätte es sie gegeben? Für nichts? Und das Nichts, das reine Nichts, gibt es nicht, wie es heißt … Man muß den ganzen Stern ausheilen, haben Sie unlängst gesagt, nicht wahr! Nun gut: Heilung; man muß nur sehen, in welchem Sinne. Das Übel der Wissenschaft, Signor Meis, besteht darin, daß sie sich ausschließlich mit dem Leben befaßt.«

»Nun ja«, seufzte ich lächelnd, »da wir nun einmal leben müssen …«

»Wir müssen aber auch sterben«, entgegnete Paleari.

»Ich verstehe. Warum aber so viel darüber nachdenken?«

»Warum? Weil wir das Leben nicht begreifen können, ohne uns in irgendeiner Weise den Tod zu erklären! Die Kriterien, die unsere Handlungen leiten, der Faden, der uns aus diesem Labyrinth herausführt, kurz, das Licht, Signor Meis, das Licht muß uns von dorther kommen, vom Tode.«

»Bei der Finsternis, die dort herrscht?«

»Finsternis? Finsternis für Sie! Versuchen Sie doch, ein Öllämpchen des Glaubens dort drüben zu entzünden, wobei ihre Seele das Öl sei. Wenn dieses Lämpchen fehlt, dann irren wir hier im Leben wie Blinde herum, trotz des elektrischen Lichts, das wir

erfunden haben! Sie geht durchaus in Ordnung, die elektrische Glühlampe, für dieses Leben hier; aber, lieber Signor Meis, wir brauchen auch die andere Lampe, die uns das Licht für den Tod spendet. Sehen Sie, an manchen Abenden versuche ich, eine gewisse kleine Laterne aus rotem Glas zu entzünden, man muß sich mit allem behelfen, muß irgendwie versuchen zu sehen. Zur Zeit ist mein Schwiegersohn Terenzio in Neapel. Er kommt in ein paar Monaten wieder zurück, und dann möchte ich Sie einladen, einer unserer bescheidenen Sitzungen beizuwohnen, wenn Sie wollen. Und wer weiß, daß diese kleine Laterne … genug, ich will nichts weiter sagen.«

Die Gesellschaft Anselmo Palearis war, wie man sieht, nicht eben erfreulich. Aber konnte ich denn, wenn ich es recht bedachte, eine andere, weniger lebensferne Gesellschaft gefahrlos aufsuchen, besser gesagt, ohne lügen zu müssen? Ich mußte noch an den Cavaliere Tito Lenzi zurückdenken. Signor Paleari hingegen lag nichts daran, etwas über mich zu erfahren, es genügte ihm, wenn ich mir seine Reden aufmerksam anhörte. Fast jeden Tag nach der üblichen gründlichen Morgenwäsche begleitete er mich auf meinen Spaziergängen; wir gingen auf den Gianicolo oder auf den Aventin oder auf den Monte Mario, manchmal bis zum Ponte Nomentano, und immer sprachen wir vom Tode.

»Das habe ich nun davon«, dachte ich, »daß ich nicht wirklich gestorben bin.«

Manchmal versuchte ich, mit ihm über etwas anderes zu reden; es schien aber, daß Signor Paleari für das Schauspiel des Lebens um ihn herum keine Augen hatte; er schritt fast immer mit dem Hut in der Hand dahin; in gewissen Momenten hob er ihn hoch, als wollte er irgendeinen Schatten grüßen, und rief aus: »Unsinn!«

Ein einziges Mal nur richtete er eine Frage an mich, die meine Person betraf:

»Warum sind Sie in Rom, Signor Meis?«

Ich zuckte mit den Achseln und antwortete:

»Weil es mir hier gefällt …«

»Dabei ist es doch eine traurige Stadt«, meinte er und schüttelte den Kopf. »Viele Leute wundern sich, daß hier keine Unternehmung gelingt, kein lebendiger Gedanke gedeiht. Sie wundern sich, weil sie nicht begreifen wollen, daß Rom tot ist.«

»Auch Rom ist tot?« rief ich betroffen aus.

»Schon seit langem, Signor Meis! Und jede Anstrengung, es wieder zum Leben zu erwecken, ist vergeblich, glauben Sie mir. Verschlossen im Traum seiner majestätischen Vergangenheit, will es nichts mehr von diesem kleinlichen Leben wissen, das hier beharrlich ringsum weiter wimmelt. Wenn eine Stadt einmal ein Leben gehabt hat wie Rom, ein so überragendes und einzigartiges, dann kann es nicht mehr eine moderne Stadt werden, das heißt eine Stadt wie jede andere. Rom liegt mit seinem großen, zerbrochenen Herzen hinter dem Kapitol. Sind denn diese neuen Häuser hier vielleicht Rom? Sehen Sie, Signor Meis. Meine Tochter Adriana hat mir von dem Weihwasserbecken erzählt, das in Ihrem Zimmer war, erinnern Sie sich noch? Adriana entfernte es aus Ihrem Zimmer, dieses Weihwasserbecken; am nächsten Tag aber fiel es ihr aus der Hand und zerbrach: nur die kleine Schale blieb ganz, die steht jetzt in meinem Zimmer, auf meinem Schreibtisch, und dient dem gleichen Zweck, zu dem Sie sie in Ihrer Zerstreutheit verwendet hatten. Nun, Signor Meis, Rom erfährt ein solches Schicksal. Die Päpste hatten – auf ihre Art, versteht sich – aus der Stadt ein Weihwasserbecken gemacht; wir Italiener haben – auf unsere Art – aus ihr einen Aschenbecher gemacht. Von überall her sind wir gekommen, um unsere Zigarrenasche hier abzustreifen, und die ist nichts anderes als das Symbol der Nichtigkeit dieses unseres jämmerlichen Lebens und der bitteren und vergifteten Freuden, die es uns bietet.«

XI

Abends, beim Betrachten des Flusses

Je größer die Vertraulichkeit wurde, die mir mit der Achtung und dem Wohlwollen des Hausherren zuteil wurde, desto weniger wußte ich, wie ich mich verhalten sollte. Die geheime Verlegenheit, die ich schon die ganze Zeit empfunden hatte, wuchs immer mehr, steigerte sich zu heftigen Gewissensbissen. Ich fühlte mich als Eindringling in dieser Familie, mein Name war falsch, mein Gesicht umgeformt, meine Existenz künstlich, ja nahezu unwirklich. Ich nahm mir vor, mich so weit wie möglich abseits zu halten, sagte mir immer wieder, ich dürfe dem Leben der anderen Menschen nicht allzu nahe kommen, müsse jeden engeren Kontakt vermeiden und mich damit begnügen, als Außenseiter zu leben.

»Frei!« sagte ich mir immer noch; aber schon begann ich zu begreifen, was diese Freiheit bedeutete, und ahnte ihre Grenzen.

Da, zum Beispiel: Sie bedeutete abends am Fenster zu stehen und den Fluß zu betrachten, der schwarz und schweigend zwischen seinen neuen Dämmen dahinfloß und unter Brücken, deren Laternen sich wie kleine Feuerschlangen zuckend in ihm spiegelten; bedeutete, in der Phantasie den Lauf dieser Wasser zu verfolgen, von der fernen Quelle im Apennin, dann quer durch die Felder, jetzt hier mitten durch die Stadt und schließlich wieder querfeldein bis zur Mündung; sich in Gedanken das finstere und wogende Meer vorzustellen, in dem diese Wasser sich nach so langem Lauf verloren; und es bedeutete, von Zeit zu Zeit den Mund zu einem Gähnen zu öffnen.

»Freiheit …«, murmelte ich, »Freiheit.« Aber wäre es denn anderswo nicht genauso?

An manchen Abenden sah ich auf der kleinen Terrasse nebenan das Hausmütterchen in seinem Hauskleid damit beschäftigt, die

Blumentöpfe zu gießen. »Hier ist das Leben«, dachte ich. Und ich folgte mit den Augen dem süßen Geschöpf bei seiner anmutigen Betätigung. Ich wartete, daß sie den Blick auch auf mein Fenster richte. Vergebens. Sie wußte, daß ich da war; aber wenn sie allein war, dann tat sie, als bemerke sie mich nicht. Warum? War es nur Schüchternheit, Zurückhaltung, oder zürnte sie mir immer noch insgeheim, das liebe Hausmütterchen, weil ich mich hartnäckig weigerte, ihr gebührende Beachtung zu zollen?

Sie hatte die Gießkanne abgestellt, lehnte sich nun an die Brüstung der Terrasse und betrachtete gleichfalls den Fluß, vielleicht um mir zu zeigen, daß sie sich um mich nicht im geringsten kümmerte, sondern ihre eigenen, ernsten Sorgen habe, über die sie jetzt nachdachte und mit denen sie allein sein wollte.

Ich mußte lächeln, während ich so überlegte; dann aber, als ich sie die Terrasse verlassen sah, kamen mir Zweifel, vielleicht war mein Urteil über sie falsch, vielleicht war es das Ergebnis des unwillkürlichen Ärgers, den man immer empfindet, wenn man sieht, daß man nicht beachtet wird. »Übrigens«, fragte ich mich, »warum sollte sie mich beachten, das Wort an mich richten, wenn es nicht notwendig ist? Ich erinnere sie an das Unglück ihres Lebens, an die Wahnideen ihres Vaters; vielleicht bedeute ich für sie eine Demütigung; vielleicht weint sie den Zeiten nach, da ihr Vater noch im Dienst war, es nicht nötig hatte, Zimmer zu vermieten und fremde Leute in sein Haus aufzunehmen. Und gar einen fremden Menschen wie mich! Vielleicht flöße ich dem armen Kind Angst ein mit meinem Auge und mit dieser Brille...«

Wagenlärm auf der nahen Holzbrücke riß mich aus meinen Gedanken; ich blies die Luft aus, trat vom Fenster fort; dann betrachtete ich das Bett, betrachtete die Bücher, unschlüssig, wofür ich mich entscheiden sollte, schließlich zuckte ich mit den Achseln, packte meinen Hut und ging aus. Draußen, so hoffte ich, würde ich dieses rasende Gefühl der Öde loswerden.

Ich suchte, je nach Laune, einmal die belebtesten Straßen und dann wieder einsame Stätten auf. Eines Nachts, so erinnere ich

mich, hatte ich auf dem Petersplatz den Eindruck zu träumen. Es war ein gleichsam fernes Traumgefühl, das mich hier überkam, wo die beiden majestätischen Säulengänge mit ihrem Halbrund Jahrhunderte umschlossen und die Stille durch das ununterbrochene Plätschern der beiden Fontänen nur noch gesteigert wurde. Ich trat zu einer dieser Fontänen und hatte das Gefühl, daß einzig ihr Wasser hier lebendig sei, während mir sonst alles fast gespenstisch und tieftraurig schien in seiner reglosen Feierlichkeit.

Auf dem Rückweg durch die Via Borgo Nuovo begegnete ich einem Betrunkenen. Er trat auf mich zu, und als er mich so nachdenklich sah, beugte er sich vor, schob seinen Kopf zu mir herüber, blickte mir von unten ins Gesicht und sagte dann, indem er mich leicht am Arm schüttelte:

»Immer nur fröhlich!«

Ich hielt an, überrascht, und musterte ihn von Kopf bis Fuß.

»Immer nur fröhlich!« wiederholte er und begleitete seine Aufforderung mit einer Handbewegung, die besagen mochte: »Was treibst du da? Woran denkst du! Mach dir nichts draus!«

Er entfernte sich stolpernd und stützte sich dabei mit einer Hand an der Mauer.

Zu dieser Stunde, in dieser einsamen Straße, in der Nähe des großen Gotteshauses und noch mit den Gedanken beschäftigt, die mir dort gekommen waren, hatte mich das plötzliche Erscheinen des Betrunkenen und sein seltsamer liebevoller philosophisch erbarmungsvoller Rat aus der Fassung gebracht: ich weiß nicht mehr, wie lange ich dastand und diesem Menschen nachsah; dann löste sich meine Betroffenheit in einem wilden Gelächter.

»Immer fröhlich! Ja, mein Lieber. Aber ich kann nicht wie du in eine Taverne gehen und dort die Fröhlichkeit, die du mir empfiehlst, am Grund eines Bechers suchen. Ich würde sie, leider, dort auch nicht finden! Und woanders auch nicht! Ich gehe ins Café, mein Lieber, unter anständige Leute, die rauchen und über Politik schwatzen. Fröhlich, ja, glücklich können wir nach Ansicht eines kleinen Advokaten, der mein Kaffeehaus besucht und

für eine imperialistische Politik eintritt, nur unter einer Voraussetzung sein: Wenn uns ein guter absoluter König regiert. Du, mein armer, betrunkener Philosoph, ahnst nichts von diesen Dingen; sie kommen dir gar nicht in den Sinn. Kennst du aber die wahre Ursache all unseres Elends, unserer Bedrücktheit, kennst du sie? Die Demokratie, mein Lieber, die Demokratie, das heißt die Herrschaft der Mehrheit. Ist nämlich die Macht in der Hand eines Einzigen, dann weiß dieser eine, daß er ein einzelner ist und viele zufriedenstellen muß; wenn aber die Vielen regieren, dann denken sie nur daran, sich selbst zufriedenzustellen, und die Folge davon ist die dümmste und hassenswerteste Tyrannei, die es gibt: die als Freiheit maskierte Tyrannei. Ganz gewiß! Worunter, glaubst du, leide ich? Ich leide eben unter dieser als Freiheit maskierten Tyrannei ... Gehen wir nach Hause!«

Aber es war die Nacht der Begegnungen.

Als ich kurz darauf durch die fast finstere Via Tordinona kam, hörte ich aus einer der Seitengassen, die hier einmünden, einen lauten Aufschrei, der von mehreren erstickten Schreien begleitet wurde. Plötzlich stürzte eine wirre Gruppe von Raufbolden heran, vier elende Kerle, die, mit Knotenstöcken bewaffnet, hinter einer Straßendirne her waren.

Ich erwähne dieses Erlebnis nicht, um mich einer mutigen Tat zu rühmen, sondern ganz im Gegenteil, um von der Angst zu berichten, die ich vor möglichen Folgen bekam. Die Strolche waren wohl zu viert, aber auch ich hatte einen festen eisenbeschlagenen Stock bei mir. Zwei von ihnen gingen allerdings sogar mit Messern auf mich los. Ich verteidigte mich, so gut es ging, indem ich mit meinem Stock um mich herum schlug, bald dahin, bald dorthin auswich und mich nicht in die Mitte nehmen ließ; es gelang mir schließlich, dem wildesten dieser Burschen mit dem eisernen Knauf meines Stockes einen wohlgezielten Schlag auf den Kopf zu versetzen: ich sah ihn erst wanken, dann davonlaufen, die drei anderen folgten ihm, vielleicht fürchteten sie, die schrillen Hilferufe der Frau könnten weitere Menschen herbeilocken. Ich hatte

es nicht bemerkt, aber ich war an der Stirne verletzt. Ich schrie der Frau zu, die immer noch um Hilfe rief, sie möge doch endlich still sein; als sie aber mein blutüberströmtes Gesicht sah, konnte sie sich nicht beherrschen, sondern lief weinend und völlig aufgelöst zu mir herüber und wollte mich mit dem seidenen Tuch verbinden, das sie im Ausschnitt trug und das während des Streits zerfetzt worden war.

»Nein, nein, danke«, sagte ich und wehrte angewidert ab. »Laß ... es ist nichts. Scher dich fort! ... Laß dich hier nicht länger blicken.«

Ich ging zu dem kleinen Brunnen, der sich unterhalb der nahen Brückenrampe befindet, um mir die Stirne zu waschen. Während ich dies tat, kamen schon atemlos zwei Polizeiwachen herzu, die von mir wissen wollten, was geschehen sei. Die Frau, die aus Neapel war, begann sofort von dem »Malöör« zu erzählen, das ihr und mir widerfahren sei, und fand für mich die zärtlichsten Ausdrücke der Bewunderung, über die der neapolitanische Dialekt verfügt. Ich hatte große Mühe, die beiden eifrigen Polizeibeamten loszuwerden, sie wollten mich unbedingt mit sich führen, damit ich den Vorfall anzeige. Bravo! Das hätte mir gerade noch gefehlt! Es mit der Polizei zu tun zu bekommen, gerade jetzt! Am nächsten Tag in der Lokalchronik der Zeitungen womöglich als Held zu erscheinen, ich, der ich mich still verhalten mußte, im Schatten herumdrücken, damit mich ja niemand bemerkte ...

Ein Held, nein, ein Held konnte ich wirklich nicht mehr werden. Außer, ich stürbe bei so einer Gelegenheit ... Aber ich war doch schon tot!

»Verzeihen Sie, Signor Meis, sind Sie Witwer?«

Diese Frage richtete eines Abends die Signorina Caporale unvermittelt an mich. Wir waren auf der kleinen Terrasse, wo sich auch Adriana befand. Die beiden hatten mich eingeladen, ihnen ein bißchen Gesellschaft zu leisten.

Ich war zunächst peinlich berührt; ich antwortete:

»Ich? Nein. Warum?«

»Weil Sie ununterbrochen mit dem Daumen Ihren Ringfinger reiben, als wollten Sie einen Ring herumdrehen. So … Nicht wahr, Adriana?«

Was die Augen einer Frau doch alles zu sehen vermögen, vielmehr die Augen bestimmter Frauen, denn Adriana versicherte, sie habe nichts bemerkt.

»Du hast eben nicht darauf geachtet!« rief die Caporale aus.

Durchaus möglich, gab ich zu, daß ich diese Angewohnheit hätte, obwohl sie mir selber gar nicht aufgefallen war.

»Tatsächlich«, sah ich mich veranlaßt hinzuzufügen, »trug ich hier lange Zeit einen kleinen Ring, den ich endlich von einem Juwelier aufschneiden lassen mußte, weil er zu eng geworden war und wehtat.«

»Armes kleines Ringlein!« seufzte die Vierzigjährige geziert, an diesem Abend gefiel sie sich darin, die kindliche Unschuld zu spielen. »So eng war er Ihnen? Wollte gar nicht mehr vom Finger? War er vielleicht eine Erinnerung an …«

»Silvia!« unterbrach sie die kleine Adriana vorwurfsvoll.

»Was ist denn Schlimmes dabei?« fuhr die andere fort. »Ich wollte sagen, an die erste Liebe … Los, Signor Meis, erzählen Sie uns doch irgend etwas. Kriegt man denn wirklich nie etwas aus Ihnen heraus?«

»Nun«, sagte ich, »ich dachte über die Schlußfolgerung nach, die Sie aus meiner Angewohnheit, mir den Finger zu reiben, gezogen haben. Keine sehr überzeugende, liebe Signorina. Denn soviel ich weiß, legen Witwer den Ehering nicht ab. Die Ehefrau mag eine Belastung sein, niemals aber so ein kleiner Ring, wenn es die Ehefrau nicht mehr gibt. Im Gegenteil, so wie sich die Kriegsveteranen gerne mit ihren Auszeichnungen schmücken, tragen auch, glaube ich, die Witwer den Ring noch gerne.«

»Oh«, rief die Caporale aus, »Sie verstehen es aber geschickt, das Gespräch abzulenken.«

»Wieso? Ich will doch im Gegenteil den Dingen auf den Grund gehen!«

»Ach was, auf den Grund gehen! Ich gehe nie den Dingen auf den Grund. Es war nur mein Eindruck, nichts weiter.«

»Daß ich Witwer sei?«

»Ja, Signore. Findest du nicht auch, Adriana, daß Signor Meis wie ein Witwer aussieht?«

Adriana versuchte ihre Augen zu mir zu erheben, senkte sie aber gleich wieder, sie konnte – in ihrer Schüchternheit – fremden Blicken nicht standhalten; sie lächelte leicht, lächelte ihr sanftes und trauriges Lächeln.

»Wie soll ich denn wissen, wie ein Witwer aussieht? Du bist wirklich merkwürdig!«

Irgend etwas, ein Gedanke, eine Vorstellung, schien ihr in diesem Augenblick durch den Sinn zu gehen; sie wurde unruhig, wandte sich ab, betrachtete den Fluß, der unten vorbeifloß. Ihre Begleiterin begriff gewiß, warum sie jetzt seufzte, auch sie wandte sich ab und sah zum Fluß hinüber.

Offenbar war eine vierte Person unsichtbar zwischen uns getreten. Ich verstand, als mein Blick auf Adrianas Halbtrauer-Hauskleid fiel. Ich erriet, daß Terenzio Papiano, ihr Schwager, der sich noch in Neapel aufhielt, nicht eben nach einem trauernden Witwer aussah, dafür aber ich nach Auffassung der Signorina Caporale dieses Aussehen hatte.

Ich gestehe, daß ich mich über den peinlichen Ausgang dieser Unterhaltung freute. Der Schmerz, den Adriana empfand, als sie an ihre tote Schwester erinnert wurde und daran, daß auch Papiano Witwer war, schien mir nur die gerechte Strafe für die Indiskretion der Caporale zu sein.

Aber war denn – seien wir doch gerecht – das, was mir wie eine Indiskretion vorkam, im Grunde nicht bloß eine natürliche und mehr als entschuldbare Neugier, die durch das seltsame Schweigen um meine Person erregt werden mußte? Und wenn mir die Einsamkeit immer unerträglicher wurde und ich der Versuchung nicht widerstehen konnte, mich anderen Menschen zu

nähern, so mußte ich mich eben dazu bereit finden, Fragen der anderen Menschen, die mit Recht wissen wollten, mit wem sie es zu tun hatten, auf die bestmögliche Weise zu beantworten, das heißt zu lügen, zu erfinden: es gab keinen anderen Ausweg! Die Schuld lag nicht bei den anderen, sondern bei mir; ich würde sie jetzt mit meinen Lügen noch vergrößern, gewiß; aber wenn ich das nicht wollte, wenn ich darunter litt, dann mußte ich eben wieder fort, mein stummes und einsames Wanderleben wieder aufnehmen.

Ich bemerkte, daß sogar Adriana, die sonst nie indiskrete Fragen an mich richtete, doch gespannt zuhörte, wie ich der Caporale antwortete, deren Fragen, offen gestanden, gelegentlich die Grenzen einer natürlichen und entschuldbaren Neugier überschritten.

Eines Abends zum Beispiel fragte sie mich auf der kleinen Terrasse, wo wir uns jetzt gewöhnlich trafen, wenn ich vom Abendbrot kam, lachend und gegen Adrianas Willen, die erregt rief: »Nein, Silvia, ich verbiete es dir! Unterstehe dich!« – fragte sie mich also:

»Entschuldigen Sie, Signor Meis, aber Adriana möchte gerne wissen, warum Sie sich nicht wenigstens einen Schnurrbart wachsen lassen…«

»Das ist nicht wahr!« schrie Adriana. »Glauben Sie ihr nicht, Signor Meis! Sie ist es gewesen, Sie… ich…«

Sie brach plötzlich in Tränen aus, das liebe Hausmütterchen. Die Caporale versuchte sie zu trösten, sagte:

»Geh! Man darf doch fragen! Was ist denn Schlimmes dabei?«

Adriana stieß sie mit dem Ellbogen zurück:

»Das Schlimme dabei ist, daß du lügst, und das macht mich wütend! Wir sprachen über Schauspieler, die alle so sind, so… und da hast du gesagt: ›Wie der Signor Meis! Wer weiß, warum er sich nicht wenigstens einen Schnurrbart wachsen läßt?‹… Und ich habe nur wiederholt: ›Ja, wer weiß, warum…‹«

»Nun eben«, beharrte die Caporale. »Wenn jemand sagt: ›Wer weiß, warum…‹, so drückt er damit aus, daß er es wissen möchte!«

»Du aber hast es zuerst gesagt!« protestierte Adriana höchst verärgert.

»Darf ich antworten?« fragte ich, um den Frieden wiederherzustellen.

»Nein. Entschuldigen Sie, Signor Meis: Gute Nacht!« sagte Adriana, stand auf und wollte fort.

Die Caporale hielt sie am Arm zurück:

»Aber geh, sei nicht so ein Dummerchen! Das ist ja lächerlich … Signor Adriano ist sicher so freundlich und nimmt es uns nicht übel. Nicht wahr, Signor Adriano? Sagen Sie ihr doch … warum Sie sich nicht wenigstens den Schnurrbart wachsen lassen.«

Jetzt mußte Adriana lachen, noch mit Tränen in den Augen.

»Ja, das ist ein Geheimnis«, antwortete ich, wobei ich meine Stimme komisch verstellte. »Ich bin ein Verschwörer!«

»Das glauben wir nicht!« rief die Caporale aus und ahmte meinen Ton nach; dann fügte sie hinzu: »Aber hören Sie: daß Sie ein Geheimniskrämer sind, das ist nun einmal sicher. Was haben Sie, zum Beispiel, heute nachmittag auf der Post gemacht?«

»Ich, auf der Post?«

»Jawohl, Signore. Wollen Sie es leugnen? Ich habe Sie mit eigenen Augen gesehen. Gegen vier Uhr … Ich ging gerade über die Piazza San Silvestro …«

»Sie müssen sich getäuscht haben, Signorina: das war nicht ich.«

»Doch, doch«, sagte die Caporale, sie glaubte mir kein Wort. »Geheime Korrespondenz … Denn er bekommt ja – nicht wahr, Adriana? – niemals Briefe ins Haus zugestellt, dieser Herr. Ich weiß es vom Dienstmädchen, also muß es stimmen!«

Adriana rutschte verärgert auf ihrem Sessel hin und her.

»Hören Sie nicht auf sie«, sagte sie und warf mir rasch einen fast liebevollen schmerzlichen Blick zu.

»Weder ins Haus zugestellt noch postlagernd!« antwortete ich. »Das stimmt leider! Niemand schreibt mir, Signorina, und zwar aus dem einfachen Grund, weil ich niemanden mehr habe, der mir schreiben könnte.«

»Keinen einzigen Freund? Ist das möglich? Gar niemanden?«

»Niemanden. Ich bin auf dieser Welt allein mit meinem Schatten. Mit ihm war ich immerfort auf Wanderschaft und habe mich bisher nirgends lange genug aufgehalten, um eine dauernde Freundschaft schließen zu können.«

»Sie Glücklicher«, seufzte die Caporale. »Sie haben Ihr ganzes Leben lang reisen können! Na los, erzählen Sie uns doch etwas von Ihren Reisen, wenn Sie schon von nichts anderem reden wollen.«

Nachdem ich so allmählich die Klippen der ersten unangenehmen Fragen hinter mich gebracht hatte, weiteren Klippen ausgewichen war, indem ich das Ruder der Lüge nach allen Regeln der Kunst führte, und schließlich jene mich unmittelbar bedrohenden Klippen einfach mit beiden Händen anpackte, um mich langsam daran vorbeizuschieben, konnte das Boot meiner Erfindungen endlich frei auslaufen und das Segel der Phantasie setzen.

Nach mehr als einem Jahr des erzwungenen Schweigens bereitete es mir jetzt ein großes Vergnügen, allabendlich auf der kleinen Terrasse zu reden und zu reden, zu erzählen, was alles ich gesehen und welche Beobachtungen ich gemacht hatte, welche Zwischenfälle mir gelegentlich widerfahren waren. Ich wunderte mich selber, daß ich auf meinen Reisen so viele Eindrücke sammeln konnte. Das Schweigen hatte sie gleichsam in mir begraben, und nun, da ich sprach, erwachten sie wieder und lösten sich lebendig von meinen Lippen. Meine eigene Verwunderung machte meine Erzählungen ungemein farbig; über dem sichtlichen Vergnügen, mit dem die beiden Frauen mir zuhörten, beschlich mich nach und nach Bedauern darüber, daß ich eine der größten Köstlichkeiten nie wirklich genossen hatte; und auch durch dieses Bedauern bekamen meine Erzählungen ihre besondere Würze.

Nach einigen Abenden hatte sich das Verhalten der Signorina Caporale mir gegenüber grundlegend gewandelt. Die traurigen Augen schienen ihr in schmachtendem Verlangen schwer zu werden, sie erinnerten mehr denn je an die Puppenaugen mit dem bleiernen Gegengewicht, dabei wirkte der Kontrast zwischen

ihnen und dem übrigen, an eine Karnevalsmaske gemahnenden Gesicht besonders komisch. Kein Zweifel: sie hatte sich in mich verliebt, die Signorina Caporale!

Meine Verwunderung, das Gefühl der Lächerlichkeit, das mich dabei überkam, machten mir erst bewußt, daß ich all die Abende nicht für sie gesprochen hatte, sondern für die andere, die mir immer nur schweigend zugehört hatte. Die aber hatte offenbar gespürt, daß ich für sie allein sprach, denn wie in einem geheimen Einverständnis amüsierten wir uns gemeinsam über die komische und unerwartete Wirkung, die meine Erzählungen auf das zartbesaitete Gemüt der vierzigjährigen Klavierlehrerin ausübten.

Trotz dieser Entdeckung weckte Adriana in mir keine unreinen Gedanken: ihre unschuldsvolle Güte, in die sich so etwas wie Trauer mengte, gestattete es gar nicht, aber diese erste Vertraulichkeit zwischen uns, die Adrianas scheues Wesen zuließ, erfüllte mich mit heller Freude. Einmal war es ein flüchtiger, blitzartiger, von süßer Anmut erfüllter Blick; dann wieder ein mitleidiges Schmunzeln für die arme Frau, die sich so lächerlichen Hoffnungen hingab; oder sie ermahnte mich freundschaftlich mit einem Augenzwinkern und einer leichten Kopfbewegung, wenn ich zu unserem geheimen Spaß in der anderen Zuhörerin übertriebene Erwartungen nährte, mit ihnen wie mit einem Papierdrachen spielte, den ich bald selig in den Lüften schweben ließ, bald durch eine unerwartete, ruckartige Wendung ins Schwanken brachte.

»Sie scheinen nicht viel Herz zu haben«, sagte mir einmal die Caporale, »wenn das, was Sie behaupten und was ich Ihnen nicht glaube, wahr sein sollte, nämlich daß Sie bis jetzt unverwundet durchs Leben gekommen sind.«

»Unverwundet? Wieso?«

»Ich meine, ohne daß Sie je von einer Leidenschaft ergriffen wurden…«

»Nein, niemals, Signorina, nie!«

»Warum wollten Sie uns dann nie sagen, woher der Ring

stammte, den Sie von einem Juwelier aufschneiden ließen, weil er Ihnen zu eng geworden war …«

»Er tat mir weh! Habe ich Ihnen das nicht schon gesagt? Ich glaube doch. Er war eine Erinnerung an meinen Großvater, Signorina.«

»Lüge!«

»Wie Sie meinen; ich kann Ihnen aber sagen, daß mein Großvater mir diesen Ring einmal in Florenz schenkte, als wir aus den Uffizien kamen, und wissen Sie warum? Weil ich – ich zählte damals zwölf Jahre – einen Perugino für einen Raffael gehalten hatte. Wirklich und wahrhaftig. Als Belohnung für diese Verwechslung erhielt ich den Ring, den mein Großvater in einer der Buden auf dem Ponte Vecchio kaufte. Mein Großvater war nämlich, ich weiß nicht warum, fest davon überzeugt, daß man das Bild des Perugino richtigerweise Raffael zuschreiben müßte. Das ist das ganze Geheimnis! Sie werden begreifen, daß zwischen der Hand eines zwölfjährigen Jungen und meiner Pranke jetzt ein Unterschied besteht. Sehen Sie doch her! Heute bin ich auch sonst so wie diese grobe Hand, zu der keine zierlichen Ringe passen. Vielleicht steht es anders mit meinem Herzen; aber ich bin gerecht, Signorina; ich sehe in den Spiegel, sehe meine Brille, die zum Teil auch mitleidig manches verbirgt, und lasse entmutigt die Arme sinken: ›Wie kannst du, mein lieber Adriano, ernsthaft verlangen‹, sage ich mir, ›daß eine Frau sich in dich verliebt?‹«

»Was sind das für Einfälle!« rief die Caporale aus. »Und Sie glauben, gerecht zu sein, wenn Sie das sagen? Es ist, im Gegenteil, höchst ungerecht gegen uns Frauen. Denn eine Frau, das müssen Sie wissen, lieber Signor Meis, ist viel großmütiger als ein Mann, sie achtet, anders als er, nicht bloß auf die rein äußerliche Schönheit.«

»Sagen wir lieber, daß die Frau auch viel mutiger ist als der Mann, Signorina. Denn ich begreife, daß es, von der Großmut abgesehen, auch einer guten Dosis Mut bedürfte, um einen Mann wie mich wirklich zu lieben.«

»Ach gehen Sie doch! Es macht Ihnen offenbar Vergnügen, sich als häßlicher hinzustellen, ja, sich auch häßlicher zu machen, als Sie sind.«

»Das ist wahr. Und wissen Sie auch warum? Um bei niemandem Mitleid zu erregen. Sehen Sie, wenn ich versuchen wollte, mich herauszuputzen, würde man gleich sagen: ›Dieser arme Teufel bildet sich ein, weniger häßlich zu sein, wenn er einen Schnurrbart trägt!‹ Das will ich nicht. Ich bin häßlich? Nun denn: dann bin ich es eben, nur kein Erbarmen! Finden Sie nicht?«

Die Signorina Caporale tat einen tiefen Seufzer.

»Ich wiederhole, Sie haben unrecht«, meinte sie dann. »Wenn Sie doch versuchen wollten, sich, zum Beispiel, einen Bart wachsen zu lassen, dann müßten Sie gleich selber zugeben, daß Sie gar nicht so ein Scheusal sind, wie Sie behaupten.«

»Mit diesem Auge da?« fragte ich.

»Mein Gott, da Sie selbst so unbefangen davon reden«, meinte die Caporale. »Schon vor Tagen wollte ich es Ihnen sagen: Warum, entschuldigen Sie, unterziehen Sie sich nicht einer Operation, die heutzutage keine Angelegenheit mehr ist? Sie wären bald auch diesen Fehler los.«

»Da haben wir's, Signorina«, sagte ich schließlich. »Möglich, daß Frauen großmütiger sind als Männer; ich mache Sie aber aufmerksam, daß Sie mir nach und nach den Rat gegeben haben, mir ein anderes Gesicht zuzulegen.«

Warum beharrte ich so auf diesem Gespräch? Wollte ich wirklich, daß die Klavierlehrerin Caporale mir in Gegenwart Adrianas offen ins Gesicht sage, sie liebe mich auch so, wie ich war, glatt rasiert und mit dem schielenden Auge? Nein. Ich sprach so und ging auf die Fragen der Caporale so ausführlich ein, weil ich bemerkte, daß Adriana ein vielleicht unbewußtes Vergnügen an den schlagenden Antworten fand, die die andere mir gab.

Ich schloß daraus, daß trotz meines seltsamen Aussehens Adriana mich lieben *könnte*. Ich gestand mir dies nicht einmal selber ein; von diesem Abend an aber empfand ich das Bett in diesem

Hause weicher; alle Gegenstände, die mich umgaben, wirkten freundlicher auf mich, die Luft, die ich atmete, schien mir leichter, der Himmel blauer, die Sonne strahlender. Immer noch glaubte ich, diese Wandlung rühre daher, daß Mattia Pascal im Mühlgraben von La Stìa ein für allemal sein Ende gefunden und Adriano Meis nach einer langen Irrfahrt in seiner neuen unbegrenzten Freiheit nun doch sein inneres Gleichgewicht erlangt und das angestrebte Ideal erreicht habe, nämlich einen anderen Menschen aus mir zu machen, ein anderes Leben zu leben, das ich jetzt in seiner ganzen Fülle in mir fühlte.

Mein Geist wurde wieder heiter wie in der frühen Jugend, frei vom Gift der Erfahrung. Sogar Signor Anselmo Paleari kam mir nicht mehr so langweilig vor: der Schatten, der Nebel, der Dunst seiner Philosophie verflüchtigten sich, in meiner unerwarteten Freude sah ich nur eitel Sonnenschein. Armer Signor Anselmo! Er bemerkte gar nicht, daß er statt an die zwei Dinge zu denken, an die man, seiner Meinung nach, auf Erden denken mußte, nur mehr an eines dachte: aber sei's drum, vielleicht hatte er dafür in seinen guten Tagen auch ans Leben gedacht! Weit bemitleidenswerter als er war die Klavierlehrerin Caporale, der nicht einmal der Wein die »Fröhlichkeit« des denkwürdigen Betrunkenen aus der Via Borgo Nuovo verschaffen konnte: sie wollte leben, die Arme, und fand die Männer nicht großmütig genug, da sie nur auf äußere Schönheit achteten. Innerlich, in der Seele, fühlte sie sich also schön? Ja, wer weiß, zu welchen Opfern sie tatsächlich fähig gewesen wäre, hätte sie nur einen »großmütigen« Mann gefunden! Vielleicht hätte sie dann auch keinen Tropfen Wein mehr getrunken.

»Wenn wir zugeben, daß Irren menschlich ist«, dachte ich, »ist dann die Gerechtigkeit nicht etwas unmenschlich Grausames?«

So nahm ich mir vor, zu dem armen Fräulein Caporale nicht mehr grausam zu sein. Ich nahm es mir vor; aber, ach, ich war grausam, ohne es zu wollen; um so grausamer, je weniger ich es wollte. Meine Liebenswürdigkeit wirkte wie neuer Zündstoff für

ihr leicht entflammbares Feuer. Folgendes spielte sich ab: das arme Weib wurde blaß bei meinen Worten, während Adriana errötete. Ich wußte selber nicht genau, was alles ich redete, so viel aber spürte ich, daß keines meiner Worte, weder dem Ton noch dem Ausdruck nach, je so weit ging, die geheime Harmonie zu verletzen, die sich – ich weiß nicht, wie – zwischen mir und derjenigen, für die ich eigentlich sprach, eingestellt hatte.

Die Seelen haben eine ganz besondere Art, sich zu verständigen, miteinander vertraut zu werden, einander du zu sagen, während unsere übrige Person noch im Austausch gewöhnlicher Worte befangen ist und den gesellschaftlichen Umgangsformen unterliegt. Sie haben ihre eigenen Ansprüche und Bestrebungen, die Seelen, der Körper aber nimmt sie nicht zur Kenntnis, solange nicht die Möglichkeit besteht, sie zu befriedigen, zu verwirklichen. Und jedesmal, wenn zwei, die nur seelisch miteinander Umgang pflegen, irgendwo allein zusammentreffen, befällt sie eine angstvolle Verwirrung, sie fühlen geradezu eine heftige Abneigung gegen jede physische Berührung, es ist wie ein Leiden, das sie voneinander entfernt und das sofort aufhört, sobald ein Dritter hinzukommt. Nun, da die Beklemmung vorbei ist, suchen die beiden Seelen einander wieder erleichtert und lächeln sich wieder von ferne zu.

Wie oft machte ich diese Erfahrung mit Adriana! Aber ich hielt ihre Verlegenheit damals für natürliche Zurückhaltung und Scheu und meine Hemmungen für schlechtes Gewissen, das meine notgedrungene Scheinexistenz mir angesichts der Unschuld und Lauterkeit dieses sanften und zarten Geschöpfes verursachte.

Ich sah sie jetzt mit anderen Augen. Aber hatte sie sich nicht tatsächlich seit einem Monat verändert? Leuchtete in ihren flüchtigen Blicken jetzt nicht ein weit lebhafteres inneres Licht? Und machte dieses ihr Lächeln jetzt ihr Gehabe als umsichtiges Hausmütterchen nicht weit ungezwungener, während es mir früher fast wie eine krampfhafte Zurschaustellung erschienen war?

Ja, vielleicht folgte sie dem gleichen Bedürfnis wie ich, dem Be-

dürfnis, sich in der Illusion eines neuen Lebens zu wiegen, ohne wissen zu wollen, was das für ein Leben sein und wie es aussehen sollte. Ein vager Wunsch, ein Seelenhauch gleichsam, hatte allmählich für sie und für mich ein Fenster zur Zukunft aufgetan, ein warmer, bewegender Lichtstrahl erreichte uns, indes wir uns dem Fenster selbst nicht zu nahen wagten, weder um es zu schließen, noch um zu sehen, was jenseits dieses Fensters sei.

Die Folgen unseres reinen und süßen Rausches bekam die arme Signorina Caporale zu spüren.

»Wissen Sie, Signorina«, sagte ich eines Abends zu ihr, »daß ich nahezu entschlossen bin, Ihrem Rat zu folgen?«

»Welchem?« fragte sie.

»Mich von einem Augenarzt operieren zu lassen.«

Die Caporale klatschte erfreut in die Hände.

»Ah! Ausgezeichnet! Doktor Ambrosini. Wenden Sie sich an Ambrosini! Er ist der tüchtigste: Er hat meine arme Mutter am grauen Star operiert. Siehst du, Adriana, siehst du, daß der Spiegel gesprochen hat? Hatte ich es dir nicht gesagt?«

Adriana lächelte, ich ebenfalls.

Ich sagte aber: »Nicht der Spiegel, Signorina. Es ist aus einem anderen Grunde nötig. Seit einiger Zeit tut mir das Auge weh: es war für mich nie besonders brauchbar; aber ganz verlieren möchte ich es doch nicht.«

Es stimmte nicht, die Signorina Caporale hatte recht: der Spiegel hatte gesprochen und mir gesagt, wenn eine verhältnismäßig leichte Operation dieses abscheuliche, Mattia Pascal eigentümliche Kennzeichen zum Verschwinden bringen könnte, dann könnte Adriano Meis auf die blauen Brillen verzichten, sich einen Schnurrbart gestatten, kurz, er könnte sich körperlich besser seiner veränderten geistigen Situation anpassen.

Wenige Tage später brachte eine nächtliche Szene, der ich hinter den Jalousien des einen Fensters in meinem Zimmer beiwohnte, unerwartet neue Verwirrung für mich.

Die Szene spielte sich auf der kleinen Terrasse nebenan ab, wo

ich mich bis gegen zehn Uhr abends in Gesellschaft der beiden Frauen aufgehalten hatte. In mein Zimmer zurückgekehrt, hatte ich zerstreut begonnen, eines der Lieblingsbücher des Signor Anselmo über die Reinkarnation zu lesen. Plötzlich war mir, als hörte ich auf der Terrasse Stimmen: ich horchte näher hin, um festzustellen, ob es Adriana sei. Nein. Zwei Leute sprachen leise und erregt miteinander: ich unterschied die Stimme eines Mannes, es war aber nicht Paleari. In diesem Hause gab es jedoch nur zwei Männer, ihn und mich. Neugierig geworden, trat ich ans Fenster und sah durch die Ritzen der Jalousien. Ich glaubte, in der Dunkelheit das Fräulein Caporale zu erkennen. Wer aber war der Mann, mit dem sie sprach? Sollte überraschenderweise Terenzio Papiano aus Neapel zurückgekommen sein?

Aus einem lauter gesprochenen Wort der Caporale entnahm ich, daß von mir die Rede war. Ich preßte mich fester an die Jalousie und horchte noch genauer hin. Der Mann schien über das, was ihm die Klavierlehrerin offenbar über mich gesagt hatte, sehr aufgebracht zu sein; sie versuchte nun, den Eindruck, den ihre Mitteilungen auf ihn gemacht hatten, abzuschwächen.

»Reich?« fragte er jetzt.

Und die Caporale:

»Ich weiß es nicht … Es sieht so aus! Gewiß ist, daß er von seinem Vermögen lebt, ohne zu arbeiten …«

»Er steckt immer im Hause?«

»Aber nein! Du wirst ihn ja morgen sehen …«

Genauso sagte sie es: »Du wirst ihn sehen.« Sie duzte ihn: Papiano (daß er es war, stand jetzt außer Frage) war also der Geliebte der Signorina Caporale … Wie kam es dann, daß sie sich mir in all den Tagen geradezu angetragen hatte?

Meine Neugier war größer denn je; wie mir zum Trotz aber begannen die zwei jetzt ganz leise miteinander zu reden. Da meine Ohren nichts mehr vernahmen, strengte ich um so mehr meine Augen an. Da sah ich, wie die Caporale eine Hand auf Papianos Schulter legte. Der aber stieß sie gleich darauf rüde zurück.

»Wie hätte ich es denn verhindern können?« sagte sie, in wachsender Verzweiflung erhob sie wieder etwas ihre Stimme. »Wer bin ich denn? Was habe ich denn in diesem Hause zu sagen?«

»Hol mir Adriana!« befahl er herrisch.

Als ich den Namen Adriana in diesem Ton ausgesprochen hörte, ballte ich die Fäuste, das Blut kochte mir in den Adern.

»Sie schläft«, sagte die Caporale.

Er aber befahl in düster-drohendem Ton:

»Wecke sie, sofort!«

Ich weiß nicht, wie es mir gelang, mich so weit zu beherrschen, daß ich in meiner Wut die Jalousie nicht herunterriß.

Die Anstrengung aber, mit der ich mich gezügelt hatte, brachte mich einen Augenblick zur Selbstbesinnung. Die gleichen Worte, die das arme Weib draußen in höchster Erbitterung ausgesprochen hatte, drängten sich auch mir auf die Lippen: »Wer bin ich denn? Was habe ich denn in diesem Hause zu sagen?«

Ich trat vom Fenster weg. Gleich darauf aber fand ich ein entschuldigendes Gegenargument: es ging ja auch um mich, sie sprachen ja von mir, die beiden, und dieser Mensch dort wollte über mich auch noch mit Adriana reden: ich mußte also unbedingt seine Einstellung zu meiner Person erfahren.

Die Leichtigkeit jedoch, mit der ich diese Rechtfertigung für meine Indiskretion, mein heimliches Spionieren und Horchen, gelten ließ, machte mir klar und deutlich, daß ich ein persönliches Interesse nur vorschützte, um die Tatsache aus meinem Bewußtsein zu verdrängen, daß in diesem Moment mein lebhaftestes Interesse einem anderen Wesen galt.

Ich sah wieder durch die Ritzen der Jalousie.

Die Caporale war nicht mehr auf der Terrasse. Der Mann war allein, starrte in den Fluß, stützte sich dabei mit beiden Ellenbogen auf die Brüstung und hielt den Kopf zwischen den Händen.

In quälender Spannung, vorgebeugt, die Knie mit beiden Händen fest umklammert, wartete ich darauf, daß Adriana auf der Ter-

rasse erscheine. Das lange Warten ermüdete mich keineswegs, im Gegenteil, es brachte mir sogar eine zunehmende Erleichterung: Ich dachte, Adriana werde sich der Anmaßung dieses Flegels nicht fügen. Vielleicht beschwor die Caporale sie soeben händeringend. Und diesen Menschen dort auf der Terrasse zerfraß jetzt der Ärger. Ich hoffte, die Klavierlehrerin werde jeden Augenblick zurückkommen und sagen, Adriana weigere sich, aufzustehen. Doch nein: da war sie!

Papiano ging ihr sofort entgegen.

»Ins Bett mit Ihnen!« herrschte er das Fräulein Caporale an. »Ich habe mit meiner Schwägerin zu reden.«

Die Caporale gehorchte, und Papiano wollte die Türläden zwischen dem Speisezimmer und der Terrasse schließen.

»Das kommt nicht in Frage!« sagte Adriana und streckte ihren Arm nach den Türläden aus.

»Aber ich muß mit dir sprechen!« herrschte ihr Schwager sie an, zwang sich aber gleichwohl, leise zu sein.

»Sprechen kannst du auch so! Was hast du mir denn zu sagen?« fragte Adriana. »Du hättest auch bis morgen warten können.«

»Nein! Jetzt!« beharrte er, packte sie beim Arm und zog sie zu sich.

»Was heißt das!« schrie Adriana und riß sich wild los.

Ich konnte mich nicht mehr beherrschen: ich öffnete die Jalousie.

»Oh, Signor Meis!« rief sie sofort. »Würden Sie, bitte, einen Augenblick herüberkommen?«

»Sofort, Signorina!« antwortete ich.

Das Herz tanzte mir in der Brust vor Freude und Dankbarkeit: mit einem Satz war ich im Korridor: hier aber, unmittelbar vor meiner Zimmertür, stieß ich auf einen schmächtigen, hellblonden jungen Mann, der zusammengekauert auf einem Koffer hockte. Sein langgezogenes Gesicht wirkte durchsichtig. Mühsam öffnete er seine Augen, sie waren blau, müde, erstaunt. Ich blieb eine Se-

kunde verblüfft stehen, sah ihn an, dachte: das muß wohl Papianos Bruder sein; dann stürzte ich auf die Terrasse.

»Signor Meis«, sagte Adriana, »ich stelle Ihnen meinen Schwager Terenzio Papiano vor, der eben aus Neapel angekommen ist.«

»Sehr erfreut! Hocherfreut!« rief der Mann aus, zog seinen Hut, machte eine tiefe Verbeugung und schüttelte und drückte mir fest die Hand. »Es tut mir leid, daß ich so lange von Rom fort war; ich bin aber sicher, daß meine kleine Schwägerin für alles gesorgt hat, nicht wahr? Sollten Sie irgend etwas brauchen, sagen Sie es mir, sagen Sie es ruhig! Sollten Sie, zum Beispiel, einen größeren Schreibtisch benötigen … oder irgendein anderes Möbelstück, sagen Sie es ohne Umstände … Wir sind immer bemüht, die Gäste zufriedenzustellen, die uns beehren.«

»Danke«, sagte ich. »Ich brauche gar nichts. Danke.«

»Ich bitte Sie, das ist doch nur meine Pflicht! Sollten Sie aber doch einmal etwas nötig haben, dann wenden Sie sich ruhig an mich, dafür bin ich da, stets zu Diensten, mit meinen bescheidenen Kräften … Adriana, mein Kind, du hattest schon geschlafen: geh ruhig wieder zu Bett, wenn du willst …«

»Ach nein«, sagte Adriana mit traurigem Lächeln, »jetzt, da ich schon auf bin …«

Sie trat an die Brüstung und betrachtete den Fluß.

Ich fühlte, daß sie mich mit dem Menschen nicht allein lassen wollte. Was befürchtete sie? Sie stand dort in sich versunken, während er mir, den Hut noch in der Hand, von Neapel zu erzählen begann, wo er länger als vorausgesehen aufgehalten worden war. Er mußte dort eine Unzahl von Dokumenten aus dem privaten Archiv der durchlauchtigsten Herzogin Donna Teresa Ravaschieri Fieschi[*] kopieren. »Mutter Herzogin« nannte man sie allgemein,

---

[*] Teresas Ravaschieri Fieschi (1823–1903), Tochter des Gaetano Filangieri von Satriano (1784–1867), der als Heerführer des bourbonischen Königs Ferdinand II. den Aufstand Siziliens gegen die neapolitanische Herrschaft niederschlug, widmete sich vor allem der Volksbildung.

»Mutter Barmherzigkeit« würde er sie nennen! Es waren Dokumente von außerordentlichem Wert, sie warfen ein neues Licht auf das Ende des Königreiches Beider Sizilien und besonders auf die Gestalt des Gaetano Filangieri, Fürsten von Satriano, den der Marchese Giglio – Don Ignazio Giglio d'Auletta –, dessen Sekretär, er, Papiano, war, in einer minutiösen und aufrichtigen Biographie hervorzustreichen gedachte. Aufrichtig natürlich nur, soweit es die Treue und Anhänglichkeit gestattete, die der Herr Marchese immer noch für die Bourbonen empfand.

Das nahm kein Ende. Er genoß zweifelsohne seine eigene Redseligkeit, fand, während er sprach, Betonungen, die eines Laienschauspielers würdig gewesen wären, da setzte er ein kurzes Lachen darauf, dort wieder eine besonders ausdrucksvolle Handbewegung. Ich war wie betäubt, als hätte man mit einem schweren Hammer auf mich losgeschlagen, nickte dann und wann zustimmend mit dem Kopf und blickte zwischendurch nach Adriana, die immer noch in den Fluß starrte.

»Ja, leider!« sagte Papiano mit seiner Baritonstimme zum Abschluß seiner Ausführungen. »Ein Anhänger der Bourbonen und ein Klerikaler, dieser Marchese Giglio d'Auletta! Und ich, der ich ... (ich wage kaum, es auch nur leise zu sagen, sogar hier, im eigenen Hause), ich, der ich jeden Morgen, beim Fortgehen, der Statue Garibaldis auf dem Gianicolo mit der Hand zuwinke (haben Sie schon bemerkt, daß man sie von hier aus sehr gut sehen kann?), ich, der ich jeden Moment am liebsten ›Es lebe der 20. September!‹ ausrufen möchte, ich muß bei ihm Sekretär sein! Ein sehr ehrenwerter Mann, wohlverstanden! Aber ein Anhänger der Bourbonen und ein Klerikaler. So ist es eben, Signore ... das tägliche Brot! Ich schwöre Ihnen, manchmal möchte ich am liebsten auf alles spucken. Es würgt mich im Halse, ich ersticke fast daran ... Aber was kann ich tun? Das Brot! Das tägliche Brot!«

Er zuckte zweimal mit den Achseln, hob die Arme und schlug sich dann auf die Hüften.

»Komm, komm, Adrianuccia!« sagte er hierauf, lief zu ihr hin

und umfaßte mit beiden Händen zart ihre Taille. »Zu Bett! Es ist schon spät. Der Herr wird schläfrig sein.«

Vor meiner Zimmertür drückte Adriana mir die Hand so fest, wie sie es bis dahin nie getan. Als ich allein war, hielt ich meine Hand noch lange geschlossen, wie um den Druck der ihren festzuhalten. Die ganze Nacht stürmten Gedanken auf mich ein, ließen mich nicht zur Ruhe kommen. Die heuchlerische Höflichkeit, die einschmeichelnde und redselige Beflissenheit, die böse Gesinnung dieses Menschen würden mir sicherlich den weiteren Aufenthalt in diesem Hause unerträglich machen, in dem er – darüber gab es keine Zweifel – auf Kosten der Gutmütigkeit seines Schwiegervaters den Herren spielen wollte. Wer weiß, welcher Methoden er sich noch bedienen würde! Eine Kostprobe hatte ich schon bekommen, als er bei meinem Erscheinen sein Verhalten plötzlich ins genaue Gegenteil verkehrte. Warum aber sah er es so ungern, daß ich in seinem Hause wohnte? Warum war ich für ihn nicht ein Mieter wie jeder andere? Was hatte die Caporale ihm über mich erzählt? Konnte er allen Ernstes ihretwegen eifersüchtig sein? Oder war er es wegen einer anderen? Sein hochfahrendes und argwöhnisches Benehmen; der Umstand, daß er die Caporale fortschickte, um mit Adriana allein zu bleiben, auf die er dann mit solcher Heftigkeit einredete; Adrianas Auflehnung; ihr Verbot, die Türläden zu schließen; die Verwirrung, in die sie geraten war, sooft man ihren abwesenden Schwager erwähnte, das alles bekräftigte in mir den bösen Verdacht, daß er es auf sie abgesehen habe.

Warum nur quälte ich mich so? Schließlich und endlich konnte ich ja aus dem Hause ziehen, wenn er mich auch nur im geringsten belästigte. Was konnte mich zurückhalten? Nichts. Ich mußte jedoch mit inniger Genugtuung daran denken, daß sie mich auf die Terrasse gerufen hatte, als wollte sie von mir beschützt werden, und mir dann die Hand so fest drückte ...

Ich hatte die Fensterläden und Jalousien offengelassen. Da erschien der untergehende Mond in meinem Fenster, als wollte er

mich ausspionieren, um mich im Bett, in dem ich wachlag, zu überraschen und mir zu sagen:

»Ich habe verstanden, mein Lieber, ich habe verstanden! Du etwa nicht? Wirklich nicht?«

XII.

Das Auge und Papiano

Die Tragödie des Orest in einem kleinen Marionettenthea-
ter!« verkündete Signor Anselmo Paleari. »Mechanische
Marionetten, eine neue Erfindung. Heute abend, um halb neun
Uhr, in der Via dei Prefetti, Nummer 54. Da sollte man hingehen,
Signor Meis.«

»Die Tragödie des Orest?«

»Ja! D'après Sophocle, steht auf dem Theaterzettel. Vermutlich
die *Elektra*. Jetzt aber hören Sie, was für ein seltsamer Gedanke
mir eben kommt! Wenn man genau im entscheidenden Moment,
wo die Marionette, die den Orest darstellt, sich anschickt, an
Aegisth und an seiner Mutter den Tod des Vaters zu rächen, in
den Papierhimmel des kleinen Theaters ein Loch risse, was
würde dann geschehen? Sagen Sie es doch.«

»Ich wüßte nicht«, antwortete ich achselzuckend.

»Aber das ist doch sehr einfach, Signor Meis! Orest wäre ent-
setzlich verwirrt durch dieses Loch im Himmel.«

»Warum denn?«

»Ich will es Ihnen sagen. Noch fühlt Orest den Antrieb zur Ra-
che in sich, er ist dabei, sie mit alles verzehrender Leidenschaft zu
vollstrecken, da fällt sein Auge plötzlich auf jenen Riß, durch den
allerlei unheilvolle Strömungen auf die Szene dringen, und er
fühlt, wie ihm die Arme kraftlos werden. Kurz: aus Orest wird
Hamlet. Der ganze Unterschied zwischen der antiken und der
modernen Tragödie, glauben Sie mir, Signor Meis, besteht eben
darin: in einem Loch im Papierhimmel.«

Schlurfend entfernte er sich.

Von den umwölkten Höhen seiner Abstraktionen ließ Signor
Anselmo seine Gedanken zuweilen wie Lawinen herabkollern.
Die Begründung, der Zusammenhang, die Zweckdienlichkeit, all

das blieb oben in den Wolken, so daß es dem Zuhörer schwerfiel, irgend etwas zu verstehen.

Das Bild der Marionette Orest, die durch das Loch im Himmel aus der Fassung gerät, prägte sich mir gleichwohl lange ein. »Glücklich die Marionetten«, dachte ich seufzend, »über deren hölzernen Köpfen der falsche Himmel ohne Risse bleibt! Keine quälende Unsicherheit, keine Hemmungen, keine Widerstände, kein Schatten und kein Erbarmen; nichts! Sie können bravourös ihre Komödie spielen und an ihr Gefallen finden, sie können sich selber lieben, achten und schätzen, ohne schwindlig zu werden und das Gleichgewicht zu verlieren, denn für ihre Statur und für ihr Handeln ist dieser Himmel das ihren Proportionen genau entsprechende Dach.«

»Und der Prototyp dieser Marionetten, lieber Signor Anselmo«, so dachte ich weiter, »befindet sich hier im Hause, es ist Ihr nichtswürdiger Schwiegersohn Papiano. Er gibt sich restlos mit dem Himmel aus Papiermaché zufrieden, der sich ganz niedrig über ihm wölbt und der bequeme und ungestörte Sitz jenes sprichwörtlichen Gottes ist, der in seiner Weitherzigkeit gerne beide Augen zudrückt, Verzeihung gewährend die Hand hebt und bei jeder Gaunerei immer wieder verschlafen erklärt: Hilf dir selbst, dann helfe ich dir! Und er, Ihr Papiano, hilft sich in jeder erdenklichen Weise. Das Leben ist für ihn mehr oder weniger nichts weiter als ein Spiel der Geschicklichkeit. Er spielt in jeder Intrige freudig mit: eifrig, unternehmungslustig, geschwätzig!«

Er war ungefähr vierzig Jahre, dieser Papiano, groß und kräftig von Gestalt: er hatte schütteres Haar und einen leicht angegrauten Schnurrbart dicht unter der Nase, einer mächtigen Nase mit ständig bebenden Nasenflügeln; graue, scharfe Augen, unruhig wie seine Hände. Er sah alles und berührte alles. So konnte er, während er mit mir sprach, zum Beispiel bemerken – ich weiß nicht, wie –, daß Adriana sich hinter seinem Rücken abmühte, irgendeinen Gegenstand im Zimmer blank zu putzen und wieder an seinen Platz zurückzustellen. Sofort fuhr er auf:

»Pardon!«

Und schon schoß er zu ihr hin und nahm ihr den Gegenstand aus der Hand:

»Nein, mein Kind, das macht man so, siehst du!«

Und er putzte den Gegenstand selber blank, stellte ihn an seinen Platz zurück und kam dann wieder zu mir. Oder er bemerkte es gleich, wenn sein Bruder, der an epileptischen Anfällen litt, »seinen starren Blick kriegte«. Er lief auf ihn zu, schlug ihm mehrmals auf die Wange und versetzte ihm einige Nasenstüber:

»Scipione! Scipione!«

Oder er blies ihm so lange ins Gesicht, bis der Bruder wieder zu sich kam.

Weiß Gott, wie sehr mich all das amüsiert hätte, wäre da nicht dieses verdammt flaue Gefühl im Magen gewesen!

Gewiß merkte er mir das seit dem ersten Tag an, zumindest witterte er etwas. Er zingelte mich förmlich mit seinen Höflichkeitsfloskeln ein, sie waren voller Widerhaken und sollten mir das Wort aus dem Mund ziehen. Ich hatte das Gefühl, als stecke hinter jedem seiner Worte, hinter jeder seiner Fragen, so selbstverständlich sie klingen mochten, irgendeine Tücke. Ich hütete mich, Mißtrauen zu zeigen, ich wollte seinen Argwohn nicht noch mehr erregen; trotzdem konnte ich mein Mißtrauen nicht ganz verbergen, zu sehr reizte mich sein Gehaben eines sich dienstbeflissen gebenden Tyrannen.

Meine Gereiztheit hatte auch zwei innere, geheime Ursachen. Eine war diese: obwohl ich nichts Böses begangen und niemandem ein Leid zugefügt hatte, mußte ich doch dauernd nach links und rechts blicken, angstvoll und mißtrauisch, als hätte ich das Recht eingebüßt, ungeschoren zu leben. Die andere Ursache wollte ich auch mir selber nicht eingestehen, um so größer war meine innere Unruhe. Ich hatte leicht sagen:

»Dummkopf! Geh fort, mach dich frei von diesem Quälgeist!«

Ich ging nicht; ich konnte nicht mehr fortgehen.

Der Kampf, den ich gegen mich selber führte, um mir meiner

Gefühle für Adriana nicht bewußt zu werden, hinderte mich daran, alle Folgen, die sich aus meiner höchst anormalen Situation gerade in bezug auf diese meine Gefühle ergeben könnten, zu durchdenken. Ich blieb, immerfort unschlüssig, verärgert, unzufrieden mit mir selber, in dauernder innerer Aufregung, aber nach außen hin lächelnd.

Noch war ich mir nicht klar über das, was ich an jenem Abend, hinter den Jalousien stehend, entdeckt hatte. Dem Augenschein nach war der ungünstige Eindruck, den Papiano durch die Mitteilungen der Caporale von mir gewonnen hatte, durch mein persönliches Erscheinen sofort wettgemacht worden. Er quälte mich wohl, das stimmt, aber es war, als könne er sich eben nicht anders benehmen; sicherlich tat er es nicht in der geheimen Absicht, mich von hier zu vertreiben; ganz im Gegenteil; was führte er nur im Schilde? Adriana war seit seiner Rückkehr wieder so traurig und scheu geworden wie in den ersten Tagen. Die Signorina Silvia Caporale redete Papiano dauernd mit Sie an, zumindest in Gegenwart anderer, er aber, in seiner geschwätzigen Art, duzte sie ganz offen; er nannte sie sogar scherzhaft die »Schuldbeladene Silvia«*; ich konnte mir diese vertraulichen und grotesken Manieren nicht erklären. Gewiß verdiente diese unglückliche Person keine besondere Achtung, ihr Lebenswandel war zu liederlich, aber sie verdiente es auch nicht, von einem Mann, der mit ihr weder verwandt noch verheiratet war, so plump vertraulich behandelt zu werden.

Eines Abends (es war Vollmond und hell wie am Tage) sah ich sie von meinem Fenster aus allein und traurig auf der Terrasse stehen, wo wir jetzt nur mehr selten zusammenkamen, und wenn wir es taten, bereitete es uns nicht mehr das gleiche Vergnügen wie früher, denn auch Papiano kam mit, und der redete für alle. Die Neugier trieb mich, ich wollte sie in diesem Moment, da sie mit sich allein war, überraschen.

---

* Im Mythos wird die Vestalin Silvia, Mutter der Zwillinge Romulus und Remus, von Mars geschwängert und lädt dadurch Schuld auf sich.

Im Korridor stieß ich neben meiner Zimmertür wie gewöhnlich auf Papianos Bruder, der auf seinem Koffer kauerte, so wie ich ihn das erste Mal gesehen hatte. Hatte er sich hier angesiedelt oder bewachte er mich auf Anordnung seines Bruders?

Die Signorina Caporale weinte auf der Terrasse. Zunächst wollte sie mir gar nichts sagen; sie klagte nur über heftige Kopfschmerzen. Dann, als fasse sie einen plötzlichen Entschluß, drehte sie sich mir zu, streckte mir ihre Hand entgegen und fragte: »Sind Sie mein Freund?«

»Wenn Sie mir diese Ehre erweisen wollen …« antwortete ich und verneigte mich.

»Danke. Aber sagen Sie mir jetzt nur, um Gottes willen, keine Komplimente! Wenn Sie wüßten, wie sehr ich in diesem Augenblick einen Freund brauche, einen wirklichen Freund! Gerade Sie müßten das verstehen, Sie sind allein auf der Welt genauso wie ich … Aber Sie sind ein Mann! Wenn Sie wüßten … wenn Sie wüßten …«

Sie biß in das Taschentuch, das sie in der Hand hielt, sie wollte die Tränen zurückhalten; es gelang ihr nicht, und da zerriß sie wütend das Taschentuch.

»Frau, häßlich und alt«, rief sie aus: »Ein dreifaches Unglück, gegen das kein Kraut gewachsen ist! Warum lebe ich überhaupt?«

»Beruhigen Sie sich doch«, bat ich sie bedrückt. »Warum sagen Sie so etwas, Signorina?«

Mir fiel nichts Besseres ein.

»Weil …«, brach es aus ihr hervor, plötzlich aber hielt sie inne.

»Sprechen Sie sich nur aus«, ermutigte ich sie. »Wenn Sie einen Freund brauchen …«

Sie führte das zerfetzte Taschentuch an die Augen.

»Der beste Freund wäre für mich der Tod!« seufzte sie, und die Verzweiflung in diesem Seufzer schien so tief und heftig, daß es mir selber die Kehle zusammenschnürte.

Nie mehr werde ich die schmerzliche Falte vergessen, die sich um ihren verblühten, unschönen Mund bildete, als sie das sagte,

zugleich zitterte ihr Kinn, auf dem sich ein paar schwarze Haare ringelten.

»Aber selbst der Tod mag mich nicht«, fuhr sie fort. »Nichts … Verzeihen Sie, Signor Meis! Aber wie können Sie mir denn helfen? Gar nicht. Höchstens mit ein paar Worten … Ja, und mit ein bißchen Mitleid. Ich bin Waise und muß hier wohnen, und hier behandelt man mich wie … na, Sie werden es ja vielleicht bemerkt haben. Dabei haben die Leute gar kein Recht dazu! Das müssen Sie wissen! Die Leute geben mir ja kein Almosen …«

Da nun erzählte mir die Signorina Caporale von den sechstausend Lire, die Papiano ihr abgeknöpft hatte und die ich bereits an anderer Stelle erwähnt habe.

Aber wie sehr mich auch das Unglück dieser armen Frau interessierte, nicht das war es, was ich von ihr erfahren wollte. Ich machte mir (ich gestehe es ganz offen) die Aufregung, in der sie sich vielleicht auch deshalb befand, weil sie ein Gläschen zu viel getrunken hatte, zunutze und fragte sie:

»Warum aber – gestatten Sie, Signorina – haben Sie ihm denn das Geld gegeben?«

»Warum?« Sie ballte die Fäuste. »Zweifache Niedertracht, eine schamloser als die andere! Ich gab es ihm, um ihm zu zeigen, daß ich sehr wohl verstanden hatte, auf was er eigentlich bei mir aus war. Begreifen Sie? Seine Frau war noch am Leben, als er …«

»Ich begreife.«

»Stellen Sie sich nur vor«, fuhr sie lebhaft fort. »Die arme Rita …«

»Seine Frau?«

»Ja, Rita, Adrianas Schwester … Zwei Jahre war sie krank, schwebte zwischen Leben und Tod … Sie können sich denken, daß ich da … Nun ja, hier wissen alle, wie ich mich verhalten habe; Adriana weiß es, und darum hat sie mich auch gerne; sie schon, die Ärmste. Was aber ist aus mir geworden? Sehen Sie: seinetwegen mußte ich auch das Klavier opfern, das für mich … alles war, wie Sie einsehen werden! Ich brauchte es nicht nur für mei-

nen Beruf: ich redete mit meinem Klavier! Als ich noch ein Mädchen und an der Akademie war, komponierte ich; auch später noch habe ich komponiert, als ich schon mein Diplom hatte; dann habe ich es aufgegeben. Solange ich aber das Klavier hatte, komponierte ich immer noch, wenn auch nur für mich, ich improvisierte; ich ließ mein Inneres verströmen … ich berauschte mich bis zur Besinnungslosigkeit, manchmal brach ich sogar bewußtlos zusammen, wirklich. Seelenergüsse, über die ich mir selber keine Rechenschaft geben konnte: ich wurde eins mit meinem Instrument, meine Finger schlugen nicht mehr einfach Tasten: es war meine Seele, die weinte und schrie: Nur das will ich noch sagen: eines Abends (meine Mutter und ich wohnten im Mezzanin) sammelten sich die Leute auf der Straße und applaudierten mir lange. Mich selbst überkam manchmal Angst.«

»Aber verzeihen Sie, Signorina«, meinte ich, um sie irgendwie zu trösten, »könnte man denn nicht ein Klavier mieten? Ich würde Sie sehr gerne spielen hören; und wenn Sie …«

»Nein«, unterbrach sie mich. »Wozu soll ich noch spielen? Mit mir ist es aus. Ich klimpere anzügliche Chansons. Das ist alles. Es ist aus …«

»Hat Ihnen denn Signor Terenzio Papiano nicht versprochen, das Geld zurückzuzahlen?« wagte ich noch zu fragen.

»Er?« rief die Signorina Caporale zornbebend. »Wer hat das je von ihm verlangt! Jetzt aber, jetzt hat er es mir versprochen, wenn ich ihm helfe … Ich! Ausgerechnet ich soll ihm helfen; er hatte die Frechheit, es unverblümt von mir zu verlangen …«

»Helfen! Wobei?«

»Bei einem neuen gemeinen Verrat! Verstehen Sie? Ich sehe, Sie haben verstanden.«

»Adri … die … die Signorina Adriana?« stammelte ich.

»So ist es. Ich soll sie dazu überreden! Ich, verstehen Sie?«

»Ihn zu heiraten?«

»Natürlich. Und wissen Sie, warum? Die Unglückliche bekommt oder soll vierzehntausend oder fünfzehntausend Lire Mit-

gift bekommen: die Mitgift ihrer Schwester, die er an Signor Anselmo zurückzahlen mußte, da Rita kinderlos gestorben ist. Ich weiß nicht, was für Betrügereien dahinterstecken, aber er hat sich für die Rückzahlung eine Frist von einem Jahr erbeten. Jetzt hofft er, daß … Still … da ist Adriana!«

Adriana kam auf uns zu, in sich gekehrt und noch scheuer als sonst: während sie ihren Arm um die Taille der Signorina Caporale legte, begrüßte sie mich mit einem leichten Kopfnicken. Nach den vertraulichen Mitteilungen, die ich eben gehört hatte, erfaßte mich jetzt ein wilder Zorn, als ich sie so unterwürfig sah, wie eine Sklavin geradezu fügte sie sich dem abscheulichen Terror dieses Abenteurers. Bald danach erschien, einem Schatten gleich, Papianos Bruder auf der Terrasse.

»Da ist er«, sagte die Caporale leise zu Adriana.

Die schloß die Augen, schüttelte mit einem bitteren Lächeln den Kopf und verließ die Terrasse, indem sie zu mir sagte:

»Entschuldigen Sie, Signor Meis. Guten Abend!«

»Der Spitzel«, flüsterte die Signorina Caporale und zwinkerte mir zu.

»Warum fürchtet sich denn die Signorina Adriana so?« entfuhr es mir in meiner wachsenden Verärgerung. »Begreift sie denn nicht, daß sie durch ihr Verhalten diesem Menschen erst recht Anlaß gibt, sich allmächtig zu fühlen und den Tyrannen zu spielen? Wissen Sie, Signorina, und ich gestehe es ganz offen, ich beneide die lebensfrohen Menschen, die Lebenstüchtigen, ich bewundere sie. Wenn einer sich mit seiner Sklavenrolle abfindet und ein anderer sich, und sei es mit Gewalt, die Rolle des Herrn anmaßt, so gelten meine Sympathien diesem letzteren.«

Der Caporale war die Lebhaftigkeit, mit der ich gesprochen hatte, nicht entgangen. Herausfordernd sagte sie:

»Warum versuchen dann Sie nicht als erster, sich aufzulehnen?«

»Ich?«

»Sie, Sie!« wiederholte sie und sah mir wie eine Aufwieglerin in die Augen.

»Was habe ich mit all dem zu tun?« erwiderte ich. »Ich könnte mich nur in einer einzigen Weise auflehnen; indem ich meiner Wege gehe.«

»Eben«, erklärte die Signorina boshaft. »Vielleicht will Adriana gerade das nicht.«

»Daß ich meiner Wege gehe?«

Sie schwenkte das zerfetzte Taschentuch, sodann wickelte sie es sich um den Finger und meinte seufzend: »Wer weiß!«

Ich zuckte die Achseln.

»So, und jetzt zum Abendessen!« sagte ich und ließ sie einfach auf der Terrasse stehen.

Als ich an diesem Abend durch den Korridor ging, machte ich vor dem Koffer halt, auf dem Scipione Papiano wiederum eingeringelt lag.

»Verzeihen Sie«, sagte ich ihm, »können Sie sich nicht einen bequemeren Ort aussuchen? Hier sind Sie mir im Wege.«

Er sah mich aus blöden, matten Augen an und rührte sich nicht.

»Haben Sie mich nicht verstanden?« fuhr ich fort und rüttelte ihn am Arm.

Es war, als hätte ich zur Wand gesprochen. Da öffnete sich am Ende des Korridors eine Tür, und Adriana erschien.

»Ich bitte Sie, Signorina«, sagte ich zu ihr, »vielleicht können Sie diesem armen Teufel begreiflich machen, daß er sich einen anderen Aufenthaltsort suchen soll.«

»Er ist krank«, versuchte Adriana ihn zu entschuldigen.

»Eben, weil er krank ist!« entgegnete ich. »Das hier ist für ihn nicht der richtige Platz: hier bekommt er nicht einmal genug Luft … und dann, auf einem Koffer herumlungern … wenn Sie wollen, sage ich es seinem Bruder?«

»Nein, nein«, antwortete sie rasch. »Ich werde es ihm sagen, Sie können sich darauf verlassen.«

»Sie werden begreifen«, fügte ich hinzu, »noch bin ich nicht König und brauche keine Schildwache vor meiner Tür.«

Seit diesem Abend hatte ich alle Selbstbeherrschung verloren; ich begann, ganz offen Adrianas Schüchternheit zu bekämpfen; ohne viel nachzudenken, mit geschlossenen Augen, überließ ich mich meinen Gefühlen.

Armes, liebes Hausmütterchen! Sie schwankte zunächst zwischen zwei gegensätzlichen Stimmungen, zwischen Furcht und Hoffnung. Sie wagte es nicht, dieser zu trauen, sie erriet, daß ich aus Trotz handelte; andererseits aber spürte ich, daß auch ihre Furcht nur die Folge ihrer bis dahin geheimen, fast unbewußten Hoffnung war, mich nicht zu verlieren; und da ich jetzt durch mein neues, entschlossenes Benehmen ihrer Hoffnung Nahrung gab, konnte die Furcht nicht ganz von ihr Besitz ergreifen.

Ihre Unschlüssigkeit aus Feingefühl, ihre echtem Anstand entspringende Zurückhaltung ließen mich nicht gleich mit mir ins reine kommen, und verwickelten mich statt dessen immer mehr und fast selbstverständlich in die unausgesprochene Herausforderung Papianos.

Ich erwartete, daß er sich mir prompt entgegenstellen und auf seine üblichen Höflichkeitsphrasen und sonstigen Zeremonien verzichten würde. Doch nein. Er berief seinen Bruder von dem Wachtposten auf dem Koffer ab, so wie ich es verlangt hatte, ja er ging so weit, in meiner Gegenwart über Adrianas verlegene und ratlose Miene zu scherzen.

»Sie müssen Nachsicht mit ihr haben, Signor Meis: sie ist schamhaft wie eine Nonne, meine kleine Schwägerin!«

Seine unerwartete Fügsamkeit, seine Unbefangenheit gaben mir zu denken. Wohin zielte er?

Eines Abends brachte er einen Menschen mit in die Wohnung, der, während er hereinkam, mit dem Stock laut gegen den Boden stieß, als wollte er, da seine Füße in geräuschlosen Tuchschuhen steckten, auf diese Weise seine Schritte vernehmlich machen.

»Wo steckt er denn, mein lieber Verwandter?« schrie er in waschechtem Turiner Dialekt. Weder nahm er den großen Hut mit der aufgerollten Krempe ab, den er bis in die kleinen, vom

Wein getrübten Augen geschoben hatte, noch tat er die Pfeife aus dem Mund, mit der er, so schien es, seine Nase braten wollte, die noch röter war als die der Signora Caporale. »Wo steckt er denn, mein lieber Verwandter?«

»Da ist er«, sagte Papiano und wies auf mich; dann, zu mir gewandt: »Signor Adriano, eine freudige Überraschung! Signor Francesco Meis aus Turin, ein Verwandter von Ihnen.«

»Ein Verwandter von mir?« rief ich entsetzt aus.

Der Mann schloß die Augen, hob wie ein Bär eine Pfote, hielt sie eine Weile in der Schwebe und wartete darauf, daß ich sie ihm drücke.

Ich ließ ihn in dieser Stellung stehen und betrachtete ihn ausgiebig. Dann fragte ich:

»Was ist das für eine Farce?«

»Entschuldigen Sie, wieso denn?« entgegnete Terenzio Papiano. »Signor Francesco Meis hat mir ausdrücklich erklärt, er sei Ihr...«

»Cousin«, bestätigte der Mann, ohne die Augen zu öffnen. »Alle Meis sind miteinander verwandt.«

»Ich habe nicht das Vergnügen, Sie zu kennen!« widersprach ich.

»Na, der ist gut!« rief er aus. »Hören Sie, gerade Sie sind's, den ich hier suche.«

»Meis? Aus Turin?« fragte ich und tat, als durchstöbere ich mein Gedächtnis. »Ich bin aber nicht aus Turin!«

»Wie? Entschuldigen Sie«, mengte sich Papiano ein. »Haben Sie mir denn nicht selbst erzählt, Sie seien bis zu Ihrem zehnten Lebensjahr in Turin aufgewachsen?«

»Aber natürlich!« fing der Mann wieder an, ungehalten darüber, daß man eine für ihn so klare Sache in Zweifel ziehen konnte. »Cousin, Cousin! Dieser Herr da ... wie ist sein Name?«

»Terenzio Papiano, zu Diensten.«

»Terenziano: er hat mir gesagt, daß dein Vater nach Amerika gegangen ist: was besagt das? Es besagt, daß du der Sohn von

Onkel Antonio bist, der nach Amerika gegangen ist. Und wir sind Cousins.«

»Aber mein Vater hieß doch Paolo.«

»Antonio!«

»Paolo, Paolo, Paolo. Der will es besser wissen als ich!«

Er zuckte mit den Achseln und verzog den Mund:

»Er hieß aber doch Antonio«, sagte er und rieb sich das Kinn, das, da er sich mindestens vier Tage lang nicht rasiert hatte, von einem struppigen, fast grauen Bart bedeckt war. »Nun, ich will nicht widersprechen: mag sein, er hat Paolo geheißen. Ich erinnere mich nicht so genau, weil ich ihn persönlich nicht gekannt habe.«

Der arme Mensch! Er mußte es besser wissen als ich, wie sein Onkel geheißen hatte, der nach Amerika gegangen war; und doch gab er nach, weil er um jeden Preis mein Verwandter sein wollte. Sein Vater, Francesco mit Namen wie er, war, so erzählte er mir, der Bruder jenes Antonio gewesen ... vielmehr jenes Paolo, der wiederum mein Vater gewesen und der war aus Turin fortgezogen als er, Francescos Sohn, noch ein Knirps von sieben Jahren gewesen war. Er selber – nur ein bescheidener Angestellter – habe inzwischen immer fern von der Familie gelebt, bald da, bald dort, er wisse also nur wenig von seinen Verwandten, sowohl von denen der väterlichen als auch von denen der mütterlichen Seite: eines aber sei gewiß, absolut gewiß, daß wir Vettern waren.

Und den Großvater, zumindest den Großvater habe er doch gekannt? Ich fragte ihn nach ihm. Ja: er hatte ihn gekannt, aber er erinnerte sich nicht mehr genau, wo er ihn gesehen hatte, in Pavia oder in Piacenza.

»Wirklich? Sie haben ihn wirklich gekannt? Wie war er denn?«

Er war ... nein, er erinnerte sich seiner nicht mehr, offen gestanden.

»Das ist jetzt dreißig Jahre her...«

Der Mann war sicherlich in gutem Glauben; er schien einer von den unglücklichen Menschen zu sein, die ihre Sorgen und ihr

Elend im Wein ertränken. Er senkte den Kopf, schloß die Augen und bestätigte alles, was ich aufs Geratewohl sagte; ich bin sicher, wenn ich ihm gesagt hätte, daß wir zusammen aufgewachsen seien und ich ihn als Kind immer an den Haaren gerissen habe, er hätte es gleichfalls bestätigt. Nur eines durfte ich nicht, nämlich in Zweifel ziehen, daß wir Vettern waren: davon konnte er nicht abgehen: das stand für ihn ein für allemal fest, Schluß, aus.

Als ich einen Blick auf Papiano warf und sein triumphierendes Gesicht sah, verging mir die Lust zu scherzen. Ich verabschiedete den armen, nicht ganz nüchternen Mann, indem ich ihn als »lieben Verwandten« ansprach. Dann fragte ich Papiano und sah ihm dabei fest in die Augen, um ihm zu verstehen zu geben, daß ich nicht so leicht zu packen sei:

»Sagen Sie mir nur, wo haben Sie diese Type aufgetrieben?«

»Nehmen Sie mir's bitte nicht übel, Signor Adriano!« begann dieser Schurke, dem ich eine gewisse Genialität allerdings nicht absprechen konnte. »Ich sehe, ich habe da keine glückliche Hand gehabt ...«

»Ach, Sie sind doch immer ein Glückspilz!« rief ich aus.

»Ich will sagen: ich habe Ihnen keine Freude bereitet. Aber glauben Sie mir, es war ein reiner Zufall. Ich mußte heute morgen für meinen Chef, den Marchese, auf das Steueramt. Während ich dort warte, höre ich, wie jemand laut ruft: Signor Meis! Signor Meis! Ich drehe mich sofort um, in der Meinung, Sie seien es und hätten auch hier zu tun, und vielleicht, denke ich, kann ich Ihnen helfen, Ihnen wie stets zu Diensten sein. Doch nein! Man hatte ihn gerufen: diese Type, wie Sie richtig gesagt haben; und da, einfach so, aus Neugier, gehe ich auf ihn zu und frage ihn, ob er wirklich Meis heiße und woher er stamme, denn ich hätte die Ehre und das Vergnügen, bei mir einen Signor Meis zu beherbergen ... So war das! Er hat mir versichert, daß Sie sein Verwandter sein müssen, und wollte mitkommen, um Sie kennenzulernen ...«

»Auf der Steuerbehörde?«

»Ja, Signore, er arbeitet dort als Aushilfe.«

Konnte ich ihm glauben? Ich wollte mich vergewissern. Ja, es stimmte; es stimmte aber nicht minder, daß Papiano, argwöhnisch geworden, mir auswich: während ich ihn von vorn packen, seinen heimlichen Machenschaften entgegentreten wollte, wich er aus und forschte in meiner Vergangenheit, um mich gewissermaßen von hinten anzugreifen. Ich kannte ihn ja bereits gut und hatte daher Ursache zu fürchten, daß er mit der Witterung eines richtigen Spürhundes nicht lange werde suchen müssen: wehe, wenn er auch nur die geringste Spur fand: er würde sie sicherlich bis zur Mühle von La Stìa zurückverfolgen.

Man kann sich daher meinen Schrecken vorstellen, als ich wenige Tage später, während ich gerade in meinem Zimmer ein Buch las, vom Korridor her wie aus dem Jenseits eine Stimme vernahm, eine Stimme, die mir noch in lebhaftester Erinnerung war: »Agradecio Dio, Gott sei Dank, ich sie los!«

Der Spanier? Mein bärtiger, stämmiger Spanier aus Monte Carlo? Der mit mir spielen wollte und mit dem ich mich in Nizza zerstritt? ... Ah, bei Gott! Das war die Spur! Papiano war es gelungen, sie zu entdecken!

Ich sprang auf, stützte mich am Tisch, um nicht, von plötzlicher angstvoller Erregung übermannt, hinzufallen: fassungslos, starr vor Schreck horchte ich angespannt, dachte an Flucht, sobald die beiden – Papiano und der Spanier (er war es zweifellos, seine Stimme hatte ihn mir fast sichtbar vor Augen geführt) – den Korridor durchquert hätten. Fliehen? Höchstwahrscheinlich hatte sich Papiano, als er nach Hause gekommen war, beim Dienstmädchen erkundigt, ob ich in meinem Zimmer sei. Was hätte er da über meine plötzliche Flucht gedacht? Wenn er andererseits aber doch schon wußte, daß ich nicht Adriano Meis war? Immer mit der Ruhe! Welche Informationen konnte ihm der Spanier schon über mich geben? Er hatte mich in Monte Carlo gesehen. Hatte ich ihm damals auch gesagt, daß ich Mattia Pascal heiße? Möglich! Ich erinnerte mich nicht mehr...

Ohne selbst zu wissen, wie, als hätte mich jemand an der Hand

geführt, stand ich vor dem Spiegel. Ich betrachtete mich. Oh, dieses verfluchte Auge! An ihm würde er mich erkennen. Wie aber, wie war es nur Papiano gelungen, mein Abenteuer in Monte Carlo aufzuspüren? Das vor allem setzte mich in Erstaunen. Was jetzt tun? Nichts. Warten, daß geschehe, was zu geschehen hatte.

Es geschah nichts. Trotzdem schwand meine Angst nicht, auch am Abend nicht, als Papiano das für mich unlösbare und schreckliche Geheimnis dieses Besuches aufklärte und mir damit zeigte, daß er keineswegs auf der Spur meiner Vergangenheit war; vielmehr war es wiederum ein reines Spiel des Zufalls, in dessen Gunst ich schon geraume Weile stand und der mir nun einen neuen Gunstbeweis hatte geben wollen, indem er diesen Spanier herführte, der sich meiner vielleicht überhaupt nicht mehr erinnerte.

Nach den Informationen zu schließen, die ich von Papiano über ihn erhielt, wäre es für mich, als ich nach Monte Carlo kam, gar nicht möglich gewesen, ihm dort nicht zu begegnen, denn er war ein berufsmäßiger Spieler. Merkwürdig war nur, daß ich ihm jetzt in Rom begegnete, oder besser, daß ich, als ich nach Rom kam, in eine Wohnung geriet, die auch ihm offenstand. Hätte ich nichts zu fürchten gehabt, dann wäre mir ganz gewiß auch dieser Fall weniger ungewöhnlich erschienen: Wie oft geschieht es doch, daß wir unerwarteterweise jemandem begegnen, den wir anderswo kennengelernt haben. Übrigens hatte er oder glaubte er gute Gründe zu haben, nach Rom und in das Haus Papianos zu kommen. Ungewöhnlich war lediglich mein Fall oder eben jener Zufall, der mich veranlaßt hatte, mir den Bart zu rasieren und den Namen zu ändern.

Vor ungefähr zwanzig Jahren hatte der Marchese Giglio d'Auletta, dessen Sekretär Papiano war, seine einzige Tochter mit Don Antonio Pantogada, Attaché an der Spanischen Botschaft beim Heiligen Stuhl, verheiratet. Kurz nach der Heirat wurde Pantogada zusammen mit anderen Angehörigen der römischen Aristokratie von der Polizei in einer Spielhölle ausgehoben. Man

berief ihn nach Madrid zurück. Hier ließ er sich womöglich noch Schlimmeres zuschulden kommen, denn er mußte schließlich den diplomatischen Dienst quittieren. Seither hatte der Marchese d'Auletta keine ruhige Minute mehr, er konnte nicht mehr genug Geld schicken, um die Spielschulden seines unverbesserlichen Schwiegersohnes zu bezahlen. Vor vier Jahren starb Pantogadas Gattin. Der Marchese nahm darauf ihre ungefähr sechzehnjährige Tochter zu sich, da er leider wußte, in welche Hände sie sonst geraten würde. Zunächst wollte Pantogada sie nicht hergeben, dann aber zwang ihn sein dringendes Geldbedürfnis, sich zu fügen. Nun drohte er seinem Schwiegervater unentwegt, er werde seine Tochter wieder zurückholen. In dieser Absicht war er jetzt nach Rom gekommen, das heißt in der Absicht, dem armen Marchese weiteres Geld abzupressen, denn er wußte nur zu genau, daß der die von ihm geliebte Pepita nie und nimmer ausliefern würde.

Papiano fand nicht genug Worte flammender Empörung, um Pantogadas Erpressung zu brandmarken. Sein edler Zorn war durchaus echt. Ich konnte, während er sprach, nicht umhin, ihn zu bewundern. Sein Gewissen war so vortrefflich eingerichtet, daß er sich über die Schurkereien anderer allen Ernstes entrüsten und gleichzeitig ebensolche oder ähnliche Schurkereien auf Kosten des braven Paleari, seines Schwiegervaters, seelenruhig begehen konnte.

Diesmal aber wollte der Marchese Giglio hart bleiben. Das bedeutete, daß Pantogada sich noch längere Zeit in Rom aufhalten und Terenzio Papiano, mit dem er sich nichtsdestoweniger wunderbar zu verstehen schien, noch öfters in seiner Wohnung aufsuchen würde. Es konnte also eines Tages unvermeidlich werden, daß ich mit dem Spanier zusammentraf. Was tun?

Da ich sonst niemanden hatte, mit dem ich mich beraten konnte, beriet ich mich wiederum mit dem Spiegel. Das Bild des seligen Mattia Pascal, der mit seinem Schielauge, das allein mir von ihm noch verblieben war, aus der Tiefe des Mühlgrabens

an die Oberfläche stieg, sprach aus der Spiegelfläche folgendermaßen zu mir:

»In was für eine böse Geschichte bist du da geraten, Adriano
Meis! Du hast Angst vor Papiano, gestehe es nur! Und du möchtest mir die Schuld geben, immer wieder mir, nur weil ich mich in
Nizza mit dem Spanier verzankt habe. Dabei hatte ich doch recht,
du weißt es genau. Du meinst, es könnte für den Augenblick
genügen, meine letzte Spur aus deinem Gesicht zu tilgen? Nun
gut, dann folge dem Rat der Signorina Caporale und rufe den
Doktor Ambrosini, damit er dir das Auge zurechtrücke. Und
dann … nun, du wirst ja sehen!«

XIII.

Die kleine Laterne

Vierzig Tage im Dunkeln.

Die Operation war gelungen, und wie! Das Auge würde jetzt vielleicht ein klein wenig größer sein als das andere. Kein Malheur! Einstweilen aber vierzig Tage Dunkelhaft in meinem Zimmer.

Ich konnte da aus eigener Erfahrung feststellen, daß der Mensch, wenn er leidet, eine besondere Vorstellung von Gut und Böse hat, das heißt von dem Guten, das die anderen ihm erweisen müssen, das er von ihnen geradezu fordert, als hätte er ein Anrecht, für seine Leiden entschädigt zu werden; und von dem Bösen, das er den anderen antun darf, als wäre er durch eben sein Leiden gleichfalls dazu berechtigt. Und wenn die anderen ihm nicht sozusagen pflichtgemäß Gutes erweisen, dann klagt er sie an, während er für das Böse, das zu tun er gewissermaßen ein Recht hat, leicht eine Entschuldigung findet.

Nach einigen Tagen Dunkelhaft wuchs in mir der Wunsch, das Bedürfnis nach irgendeinem Trost bis zur Erbitterung. Ich wußte wohl, daß ich mich in einem fremden Hause befand; daß ich daher meinen Wirtsleuten dankbar sein mußte für die verständnisvolle Sorge, mit der sie mich umhegten. Aber diese Fürsorge nützte mir nicht mehr; im Gegenteil, sie machte mich gereizt, als wolle man meiner spotten. Ja, gewiß! Ich hatte nämlich erraten, von wem die Fürsorge ausging. Adriana bewies mir auf diese Weise, daß sie in Gedanken fast den ganzen Tag bei mir im Zimmer weilte, vielen Dank für solchen Trost! Was nützte das alles, wenn mich die Vorstellung, daß sie jetzt anderswo im Hause umherging, in Sehnsucht nach ihr verzehren ließ? Sie selbst, und allein sie hätte mich trösten können: mich trösten müssen; sie, die mehr als irgendein anderer hätte wissen sollen, wie sehr das

Alleinsein mich bedrückte, wie sehr der Wunsch, sie zu sehen oder wenigstens in meiner Nähe zu fühlen, mich quälte.

Mein Unmut und meine Sehnsucht wurden noch durch die Wut gesteigert, in die ich geriet, als ich von der plötzlichen Abreise Pantogadas aus Rom erfuhr. Hätte ich mich denn vierzig Tage lang im Dunkeln verkrochen, wenn ich gewußt hätte, daß er so bald wieder abreisen würde?

Um mich zu trösten, wollte mir Signor Anselmo Paleari in einer langen Darlegung beweisen, daß die Finsternis durchaus imaginär sei.

»Imaginär? Wie das?« schrie ich ihn an.

»Nur langsam; ich will es Ihnen erklären.«

Und nun entwickelte er (vielleicht auch, um mich auf die spiritistischen Experimente vorzubereiten, die diesmal, damit ich eine Unterhaltung hätte, in meinem Zimmer stattfinden sollten), entwickelte er also eine eigene, sehr reizvolle philosophische Theorie, die man auch »Laternosophie« nennen könnte. Von Zeit zu Zeit unterbrach sich der gute Mann und fragte mich:

»Schlafen Sie, Signor Meis?«

Ich war schon versucht, ihm zu antworten:

»Ja, danke, Signor Anselmo, ich schlafe.«

Da er aber die im Grunde gute Absicht hatte, mir Gesellschaft zu leisten, antwortete ich ihm, ich unterhielte mich vorzüglich, und bat ihn, nur fortzufahren.

Und indem er fortfuhr, erklärte mir Signor Anselmo, daß wir zu unserem Unglück nicht sind wie die Bäume, die leben, ohne sich selber zu fühlen, denen die Erde, die Sonne, die Luft, der Regen, der Wind nicht als etwas erscheinen, das sie nicht selber sind: etwas Freundliches oder Feindliches. Uns Menschen hingegen ist mit der Geburt ein trauriges Privileg zuteil geworden: uns leben zu fühlen, mitsamt der schönen Illusion, die daraus folgt: das heißt, wir nehmen unser innerliches Lebensgefühl, dieses je nach den Zeiten, den Umständen und Zufällen wechselnde, für eine Realität, die sich außerhalb unser befindet.

Dieses Lebensgefühl war für Signor Anselmo wie eine kleine brennende Laterne, die jeder von uns in sich trägt; eine kleine Laterne, die bewirkt, daß wir uns verloren sehen auf dieser Erde und daß wir das Böse und das Gute sehen; eine kleine Laterne, die rings um uns einen mehr oder weniger großen Lichtkreis schafft, und jenseits dieses Lichtkreises ist der schwarze Schatten, der furchterregende, den es nicht gäbe, wäre die kleine Laterne in uns nicht entzündet, und solange sie in uns lebendig brennt, müssen wir ihn leider für wirklich halten. Wird uns, wenn ein Hauch sie am Ende löscht, nach dem trügerischen Tag der Illusionen ewige Nacht umfangen, oder werden wir nicht eher dem *Sein* anheimfallen, das dann lediglich die leeren Formen unserer Vernunft zerbrochen haben wird?

»Schlafen Sie, Signor Meis?«

»Fahren Sie nur fort, Signor Anselmo: ich schlafe nicht, ich glaube sie fast zu sehen, Ihre kleine Laterne.«

»Oh, ausgezeichnet... Aber Ihr Auge ist angegriffen, vertiefen wir uns also nicht weiter in die Philosophie, meinen Sie nicht auch? Leisten wir uns lieber den Spaß, die Leuchtkäferchen, und das wären unsere kleinen Laternen, im Dunkel des menschlichen Schicksals zu verfolgen. Vor allem möchte ich sagen, daß sie viele Farben haben; was sagen Sie dazu? Je nach dem Glas, das die Illusion uns liefert, diese Großhändlerin in farbigem Glas. Mir scheint freilich, Signor Meis, daß sich in gewissen historischen Epochen, ebenso wie in gewissen Abschnitten unseres individuellen Lebens, die Vorherrschaft einer gewissen Farbe feststellen läßt, oder nicht? Tatsächlich bildet sich meist in jeder Epoche zwischen den Menschen eine gewisse Übereinstimmung der Gefühle heraus, und diese bestimmt die Leuchtkraft und die Farbe der großen Laternen, das sind die abstrakten Begriffe: Wahrheit, Tugend, Schönheit, Ehre und, was weiß ich noch... Finden Sie nicht, daß, zum Beispiel, die große Laterne der heidnischen Tugend rot war? Und violett, eine deprimierende Farbe, die der christlichen Tugend. Das Licht einer gemeinsamen Idee wird vom kollektiven

Gefühl gespeist; und wenn dieses Gefühl sich aufspaltet, dann bleibt wohl die Laterne des abstrakten Begriffes stehen, die Flamme der Idee in ihr aber knistert und flackert und ächzt, wie dies in allen sogenannten Übergangszeiten zu sein pflegt. Auch kommt es in der Geschichte nicht selten vor, daß ein wütender Windstoß mit einemmal all die großen Laternen auslöscht. Viel Vergnügen! In der plötzlichen Finsternis ist die Verwirrung der einzelnen kleinen Laternen unbeschreiblich: eine irrt dahin, die andere dorthin, einige wenden sich zurück oder bewegen sich im Kreis; keine findet mehr den rechten Weg: sie prallen zusammen, sie vereinigen sich einen Augenblick lang, zehn, zwanzig von ihnen; aber sie können sich nicht ins Einvernehmen setzen und zerstreuen sich wieder in großer Verwirrung, in angstvoller Hast; sie gleichen Ameisen, die nicht mehr den Eingang zum Ameisenhaufen finden, weil ein grausames Kind ihn zum Spaß verstopft hat. Ich glaube, Signor Meis, daß wir jetzt einen solchen Moment durchleben. Arge Finsternis und arge Verwirrung! Die großen Laternen sind alle verlöscht. An wen sollen wir uns wenden? Sollen wir vielleicht zurückschauen? Uns an die verbliebenen kleinen Lichter halten, die die großen Toten auf ihren Gräbern brennend zurückgelassen haben? Ich erinnere mich da an ein schönes Gedicht von Niccolò Tommaseo*:

Meine kleine Lampe
strahlt wie die Sonne nicht,
raucht nicht wie Feuersbrunst,
knistert nicht und verzehrt sich nicht,
doch strebt ihre Flammenspitze
zum Himmel, der sie mir gab.

Lebend, wenn ich begraben, wird sie
über mir stehen; Regen nicht noch Wind

---

* Niccolò Tommaseo (1802–1874) war als Lyriker, Essayist und Philologe einer der Väter des Risorgimento im 19. Jahrhundert.

noch die Zeiten können sie löschen;
und die vorüberkommen, irrend,
mit ihrem erloschenen Licht,
werden es an mir entzünden.

Wie aber, Signor Meis, wenn unserer Lampe das heilige Öl fehlt, das die des Dichters brennend erhielt? Viele gehen noch in die Kirchen, um sich dort mit dem nötigen Brennstoff für ihre jämmerlichen kleinen Laternen zu versorgen. Es sind meist arme alte Leute, arme Frauen, die vom Leben betrogen wurden, sie schreiten weiter im Dunkel der Existenz, und ihr Gefühl brennt wie ein Ewiges Lichtlein, das sie mit zitternder Sorge vor dem eisigen Lufthauch ihrer jüngsten Enttäuschungen schützen, damit es wenigstens bis zum unvermeidlichen Ende brenne, dem sie entgegeneilen, und sie halten die Augen aufmerksam auf die Flamme gerichtet und denken ununterbrochen: ›Gott sieht mich!‹, nur um die Geräusche des Lebens ringsum nicht zu hören, die wie Flüche an ihr Ohr dringen. ›Gott sieht mich ...‹, weil nämlich sie ihn sehen, nicht nur in sich drinnen, sondern in allem, auch in ihrem Elend, in ihrem Leid, das am Ende seinen Lohn finden wird. Das matte, aber ruhige Licht dieser armseligen Laternen weckt sicherlich in vielen von uns einen schmerzlichen Neid; in vielen anderen hingegen, die sich, als wären sie Jupiter selbst, mit dem durch die Wissenschaft gebändigten Blitz ausgestattet wähnen und statt dieser kleinen Laternen triumphierend elektrische Taschenlampen umhertragen, löst es nur mitleidlose Verachtung aus. Ich aber frage Sie jetzt, Signor Meis: Wie, wenn dieses Dunkel, wenn dieses ungeheure Mysterium, um das die Philosophen zunächst vergebliche Spekulationen anstellten und das die Wissenschaft, obwohl sie auf seine Erforschung verzichtet hat, doch auch heute nicht ausschließt, im Grunde nichts anderes wäre als eine gewöhnliche Täuschung, eine Täuschung unseres Verstandes, eine Phantasie in Schwarz? Wie, wenn wir am Ende zur Überzeugung kämen, daß dieses ganze Mysterium außerhalb unser nicht exi-

stiert, sondern nur in uns, und zwar notwendigerweise infolge unseres großartigen Privilegs, unseres Lebensgefühls, bewirkt durch die kleine Laterne, von der ich die ganze Zeit gesprochen habe? Kurz, wenn der Tod, der uns so große Angst einflößt, nicht existierte, wenn er nicht das Leben auslöschte, sondern nur der Hauch wäre, der die kleine Laterne in uns löscht, dies unglückselige Gefühl zu leben, das so qualvoll, so angsteinflößend ist, weil begrenzt, endlich, eingekreist von dem fiktiven Schatten jenseits des kleinen Bereichs kärglichen Lichts, das wir arme, verlorene Leuchtkäferchen rings um uns ausstrahlen. In diesem Bereich bleibt unser Leben gefangen, sind wir für eine Weile vom universalen, vom ewigen Leben ausgeschlossen, in das wir eines Tages, wie wir meinen, eingehen werden, in dem wir aber doch schon sind und immer sein werden, nur ohne dieses Gefühl des Verbanntseins, das uns ängstigt. Die Grenze ist illusorisch, sie entspricht dem schwachen Licht unserer Individualität; in der Realität der Natur existiert sie nicht. Ich weiß nicht, ob es Ihnen Freude macht, aber wir haben immer mit dem Universum gelebt und werden immer mit ihm leben; auch jetzt, in unserer jetzigen Form, haben wir an allen Erscheinungen des Universums teil, nur wissen wir es nicht, wir sehen es nicht, weil dieses verdammte klägliche kleine Licht uns leider nur das wenige sehen läßt, das es zu erhellen vermag; und ließe es uns wenigstens das so sehen, wie es wirklich ist! Doch nein, Signore! Es färbt alles nach seiner Art, es läßt uns gewisse Dinge sehen, die wir tatsächlich beklagen müssen – und ob! –, während wir in einer anderen Form der Existenz vielleicht nicht einmal mehr einen Mund haben werden, um in ein tolles Gelächter darüber ausbrechen zu können. In ein Gelächter, Signor Meis, über all die eitlen, dummen Kümmernisse, die dieses Licht uns bereitet, über all die Schatten, all die seltsamen und ruhmsüchtigen Phantome, die es rings um uns entstehen ließ, über die Angst, die es uns eingeflößt hat!«

Warum wollte dann Signor Anselmo Paleari, obwohl er, und mit Recht, so abschätzig über die kleine Laterne in uns sprach,

jetzt in meinem Zimmer eine Laterne mit rotem Glas für seine spiritistischen Experimente entzünden? War denn die eine, die wir in uns tragen, nicht schon zuviel?

Ich stellte ihm diese Frage.

»Ein Korrektiv!« antwortete er mir. »Eine kleine Laterne gegen die andere! Und außerdem, wissen Sie, löscht man sie in einem gewissen Moment aus!«

»Und glauben Sie, dies sei ein besseres Mittel, etwas zu sehen?« wagte ich zu bemerken.

»Aber das sogenannte Licht«, entgegnete er prompt, »kann doch, verzeihen Sie, nur dazu dienen, uns hier, in dem sogenannten Leben, etwas vorzugaukeln. Um uns jenseits dieses Lebens etwas sehen zu lassen, dient es uns nicht nur nicht, sondern es hindert uns geradezu daran, glauben Sie mir. Es ist eine dumme Anmaßung gewisser Wissenschaftler von engem Herzen und noch engerem Verstand, wenn sie, um in ihrer Bequemlichkeit nicht gestört zu werden, meinen, diese Experimente seien eine Beleidigung der Wissenschaft oder der Natur. Nicht doch, Signore! Wir wollen andere Gesetze entdecken, andere Kräfte, ein anderes Leben in der Natur, immer noch in der Natur, zum Kuckuck, aber jenseits unserer kärglichen normalen Erfahrungen; wir wollen das enge Fassungsvermögen überwinden, das unsere begrenzten Sinne uns üblicherweise gestatten. Und, verzeihen Sie, sind nicht die Wissenschaftler die ersten, die für das Gelingen ihrer Experimente geeignete räumliche Verhältnisse und geeignete Bedingungen verlangen? Kann man denn beim Photographieren auf die Dunkelkammer verzichten? Nun also! Außerdem gibt es viele Möglichkeiten der Kontrolle!«

Signor Anselmo allerdings machte, wie ich ein paar Abende später feststellen konnte, von diesen Möglichkeiten keinen Gebrauch. Es waren ja Experimente in der Familie! Konnte er denn die Signorina Caporale und Papiano verdächtigen, sie würden sich einen Spaß daraus machen, ihn zu beschwindeln? Warum denn? Was sollte das für ein Spaß sein? Ihn mußte man ja nicht

erst überzeugen, er bedurfte der Experimente nicht, um seinen Glauben zu festigen. Als mehr denn ehrlicher Mann kam er gar nicht auf den Gedanken, sie könnten ihn zu irgendeinem anderen Zweck hereinlegen wollen. Und was die geradezu niederdrückkende Armseligkeit der Resultate betraf, so hatte die Theosophie eine überaus einleuchtende Erklärung bereit. Die höheren Wesen der »geistigen Ebene« und die noch höheren konnten nicht soweit herabsteigen, um durch ein Medium mit uns zu verkehren: man mußte sich also mit den sehr primitiven Manifestationen der Seelen von Hingeschiedenen auf den niedrigeren Stufen der »Astralen Ebene«, die uns am nächsten ist, begnügen: so war es eben.

Und wer hätte ihn widerlegen sollen?*

Ich wußte, daß Adriana es immer abgelehnt hatte, diesen Experimenten beizuwohnen. Seitdem ich mich im verfinsterten Zimmer aufhalten mußte, war sie nur selten und niemals allein zu mir gekommen, um mich zu fragen, wie es mir gehe. Die Frage klang wie eine reine Höflichkeitsfloskel und war es auch. Sie wußte ja, wie es mir ging, wußte es nur zu gut! Ich meinte sogar, aus ihrer Stimme so etwas wie schelmische Ironie herauszuhören, denn das wieder wußte sie nicht, weshalb ich mich plötzlich zu der Operation entschlossen hatte. Sie mußte vielmehr annehmen, daß ich nur um meiner Eitelkeit willen litt, das heißt, um schöner oder weniger häßlich zu werden, indem ich mir das Auge auf Rat der Caporale zurechtrücken ließ.

»Es geht mir ausgezeichnet, Signorina!« antwortete ich. »Ich sehe gar nichts...«

»Dafür werden Sie später um so besser sehen«, meinte Papiano. Ich machte mir die Dunkelheit zunutze und ballte die Faust, wie um sie ihm ins Gesicht zu schlagen. Er tat das alles sicher absicht-

* »Glaube«, so schrieb der Maestro Alberto Fiorentino, »ist das Wesen des Erhofften und Gegenstand und Beweis des Unsichtbaren.« (Anmerkung des Don Eligio Pellegrinotto)

lich, er wollte mich auch um die wenige Geduld bringen, die mir noch verblieben war. Unmöglich, daß er nicht bemerkte, wie lästig er mir war: ich zeigte es ihm auf alle erdenkliche Weise, ich gähnte, ich stöhnte; und dennoch: er kam unverdrossen fast jeden Abend in mein Zimmer (er schon) und hielt sich hier stundenlang auf, sein Geschwätz nahm kein Ende. In der Dunkelheit verursachte mir seine Stimme Beklemmungen, ich wand mich auf meinem Sessel, als säße ich auf Stacheln, ich verkrampfte meine Finger: in gewissen Momenten hätte ich ihn am liebsten erwürgt. Erriet er das? Fühlte er es? Denn gerade in diesen Momenten wurde seine Stimme sanfter, fast zärtlich.

Wir müssen immer irgend jemanden für den Schaden verantwortlich machen, den wir erleiden, für unser Unglück. Im Grunde war Papianos Benehmen ganz dazu angetan, mich aus dem Hause zu treiben; und dafür hätte ich ihm, wäre ich in diesen Tagen der Stimme der Vernunft zugänglich gewesen, von Herzen dankbar sein müssen. Wie aber hätte ich auf die viel gepriesene Stimme der Vernunft hören können, da sie zu mir durch seinen Mund, den Mund Papianos, sprach, von dem ich überzeugt war, daß er im Unrecht war, daß er in unverschämter Weise krumme Wege ging? Wollte er mich denn nicht deshalb forthaben, um Paleari leichter hereinlegen und Adriana verderben zu können? Nur das konnte ich damals seinem Gerede entnehmen. War es denn denkbar, daß die Stimme der Vernunft, um sich vernehmbar zu machen, ausgerechnet durch Papianos Mund zu mir sprach? Aber vielleicht war es ich selber, der die Stimme der Vernunft in Papianos Mund schob, damit ich eine Entschuldigung vor mir selbst fände, ihr den Schein des Unrechts zuschreiben könne, denn ich war ja bereits ins Leben verstrickt, und wenn ich litt und mich verzehrte, so nicht eigentlich wegen des Dunkels oder der Belästigung, die ich durch Papianos Geschwätz erfuhr.

Worüber sprach er mit mir? Über Pepita Pantogada, und das Abend für Abend.

Obwohl ich überaus bescheiden lebte, hatte er es sich doch in

den Kopf gesetzt, ich sei sehr reich. Um mich von Adriana abzulenken, spielte er jetzt vielleicht mit dem Gedanken, mich in die Nichte des Marchese Giglio d'Auletta verliebt zu machen. Er beschrieb sie mir als ein kluges und stolzes Mädchen voll Geist und Güte, entschieden, offen und lebhaft; und schön: oh, wunderschön! Dunkelhaarig, schlank und doch wohlgeformt; feurig, mit blitzenden Augen und einem Mund, der zum Küssen herausforderte. Von der Mitgift gar nicht zu reden: »Riesig!« Nicht mehr und nicht weniger als das ganze Vermögen des Marchese d'Auletta. Der würde bestimmt überglücklich sein, wenn er sie bald verheiraten könnte, nicht nur, um diesen Pantogada loszuwerden, der ihn dauernd erpreßte, sondern auch, weil Großvater und Enkelin sich nicht sehr gut verstanden: der Marchese war ein schwacher Charakter, ganz in seine tote Welt versponnen, Pepita hingegen war ein starker, lebensstrotzender Mensch.

Begriff er denn nicht, daß mir Pepita, je mehr er sie lobte, immer unsympathischer wurde, noch ehe ich sie kennenlernte? Ich würde sie, so sagte er, an einem der kommenden Abende kennenlernen, denn er wollte sie bewegen, den nächsten spiritistischen Sitzungen beizuwohnen. Auch der Marchese Giglio d'Auletta wünsche meine Bekanntschaft, er, Papiano, habe ihm viel über mich erzählt. Allerdings ging der Marchese nicht mehr außer Haus, und an einer spiritistischen Sitzung würde er schon gar nicht teilnehmen, aus religiösen Gründen.

»Wie das?« fragte ich. »Er nicht; und doch erlaubt er, daß seine Enkelin daran teilnimmt?«

»Er weiß, wem er sie anvertraut!« rief Papiano stolz aus.

Mehr brauchte ich nicht zu wissen. Warum denn weigerte sich Adriana, den Experimenten beizuwohnen? Aus religiösen Bedenken. Wenn aber nun die Enkelin des Marchese Giglio mit Zustimmung ihres klerikalen Großvaters an den Sitzungen teilnahm, konnte da nicht auch sie, Adriana, mit dabeisein? Mit diesem Argument versuchte ich, sie am Abend vor der ersten Sitzung zu überreden.

Sie war mit ihrem Vater in mein Zimmer gekommen. Als dieser meinen Vorschlag hörte, seufzte er:

»Aber das ist doch immer dieselbe Geschichte, Signor Meis! Die Religion verhält sich diesem Problem gegenüber störrisch wie ein Esel, vernebelt es, ganz wie die Wissenschaft. Obwohl unsere Experimente, ich habe es meiner Tochter schon so oft gesagt und erklärt, weder gegen die Religion noch gegen die Wissenschaft gerichtet sind, im Gegenteil. Besonders, was die Religion betrifft, sind sie ein Beweis für die Wahrheit, die jene verficht.«

»Und wenn ich Angst hätte?« wandte Adriana ein.

»Wovor?« entgegnete der Vater. »Vor dem Beweis?«

»Oder vor dem Dunkel?« ergänzte ich die Frage. »Aber wir sind doch alle hier mit Ihnen, Signorina! Wollen Sie allein fernbleiben?«

»Aber ich …«, antwortete Adriana verlegen, »ich glaube eben nicht daran, das ist es … ich kann nicht daran glauben und … ich weiß nicht!«

Mehr brachte sie nicht heraus. Aus Adrianas Tonfall, aus ihrer Verlegenheit begriff ich jedoch, daß nicht nur die Religion sie abhielt, den Experimenten beizuwohnen. Die Angst, die sie vorschützte, konnte ganz andere Gründe haben, solche, die Signor Anselmo gar nicht ahnte. Oder war es für sie allzu schmerzlich, dem jammervollen Schauspiel zuzusehen, wie ihr Vater gleich einem Kinde von Papiano und der Signorina Caporale hereingelegt wurde?

Ich hatte nicht den Mut, länger zu beharren.

Aber als hätte sie in meinem Herzen gelesen, wie sehr ich ihre Ablehnung bedauerte, entschlüpfte es ihr in dem finsteren Zimmer: »Im übrigen …« Ich fing die zwei Worte gleichsam im Fluge auf: »Oh, wie schön! Wir werden Sie also mit dabei haben?«

»Aber nur morgen abend«, gab sie lächelnd nach.

Am nächsten Tag, spätabends, kam Papiano, um alles in meinem Zimmer vorzubereiten: er brachte ein gewöhnliches, viereckiges Tischchen herein, es war aus unpoliertem Tannenholz

und hatte keine Lade; dann räumte er eine Ecke des Zimmers aus; spannte eine Schnur und hing ein Laken darüber; legte eine Gitarre, ein Hundehalsband mit vielen Schellen und noch irgendwelche andere Gegenstände zurecht. Diese Vorbereitungsarbeiten erfolgten beim Schein der viel besprochenen Laterne aus rotem Glas. Dabei redete er – versteht sich – ohne Unterlaß.

»Das Laken, wissen Sie, dient … ich weiß es selbst nicht genau … sagen wir, als Akkumulator dieser geheimnisvollen Kraft: Sie werden sehen, Signor Meis, es wird sich bewegen, sich aufblähen wie ein Segel, manchmal leuchtet es in einem seltsamen Licht, ich möchte sagen, in einem siderischen Licht. Jawohl, Signore! Zwar sind uns noch keine »Materialisationen« gelungen, aber Lichteffekte schon: Sie werden es selbst sehen, falls die Signorina Silvia heute abend in guter Verfassung ist. Sie verkehrt mit dem Geist eines ihrer ehemaligen Kollegen an der Akademie, der, Gott schütze uns davor, mit achtzehn Jahren an der Schwindsucht gestorben ist. Er war aus … ich glaube aus Basel; er lebte aber schon lange in Rom mit seiner Familie. Ein musikalisches Genie, müssen Sie wissen; der Tod ereilte ihn grausamerweise, noch ehe er es entfalten konnte. So wenigstens erzählt es die Signorina Caporale. Sie wußte noch gar nicht, daß sie medial veranlagt ist, da verkehrte sie schon mit dem Geist dieses Max. Gewiß, Signore: so hieß er, Max … warten Sie, Max Oliz, wenn ich nicht irre, jawohl, Signore! Dieser Geist fuhr in sie, wenn sie auf dem Klavier improvisierte, und es kam vor, daß sie ohnmächtig zu Boden fiel. Eines Abends sammelten sich sogar Leute unten auf der Straße an, die ihr Beifall klatschten.«

»Und die Signorina Caporale bekam es mit der Angst zu tun«, ergänzte ich den Satz gelassen.

»Ah, Sie wissen es?« sagte Papiano verblüfft.

»Sie selbst hat es mir erzählt. Die Leute applaudierten also der Musik von Max, die die Signorina Caporale eigenhändig spielte?«

»Ja, ja! Schade, daß wir im Hause kein Klavier haben. Wir müssen uns mit irgendeiner bescheidenen Melodie, mit ein paar An-

sätzen, die auf der Gitarre markiert werden, zufriedengeben. Darüber, müssen Sie wissen, gerät Max manchmal in solche Wut,
daß die Saiten zerspringen ... Nun, Sie werden es heute abend
hören. Ich glaube, jetzt ist alles in Ordnung.«

»Sagen Sie mir eines, Signor Terenzio, es interessiert mich«,
fragte ich ihn, ehe er ging. »Sie glauben daran? Sie glauben wirklich daran?«

»Nun ja«, antwortete er sofort, als hätte er meine Frage erwartet. »Um die Wahrheit zu gestehen, ich vermag da nicht klar zu sehen.«

»Das will ich meinen!«

»Oh, aber nicht, weil die Experimente im Dunkeln erfolgen,
das möchte ich betonen! Die Phänomene, die Manifestationen er-
eignen sich wirklich, dagegen ist nichts zu sagen: das ist unbe-
streitbar. Wir können uns doch nicht selber mißtrauen ...«

»Warum nicht? Im Gegenteil!«

»Wie meinen Sie das? Ich verstehe nicht!«

»Wir betrügen uns so leicht selber! Besonders, wenn wir gern
an etwas glauben ...«

»Aber ich nicht, wissen Sie: gern nicht!« protestierte Papiano.
»Mein Schwiegervater, der diese Dinge studiert hat, glaubt daran.
Ich, sehen Sie, habe unter anderem gar nicht die Zeit, darüber
nachzudenken ..., selbst wenn ich es wollte. Ich habe so viel zu
tun, so viel, mit diesen verfluchten Bourbonen, auf die sich mein
Marchese versteift, sie nehmen mich ganz in Anspruch. Hier
stelle ich mich gelegentlich für einen Abend zur Verfügung. Ich
persönlich bin der Ansicht, daß wir, solange wir durch Gottes
Gnade noch am Leben sind, nichts vom Tode wissen können; ist
es da nicht überflüssig, an ihn zu denken? Richten wir es uns also,
Herrgott noch mal, im Leben so gut wie möglich ein. So denke
ich, Signor Meis. Auf Wiedersehen, jetzt. Ich eile in die Via dei
Pontefici, um die Signorina Pantogada abzuholen.«

Nach ungefähr einer halben Stunde kehrte er sehr mißgelaunt
zurück: mit der Signorina Pantogada und ihrer Gouvernante war

auch ein spanischer Maler mitgekommen, den er mir mit zusammengebissenen Zähnen als einen Freund des Hauses Giglio vorstellte. Er hieß Manuel Bernaldez und sprach korrekt italienisch; nichtsdestoweniger gelang es ihm unter keinen Umständen, das S in meinem Namen auszusprechen: Es war, als fürchtete er jedesmal, sich daran die Zunge zu verletzen.

»Adriano Mei«, sagte er, als wären wir plötzlich alte Freunde.

»Adriano Tui«, hätte ich ihm am liebsten geantwortet.

Nach ihm kamen die Damen: Pepita, die Gouvernante, die Signorina Caporale, Adriana.

»Auch du? Das ist ja was ganz Neues!« sagte Papiano nicht sehr höflich. Das hatte er nicht erwartet. Indessen entnahm ich aus der Art, wie Bernaldez hier empfangen wurde, daß der Marchese Giglio nichts von dessen Anwesenheit bei der Sitzung wissen durfte. Hier steckte offenbar irgendeine Intrige der Signorina Pepita dahinter.

Dennoch verzichtete der große Terenzio nicht auf seine Pläne.

Als die mediale Kette rings um das Tischchen gebildet wurde, fügte er es so, daß Adriana neben ihm und die Pantogada neben mir zu sitzen kamen.

War ich es so zufrieden? Nein. Und Pepita war es auch nicht. Sie protestierte sofort in dem Sprachgemisch ihres Vaters:

»Danke tschen, asi no puede ser! Ick will sein zwischen Señor Paleari und meine Gouvernante, lieber Señor Terenzio!«

In dem rötlichen Halbdunkel konnte man kaum die Umrisse unterscheiden; so konnte ich auch nicht feststellen, wieweit das Porträt, das Papiano von der Signorina Pantogada entworfen hatte, der Wahrheit entsprach; ihr Benehmen jedoch, ihre Stimme, ihr prompter Protest, das alles stimmte mit der Vorstellung überein, die ich mir nach seiner Beschreibung von ihr gemacht hatte.

Gewiß war die empörte Ablehnung des Platzes, den Papiano ihr neben mir angewiesen hatte, für mich eine Beleidigung; ich aber nahm es nicht nur nicht übel, sondern war darüber hocherfreut.

»Sehr richtig!« rief Papiano aus. »Dann machen wir es so: neben Signor Meis setzen wir die Signorina Candida; danach nehmen Sie Platz, Signorina. Mein Schwiegervater könnte bleiben, wo er ist: und wir drei anderen könnten auch unsere Plätze behalten. In Ordnung?«

O nein, so war es keinesfalls in Ordnung: weder für mich, noch für die Signorina Caporale, noch für Adriana, noch auch – wie sich gleich danach zeigte – für Pepita, die sich erst wohl fühlte, als auf Anregung von Max, dieses höchst genialen Geistes, die Kette neu geordnet werden mußte.

Zunächst sah ich mich neben einer Art weiblichem Gespenst sitzen, das irgendein Gebirge auf dem Kopf trug (war es ein Hut? eine Haube? eine Perücke? Was, zum Teufel, war es?). Unter dieser enormen Last wurden von Zeit zu Zeit Seufzer ausgestoßen, die mit einem kurzen Stöhnen endeten. Niemand hatte daran gedacht, mich der Signorina Candida vorzustellen: nun mußten wir, um die Kette zu bilden, einander an der Hand halten; und sie seufzte. Sie fand die Kette nicht gut angeordnet. Eben. Mein Gott, wie kalt ihre Hand war!

Mit der anderen Hand hielt ich die Linke der Signorina Caporale, die am oberen Ende des Tischchens saß, mit dem Rücken gegen das Laken, das in der Zimmerecke hing; Papiano hielt ihre Rechte. Neben Adriana saß auf der anderen Seite der Maler; Signor Anselmo hatte am unteren Ende des Tischchens Platz genommen, gegenüber der Caporale.

Papiano sagte: »Vor allem müßte man Signor Meis und der Signorina Pantogada erklären, in welcher Weise wir uns verständigen ... Wie heißt das doch?«

»Tiptologisch«, ergänzte Signor Anselmo.

»Bitte, auch mir erklären«, ereiferte sich die Signora Candida, die auf ihrem Sessel hin- und herrückte.

»Sehr richtig! Auch der Signora Candida, versteht sich!«

»Also«, begann Signor Anselmo zu erklären, »ein zweimaliges Klopfen bedeutet ja ...«

»Klopfen?« unterbrach ihn Pepita. »Wieso klopfen?«

»Klopfzeichen«, erwiderte Papiano, »oder Schläge auf das Tischchen oder die Sessel oder anderswohin, manchmal sind es auch
Berührungen.«

»Ah, nein-nein-nein-nein-nein!!« stieß die Signorina Pepita hervor und sprang auf. »Ick nich lieben Berührungen. Von wem?«

»Von dem Geist, Signorina, von Max«, erklärte Papiano. »Ich
habe es Ihnen bereits auf dem Herweg angedeutet: sie tun nicht
weh, Sie können ganz beruhigt sein.«

»Tiptologische Berührungen«, meinte die Signora Candida mit
dem mitleidigen Ausdruck einer überlegenen Frau.

»Also«, nahm Signor Anselmo seine Erläuterungen wieder auf,
»zwei Klopfzeichen: ja; drei Klopfzeichen: nein; vier: Dunkel;
fünf: redet; sechs: Licht. Das wird vorläufig genügen. Und nun,
meine Damen und Herren, konzentrieren wir uns.«

Es wurde still. Wir konzentrierten uns.

XIV.

Max und seine Taten

Furcht? Nein. Keine Spur. Aber eine gewisse Neugier erfüllte mich und auch eine gewisse Besorgnis, es könnte für Papiano schlecht ausgehen. Darüber hätte ich mich freuen müssen; doch nein. Wenn man ein Theaterstück von ungeschickten Schauspielern dargestellt sieht, dann leidet man eben Qualen, überläuft es einen kalt vor Peinlichkeit.

»Es gibt zwei Möglichkeiten«, dachte ich. »Entweder er ist besonders geschickt, oder aber sein Bestreben, unbedingt an Adrianas Seite zu bleiben, läßt ihn nicht klar sehen, wohin er steuert, wenn er Bernaldez und Pepita, mich und Adriana enttäuscht, so daß wir den Spaß und das Interesse an der Sache verlieren und dadurch in der Lage sind, den Betrug zu durchschauen. Am besten wird Adriana den Betrug durchschauen, die Papiano am nächsten sitzt; sie ahnt ihn ja ohnedies schon, ist auf ihn gefaßt. Da sie nicht neben mir sitzen kann, fragt sie sich vielleicht in diesem Augenblick, warum sie überhaupt noch dableiben und diesem Possenspiel beiwohnen soll, das für sie nicht nur abgeschmackt, sondern auch unwürdig und lästerlich ist. Eine ähnliche Frage stellen sich gewiß auch Bernaldez und Pepita. Wieso ist sich Papiano darüber nicht im klaren, da ihm schon der Plan fehlgegangen ist, mich neben die Signorina Pantogada zu setzen? Ist er seiner Geschicklichkeit so sicher? Warten wir ab.«

Während ich diese Überlegungen anstellte, dachte ich überhaupt nicht an die Signorina Caporale. Plötzlich begann sie wie in einem leichten Dämmerschlaf zu reden.

»Die Kette«, sagte sie, »muß anders angeordnet werden ...«

»Ist Max schon da?« fragte der gute Signor Anselmo, ganz bei der Sache.

Die Antwort der Caporale ließ etwas auf sich warten.

»Ja«, brachte sie mühsam hervor, als ringe sie nach Atem. »Nur sind wir zu viele heute abend ...«

»Das stimmt!« entfuhr es Papiano. »Ich finde aber, wir sitzen richtig.«

»Ruhe!« mahnte Paleari. »Hören wir doch, was Max sagt.«

»Die Kette«, begann die Caporale wieder, »erscheint ihm nicht ausgeglichen. Hier, auf dieser Seite«, und sie hob meine Hand, »sitzen zwei Frauen nebeneinander. Es wäre gut, wenn Signor Anselmo mit der Signorina Pantogada den Platz tauschen wollte.«

»Sofort!« rief Signor Anselmo und erhob sich. »Bitte, Signorina, setzen Sie sich hierher!«

Diesmal protestierte Pepita nicht. Sie kam jetzt neben den Maler zu sitzen.

»Und dann«, fuhr die Caporale fort, »die Signora Candida ...«
Papiano unterbrach sie:

»An den Platz von Adriana, nicht wahr? Ich habe es mir gedacht. Geht in Ordnung!«

Kaum hatte Adriana neben mir Platz genommen, als ich ihre Hand fest, so fest drückte, daß es ihr wehtat. Gleichzeitig drückte die Signorina Caporale meine andere Hand, als wollte sie mich fragen: »Sind Sie nun zufrieden?« – »Ja, sehr zufrieden!« erwiderte ich meinerseits mit einem Händedruck, der gleichzeitig auch besagte: »Jetzt macht nun ruhig weiter, macht alles, was ihr wollt!«

»Ruhe!« befahl Signor Anselmo erneut.

Hatte jemand einen Laut von sich gegeben? Wer? Das Tischchen! Vier Klopfzeichen: »Dunkel!«

Ich schwöre, ich hatte das Klopfen nicht gehört.

Als jedoch das Licht in der Laterne verlöscht war, geschah etwas, das alle meine Vermutungen durcheinanderbrachte. Die Signorina Caporale stieß einen schrillen Schrei aus, der uns alle auffahren ließ.

»Licht! Licht!«

Was war geschehen?

Ein Faustschlag! Die Signorina Caporale hatte einen wuchtigen Faustschlag auf den Mund bekommen: ihr Zahnfleisch blutete.

Pepita und die Signora Candida sprangen erschrocken auf. Auch Papiano erhob sich, um die Laterne wieder anzuzünden. Adriana zog ihre Hand sogleich aus der meinen. Bernaldez, der, da er ein Zündholz zwischen den Fingern hielt, rot im Gesicht wirkte, lächelte halb überrascht, halb ungläubig, während Signor Anselmo höchst bestürzt nur dauernd wiederholte:

»Ein Faustschlag? Wie ist das möglich?«

Auch ich fragte es mich betroffen. Ein Faustschlag? Die Änderung der Sitzordnung war zwischen den beiden also nicht vorher abgesprochen worden. Ein Faustschlag? Die Signorina Caporale hatte sich also gegen Papiano aufgelehnt. Was jetzt?

Jetzt schob die Caporale den Sessel zurück, preßte sich ein Taschentuch auf den Mund und erklärte, sie mache nicht mehr weiter. Pepita Pantogada schrie:

»Viele Danke, Señores, viele Danke! Hier kriege man Faustschläg!«

»Aber nein, meine Herrschaften!« rief Paleari. »Aber nein! Das ist eine ganz neue, höchst seltsame Erscheinung! Man muß eine Erklärung verlangen!«

»Von Max?« fragte ich.

»Ja, von Max! Sollten Sie, liebe Silvia, seine Anweisungen über die Anordnung der Kette falsch verstanden haben?«

»Wahrscheinlich!« rief Bernaldez lachend aus. »Wahrscheinlich!«

»Was meinen denn Sie, Signor Meis?« fragte mich Paleari, dem dieser Bernaldez wider den Strich ging.

»Ja, sicher, das dürfte es sein«, sagte ich.

Die Caporale aber schüttelte entschieden den Kopf.

»Was nun?« begann Signor Anselmo von neuem. »Wie erklärt man sich das? Max gewalttätig! Seit wann denn? Was sagst denn du, Terenzio?«

Terenzio sagte nichts. Er saß im Schutz des Halbdunkels; zuckte die Achseln, das war alles.

»Signorina«, sagte ich darauf zur Caporale, »sollten wir nicht doch Signor Anselmo den Gefallen tun? Bitten wir Max um eine Erklärung: und wenn sich herausstellt, daß ein neuer Geist in ihn gefahren ist ... ein nicht eben geistreicher Geist, dann lassen wir das Ganze. Recht so, Signor Papiano?«

»Ausgezeichnet!« antwortete er. »Fragen wir ihn doch, fragen wir ihn. Ich bin dafür.«

»Aber ich bin nicht dafür!« erklärte die Caporale zu ihm gewandt.

»Warum sagen Sie das mir?« meinte Papiano. »Wenn Sie nicht mehr weitermachen wollen ...«

»Ja, das wäre das beste«, wagte Adriana schüchtern zu bemerken.

Da aber ließ sich Signor Anselmo vernehmen:

»Nur nicht so furchtsam! Das sind doch Kindereien, zum Kuckuck! Entschuldigen Sie, aber ich sage das auch zu Ihnen, Silvia! Sie kennen doch den Geist, Sie sind mit ihm vertraut und wissen, es ist das erste Mal, daß er ... Es wäre doch schade! Die Manifestationen – so unerfreulich dieser Zwischenfall auch ist – haben an diesem Abend ja besonders intensiv eingesetzt.«

»Zu intensiv!« rief Bernaldez laut lachend und brachte auch die anderen zum Lachen.

»Und ich«, fügte ich hinzu, »ich möchte nicht gerne einen Faustschlag in mein Auge bekommen ...«

»Und ick nicht auch!« sagte Pepita.

»Setzen!« befahl Papiano entschlossen. »Folgen wir dem Rat des Signor Meis. Versuchen wir, noch eine Erklärung zu erhalten. Sollten die Phänomene wieder zu Gewalttätigkeiten führen, dann hören wir eben auf. Setzen!«

Und er blies die Laterne aus.

Ich suchte im Dunkeln Adrianas Hand, sie war kalt und zitterte. Ich nahm Rücksicht auf Adrianas Angst und drückte ihre

Hand erst sanft, dann langsam, allmählich immer fester, wie um ihr Wärme einzuflößen und die Zuversicht, daß von jetzt an alles ruhig verlaufen werde. Kein Zweifel, Papiano, der seine Gewalttätigkeit, zu der er sich hatte hinreißen lassen, vielleicht schon bereute, war von seinen ursprünglichen Absichten abgekommen. Jedenfalls würde es eine Ruhepause geben; vielleicht würde nur mich und Adriana Max später im Dunkeln aufs Korn nehmen. »Nun gut«, sagte ich mir, »sollte die Geschichte zu arg werden, dann werden wir ihr rasch ein Ende setzen. Ich werde nicht zulassen, daß man Adriana etwas zuleide tut.«

Inzwischen hatte Signor Anselmo mit Max zu sprechen begonnen, so wie man mit einem wirklichen Menschen spricht, den man vor sich hat. »Bist du da?«

Zwei schwache Klopfzeichen im Tischchen. Er war da!

»Und wie kommt es nur, Max«, fragte Paleari im Ton liebevollen Vorwurfs, »daß du, wo du doch sonst immer gut und höflich bist, diesmal die Signorina Silvia so schlecht behandelt hast? Willst du uns das sagen?«

Diesmal geriet das Tischchen in leichte Bewegung, sodann erschollen drei feste Schläge in seiner Mitte. Drei Schläge: also nein: er wollte es uns nicht sagen.

»Dringen wir nicht weiter in ihn!« fügte Signor Anselmo sich dem Bescheid. »Du bist vielleicht noch etwas aufgeregt, wie, Max? Ich fühle es, ich kenne dich ja ... ich kenne dich ... Möchtest du uns wenigstens sagen, ob du mit der Anordnung der Kette zufrieden bist?«

Paleari hatte die Frage noch nicht zu Ende gesprochen, als mir wie mit Fingerspitzen zweimal rasch auf die Stirn geklopft wurde.

»Ja!« rief ich sofort und setzte die anderen von der Manifestation in Kenntnis; gleichzeitig drückte ich Adriana die Hand.

Ich muß gestehen, daß diese plötzliche »Berührung« auf mich doch einen seltsamen Eindruck machte. Ich war sicher, hätte ich nur meine Hand rechtzeitig erhoben, ich hätte die Papianos erfaßt, und trotzdem ...

Die Zartheit und gleichzeitige Präzision der Berührung waren irgendwie wunderbar. Und dann, wie gesagt, kam sie mir unerwartet. Warum aber hatte Papiano gerade mich gewählt, um bekanntzugeben, daß er sich füge? Hatte er mich durch diese Zeichensprache beruhigen wollen, oder bedeutete sie, ganz im Gegenteil, eine Herausforderung und besagte: »Du wirst noch sehen, ob ich zufrieden bin?«

»Bravo, Max!« rief Signor Anselmo.

Und ich dachte bei mir:

(Ja, bravo! Am liebsten möchte ich dir eins auf den Schädel geben!)

»Und würdest du so freundlich sein«, fuhr der Hausherr in seiner Anrede fort, »uns ein Zeichen zu geben, daß du uns jetzt gut gesinnt bist?«

Fünf Klopfzeichen im Tischchen befahlen: »Redet!«

»Was bedeutet dieses Zeichen?« fragte die Signora Candida ängstlich.

»Wir sollen reden«, klärte Papiano sie in aller Ruhe auf.

Und Pepita:

»Mit wem?«

»Mit wem Sie wollen, Signorina! Sprechen Sie, zum Beispiel, mit Ihrem Sitznachbarn.«

»Laut?«

»Ja«, sagte Signor Anselmo. »Das bedeutet, Signor Meis, daß Max jetzt irgendeine schöne Manifestation vorbereitet. Vielleicht eine Lichterscheinung ... Wer weiß! Reden wir indessen, reden wir ...«

Was reden? Ich unterhielt mich schon seit einer Weile mit Adrianas Hand und dachte, ach, an nichts anderes mehr! Ich führte mit dieser kleinen Hand ein langes, intensives, drängendes und zärtliches Gespräch, und sie ließ es sich gefallen, überließ sich mir zitternd; schon hatte ich sie gezwungen, ihre Finger mit den meinen zu verflechten. Ich fühlte mich wie trunken, glühte, mit einer lustvollen Anstrengung beherrschte ich mein wildes Begehren

und benahm mich so sanft und zart, wie es Adrianas keusches, scheues und süßes Wesen verlangte.

Während unsere beiden Hände dieses innige Gespräch miteinander führten, war es mir, als reibe sich etwas an dem Querholz, das die beiden Hinterbeine meines Sessels miteinander verband. Es war verwirrend, Papiano konnte mit seinem Fuß nicht so weit gelangen; und selbst wenn, so wäre er doch vorher gegen das Querholz zwischen den vorderen Sesselbeinen gestoßen. Sollte er aufgestanden und hinter meinen Sessel getreten sein? Aber in diesem Falle hätte es die Signora Candida, wenn sie nicht eine ausgesprochene Idiotin war, bemerken müssen. Ehe ich meine Wahrnehmung den anderen bekanntgab, wollte ich mir das Phänomen in irgendeiner Weise selber erklären; dann aber fand ich, ich hätte schließlich erreicht, was ich wollte, und es sei nun gewissermaßen meine Pflicht, den Betrug ohne weitere Bedenken zu unterstützen und Papiano nicht noch mehr aufzubringen. So teilte ich meine Wahrnehmung den anderen mit.

»Wirklich?« rief Papiano von seinem Platz aus, und sein Erstaunen klang mir aufrichtig. Nicht weniger erstaunt zeigte sich die Signorina Caporale. Ich fühlte, wie mir die Haare zu Berge standen. Das Phänomen war also echt?

»Ein Scharren?« fragte Signor Anselmo erwartungsvoll. »Wie das? Wie das?«

»Gewiß!« wiederholte ich ärgerlich. »Und es dauert an! Als wäre dort hinten ein Hund … genauso!«

Schallendes Gelächter war die Antwort.

»Aber das ist Minerva! Es ist Minerva!« rief Pepita Pantogada.

»Wer ist Minerva?« fragte ich verstört.

»Aber meine kleine Hündin!« erklärte mir Pepita immer noch lachend. »Meine liebe Alte, Señor, die sich reiben immer an allen Sesseln. Sie gestatte!«

Bernaldez strich wieder ein Zündholz an, und Pepita erhob sich, holte das Hündchen, das auf den Namen Minerva hörte, und nahm es auf den Schoß.

»Jetzt erst verstehe ich«, sagte Signor Anselmo verdrossen, »warum Max so gereizt ist. Es herrscht hier wenig Ernst, heute abend, das ist es!«

Von Signor Anselmos Standpunkt, das mochte stimmen, gewiß: wir aber konnten – ehrlich gesagt – auch an den folgenden Abenden nicht viel mehr Ernst aufbringen, was den Spiritismus betraf, versteht sich.

Wer mochte im Dunkeln noch auf die Taten achten, die Max vollbrachte? Das Tischchen knarrte, bewegte sich, redete in Klopfzeichen, die bald kräftig, bald leise klangen; es klopfte in den Sesselleisten, es klopfte in dem einen oder anderen Möbelstück in diesem Zimmer, man hörte ein Scharren, ein Schleifen und noch andere Geräusche; merkwürdige phosphoreszierende Lichter flammten sekundenlang in der Luft auf und tanzten wie Irrlichter umher, auch das Laken begann zu leuchten und blähte sich wie ein Segel; ein Rauchtischchen leistete sich öfters Spaziergänge durch das Zimmer, einmal sprang es sogar auf den Tisch, um den herum wir, die Kette bildend, saßen; die Gitarre schwebte, als hätte sie Flügel bekommen, von der Kommode empor, auf die man sie gelegt hatte, es klimperte über unseren Häuptern ... Ich fand allerdings, daß Max seine außerordentlichen musikalischen Fähigkeiten besser mit den Schellen eines Hundehalsbandes zum Ausdruck brachte, das in einem bestimmten Moment der Signorina Caporale um den Hals gelegt wurde; Signor Anselmo fand, dies sei ein überaus liebenswürdiger und reizender Scherz von Max; die Signorina Caporale war darüber weniger entzückt.

Im Schutze der Dunkelheit hatte offenbar Scipione, Papianos Bruder, mit ganz bestimmten Instruktionen den Schauplatz betreten. Er war tatsächlich ein Epileptiker, nicht aber der Idiot, als den sein Bruder Terenzio ihn ausgab und als der er selber erscheinen wollte. Durch lange Gewöhnung an das Dunkel hatte er sein Auge anscheinend so trainiert, daß er uns auch im unbeleuchteten Raum sehen konnte. Ich kann ehrlicherweise nicht sagen, ob

er sich bei den Betrügereien, die vorher mit seinem Bruder und der Caporale abgesprochen wurden, mehr oder weniger geschickt anstellte; was uns betraf, das heißt mich und Adriana, Pepita und Bernaldez, so mochte er tun, was er wollte, uns war alles recht: er mußte also nur Signor Anselmo und die Signora Candida zufriedenstellen; und das gelang ihm, wie es schien, wunderbar. Es stimmt allerdings, daß weder der erstere noch die letztere besonders schwer zufriedenzustellen waren. Signor Anselmo strahlte vor Freude; zuweilen glich er einem kleinen Jungen, den man in ein Puppentheater geführt hat; manche seiner kindischen Ausrufe verursachten mir Pein, nicht nur, weil es mich bedrückte zu sehen, wie ein gewiß nicht dummer Mensch sich in der unwahrscheinlichsten Weise dumm aufführte; sondern auch, weil Adriana mir zu verstehen gab, sie könne sich nicht mit gutem Gewissen auf Kosten ihres Vaters unterhalten, der sich durch seine lächerliche Gutmütigkeit darum brachte, ernst genommen zu werden.

Einzig das war es, was gelegentlich unser Glück trübte. Und doch hätte mir, da ich Papiano kannte, der Verdacht kommen müssen, daß er irgend etwas anderes im Schilde führte, sonst hätte er sich wohl nicht damit abgefunden, daß ich neben Adriana saß; auch ließ er uns, entgegen meinen Befürchtungen, niemals durch Max, den Geist, stören, der schien uns viel eher zu begünstigen und zu beschützen. Die ungestörte Freiheit, die ich in der Dunkelheit genoß, verschaffte mir ein derartiges Glücksgefühl, daß dieser Verdacht in mir überhaupt nicht aufkam.

»Nein!« schrie plötzlich die Signorina Pantogada auf.

Sofort erkundigte sich Signor Anselmo:

»Erzählen Sie, Signorina! Was ist geschehen, was haben Sie gespürt?«

Auch Bernaldez drängte sie zu berichten; da sagte Pepita:

»Hier, auf diese eine Seite, ein Zartlichkeit ...«

»Mit der Hand?« fragte Paleari. »Ganz zart, nicht wahr? Eine kalte Hand, rasch und zart ... Oh, Max kann mit den Damen höf-

lich sein, wenn er will! Versuchen wir's doch, Max, könntest du noch einmal zu der Signorina zärtlich sein?«

»Hier ist! Hier ist!« schrie Pepita lachend auf.

»Was soll das heißen?« fragte Signor Anselmo.

»Schon wieder, schon wieder … ein Zartlichkeit!«

»Wie wär's mit einem Kuß, Max?« regte Paleari an.

»Nein!« kreischte Pepita wieder auf.

Aber da erschallte schon ein Kuß auf ihrer Wange.

Fast unwillkürlich führte ich jetzt Adrianas Hand zu meinem Mund; ich wollte mehr; beugte mich vor und suchte ihren Mund. So tauschten wir unseren ersten Kuß aus, einen langen, stummen Kuß.

Was geschah da? Es brauchte eine Weile, ehe ich mich, vergehend vor Scham und Verwirrung, in dem plötzlichen Durcheinander zurechtfand. Hatte man unseren Kuß bemerkt? Alle schrien. Ein, zwei Zündhölzer flammten auf; auch die Kerze wurde angezündet, die Kerze in der Laterne mit dem roten Glas. Alle sprangen auf! Warum nur? Warum? Ein Schlag, ein gewaltiger Schlag wurde wie von einer unsichtbaren Riesenfaust gegen das Tischchen geführt, bei vollem Lichtschein. Wir alle erblaßten, besonders aber Papiano und die Signorina Caporale.

»Scipione! Scipione!« rief Terenzio.

Der Epileptiker war zu Boden gestürzt und röchelte seltsam.

»Setzen!« schrie Signor Anselmo. »Auch er ist in Trance gefallen! Da, da, das Tischchen bewegt sich, es hebt sich, es hebt sich … Bravo Max! Er lebe hoch!«

Und tatsächlich, das Tischchen hob sich, ohne daß irgendwer es berührt hätte, hob sich mehr als eine Handbreit vom Fußboden und fiel dann schwer zurück.

Bleich, zitternd, verstört verbarg die Caporale ihr Gesicht an meiner Brust. Die Signorina Pantogada und ihre Gouvernante flüchteten aus dem Zimmer, während Paleari höchst aufgebracht schrie: »Nein, hierbleiben, zum Kuckuck! Zerreißt nicht die Kette, jetzt kommt das Beste! Max! Max!«

»Ach was, Max!« rief Papiano, löste sich aus der Erstarrung, in die der Schreck ihn versetzt hatte, lief zu seinem Bruder und rüttelte ihn, um ihn wieder zu sich zu bringen.

Ich war über die wahrhaft seltsame und unerklärliche Manifestation, der ich eben beigewohnt hatte, dermaßen erstaunt, daß ich einen Augenblick lang den Kuß ganz vergaß. Wenn, wie Paleari behauptete, die geheimnisvolle Kraft, welche soeben, bei Lichtschein, vor meinen Augen, offenbar geworden war, von einem unsichtbaren Geist herrührte, dann war dieser Geist zweifellos nicht Max: es genügte, Papiano und die Signorina Caporale anzusehen, um sich davon zu überzeugen. Dieser Max war ihre Erfindung. Wer also hatte sich geäußert? Wer hatte den gewaltigen Schlag gegen das Tischchen geführt?

Viele Dinge, die ich in Palearis Büchern gelesen, gingen mir wirr durch den Sinn; mit Schaudern dachte ich an jenen Unbekannten, der sich im Mühlbach von La Stìa ertränkt hatte und der durch mich darum gebracht worden war, von seinen Angehörigen beweint zu werden.

»Sollte er es gewesen sein?« fragte ich mich. »Sollte er mich hier aufgesucht haben, um sich zu rächen und alles zu enthüllen …«

Paleari, der – als einziger – weder erstaunt noch erschreckt war, konnte es noch immer nicht fassen, daß ein so einfaches und gewöhnliches Phänomen wie das Heben des Tischchens auf uns so großen Eindruck machen konnte, da wir doch vorher schon allerlei anderen Wundern beigewohnt hatten. Er fand es nicht besonders bemerkenswert, daß sich das Phänomen bei Licht ereignet hatte. Weit weniger konnte er es sich erklären, wieso Scipione hier in meinem Zimmer war, während er ihn im Bett geglaubt hatte.

»Es wundert mich, denn dieser arme Teufel kümmert sich sonst um nichts. Unsere geheimnisvollen Sitzungen aber haben ihn wohl neugierig gemacht, wie man sieht: wahrscheinlich ist er hereingekommen, um uns heimlich zu belauschen, und da hat es ihn – bums! – erwischt. Wissen Sie, Signor Meis, es steht nämlich

fest, daß die außerordentlichen medialen Phänomene größtenteils in epileptischen, kataleptischen und hysterischen Neurosen ihren Ursprung haben. Max zehrt von allen, er entzieht auch uns einen guten Teil unserer nervösen Energie und bedient sich ihrer, um die Phänomene hervorzubringen. Das ist erwiesen! Sagen Sie, haben nicht auch Sie das Gefühl, daß Ihnen irgend etwas entzogen wurde?«

»Noch nicht, die Wahrheit zu gestehen.«

Fast bis zum Morgengrauen warf ich mich im Bett herum und phantasierte von dem Unglücklichen, der auf dem Friedhof von Miragno unter meinem Namen begraben worden war. Wer war er? Woher war er gekommen? Warum hatte er sich getötet? Vielleicht wollte er, daß sein trauriges Ende bekannt werde: vielleicht sollte es irgendeine Wiedergutmachung, eine Sühne sein ... Und ich hatte das alles für mich ausgenützt! Mehr als einmal – ich bekenne es – ließ die Angst mich im Dunkeln zu Eis erstarren. Diesen Faustschlag auf das Tischchen, hier, in meinem Zimmer, hatte nicht ich allein gehört. Hatte er ihn geführt? Und war er noch hier, unsichtbar gegenwärtig in der Stille, mir zur Seite? Ich horchte, ob sich in meinem Zimmer etwas regte. Dann schlief ich ein und hatte Angst vor den Träumen.

Am nächsten Morgen öffnete ich das Fenster und ließ das Licht herein.

XV.

Ich und mein Schatten

Zuweilen, wenn ich mitten in der Nacht erwachte (sozusagen im Herzen der Nacht, die sich in diesen Fällen freilich als herzlos erwies), wenn ich also da erwachte, überkam mich im Dunkeln, in der Stille, ein seltsames Gefühl der Verwunderung, der Verlegenheit bei dem Gedanken an gewisse Dinge, die ich während des Tags, bei hellem Licht, ohne besondere Überlegung getan hatte; und ich fragte mich, ob nicht auch die Farben, der Anblick der uns umgebenden Gegenstände, die verschiedenen Geräusche des Lebens, dazu beitragen, unsere Handlungen zu bestimmen. Gewiß, gar kein Zweifel; und vieles andere noch bestimmt sie! Leben wir denn, nach Ansicht des Signor Anselmo, nicht in Verbindung mit dem Universum? Wer weiß, wie viele Dummheiten uns dieses verdammte Universum begehen läßt, für die wir unser armseliges Bewußtsein verantwortlich machen, das doch von äußeren Kräften bewegt und von einem Licht außerhalb seiner geblendet wird. Andererseits: wie viele in der Nacht angestellte Überlegungen, entworfene Pläne, ersonnene Ausflüchte erweisen sich bei Tageslicht als sinnlos, brechen zusammen und lösen sich in nichts auf? Der Tag ist eine Sache und eine andere die Nacht, und vielleicht sind auch wir etwas anderes bei Tag und etwas anderes bei Nacht: ein sehr jämmerliches Etwas, leider, bei Nacht ebenso wie bei Tag.

Ich weiß noch, daß ich keinerlei Freude empfand, als ich nach vierzig Tagen die Fenster meines Zimmers öffnete und das Licht wiedersah. Die Erinnerung an das, was ich während der Tage im Finstern getan hatte, vergällte mir die Freude, erschreckte mich. Die Überlegungen und Rechtfertigungen und Überzeugungen, die im Finstern Gewicht und Bedeutung hatten, wurden unwichtig, als die Fenster geöffnet wurden, oder bekamen einen ganz

anderen Sinn, einen völlig entgegengesetzten. Es nützte nichts, daß jenes Ich, das so lange Zeit bei geschlossenen Fenstern gelebt und alles unternommen hatte, um sich die qualvolle Langeweile der Gefangenschaft zu erleichtern, jetzt – schüchtern, wie ein geprügelter Hund – neben das andere Ich trat, das die Fenster geöffnet hatte und im Licht des Tages erwachte, zornig, streng und ungebärdig; vergebens versuchte es, das neue Ich von seinen düsteren Gedanken abzulenken, es vor den Spiegel zu führen, damit es sich über die gelungene Operation freue, über den wiedergewachsenen Bart und auch über die Blässe, die meine Erscheinung auf unbestimmte Weise veredelte.

»Dummkopf, was hast du getan? Was hast du nur getan?«

Was ich getan hatte? Nichts, seien wir gerecht! Eine kleine Liebelei. Im Dunkeln hatte ich – was konnte ich dafür? – die bestehenden Hindernisse nicht mehr gesehen und die Zurückhaltung aufgegeben, die ich mir anfänglich vorgenommen. Papiano wollte mir Adriana wegnehmen; die Signorina Caporale aber führte sie mir zu, setzte sie mir an die Seite und bekam dafür einen Faustschlag in den Mund, die Ärmste; ich hatte gelitten und – selbstverständlich – wie jeder Unglückliche (sprich: Mensch) geglaubt, ein Recht auf Entschädigung für meine Leiden zu haben, die Gelegenheit war da, und ich ergriff sie; man stellte Experimente mit dem Tode an, und Adriana neben mir war das Leben, das Leben, das darauf wartete, geküßt zu werden, sich dem Glück zu eröffnen; Manuel Bernaldez hatte im Dunkeln seine Pepita geküßt, und da hatte auch ich…

Ah!

Ich warf mich in einen Fauteuil und bedeckte mein Gesicht mit den Händen. Meine Lippen zitterten bei der Erinnerung an diesen Kuß. Adriana! Adriana! Welche Hoffnungen hatte ich mit diesem Kuß in ihr geweckt? Meine Braut, nicht wahr? Die Fenster auf, schaut alle zu!

Ich weiß nicht, wie lange ich so blieb, vor mich hinstarrte, in meine Gedanken versunken. Dann wieder verkroch ich mich voller

213

Wut in mich selber, als könnte die Wut mich vor der brennenden inneren Qual bewahren. Jetzt sah ich es: sah in aller grausamen Nüchternheit den Trug, die Illusion, der ich mich hingegeben: sah, worin im Grunde das bestand, was mir im ersten Rausch der Freiheit als das größte Glück erschienen war.

Ich hatte bereits erkennen müssen, daß meine Freiheit, die ich anfangs für grenzenlos gehalten, eine Begrenzung durch meinen Geldmangel erfuhr; später dann mußte ich entdecken, daß meine Freiheit besser den Namen Einsamkeit und Langeweile verdiente, daß sie mich zu einer fürchterlichen Strafe verdammte: dazu, mir selber Gesellschaft zu leisten; da hatte ich mich den anderen Menschen genähert; aber mit dem Vorsatz, mich wohl davor zu hüten, die durchtrennten Fäden auch nur lose wieder zu knüpfen. Was hatte es genützt? Sie hatten sich von selber wieder geknüpft, diese Fäden; und das Leben hatte mich, wie sehr ich auch auf meiner Hut war und mich dagegen wehrte, mit unwiderstehlicher Gewalt fortgerissen: das Leben, das nichts mehr für mich war. Das bemerkte ich erst jetzt richtig, jetzt, wo ich weder durch leere Ausreden, noch durch kindische Einbildungen, noch durch erbärmliche, magere Entschuldigungen verhindern konnte, daß ich mir meiner Gefühle für Adriana voll bewußt wurde. Der Ernst meiner Absichten, meiner Worte, meiner Handlungen war durch nichts abzuschwächen. Zuviel schon hatte ich ihr durch meinen Händedruck gesagt, und als ich sie zwang, ihre Finger mit den meinen zu verflechten; und schließlich hatte ein Kuß unsere Liebe besiegelt, ein Kuß. Wie sollte ich jetzt durch Taten mein Versprechen erfüllen? Konnte denn Adriana die meine werden? In den Mühlbach von La Stìa hatten Romilda und die Witwe Pescatore, diese zwei guten Frauen, mich hineingeworfen, mich – nicht etwa sich selber! So war sie, meine Ehegattin, frei geworden; nicht ich. Ich hatte mich darauf eingelassen, den Toten zu spielen, und mir eingebildet, ein anderer Mensch werden, ein anderes Leben leben zu können. Ein anderer Mensch, o ja, aber unter der Bedingung, daß ich nichts tat. Was für ein Mensch also? Der Schatten eines

Menschen! Und was für ein Leben? Solange ich mich darauf beschränkte, mich in mich selber zu verschließen und den anderen zuzusehen, wie sie lebten, ja, da konnte ich mehr oder weniger die Illusion haben, daß ich ein neues Leben lebte; jetzt aber, wo ich an das Leben so nahe herangekommen war, daß ich von zwei geliebten Lippen einen Kuß rauben konnte, mußte ich mich erschrocken zurückziehen, als hätte ich Adriana mit den Lippen eines Toten geküßt, eines Toten, der um ihretwillen nicht wieder lebendig werden konnte! Käufliche Lippen hätte ich noch küssen können, gewiß; aber schmeckten die denn nach Leben? Oh, wenn ich Adriana in meine seltsame Geschichte einweihte ... Sie? Nein ... Nein ... Nicht einmal daran zu denken! Sie, die so rein war, so scheu ... Wie aber, wenn die Liebe in ihr stärker wäre als alles andere, stärker als jede gesellschaftliche Rücksicht ... Arme Adriana, wie hätte ich sie denn in mein leeres Dasein einschließen dürfen, sie zur Gefährtin eines Mannes machen, der sich nicht für lebend erklären, der in keiner Weise nachweisen konnte, daß er lebte? Was nur tun?

Es klopfte zweimal an meine Türe, ich sprang von meinem Fauteuil auf. Es war sie, Adriana.

Obwohl ich mit aller Macht versuchte, den Aufruhr meiner Gefühle zu beherrschen, mußte ich doch zumindest einen verwirrten Eindruck machen. Auch sie war verwirrt, aber aus Schamgefühl. Daher konnte sie auch nicht so, wie sie es gerne gewollt, ihre Freude darüber äußern, daß ich endlich genesen war und sie mich wieder bei Tageslicht und zufrieden erblicken konnte ... Zwar, was hemmte sie wirklich? ... Sie hob kaum die Augen, um mich anzusehen; sie errötete und reichte mir ein Kuvert hin:

»Hier, das ist für Sie ...«

»Ein Brief?«

»Ich glaube nicht. Es dürfte die Rechnung des Doktor Ambrosini sein. Sein Diener wartet auf Antwort.«

Ein Beben war in ihrer Stimme. Sie lächelte.

»Sofort«, sagte ich; ein plötzliches Gefühl der Zärtlichkeit über-

kam mich, denn ich begriff, daß diese Rechnung für sie nur ein Vorwand war, um zu mir zu kommen und von mir ein Wort zu hören, das ihre Hoffnungen bestätigte; und da bemächtigte sich meiner ein tiefes, beklemmendes Mitleid, mit ihr und mit mir, ein grausames Mitleid, das mich unwiderstehlich dazu drängte, sie zu liebkosen und in ihr mein eigenes Leid, denn nur in ihr, die seine Ursache war, konnte es Trost finden. Und obwohl ich wußte, daß ich mich so erst recht in Gefahr begab, war ich außerstande, mich länger zurückzuhalten: Ich streckte ihr beide Hände entgegen. Vertrauensvoll, aber mit flammrotem Gesicht hob sie langsam ihre Hände und legte sie in die meinen. Ich drückte ihren blonden Kopf an meine Brust und strich mit der Hand über ihr Haar. »Arme Adriana!«

»Warum?« fragte sie, während ich sie streichelte. »Sind wir denn nicht glücklich?«

»O ja...«

»Warum also arm?«

In diesem Augenblick brach alles in mir auf, und ich war schon versucht, ihr die Wahrheit zu enthüllen, ihr zu sagen: »Warum? Höre: ich liebe dich, und kann dich doch nicht lieben, darf es nicht! Wenn du aber willst ...« – Ach wo! Was konnte dieses sanfte Wesen denn wollen? Ich drückte ihren Kopf noch inniger an meine Brust, ich fühlte, daß es von mir weit grausamer gewesen wäre, wenn ich sie, die in ihrer Liebesseligkeit nichts ahnte, vom Höhepunkt ihres Glücks in den Abgrund hinabstieße, in den meine eigene Verzweiflung mich gebracht hatte.

»Warum?« sagte ich und gab sie frei. »Weil ich so viele Dinge weiß, weshalb Sie nicht glücklich sein können...«

Sie fühlte sich peinlich verlegen, als ich sie so unvermittelt aus meinen Armen ließ. Hatte sie vielleicht erwartet, ich würde ihr nach dieser Liebkosung du sagen? Sie sah mich an, und als sie merkte, wie erregt ich war, fragte sie zögernd:

»Was für Dinge ... was wissen Sie ... bezieht sich das auf Sie ... oder auf Dinge hier ... in meinem Hause?«

Ich deutete mit einer Handbewegung an: »Hier, hier.« Ich wollte mich der Versuchung entziehen, der nachzugeben ich schon bereit gewesen, offen zu reden, mich mit ihr auszusprechen.

Hätte ich es doch getan! Hätte ich ihr sofort den einen großen Schmerz zugefügt, dann hätte ich ihr andere Schmerzen erspart und mir weitere, noch peinlichere Verwicklungen. Aber zu frisch war für mich noch die traurige Entdeckung meiner Situation, ich mußte sie noch genauer untersuchen, und außerdem nahmen mir die Liebe und das Mitleid den Mut, so ohne weiteres ihre Hoffnungen und mein eigenes Leben zu zerstören, das heißt, die letzte Spur einer Illusion dieses Lebens auszulöschen, die ich, solange ich schwieg, noch hegen konnte. Und dann: ich fühlte, wie widerwärtig die Mitteilung, die ich ihr machen würde, zwangsläufig ausfallen mußte, nämlich, daß ich noch eine Frau hatte. Ja doch, ja! Wenn ich ihr enthüllte, daß ich nicht Adriano Meis war, dann wurde ich wieder Mattia Pascal, der *tot war und noch verheiratet!* Wie kann man solche Dinge sagen? Es war die Höhe! Schlimmer kann eine Frau ihrem eigenen Mann nicht mitspielen: sie macht sich von ihm frei, indem sie ihn in der Leiche eines armen Ertrunkenen zu erkennen vorgibt, hängt sich aber auch noch nach seinem Tode an ihn wie ein Bleigewicht. Ich hätte mich dagegen auflehnen können, gewiß, hätte mich als lebendig erklären können … Wer aber hätte sich an meiner Stelle nicht ebenso verhalten wie ich? Jeder in meiner Lage würde es zweifellos als ein Glück angesehen haben, sich in so unerwarteter, unverhoffter und auch nicht zu erhoffender Weise von der eigenen Frau, von der Schwiegermutter, von den Schulden, von einer so bedrückenden und elenden Existenz, wie es die meine damals war, befreien zu können. Wie hätte ich denn ahnen sollen, daß ich sogar als Toter meine Frau nicht loswerden würde? Sie mich ja und ich sie nicht. Daß das freie, ganz und gar freie Leben, das ich vor mir gesehen, im Grunde nichts anderes sein würde als eine Illusion, die sich nicht oder doch nur in höchst oberflächlicher Weise verwirklichen ließ? Daß ich der Sklave der Täuschungen und Lügen werden würde,

zu denen ich mich widerwillig gezwungen sah, daß ich, obwohl ich doch keinerlei Verbrechen begangen hatte, unter dem ständigen Druck der Angst stehen würde, entdeckt zu werden?

Adriana gab zu, daß sie tatsächlich keine Veranlassung hatte, sich in diesem Haus glücklich zu fühlen; jetzt aber … Mit ihren Blicken und mit einem traurigen Lächeln fragte sie mich, ob das, was sie hier so schmerzlich empfand, für mich etwa ein Hindernis sein könnte. »Nein, nicht wahr«, fragten ihre Blicke und ihr trauriges Lächeln.

»Oh, aber zahlen wir doch endlich die Rechnung des Doktor Ambrosini!« rief ich und tat, als erinnerte ich mich plötzlich dieser Rechnung und des Dieners, der draußen wartete. Ich riß das Kuvert auf, ohne ihr Zeit zu irgendeiner Bemerkung zu lassen, und sagte in scherzhaftem Ton: »Sechshundert Lire! Da sehen Sie, Adriana: die Natur gestattet sich eine Laune und verurteilt mich, jahrelang mit einem sozusagen ungehorsamen Auge herumzulaufen; und ich muß Schmerzen und Hausarrest auf mich nehmen, um diesen Irrtum der Natur zu korrigieren, und dafür auch noch Geld zahlen. Finden Sie das gerecht?«

Adriana zwang sich zu einem Lächeln.

»Vermutlich«, sagte sie, »würde sich Doktor Ambrosini nicht zufriedengeben, wenn Sie ihm sagen ließen, er möge sich für die Bezahlung an die Natur wenden. Ich denke, er erwartet sich noch Dank, denn das Auge …«

»Finden Sie es jetzt in Ordnung?«

Sie entschloß sich, mich anzusehen, senkte aber dann gleich wieder den Blick und sagte leise:

»Ja … wie ausgewechselt …«

»Meinen Sie mich oder das Auge?«

»Sie.«

»Vielleicht wegen dieses großen Bartes …«

»Nein … Warum? Er steht Ihnen gut …«

Ich hätte mir dieses Auge am liebsten ausgerissen! Was lag mir jetzt noch daran, daß es in Ordnung war?

»Vielleicht war es von seinem Standpunkt aus früher zufriedener«, sagte ich. »Irgendwie stört es mich jetzt ein wenig … Nun, schön. Das geht vorüber!«

Ich trat zu dem kleinen Wandschrank, in dem ich mein Geld aufbewahrte. Adriana wandte sich zum Gehen; ich hielt sie zurück, ich Dummkopf; aber wie hätte ich denn auch ahnen können …? In allen meinen großen und kleinen Verlegenheiten ist mir, wie man gesehen hat, immer das Glück zu Hilfe gekommen. Und auch diesmal – aber das wird sich gleich zeigen.

Als ich den Wandschrank öffnen wollte, bemerkte ich, daß sich der Schlüssel im Schloß nicht herumdrehen ließ; ich wendete kaum Gewalt an, und schon gab die kleine Tür nach: sie war unverschlossen!

»Wie ist das möglich!« rief ich aus. »Sollte ich vergessen haben, abzuschließen?«

Als Adriana meine Bestürzung sah, wurde sie kreidebleich. Ich sah sie an:

»Aber hier … sehen Sie doch, Signorina, hier war jemand!«

Im Wandschrank war alles durcheinandergeworfen: die Banknoten waren aus der Ledertasche herausgezogen, in der ich sie verwahrt hatte, und lagen im Fach verstreut. Entsetzt schlug Adriana ihre Hände vors Gesicht. Fieberhaft sammelte ich die Geldscheine und begann sie zu zählen.

»Ist das möglich?« rief ich aus, als ich zu Ende gezählt hatte. Mit zitternden Händen fuhr ich mir über die Stirn, sie war mit kaltem Schweiß bedeckt.

Adriana, einer Ohnmacht nahe, mußte sich an einem Tisch festhalten und fragte mich mit einer Stimme, die mir nicht mehr die ihre zu sein schien:

»Wurde etwas gestohlen?«

»Warten Sie … Warten Sie nur … Wie ist das möglich?«

Ich begann noch einmal zu zählen, behandelte das Notenpapier wütend mit den Fingern, als könnte ich durch diese Gewaltsamkeit die fehlenden Geldscheine zutage fördern.

»Wieviel?« fragte sie entsetzt und empört, als ich mit dem Zählen zu Ende war.

»Zwölf... Zwölftausend Lire...« stammelte ich. »Es waren fünfundsechzig ... Jetzt sind es dreiundfünfzig! Zählen Sie selber nach...«

Hätte ich die arme Adriana nicht rechtzeitig gestützt, sie wäre, wie von einem schweren Schlag getroffen, zu Boden gestürzt. Mit größter Anstrengung gelang es ihr, sich wieder zu fassen. Schluchzend und zitternd versuchte sie, sich von mir loszumachen, als ich sie zu einem Fauteuil führen wollte. Sie drängte zum Ausgang: »Ich rufe Papa! Ich rufe Papa!«

»Nein!« schrie ich, hielt sie zurück und zwang sie, sich zu setzen. »Um Gottes willen, regen Sie sich nicht so auf! Das verschlimmert für mich nur die Sache... Ich will es nicht, auf keinen Fall. Was haben Sie mit der Sache zu tun? Beruhigen Sie sich, um Gottes willen. Lassen Sie mich erst sehen, wieso... Ja, der Wandschrank war offen, ich kann aber, ich will es immer noch nicht glauben, daß ein so riesiger Diebstahl... Nur ruhig, ich bitte Sie!«

Um auch den letzten Zweifel zu zerstreuen, zählte ich die Scheine noch einmal; obwohl ich sicher war, daß sich in dem Wandschrank mein ganzes Geld befunden hatte, begann ich doch überall zu suchen, auch dort, wo ich unmöglich, es sei denn in einem Anfall von Geistesgestörtheit, eine so große Summe hätte hinlegen können. Durch diese Suche, die mir allmählich immer dümmer und sinnloser erschien, wollte ich mich selber zwingen, eine derartige Unverfrorenheit des Diebes für unwahrscheinlich zu halten. Adriana schlug die Hände vors Gesicht und stöhnte, von Schluchzen unterbrochen, wie eine Irrsinnige:

»Es hilft nichts! Es hilft nichts! Dieb... Dieb... auch noch ein Dieb!... Alles vorausgeplant... ich habe es im Dunkeln gehört... ich schöpfte gleich Verdacht... aber ich wollte nicht glauben, daß er es wirklich so weit treiben würde...«

Papiano: ja, niemand anderer als er konnte der Dieb sein; er, mit seinem Bruder als Helfer, während der spiritistischen Sitzungen...

»Wie aber«, stöhnte sie völlig gebrochen, »wie konnten Sie nur so viel Geld im Hause aufbewahren?«

Ich wandte mich ihr zu und starrte sie dumm an. Was antworten? Konnte ich ihr denn sagen, daß ich in meiner Situation das Geld zwangsläufig bei mir verwahren mußte? Daß es mir verwehrt war, es zu investieren, es irgend jemandem anzuvertrauen? Daß ich es auch auf keine Bank legen konnte, da ich, falls sich beim Beheben des Geldes – was immerhin nicht unmöglich war – irgendeine Schwierigkeit ergeben sollte, außerstande gewesen wäre, mein Recht auf dieses Geld nachzuweisen?

Um meine Bestürzung zu verbergen, war ich grausam zu ihr: »Ja, konnte ich denn je so etwas vermuten?«

Adriana bedeckte erneut ihr Gesicht mit den Händen und stöhnte verzweifelt:

»Mein Gott! Mein Gott!«

Die Angst, die den Dieb hätte befallen müssen, als er den Diebstahl beging, befiel jetzt mich, als ich daran dachte, was geschehen würde. Papiano konnte gewiß nicht annehmen, ich würde den spanischen Maler oder Signor Anselmo oder die Signorina Caporale oder das Dienstmädchen oder gar Maxens Geist des Diebstahls beschuldigen. Es mußte ihm klar sein, daß ich ihn beschuldigen würde, ihn und seinen Bruder: und doch hatte er die Tat begangen, wie um mich herauszufordern.

Und ich? Was konnte ich tun? Ihn anzeigen? Und wie? Ach nein, nein und noch einmal nein! Nichts konnte ich tun! Ich fühlte mich zerstört, vernichtet. Das war die zweite Entdeckung, die ich an diesem Tage machte! Ich kannte den Dieb und hatte keine Möglichkeit, ihn anzuzeigen. Welchen Anspruch hatte ich denn auf den Schutz des Gesetzes? Ich stand außerhalb des Gesetzes. Wer war ich? Niemand! Dem Gesetz nach existierte ich gar nicht. Jedermann durfte mich bestehlen; und ich mußte still sein!

Das alles aber konnte Papiano nicht wissen. Wie also erklärte sich der Fall?

»Wie hat er das nur tun können?« sagte ich fast zu mir selber. »Woher nahm er nur den Mut?«

Adriana hob ihr Gesicht aus den Händen und sah mich erstaunt an, als wollte sie sagen: »Weißt du es denn nicht?«

»Ach ja!« sagte ich, plötzlich begriff ich.

»Sie werden ihn anzeigen!« rief sie und stand auf. »Erlauben Sie mir, daß ich meinen Vater rufe, erlauben Sie es mir, bitte ... Er wird ihn auf der Stelle anzeigen!«

Noch einmal gelang es mir, sie rechtzeitig zurückzuhalten. Das hätte mir zu allem noch gefehlt, daß Adriana mich zwänge, den Diebstahl anzuzeigen! War es nicht schon genug, daß man mir zwölftausend Lire mir nichts dir nichts gestohlen hatte? Mußte ich jetzt auch noch fürchten, daß der Diebstahl bekannt werde; Adriana bitten, beschwören, nicht laut darüber zu reden, es, um Gottes willen, ja niemandem zu sagen? Sinnlos! Adriana – jetzt erst begreife ich es richtig – konnte absolut nicht zulassen, daß ich schwieg und auch sie zu schweigen zwang, sie konnte aus verschiedenen Gründen meine vermeintliche Großmut unter gar keinen Umständen annehmen: vor allem verbot es ihr ihre Liebe zu mir, sodann die Rücksicht auf die Ehre ihres Hauses und auf meine Person, und schließlich der Haß gegen ihren Schwager.

In meiner bedrängten Lage aber empfand ich ihre gerechte Empörung als übertrieben: wütend schrie ich sie an:

»Sie werden schweigen: ich verlange es von Ihnen! Sie werden niemandem etwas sagen, verstanden! Wollen Sie einen Skandal?«

»Nein! Nein!« widersprach die arme Adriana unter Tränen. »Ich will mein Haus von diesem schändlichen Menschen befreien!«

»Er aber wird leugnen!« bestand ich weiter. »Und dann werden wir alle, die wir hier wohnen, vor dem Richter erscheinen müssen ... Begreifen Sie denn das nicht?«

»Ja, ausgezeichnet!« antwortete Adriana in flammender Empörung und am ganzen Leibe bebend. »Er leugne nur, er leugne! Wir haben noch ganz andere Dinge gegen ihn vorzubringen. Zei-

gen Sie ihn ruhig an, nehmen Sie keine Rücksicht, fürchten Sie nichts für uns ... Sie tun uns damit nur Gutes, glauben Sie mir! Sie rächen meine arme Schwester ... Verstehen Sie doch, daß es eine Beleidigung für mich wäre, wenn Sie es nicht tun. Ich will, daß Sie ihn anzeigen, ich will es. Wenn Sie es nicht tun, dann tue ich es! Sie können nicht verlangen, daß ich und mein Vater diese Schande auf uns sitzen lassen! Nein! Nein! Nein! Und dann ...«

Ich schloß sie in meine Arme: ich dachte nicht mehr an das gestohlene Geld, als ich sie so leiden sah, aufgewühlt und in heller Verzweiflung: ich versprach ihr alles, was sie wollte, nur damit sie sich beruhige. Was denn für Schande? Weder für sie noch für ihren Vater; ich wußte ja, wer der Schuldige war; Papiano fand, daß meine Liebe zu ihr gute zwölftausend Lire wert sei, und ich sollte ihm das Gegenteil beweisen? Ihn anzeigen? Nun gut, ja, ich wollte es tun, aber nicht meinetwegen, sondern um ihr Haus von diesem Schuft zu erlösen: jedoch unter einer Bedingung: daß sie sich erst einmal völlig beruhige, nicht länger weine. Ruhe! Nur Ruhe! Sie mußte mir bei dem, was ihr das Liebste auf der Welt war, schwören, daß sie niemandem etwas von diesem Diebstahl sage, niemandem, ehe ich mich mit einem Rechtsanwalt beraten hätte. In unserer Aufregung könnten weder ich noch sie alle Folgen einer Anzeige absehen.

»Schwören Sie es mir? Bei dem, was Ihnen das Liebste auf der Welt ist?«

Sie schwor. Der Blick, den sie dabei unter Tränen auf mich warf, machte mir klar, was ihr das Liebste auf der Welt war, bei dem sie schwor.

Arme Adriana!

Ich blieb allein, stand wie betäubt inmitten des Zimmers, innerlich ausgehöhlt, vernichtet, als wäre die ganze Welt für mich inhaltslos geworden. Wieviel Zeit mochte verstrichen sein, ehe ich wieder zu mir fand? Und wie war mir da zumute? Narr ... Narr! ... Wie ein Narr untersuchte ich die Tür des Wandschrankes, um zu sehen, ob sich irgendwelche Spuren von Gewaltanwen-

dung fänden. Nein: es gab keinerlei Spuren: die Tür war säuber-
lich mit einem Dietrich geöffnet worden, während ich den Schlüssel sorgfältig in meiner Tasche verwahrt trug.

»Und haben Sie nicht das Gefühl«, hatte mich Paleari am Schluß
der letzten spiritistischen Sitzung gefragt, *»haben Sie nicht das Gefühl, daß Ihnen etwas entzogen wurde?«*

Zwölftausend Lire!

Wiederum fiel mir meine Ohnmacht ein, meine Nichtigkeit.
Ich war zerschmettert. Daß man mich einfach bestehlen darf und
ich gezwungen bin zu schweigen, ja, daß ich fürchten muß, der
Diebstahl könnte entdeckt werden, als hätte ich ihn begangen, als
wäre nicht ich das Opfer eines Diebes geworden – das war mir bisher noch nicht in den Sinn gekommen.

Zwölftausend Lire? Aber das war ja wenig, sehr wenig! Alles
konnte man mir stehlen, das Hemd konnte man mir vom Leibe
ziehen: und ich mußte schweigen! Was für ein Recht hatte ich zu
leben? Die erste Frage an mich würde lauten: »Und Sie, wer sind
denn Sie? Woher haben Sie das Geld?« Und wenn ich ihn nicht an-
zeigte ... wie wäre das? Wenn ich ihn heute abend beim Hals
packte und ihm zuriefe: »Heraus mit dem Geld, das du mir aus
dem Wandschrank gestohlen hast, du gemeiner Dieb!« – Er schreit,
leugnet; kann er mir denn antworten: »Hier, Signore, hier, ich
habe es nur irrtümlich genommen...«? – Und dann? Es könnte sogar sein, daß er mich wegen Verleumdung verklagt. Stillhalten
also, ganz still! Ich hatte es als ein Glück erachtet, für tot zu gelten? Nun denn, ich bin tot, wirklich und wahrhaftig. Tot? Schlimmer als tot; Signor Anselmo brachte es mir zum Bewußtsein: Die
Toten müssen nicht mehr sterben, ich aber ja: für den Tod bin ich
noch lebendig, und für das Leben bin ich tot. Was für ein Leben
kann ich denn noch führen? Wieder die Langeweile, die Einsamkeit, wiederum bloß die Gesellschaft meiner selbst?

Ich vergrub mein Gesicht in den Händen, sank in einen
Fauteuil. Wäre ich wenigstens ein Lump gewesen! Dann hätte ich
mich damit abfinden können, einem unsicheren Schicksal aus-

gesetzt, dem Zufall preisgegeben zu sein, dauernd in Gefahr zu schweben, ohne festen Boden unter den Füßen, ohne sicheren Bestand. Aber ich? Nein, ich konnte das nicht. Was also tun? Fortgehen? Wohin? Und Adriana? Was konnte ich denn für sie tun? Nichts ... Gar nichts ... Wie aber fortgehen ohne irgendeine Erklärung, nach all dem, was geschehen war? Sie würde meinen, ich tue es, weil man mich hier bestohlen hatte, und würde sich fragen: »Warum nur wollte er den Schuldigen retten und mich Unschuldige strafen?« – Nein, arme Adriana, nein! Da ich aber andererseits doch gar nichts tun konnte, wie sollte ich da hoffen, ihr gegenüber eine weniger traurige Rolle zu spielen? Zwangsläufig mußte mein Handeln folgewidrig und grausam erscheinen. Die Sinnwidrigkeit, die Grausamkeit waren mir zum Schicksal geworden, ich litt als erster darunter. Selbst Papiano, der Dieb, war, als er den Diebstahl beging, folgerichtiger und weniger grausam vorgegangen, als ich mich leider erweisen mußte.

Er wollte Adriana haben, um seinem Schwiegervater nicht die Mitgift seiner ersten Frau zurückzahlen zu müssen: ich wollte ihm Adriana wegnehmen, also war es an mir, Paleari die Mitgift zurückzuerstatten.

Für einen Dieb überaus folgerichtig!

Dieb? Nicht einmal. Es handelte sich mehr um einen scheinbaren als um einen wirklichen Diebstahl: Da er Adrianas Anständigkeit kannte, konnte er tatsächlich nicht meinen, ich wolle sie zu meiner Geliebten machen. Sicherlich wollte ich sie zur Frau nehmen – nun gut, so würde ich das Geld in der Form von Adrianas Mitgift zurückerhalten, dazu noch bekäme ich eine kluge und gute Frau: Was wollte ich mehr?

Oh, ich war überzeugt: wenn ich warten konnte und Adriana die Kraft aufbrachte, das Geheimnis zu wahren, dann würden wir es noch erleben, daß Papiano sein Versprechen hielt und die Mitgift seiner verstorbenen Frau sogar noch vor Ablauf des ausbedungenen Jahres zurückzahlte.

Allerdings würde ich zu meinem Geld nicht mehr kommen,

denn Adriana konnte nicht die Meine werden. Sie aber würde es erhalten, wenn sie, meinem Rat folgend, zu schweigen verstand und ich mich noch eine Zeitlang hier aufzuhalten vermochte. Viel, sehr viel Geschick würde ich dazu aufbringen müssen, dafür aber hätte Adriana, wenn nichts anderes, so doch dies gewonnen, daß sie ihre Mitgift bekam.

Bei diesem Gedanken beruhigte ich mich etwas, zumindest, was sie betraf. Nicht aber, was mich betraf, o nein! Für mich blieb die grausame Wahrheit, daß der Betrug aufgedeckt war, der Betrug meiner eigenen Illusion, und dem gegenüber war der Diebstahl von zwölftausend Lire ein Kinderspiel. Im Gegenteil, es war sogar etwas Gutes, wenn er am Ende Adriana zum Vorteil gereichen sollte.

Ich sah mich für immer vom Leben ausgeschlossen, es gab keine Möglichkeit, wieder an ihm teilzunehmen. Mit dieser Erkenntnis würde ich jetzt schweren Herzens aus dem Hause ziehen, an das ich mich bereits gewöhnt hatte, in dem ich ein wenig Ruhe gefunden und mir fast ein Nest eingerichtet hatte ... Wieder auf die Straße, ohne Ziel, ohne Zweck, ins Leere. Aus Furcht, ein zweites Mal in die Schlingen des Lebens zu geraten, würde ich mich von den Menschen noch mehr absondern, scheu und mißtrauisch. Allein, ganz und gar allein. Die Qualen des Tantalus erneuerten sich für mich.

Wie von Sinnen lief ich aus dem Haus. Nach einer Weile befand ich mich auf der Via Flaminia, in der Nähe des Ponte Molle. Was suchte ich hier? Ich sah um mich; schließlich blieb mein Blick an dem Schatten haften, den mein Körper warf. Eine Zeitlang betrachtete ich ihn, dann trat ich mit dem Fuß wütend nach ihm. Aber ich konnte ihn nicht zertreten, meinen Schatten. Wer von uns beiden war schattenhafter, ich oder er?

Zwei Schatten!

Dort, dort auf der Erde; jeder konnte darauf treten: mir den Kopf zertreten, das Herz zertreten: und ich mußte schweigen; der Schatten mußte schweigen.

Der Schatten eines Toten: das war mein Leben...

Ein Karren fuhr vorüber; ich rührte mich absichtlich nicht: zuerst das Pferd mit seinen vier Hufen, dann die Räder des Karrens.

»Nur zu! Über den Hals! Nur zu, nur zu! Oh, oh, auch ein Hündchen? Auch du? Los, braves Tierchen: hebe dein Bein! Hebe es doch!«

Ich brach in böses Gelächter aus; das Hündchen lief erschrocken davon; der Kutscher wandte sich um und sah mich an. Da setzte ich mich in Bewegung; und der Schatten bewegte sich mit mir, war vor mir her. Ich beschleunigte meinen Schritt, jagte den Schatten mit Lust unter andere Karren, unter die Füße der Passanten. Eine Übelkeit erregende Unrast erfaßte mich, umkrallte meine Eingeweide; dieser Schatten, ich konnte ihn mir schließlich nicht mehr ansehen; ich wollte ihn mir von den Füßen schütteln; ich wandte mich um; aber da war er nun hinter mir.

»Und wenn ich auch zu laufen beginne«, dachte ich, »er wird mir doch überallhin folgen!«

Ich rieb mir die Stirn, ich fürchtete, verrückt zu werden, einer fixen Idee zum Opfer zu fallen. Aber so war es nun einmal! Der Schatten war das Symbol meines Lebens – sein Phantom; da lag ich, auf der Erde, jedem Fußtritt ausgesetzt. Das war es, was von Mattia Pascal, der in La Stìa verstarb, übrigblieb: sein Schatten in den Straßen von Rom.

Und dieser Schatten hatte ein Herz, durfte aber nicht lieben; er hatte auch Geld, dieser Schatten, und jeder durfte es ihm stehlen; er hatte einen Kopf, und mit dem konnte er denken und erkennen, daß er der Kopf seines Schattens war und nicht der Schatten eines Kopfes. Genauso war es!

Da empfand ich ihn wie etwas Lebendiges, ich litt Schmerzen seinetwegen, als hätten das Pferd und die Räder des Karrens und die Füße der Passanten ihn tatsächlich zerfleischt. Und da wollte ich ihn nicht mehr weiter so preisgegeben liegen lassen, auf der Erde. Eine Straßenbahn fuhr vorüber, ich stieg ein. Als ich nach Hause kam...

XVI.

Das Bildnis der Minerva

Noch ehe mir die Wohnungstür geöffnet wurde, fühlte ich, daß irgend etwas Ernstes im Hause vorgefallen sein mußte: ich hörte Papiano und Paleari schreien. Völlig aufgelöst kam die Caporale mir entgegen:

»Ist es denn wahr? Zwölftausend Lire?«

Ich blieb stehen, der Atem stockte mir, ich meinte zu vergehen. In diesem Augenblick kam Scipione Papiano, der Epileptiker, durch den Vorraum, barfuß, die Schuhe in der Hand, er war überaus blaß und ohne Jacke; drüben kreischte sein Bruder:

»Los, erstatte doch die Anzeige! Erstatte sie doch!«

Plötzlich erfaßte mich ein wilder Zorn gegen Adriana, die trotz meines Verbots und trotz ihres Schwurs geredet hatte.

»Wer sagt das?« fuhr ich die Caporale an. »Es ist nicht wahr: ich habe das Geld wiedergefunden!«

Die Caporale sah mich erstaunt an:

»Das Geld? Wiedergefunden? Wirklich? Gott sei gelobt!« rief sie und erhob die Arme zum Himmel; dann lief sie, während ich ihr folgte, freudestrahlend in das Speisezimmer, wo Papiano und Paleari immer noch schrien und Adriana weinte: »Wiedergefunden! Wiedergefunden! Hier ist Signor Meis! Er hat das Geld wiedergefunden!«

»Wie das?«

»Wiedergefunden?«

»Ist es möglich?«

Die drei konnten sich nicht fassen; Adriana und ihr Vater waren feuerrot im Gesicht; Papianos Gesicht war, im Gegenteil, aschfahl, verzerrt.

Ich sah ihn einen Augenblick fest an. Ich mußte noch bleicher sein als er, alles in mir bebte. Er senkte erschrocken die Augen

und ließ die Jacke seines Bruders, die er in den Händen hielt, zu Boden fallen. Ich trat vor ihn hin, fast Brust an Brust, und bot ihm meine Hand.

»Entschuldigen Sie vielmals; und entschuldigen Sie alle ...« sagte ich.

»Nein!« rief Adriana empört; gleich darauf preßte sie ihr Taschentuch an den Mund.

Papiano sah sie an, wagte es nicht, mir die Hand zu geben.

Ich wiederholte:

»Entschuldigen Sie ...« Ich streckte meine Hand noch weiter vor und merkte, wie die seine zitterte. Sie fühlte sich an wie die Hand eines Toten, und auch seine trüben, fast erloschenen Augen schienen die eines Toten zu sein.

»Es tut mir aufrichtig leid«, fuhr ich fort, »daß ich an so viel Aufregung schuld bin und Ihnen, ohne es zu wollen, eine so böse Stunde bereitet habe.«

»Aber nein ... das heißt, ja ... wirklich«, stammelte Paleari. »Es war wirklich eine Sache, die ... ja, ganz unmöglich war, zum Kuckuck! Ich bin sehr glücklich, Signor Meis, ich bin überglücklich, daß Sie das Geld gefunden haben, denn ...«

Papiano keuchte, fuhr mit beiden Händen über seine schweißbedeckte Stirn und über seinen Kopf, dann wandte er uns den Rücken und sah auf die Terrasse hinaus.

»Es ist mir ergangen wie jenem Mann, der ...« begann ich und zwang mich zu lächeln. »Kurz, ich suchte den Esel und saß auf ihm. Ich hatte die zwölftausend Lire bei mir, hier in der Tasche.«

Da nun konnte sich Adriana nicht mehr beherrschen:

»Aber Sie haben doch«, sagte sie, »in meiner Gegenwart überall nachgesehen, auch in Ihrer Brieftasche; und wenn dort, in dem Wandschrank ...«

»Ja, Signorina«, unterbrach ich sie mit kalter und strenger Entschiedenheit, »aber ich habe wohl nicht genau genug nachgesehen, da ich das Geld jetzt wiedergefunden habe ... Ich bitte Sie sogar ganz besonders um Entschuldigung, denn Sie haben meiner

Kopflosigkeit wegen noch mehr ausgestanden als die anderen. Ich hoffe jedoch, daß ...«

»Nein! Nein! Nein!« schrie Adriana, brach in Tränen aus und stürzte plötzlich aus dem Zimmer, die Caporale folgte ihr.

»Ich verstehe nicht ...«, sagte Paleari wie benommen.

Papiano drehte sich zornig um:

»Ich gehe trotzdem, heute noch ... Allem Anschein nach hat man hier keinen Bedarf mehr nach ... nach ...«

Er brach ab, als bliebe ihm die Luft weg; er wandte sich mir zu, hatte aber nicht den Mut, mir ins Gesicht zu sehen:

»Ich ... glauben Sie mir, ich habe es nicht einmal bestreiten können ... als man mich ... hier ins Kreuzverhör nahm ... Ich bin gleich über meinen Bruder hergefallen, der ... unbewußt ... er ist ja krank ... unverantwortlich, das heißt, ich meine ... wer weiß! Es wäre ja denkbar gewesen, daß ... Ich habe ihn hergeschleppt, hierher ... Eine gräßliche Situation! Ich war genötigt, ihn ganz zu entkleiden ... seinen Körper abzusuchen ... alles ... die Kleider, die Schuhe ... und er ... ah!«

Das Weinen erstickte ihn; seine Augen füllten sich mit Tränen; wie in würgender Angst fügte er hinzu:

»So konnte man sich durch Augenschein überzeugen, daß ... Aber Sie selbst haben ja ... Nach dieser Geschichte gehe ich!«

»Aber nein! Durchaus nicht!« sagte ich. »Meinetwegen? Sie müssen bleiben! Da gehe eher ich!«

»Was reden Sie nur, Signor Meis?« rief Paleari bedauernd aus. Auch Papiano, den das Weinen erstickte, winkte mit der Hand ab; dann sagte er:

»Ich muß ... ich muß sowieso fort; zu dem allen ist es ja eben deshalb gekommen, weil ich ... ganz ahnungslos ... erklärte, ich wolle wieder fort, wegen meines Bruders, den man nicht länger im Hause behalten kann ... Der Marchese hat mir sogar ... hier ... einen Brief für den Direktor einer Heilanstalt mitgegeben, zu dem ich gewisser Dokumente wegen gehen muß, die er braucht ... und da hat meine Schwägerin, die für Sie ... durchaus zu Recht, durch-

aus … eine so außerordentliche Wertschätzung hat … da hat meine Schwägerin also plötzlich erklärt, niemand dürfe das Haus verlassen … alle müßten dableiben … weil Sie … ich weiß nicht … entdeckt hätten, daß … So etwas mir! Ihrem eigenen Schwager … ausdrücklich zu mir hat sie es gesagt … vielleicht deshalb, weil ich – ich bin zwar arm, aber ehrenhaft – meinem Schwiegervater noch Geld zurückzahlen muß …«

»Aber denk doch jetzt nicht daran!« unterbrach ihn Paleari.

»Doch!« erklärte Papiano stolz. »Ich denke daran! Ich denke sehr wohl daran, seien Sie dessen versichert! Und wenn ich gehe… Armer, armer Scipione!«

Er konnte sich nicht mehr beherrschen und begann, hemmungslos zu weinen.

»Nun ja«, sagte Paleari verwirrt und gerührt. »Aber was hat das alles mit der Sache zu tun?«

»Mein armer Bruder!« fuhr Papiano fort, der Ausruf klang so aufrichtig, daß es auch mir vor Mitgefühl beinahe das Herz umdrehte.

Ich hörte aus diesem Ausruf das schlechte Gewissen heraus, das er in diesem Moment sicherlich seinem Bruder gegenüber empfand. Er hatte sich seiner bedient und ihm alle Schuld an dem Diebstahl aufladen wollen für den Fall, daß ich Anzeige erstattete. Vor wenigen Minuten noch hatte er ihm die Schmach der Leibesvisitation nicht erspart.

Niemand wußte besser als er, daß ich das von ihm gestohlene Geld nicht wiedergefunden haben konnte. Meine unerwartete Erklärung, die ihn gerade in dem Augenblick rettete, als er sich schon verloren glaubte und seinen Bruder beschuldigte oder – nach einem wohlvorbereiteten Plan – doch durchblicken ließ, daß nur sein Bruder als Dieb in Betracht käme, hatte ihn buchstäblich niedergeschmettert. Jetzt weinte er aus dem unabweislichen Bedürfnis, sich nach der furchtbaren Aufregung zu erleichtern, vielleicht aber auch, weil er fühlte, daß mir gegenüber Tränen das einzig Angemessene seien. Mit diesen Tränen warf er sich

mir gleichsam zu Füßen, kniete er vor mir nieder, allerdings unter der Voraussetzung, daß ich meine Erklärung, ich hätte das Geld wiedergefunden, weiter aufrechterhielt: hätte ich aber seine Zerknirschung ausgenützt und meine Erklärung widerrufen, dann wäre er mir mit wütender Entschlossenheit entgegengetreten. Er – das war bereits ausgemacht – wußte nichts und durfte nichts von dem Diebstahl wissen. Mit meiner Erklärung rettete ich lediglich seinen Bruder, und der hätte, falls ich Anzeige erstattete, seiner Krankheit wegen vielleicht gar keine Strafe zu gewärtigen gehabt; er selber aber verpflichtete sich, wie er bereits deutlich durchblicken ließ, Paleari die Mitgift zurückzuzahlen.

Das alles glaubte ich aus seinem Schluchzen herauszuhören. Auf Signor Anselmos und mein Zureden beruhigte er sich endlich; er würde, so sagte er, in Kürze wieder aus Neapel zurückkehren, sobald er seinen Bruder in der Heilanstalt untergebracht, *seine Anteile an einem Geschäft, das er dort unlängst mit einem Freund eingeleitet hatte, flüssig gemacht* und die Nachforschungen nach den Dokumenten, die der Marchese benötigte, beendet hätte.

»Übrigens …« sagte er dann zu mir gewandt. »Wer konnte jetzt noch daran denken? Der Herr Marchese hat mir gesagt, wenn es Ihnen angenehm ist, sollten wir heute … zusammen mit meinem Schwiegervater und mit Adriana …«

»Bravo!« unterbrach Signor Anselmo ihn lebhaft. »Wir wollen gemeinsam hingehen … Ausgezeichnet! Ich glaube, wir haben jetzt allen Grund, vergnügt zu sein, zum Kuckuck! Was meinen Sie, Signor Adriano?«

»Was mich anlangt …« sagte ich und breitete die Arme aus.

»Also, gegen vier Uhr …, recht so?« schlug Papiano vor und trocknete sich endgültig die Augen.

Ich zog mich in mein Zimmer zurück. Meine Gedanken waren sogleich bei Adriana, die nach meinem Widerruf schluchzend davongestürzt war. Wie, wenn sie nun käme und eine Erklärung von mir verlangte? Sicherlich konnte auch sie nicht glauben, daß

ich das Geld wiedergefunden hätte. Was mochte sie jetzt denken? Daß ich den Diebstahl leugnete, um sie zu bestrafen, weil sie ihren Schwur nicht gehalten hatte. Und warum das? Offenbar, weil ich mich, ehe ich die Anzeige erstattete, wie angekündigt, an einen Rechtsanwalt gewandt und von ihm erfahren hatte, daß auch sie wie alle anderen Hausbewohner verantwortlich gemacht werden würde. Ja, aber hatte sie mir denn nicht gesagt, sie sei gerne bereit, es auf den Skandal ankommen zu lassen? Gewiß: aber ich – das war klar – wollte es nicht: ich zog es vor, zwölftausend Lire einzubüßen … Nötigte sie das nicht zur Annahme, ich handle aus Edelmut, bringe ein Opfer, aus Liebe zu ihr? Da konnte man sehen, welch neue Lüge mir aus meiner Situation erwuchs: eine scheußliche Lüge. Ich stand in einem wunderschönen Licht da, als hätte ich einen überaus zartfühligen Liebesbeweis erbracht, ein Edelmut wurde mir nun zugeschrieben, der um so größer erscheinen mußte, als sie ihn von mir weder verlangt noch gewünscht hatte.

Nein! Nein! Nein! Was phantasierte ich denn da zusammen? Meine notgedrungene, unvermeidliche Lüge mußte zu ganz anderen Schlußfolgerungen führen, wenn ich der Logik folgte. Was Edelmut! Was Opfer! Was Liebesbeweis! Konnte ich denn das arme Mädchen noch länger in falschen Hoffnungen wiegen? Ich mußte meine Leidenschaft unterdrücken, ganz und gar; ich durfte an Adriana keinen zärtlichen Blick und kein zärtliches Wort mehr richten. Und dann? Wie sollte sie meinen scheinbaren Edelmut mit dem Benehmen in Einklang bringen, zu dem ich mich von nun an ihr gegenüber gezwungen sah? Ich nahm, weil ich mußte, den Diebstahl, den sie gegen meinen Willen hinausposaunt und den ich bestritten hatte, zum Anlaß, um alle Beziehungen mit ihr abzubrechen. Wo blieb da die Logik? Entweder – oder: entweder war ich bestohlen worden, warum aber zeigte ich dann den Dieb, den ich doch kannte, nicht an, sondern entzog ihr meine Liebe, als wäre sie die Schuldige; oder ich hatte das Geld tatsächlich wiedergefunden, warum aber fuhr ich dann nicht fort, sie zu lieben?

Der Ekel, die Wut, der Haß gegen mich selber erstickten mich. Hätte ich ihr doch sagen können, daß es kein Edelmut von mir war; daß die Umstände es mir ganz und gar unmöglich machten, den Diebstahl anzuzeigen... Aber irgendeinen Grund mußte ich ihr doch angeben... War mein Geld vielleicht gestohlenes Geld? Auch das konnte sie vermuten... Oder sollte ich ihr sagen, ich sei ein Verfolgter, ein Flüchtling, nach dem man fahndete, einer, der im Schatten leben mußte und das Schicksal einer Frau nicht an das seine binden durfte? Weitere Lügen, dem armen Mädchen zugedacht... Andererseits aber, warum sollte ich ihr nicht die Wahrheit sagen, die Wahrheit, die mir nun selber so unglaublich erschien wie ein absurdes Märchen, ein unsinniger Traum? Wie sollte ich ihr, um jetzt nicht zu lügen, eingestehen, daß ich die ganze Zeit gelogen hatte? Dazu hätte die Enthüllung meiner Situation geführt. Und wo der Nutzen? Es wäre weder eine Entschuldigung für mich noch ein Heilmittel für sie gewesen.

Trotzdem hätte ich ihr in meiner momentanen Wut und Verzweiflung alles gestanden, wenn sie, statt die Caporale zu mir zu schicken, selber in mein Zimmer gekommen wäre, um mir zu erklären, warum sie ihren Schwur nicht hatte halten können.

Der Grund war mir ja schon bekannt: Papiano hatte ihn mir gesagt. Die Caporale fügte noch hinzu, daß Adriana untröstlich sei.

»Warum denn?« fragte ich mit erzwungenem Gleichmut.

»Sie glaubt nicht, daß Sie das Geld wirklich gefunden haben«, antwortete sie.

Da kam mir der Gedanke (er entsprach übrigens durchaus meinem Gemütszustand, dem Ekel, den ich für mich selber empfand), der Gedanke, mich in den Augen Adrianas um jede Achtung zu bringen, nur damit sie mich nicht mehr lieben solle. Sie sollte mich für falsch halten, hart, unverläßlich, eigennützig... So wollte ich mich selber für die Leiden bestrafen, die ich ihr zugefügt hatte. Im Augenblick bereitete ich ihr damit gewiß weiteres Leid, aber zu einem guten Zweck, um sie zu heilen.

»Sie glaubt es nicht? Warum denn nicht?« sagte ich mit einem bösen Lachen zur Caporale. »Zwölftausend Lire, liebe Signorina ... sind die vielleicht Kieselsteine? Glauben Sie, ich stünde jetzt so ruhig da, wenn man sie mir wirklich gestohlen hätte?«

»Adriana hat mir aber gesagt ...«, versuchte sie einzuwenden.

»Dummheiten!« unterbrach ich sie. »Dummheiten! Ja, es stimmt ... einen Augenblick lang hatte ich den Verdacht ... Ich habe der Signorina Adriana aber auch gesagt, daß ich einen Diebstahl für unmöglich halte ... Und wirklich, so war es! Außerdem, aus welchem Grund sollte ich sagen, ich habe das Geld wiedergefunden, wenn ich es nicht wirklich wiedergefunden hätte?«

Die Signorina Caporale zuckte die Achseln.

»Adriana glaubt vielleicht, daß Sie einigen Grund haben ... weil ...«

»Aber nein! Nein!« schnitt ich rasch ab. »Es handelt sich, ich wiederhole es, Signorina, um zwölftausend Lire. Wären es dreißig, vierzig Lire, na schön!... Ich denke nicht so hochherzig, glauben Sie mir... Zum Teufel! Da müßte man ja ein Held sein...«

Als die Signorina Caporale fortgegangen war, um Adriana über das Gespräch mit mir zu berichten, rang ich die Hände, biß mir in die Hände. War das wirklich der richtige Weg? Den Diebstahl benützen, als wollte ich sie mit dem gestohlenen Geld für ihre enttäuschten Hoffnungen bezahlen, entschädigen? Ah, das war ja ein niederträchtiges Vorgehen! Sicherlich schrie sie dort drüben vor Empörung auf und verachtete mich ... ohne zu ahnen, daß ihr Schmerz auch der meine war. Aber so mußte es eben sein! Sie sollte mich hassen, verachten, so wie ich mich selber haßte und verachtete. Ich wollte sogar zusätzlich gegen mich selber wüten, ihre Verachtung gegen mich noch steigern und mich besonders liebenswürdig zu Papiano benehmen, zu ihrem Feind, wie um ihn vor ihren Augen für den Verdacht zu entschädigen, den sie gegen ihn geschöpft hatte. Ja, das wollte ich und damit auch den Dieb aus der Fassung bringen. Am Ende sollten alle glauben, ich sei verrückt... Aber auch das war mir noch nicht

genug: sollten wir nicht jetzt gleich zum Marchese Giglio gehen? Heute noch wollte ich der Signorina Pantogada den Hof machen.

»Jetzt erst wirst du mich richtig verachten!« stöhnte ich und warf mich aufs Bett. »Was kann ich denn anderes für dich tun?«

Kurz nach vier Uhr klopfte Signor Anselmo an meine Zimmertür.

»Da bin ich schon«, sagte ich und schlüpfte in meinen Mantel. »Ich bin bereit.«

»In diesem Aufzug wollen Sie kommen?« fragte mich Paleari und sah mich verwundert an.

Gleich darauf aber bemerkte ich, daß ich immer noch meine Reisemütze aufhatte, die ich zu Hause zu tragen pflegte. Ich stopfte sie in die Manteltasche und nahm den Hut vom Haken, während Signor Anselmo lachte und lachte, als ob er ...

»Wohin, Signor Anselmo?«

»Da sehen Sie nur, wie ich selber fortgehen wollte«, antwortete er lachend und zeigte auf die Pantoffeln an seinen Füßen. »Gehen Sie jetzt hinüber; Adriana wartet ...«

»Sie kommt mit?« fragte ich.

»Zuerst wollte sie nicht«, sagte Paleari und schickte sich an, sein Zimmer aufzusuchen. »Aber ich habe sie überredet. Gehen Sie nur: sie ist im Speisezimmer, sie ist schon fertig...«

Mit was für einem harten, anklagenden Blick empfing mich im Speisezimmer die Signorina Caporale! Sie, die so sehr unter der Liebe gelitten und so oft von dem sanften, ahnungslosen Mädchen getröstet worden war, wollte nun, da Adriana selber wissend geworden, da Adriana verletzt war, sie ihrerseits trösten, voller Dankbarkeit und Eifer. Sie stellte sich feindselig gegen mich ein, denn sie fand es ungerecht, daß ich einem so guten und schönen Geschöpf Leid zufügte. Sie selber war nicht schön und nicht gut, sie nicht, und wenn die Männer ihr gegenüber schlecht waren, so hatten sie dafür zumindest den Schimmer einer Entschuldigung. Warum aber Adriana leiden lassen?

Das alles sagte mir ihr Blick, er forderte mich auf, mir doch die anzusehen, die durch meine Schuld litt!

Wie war sie blaß! Man sah ihren Augen an, daß sie geweint hatte. Wer weiß, welche Überwindung es sie in ihrem Kummer gekostet hatte, sich anzukleiden, um mit mir auszugehen …

Trotz der üblen Laune, in der ich mich zu dem Besuch aufmachte, weckten die Person und das Haus des Marchese Giglio d'Auletta doch meine Neugier.

Ich wußte, daß er deshalb in Rom lebte, weil er im Kampf für den Sieg der weltlichen Macht der Kirche die einzige Möglichkeit für eine Restauration des Königreiches Beider Sizilien erblickte: wenn der Papst Rom zurückerhielte, würde die Einigung Italiens in die Brüche gehen, und dann … wer weiß! Auf Prophezeiungen wollte er sich freilich nicht einlassen, der Marchese. Im Augenblick aber war seine Aufgabe fest umrissen: Kampf ohne Rast, hier, auf klerikalem Gebiet. Und so wurde sein Haus von den unnachgiebigsten Prälaten der Kurie, den eifrigsten Paladinen der schwarzen Partei besucht.

An jenem Tag allerdings trafen wir in dem großen, prächtig ausgestatteten Salon niemanden an. Das heißt, doch. In der Mitte stand eine Staffelei, die ein halb ausgeführtes Gemälde trug, es sollte das Porträt von Minerva werden, der kleinen Hündin Pepitas. Schwarz lag sie auf einem weißen Fauteuil, ihr Kopf ruhte auf den beiden Vorderpfoten.

»Ein Werk des Malers Bernaldez«, teilte uns Papiano feierlich mit, als stellte er uns einer Persönlichkeit vor, vor der man sich tief verneigen müsse.

Zuerst kamen Pepita Pantogada und die Gouvernante, Signora Candida.

Ich hatte sowohl die eine als auch die andere bereits in meinem halbverdunkelten Zimmer gesehen: jetzt, bei Licht, erschien mir die Signorina Pantogada ganz anders: nicht ganz, eigentlich, aber diese Nase … War es möglich, daß sie in meinem Zimmer diese

Nase hatte? Ich hatte mir eingebildet, sie habe ein kühnes Stups-
näschen, statt dessen war es eine energische Adlernase. Aber auch
so war das Mädchen schön; gebräunter Teint, blitzende Augen,
glänzendes, tiefschwarzes, geringeltes Haar; feine, klargezogene,
leuchtende Lippen. Das dunkle Kleid mit weißen Tupfen schmiegte
sich wie angegossen ihrem schlanken und wohlgeformten Körper
an. Die sanfte, blonde Schönheit Adrianas verblaßte daneben.

Jetzt endlich konnte ich mir erklären, was die Signora Candida
auf ihrem Kopf trug! Eine prachtvolle feuerrote Lockenperücke
und – über der Perücke – ein großes, himmelblaues Seidentuch,
eigentlich einen Schal, der kunstvoll unter dem Kinn geknotet
war. Dieser leuchtende Rahmen faßte, trotz aller Versuche, es
durch Puder und Schminke zu verschönen, ein kümmerliches,
mageres und schlaffes Gesicht ein.

Minerva, die kleine alte Hündin, störte durch ihr heiseres Gebell die Begrüßungszeremonie. Das Gebell des armen Tieres galt
aber nicht uns; Minerva bellte die Staffelei an, den weißen Fauteuil, die beide für sie Folterinstrumente zu sein schienen: es
klang wie der Protest und der Ausbruch einer verzweifelten Seele.
Dieses verdammte Gestell mit seinen drei langen Beinen hätte sie
am liebsten aus dem Salon vertrieben; da es sich aber starr und
drohend nicht vom Fleck rührte, zog sie sich bellend zurück, um
dann gleich wieder mit fletschenden Zähnen vorzuspringen und
wütend aufs neue den Rückzug anzutreten.

Mit ihrem kleinen, gedrungenen, dicken Körper auf viel zu ma-
geren Beinen war Minerva alles eher als ein anmutiges Tier; ihre
Augen waren vom Alter getrübt, auf dem Schädel war das Haar
bereits ergraut; beim Schwanzansatz war sie kahl, denn sie hatte
die Gewohnheit, sich an allen Regalen und Sesselleisten und überhaupt, wo immer es möglich war, zu reiben. Ich wußte ja davon
ein Lied zu singen.

Pepita packte sie plötzlich beim Hals, warf sie der Signora Candida in die Arme und schrie: »Stille sei!«

In diesem Augenblick schoß Don Ignazio Giglio d'Auletta her-

ein. Er war gebeugt, fast wie in der Mitte geknickt, lief zu einem Fauteuil neben dem Fenster, schob sofort, nachdem er sich gesetzt hatte, den Stock zwischen die Beine, seufzte tief auf, als wäre er tödlich erschöpft, und lächelte dabei. Sein abgezehrtes, glattrasiertes Gesicht war von senkrechten Falten durchfurcht und leichenfahl, im Gegensatz dazu leuchteten seine Augen mit fast jugendlicher Lebhaftigkeit. Seltsame, wie aus nasser Asche geformte Haarsträhnen hingen ihm über die Schläfen und Wangen.

Er begrüßte uns überaus höflich, sprach mit unverkennbarem neapolitanischem Akzent; er bat seinen Sekretär, mir all die vielen Erinnerungsstücke zu zeigen, die sich in dem Salon befanden und die alle seine Treue zur Dynastie der Bourbonen bekundeten. Wir kamen zu einem kleinen Bild, das mit einem grünen Tuch verhängt war, auf dem standen, in Gold gestickt, die Worte: »Ich verberge nicht; ich schütze; lüfte mich und lies.« Der Marchese bat Papiano, das Bild von der Wand zu nehmen und es ihm zu bringen. Unter dem Tuch, hinter Glas und eingerahmt, befand sich ein Brief, mit dem Pietro Ulloa im September 1860, als das Königreich in den letzten Zügen lag, den Marchese Giglio d'Auletta einlud, in die Regierung einzutreten, zu deren Bildung es dann nicht mehr kam: daneben befand sich der Entwurf des Briefes, mit dem der Marchese die Einladung annahm: es war ein stolzer Brief, er brandmarkte alle diejenigen, die es abgelehnt hatten, in diesem Augenblick äußerster Gefahr und angstvoller Verwirrung, als der Freibeuter Garibaldi schon fast vor den Toren Neapels stand, die Verantwortung der Regierung auf sich zu nehmen.

Als der alte Marchese dieses Dokument mit lauter Stimme vorlas, geriet er immer mehr in Feuer und Erregung. Ich mußte ihn bewundern, obwohl das, was er las, meinen Gefühlen zuwiderlief. Auch er war, von seinem Standpunkt aus, ein Held. Er selbst lieferte mir einen weiteren Beweis dafür, als er die Geschichte einer holzgeschnitzten, vergoldeten Lilie erzählte, die sich gleichfalls in dem Salon befand. Am Morgen des 5. September 1860 verließ der König gemeinsam mit der Königin und zwei Hofleuten in einem

offenen Wagen das königliche Schloß in Neapel: als der Wagen in die Via di Chiaia kam, mußte er halten, Karren und andere Fahrzeuge stauten sich vor einer Apotheke, deren Schild die goldenen Lilien trug. Eine Leiter, die an das Schild angelehnt war, behinderte den Verkehr. Einige Arbeiter hatten die Leiter erklommen und lösten die Lilien von dem Schild. Der König bemerkte es und machte, indem er mit der Hand hinwies, die Königin auf diesen Akt feiger Vorsicht des Apothekers aufmerksam, der seinerzeit um die Ehre gebeten hatte, seinen Laden mit dem königlichen Zeichen zieren zu dürfen. In diesem Augenblick kam er, der Marchese d'Auletta, eben vorüber: empört, schäumend vor Wut stürzte er in die Apotheke, packte den feigen Mann beim Rockkragen, zeigte auf den König draußen, spuckte dann dem Apotheker ins Gesicht, schwang eine der abmontierten Lilien in der Hand und schrie inmitten des Gedränges: »Es lebe der König!«

Diese hölzerne Lilie rief nun hier, in dem Salon, die Erinnerung an jenen traurigen Septembermorgen und an eine der letzten Ausfahrten der Majestät in den Straßen von Neapel wieder wach; der Marchese war auf diese Lilie ebenso stolz wie auf den Goldenen Schlüssel eines Kammerherrn und das Ordenszeichen eines Ritters von San Gennaro und andere Ehrenzeichen, die im Salon unter zwei großen Ölporträts von Ferdinand und Franz II. zur Schau gestellt waren.

Bald danach trat ich von dem Marchese fort, bei dem Paleari und Papiano blieben, und näherte mich Pepita, um meinen bösen Plan auszuführen.

Es fiel mir sogleich auf, daß sie sehr nervös und ungeduldig war. Sie wollte von mir wissen, wie spät es sei.

»Vier und eine halbe? Tschen! Wundertschen!«

Daß es vier und »eine halbe« war, bereitete ihr alles andere als Vergnügen: ich schloß dies daraus, daß sie das »Tschen! Wundertschen!« mit zusammengepreßten Zähnen hervorgestoßen hatte, aber auch aus ihren sprunghaften und fast aggressiven Reden. Sie zog gegen Italien und besonders gegen Rom los, das mit seiner

Vergangenheit so prahlte. Sie sagte mir unter anderem, daß man in Spanien »genausogute« ein Kolosseum habe wie wir, es sei auch genauso alt; die Spanier aber kümmerten sich nicht darum: »Piedra muerta!« – Toter Stein!

Für sie, die Spanier, war eine Plaza de toros weit wichtiger, und insbesondere für sie, Pepita, wurden sämtliche Meisterwerke der Antike von dem Bildnis der Minerva aufgewogen, das der Maler Manuel Bernaldez ausführte. Der war noch immer nicht gekommen. Dies war der Grund von Pepitas Ungeduld, die bereits den Siedepunkt erreichte. Alles bebte an ihr, während sie sprach; von Zeit zu Zeit strich sie rasch mit einem Finger über ihre Nase; biß sich auf die Lippen; öffnete und schloß ihre Hände, und ihre Augen blickten dauernd zur Eingangstür.

Endlich meldete ein Diener, daß Bernaldez eingetroffen sei. Er kam erhitzt, verschwitzt herein, als wäre er gelaufen. Pepita drehte ihm sofort den Rücken und zwang sich zu einem kühlen und gleichgültigen Verhalten; als er aber, nachdem er den Marchese begrüßt hatte, auf uns, oder besser auf sie zuging und sie in ihrer Sprache um Entschuldigung für die Verspätung bat, konnte sie sich nicht mehr beherrschen und sprudelte die Antwort hervor:

»Vor allem, sprechen Sie italienisch, porqué hier wir sind in Rom, wo diese Señores sind, die nicht verstehen espagnolisch, und ich halte es für kein gute Erziehung, wenn Sie sprechen mit mir espagnolisch. Und dann ich Ihnen sage, daß mir egal ist Ihr Verspätung und daß Sie sich konnten sparen das Entschuldigung.«

Der Maler lächelte nervös, in äußerster Verlegenheit, und verbeugte sich; dann fragte er sie, ob er an dem Gemälde weitermalen dürfe, solange es noch etwas Licht gebe.

»Nur kommod!« antwortete sie, ohne ihre Haltung zu ändern und in unverändertem Ton. »Sie können malen ohne mich oder auch übermalen alles, wie Sie wollen.«

Manuel Bernaldez verneigte sich wieder und wandte sich der Signora Candida zu, die die kleine Hündin noch im Arm trug.

Für Minerva begann die Folter von neuem. Einer weit größeren Folter aber wurde ihr Folterer ausgesetzt; um ihn für seine Verspätung zu strafen, begann Pepita so heftig mit mir zu kokettieren, daß es sogar für meine Zwecke zu viel war. Ich blickte manchmal heimlich zu Adriana hinüber und bemerkte, wie sie litt. Die Folter gab es also nicht nur für Bernaldez und Minerva; es gab sie auch für sie und für mich. Ich fühlte, wie ich feuerrot im Gesicht wurde, als berauschte ich mich an den Leiden, die ich, wie ich wußte, dem armen jungen Mann bereitete, aber ich hatte mit ihm gar kein Mitleid: in diesem Saal hatte ich einzig Mitleid mit Adriana; und da ich ihr Leid bereiten mußte, war es mir völlig gleichgültig, daß er die gleichen Qualen litt: im Gegenteil, je mehr er litt, desto weniger, so schien es mir, mußte Adriana leiden. Nach und nach wurde der Zwang, den jeder von uns sich auferlegte, so groß, daß es notwendigerweise zu einem Ausbruch kommen mußte.

Den Anlaß gab Minerva. Da sie nicht mehr durch die Blicke ihrer Herrin im Zaum gehalten wurde, erhob sie sich in aller Stille aus ihrer Zwangslage, sooft der Maler die Augen von ihr ab- und dem Bild zuwandte, steckte Pfoten und Schnauze in den Einschnitt zwischen Rückenteil und Sitzfläche des Fauteuils, als wollte sie hineinkriechen und sich darin verstecken, dabei zeigte sie dem Maler ihr nacktes, o-förmiges Hinterteil und wedelte fast wie zum Hohn mit ihrem aufgestellten Schweif. Immer wieder mußte Signora Candida sie auf ihren Platz zurücklegen, Bernaldez schnaubte jedesmal vor Wut, wenn er warten mußte, und fing im Flug das eine oder andere Wort auf, das ich zu Pepita sagte. Er brummte seine Kommentare dazu leise vor sich hin. Ich war, als ich es merkte, schon mehrmals daran, ihn aufzufordern: »Reden Sie doch laut!« Schließlich konnte er sich nicht mehr beherrschen und schrie Pepita an:

»Bitte, veranlassen Sie wenigstens, daß das Vieh stillhält!«

»Viech! Viech! Viech …!« fuhr Pepita auf und fuchtelte aufgeregt mit den Händen in der Luft herum. »Sie vielleicht ein Viech, nur man es nicht sagt!«

»Es fragt sich, ob der arme Hund richtig verstanden hat ...«, sagte ich, gleichsam Minerva entschuldigend, zu Bernaldez. Der Satz aber war in der Tat doppeldeutig; ich merkte es erst, als ich ihn schon ausgesprochen hatte. Ich wollte sagen: »Weiß Gott, was das Tier sich vorstellt, das man ihm antun will.« Bernaldez jedoch faßte meine Worte anders auf und erwiderte, indem er mir drohend in die Augen sah:

»Mir scheint, Sie sind es, der nicht richtig versteht!«

Sein fester und herausfordernder Blick und die Erregung, in der ich mich ebenfalls befand, gaben mir die Antwort ein:

»Ich verstehe, Signore, daß Sie möglicherweise ein großer Maler sind ...«

»Was gibt es?« fragte der Marchese, als er unsere feindselige Haltung bemerkte.

Bernaldez aber, der alle Selbstbeherrschung verloren hatte, stand auf und stellte sich hart vor mich hin:

»Ein großer Maler ... Sprechen Sie zu Ende!«

»Ein großer Maler, ja, aber kein sehr höflicher, will mir scheinen; kleinen Hündinnen jagen Sie jedenfalls Angst ein«, sagte ich jetzt entschlossen und verächtlich.

»Schön«, meinte er, »ob nur kleinen Hündinnen, das wollen wir erst sehen!« Er ging zurück.

Da brach Pepita plötzlich in ein merkwürdiges, krampfartiges Schluchzen aus und fiel ohnmächtig der Signora Candida und Papiano in die Arme.

In der Verwirrung, die entstand, und während ich gleich den anderen zusah, wie man die Pantogada auf ein Kanapee legte, fühlte ich mich plötzlich am Arm gepackt. Bernaldez, der zurückgekommen war, stand wieder vor mir. Ich konnte gerade noch rechtzeitig seine Hand fassen, die er gegen mich erhoben hatte, und stieß ihn mit aller Kraft zurück. Er aber warf sich noch einmal auf mich und streifte mit seiner Hand leicht meine Wange. Wütend ging ich auf ihn los; Papiano und Paleari liefen herbei und hielten mich zurück. Während Bernaldez sich entfernte, rief

er mir zu: »Es gilt, als ob Sie sie tatsächlich bekommen hätten! Ich stehe Ihnen jedenfalls zur Verfügung. Meine Adresse ist hier bekannt!«

Zornbebend erhob sich der Marchese halb aus seinem Fauteuil und schrie meinem Angreifer etwas nach; ich selber wand mich in den Armen Palearis und Papianos, die mich daran hinderten, dem Maler nachzulaufen. Auch der Marchese versuchte, mich zu beruhigen, und sagte, als Ehrenmann müsse ich diesem Flegel, der es gewagt hatte, seinem Haus nicht den gebührenden Respekt zu zollen, zwei meiner Freunde schicken, um ihm eine Lektion zu erteilen.

Ich zitterte am ganzen Körper, rang nach Atem. Ich entschuldigte mich kaum bei dem Marchese für den unliebsamen Zwischenfall und lief davon. Paleari und Papiano folgten mir nach. Adriana blieb bei der Ohnmächtigen, die man inzwischen aus dem Saal getragen hatte.

Ich sah mich jetzt genötigt, den Mann, der mich bestohlen hatte, darum zu bitten, für mich als Zeuge aufzutreten: ihn bat ich und Paleari: an wen sonst hätte ich mich wenden sollen?

»Ich?« rief in aller Unschuld und höchst erstaunt Signor Anselmo aus. »Woher denn! Nein, Signore! Sie meinen das doch nicht im Ernst?« Er lächelte. »Ich verstehe doch nichts von diesen Dingen ... Ach, gehen Sie, das sind nur Kindereien, Dummheiten, verzeihen Sie ...«

»Sie werden es aber für mich tun«, erklärte ich energisch, ich konnte mich in diesem Augenblick mit ihm nicht in Diskussionen einlassen. »Sie werden mit Ihrem Schwiegersohn zu jenem Herren gehen und ...«

»Ich tue es aber nicht! Was fällt Ihnen ein!« unterbrach er mich. »Bitten Sie mich um jede andere Gefälligkeit: ich stehe zu Ihren Diensten; aber das nicht, nein: es ist nichts für mich; und dann, gehen Sie doch, ich habe es Ihnen schon gesagt: Kindereien! Man darf dem keine Bedeutung beimessen ... Was liegt daran ...«

»So wieder nicht! So nicht!« warf Papiano ein, da er meine Auf-

regung sah. »Es liegt sehr viel daran! Signor Meis hat allen Anspruch darauf, Genugtuung zu verlangen; ich möchte sogar sagen, er ist dazu verpflichtet. Ganz gewiß! Er muß es …«

»Dann werden also Sie mit einem Ihrer Freunde hingehen«, sagte ich und hielt eine Ablehnung für unmöglich.

Papiano aber hob bedauernd seine Arme.

»Sie können sich denken, wie gern ich es täte!«

»Sie wollen es nicht tun?« schrie ich mitten auf der Straße.

»Beruhigen Sie sich, Signor Meis«, bat er fast demütig. »Sehen Sie … Hören Sie mich an: Bedenken Sie … bedenken Sie meine schwierige, subalterne Lage … Ich bin nur ein kleiner Sekretär des Marchese … ein Diener, nichts als ein Diener …«

»Was hat das damit zu tun? Der Marchese selber … Sie haben es doch gehört …«

»Gewiß, Signore! Aber morgen? Dieser Klerikale … Der Partei gegenüber … mit einem Sekretär, der sich in Ehrenhändel mischt … Ach, mein Gott, Sie ahnen nicht, was das für ein Jammer ist! Und dann dieses kokette Ding, Sie haben sie ja gesehen? Sie ist wie eine läufige Katze in den Maler verliebt, in diesen Halunken … Morgen versöhnen die beiden sich wieder, und was geschieht dann mit mir, wenn ich fragen darf? Ich zahle drauf! Haben Sie Nachsicht, Signor Meis, bedenken Sie doch … Es ist so, wie ich es sage.«

»Sie wollen mich also in dieser peinlichen Situation im Stich lassen?« rief ich erbittert aufs neue aus. »Ich kenne niemanden hier in Rom!«

»… Aber es gibt eine Möglichkeit! Es gibt eine!« beeilte sich Papiano mir zu versichern. »Ich will sie Ihnen gleich sagen … Weder ich noch mein Schwiegervater, glauben Sie mir, kennen uns in solchen Dingen aus; wir sind dafür völlig ungeeignet … Sie sind durchaus im Recht, wütend, wie ich sehe: Blut ist kein Wasser. Nun also, wenden Sie sich gleich an zwei Offiziere der königlichen Armee: die können es nicht ablehnen, einen Ehrenmann wie Sie in einer Ehrenangelegenheit zu vertreten. Sie stellen sich vor,

setzen ihnen den Fall auseinander ... Es wäre nicht das erste Mal, daß Offiziere einem Fremden diesen Dienst erweisen.«

Wir waren beim Haustor angelangt; ich sagte zu Papiano: »Also gut!« Damit ließ ich ihn und seinen Schwiegervater stehen und entfernte mich, ging allein, finster und ohne Ziel davon.

Wieder einmal wurde mir in erdrückender Weise meine absolute Ohnmacht deutlich. Konnte ich mich denn in meiner Situation duellieren? Wollte ich immer noch nicht begreifen, daß ich gar nichts tun konnte? Zwei Offiziere? Gut. Aber Sie würden doch gewiß vorher wissen wollen, und mit Recht, wer ich sei. Ah, man konnte mir ja ins Gesicht spucken, mich ohrfeigen, prügeln, und ich konnte höchstens darum bitten, man möge fest zuschlagen, nur ohne viel Lärm und Geschrei ... Zwei Offiziere! Auch wenn ich ihnen meine wahre Lage enthüllte, sie würden es, erstens, nicht glauben und weiß Gott was vermuten; und außerdem wäre es genauso zwecklos wie im Fall Adriana: selbst angenommen, sie glaubten mir, so würden sie mir gewiß raten, erst einmal lebendig zu werden, denn ein Toter ist nach dem Ehrenkodex nicht satisfaktionsfähig ...

Mußte ich also die Beleidigung einfach hinnehmen wie eben erst den Diebstahl? Man beschimpft mich, man ohrfeigt mich beinahe, man provoziert mich, und ich muß es wie ein Feigling dulden, meiner Wege gehen, im Dunkel meines Schicksals untertauchen, das unentrinnbar meiner wartet, mir selber verächtlich werden, hassenswert?

Nein, und wieder nein! Wie konnte ich so weiterleben? Wie dieses Leben ertragen? Nein, genug! Genug! Ich blieb stehen. Alles drehte sich um mich; ich fühlte, wie meine Beine mir den Dienst versagten, wie plötzlich ein dunkles Gefühl in mir aufstieg und mich vom Scheitel bis zur Sohle zusammenschauern ließ.

»Vorerst aber ...«, so spukte es in meinem Kopf, »vorerst will ich es wenigstens versuchen ... Warum nicht? Und selbst wenn ... Vorerst einmal versuchen ... um nicht vor mir selber als Feigling dazustehen. Wenn es gelingt ... mich würde weniger vor mir selber

ekeln … Ich habe ja nichts zu verlieren … warum also nicht versuchen?«

Ich war zwei Schritte vom Café Aragno entfernt. »Frisch gewagt!« Ich war wie blind vor Erregung, sie trieb mich an, ich trat ein.

Im ersten Saal saßen um einen Tisch fünf oder sechs Artillerieoffiziere. Einer von ihnen bemerkte, daß ich verwirrt und zögernd stehengeblieben war, er wandte sich mir zu, sah mich an. Ich deutete einen Gruß an und sagte mit gebrochener, atemerstickter Stimme:

»Bitte … entschuldigen Sie … könnte ich ein Wort mit Ihnen reden.«

Ein bartloser Jüngling, der frisch aus der Akademie gekommen sein dürfte, ein Oberleutnant. Er stand sofort auf und kam überaus höflich auf mich zu. »Sprechen Sie nur, Signor …«

»Darf ich mich vorstellen: Adriano Meis. Ich bin hier fremd und kenne niemanden … Ich hatte einen … einen Streit, ja … ich brauche zwei Sekundanten … Ich weiß nicht, an wen ich mich wenden … Wenn Sie und einer Ihrer Kameraden …«

Er musterte mich überrascht, unschlüssig, dann wandte er sich seinen Kameraden zu und rief:

»Grigliotti!«

Dieser war ein schon älterer Oberleutnant mit einem mächtigen aufwärts gezwirbelten Schnurrbart, er trug das Monokel fest ins Auge geklemmt, war geschniegelt und pomadisiert. Er stand auf, während er sich mit seinen Kameraden weiter unterhielt (er sprach das gutturale französische R), trat dann zu uns und begrüßte mich mit einer leichten, gemessenen Verbeugung. Schon als ich ihn aufstehen sah, war ich daran, dem jungen Oberleutnant zu sagen: »Den nicht, um Gottes willen, nur den nicht!« Sicherlich aber war in diesem Kreis, wie ich bald erkennen konnte, niemand für meine Zwecke besser geeignet als er. Er hatte alle Artikel des Ehrenkodex im kleinen Finger.

Ich könnte jetzt nicht ganz genau wiedergeben, was alles er

247

über meinen Fall zu sagen für richtig fand, was alles er von mir verlangte ... ich müsse telegraphieren, ich weiß nicht mehr, was, noch wie, müsse meinen Fall darlegen, begründen, zum Oberst gehen – »ça va sans dire«, so habe er selber es einmal gemacht, als er noch nicht bei den Waffen gewesen und ihm in Pavia der gleiche Fall wie mir zugestoßen war ... Denn in Ehrensachen ... und nun kam es wie ein Wasserfall: Artikel, Präzedenzfälle, Meinungsverschiedenheiten, Ehrengerichte und was weiß ich alles.

Schon vom ersten Augenblick an, da ich ihn gesehen, fühlte ich mich wie auf Nadeln: man kann sich vorstellen, wie es mir jetzt zumute war, wo ich sein Geschwätz hörte! Plötzlich hielt ich es nicht länger aus: Das Blut schoß mir zu Kopf, ich rief:

»Gewiß, Signore, ich weiß es! Alles schön und gut ... Was Sie sagen, mag stimmen; aber wo komme ich hin, wenn ich jetzt auch noch telegraphieren soll? Ich bin allein! Ich will mich schlagen, und zwar sofort, schon morgen, wenn es geht ... ohne die vielen Geschichten! Ich verstehe von dem allen nichts! Ich habe mich an Sie gewandt, weil ich hoffte, daß es ohne viele Formalitäten und ohne all die Mätzchen und Dummheiten möglich sei! Sie verzeihen!«

Nach diesem Wutausbruch artete das Gespräch fast in einen Streit aus und wurde plötzlich durch das wilde Gelächter all dieser Offiziere abgeschnitten. Ich stürzte fort, ich war außer mir, mein Gesicht brannte, mir war, als hätte ich Peitschenhiebe bekommen. Ich griff mir mit den Händen nach dem Kopf, als wollte ich meinen Verstand festhalten, der mich zu verlassen drohte; von dem Gelächter verfolgt, entfernte ich mich wie gehetzt, um mich irgendwo zu verstecken, zu verkriechen ... Wo nur? In meinem Zimmer? Mich schauderte. Ich lief weiter, wie ein Wahnsinniger; allmählich verlangsamte ich meinen Schritt, schließlich blieb ich ermattet stehen, als könnte ich meine vom Hohn geschundene, zitternde und von einer bleiernen, düsteren Angst erfüllte Seele nicht mehr weiterschleppen. Eine Weile stand ich wie betäubt still; dann begann ich wieder zu gehen, mein Denken setzte aus,

ich fühlte mich plötzlich in seltsamer Weise von allem Kummer befreit, ein stumpfsinniger Zustand; ich weiß nicht, wie lange ich so umherirrte. Dann und wann blieb ich vor einem Schaufenster stehen. Ein Geschäft nach dem anderen schloß, und ich meinte, es geschehe meinetwegen und für immer; meinetwegen leerten sich die Straßen nach und nach, damit ich allein bliebe in der Nacht. Ich irrte umher zwischen schweigsamen und finsteren Häusern, deren Tore und Fenster verschlossen waren, fest verschlossen, meinetwegen und für immer: das ganze Leben verschloß sich vor mir, verlöschte, verstummte in dieser Nacht; ich sah es bereits aus großer Ferne, es hatte für mich allen Sinn und Zweck verloren. Und da stand ich endlich, ohne es zu wollen, wie von einem dunklen Gefühl geleitet, das in mir allmählich herangereift war und ganz von mir Besitz ergriffen hatte, auf dem Ponte Margherita, lehnte mich an die Brüstungsmauer und starrte mit weit offenen Augen auf den Fluß, der schwarz in der Nacht dahinfloß.

»Da?«

Mich überlief eine Gänsehaut, ich erschrak tief. Alle meine Lebenskräfte empörten sich mit einem Mal in einer zornigen Aufwallung, rüsteten sich zu wildem Haß gegen die, die mich jetzt aus der Ferne zwangen, so zu enden, wie sie es gewollt, im Mühlgraben von La Stìa. Sie, Romilda und ihre Mutter, hatten mich in diese Notlage gebracht: ich, nein, ich hätte nie daran gedacht, einen Selbstmord vorzutäuschen, um mich von ihnen zu befreien. Und jetzt, nachdem ich zwei Jahre lang wie ein Schatten umhergeirrt war, in der Illusion eines Lebens nach dem Tode befangen, wurde ich jetzt gleichsam an den Haaren zur Richtstätte geschleift und genötigt, gezwungen, ihr Urteil an mir zu vollstrecken. Sie hatten mich tatsächlich getötet! Und sie, sie allein, hatten sich von mir befreit...

Alles in mir war in Aufruhr. Konnte ich mich wirklich nicht an ihnen rächen, statt mich zu töten? Wen wollte ich denn töten? Einen Toten ... niemanden ...

Ich war plötzlich wie von einem seltsamen Licht geblendet. Mich rächen! Also zurück nach Miragno? Aus der Lüge heraustreten, die mich erstickte, die nunmehr unhaltbar geworden war; lebend zurückkehren, ihnen zur Strafe, unter meinem wahren Namen, in meine wahren Lebensverhältnisse, mit meinem wahren, nur mir eigenen Leid? Und mein jetziges Leid? Konnte ich es denn abschütteln wie eine widerwärtige Last, die man einfach wegwirft? Nein, nein! Das konnte ich nicht, ich fühlte es. Ich zerfraß mich innerlich, während ich auf der Brücke stand, noch ungewiß, was mein Los sein würde.

Indessen hatten meine unruhigen Finger in der Tasche meines Mantels irgend etwas betastet, von dem ich nicht gleich wußte, was es sei. Schließlich riß ich es wütend heraus. Es war meine Reisekappe, die ich, ohne sie weiter zu beachten, in die Tasche gestopft hatte, als ich von daheim fortging, um den Marchese Giglio zu besuchen. Schon wollte ich sie in den Fluß werfen, aber da dämmerte plötzlich ein Gedanke in mir auf; und eine Betrachtung, die ich während der Reise von Alenga nach Turin angestellt hatte, kam mir wieder klar in Erinnerung.

»Hier«, sagte ich fast unbewußt zu mir, »auf die Brüstungsmauer ... den Hut ... den Stock ... Ja doch! So wie sie es dort, im Mühlgraben, mit Mattia Pascal getan, so werde ich es jetzt hier mit Adriano Meis tun ... Zug und Gegenzug! Ich kehre lebendig zurück, ich räche mich!«

Ein Freudentaumel, ein geradezu wahnsinniger, befiel mich. Ich war erleichtert. Ja doch, ja! Nicht mich, einen Toten, durfte ich töten, nein, sondern jene tolle, absurde Fiktion mußte ich töten, die mich zwei Jahre lang gequält, gemartert hatte, diesen Adriano Meis, der dazu verurteilt war, ein Feigling zu sein, ein Lügner, ein Elender; diesen Adriano Meis, der nichts war als ein falscher Name und daher notgedrungen ein Gehirn aus Werg haben mußte, ein Herz aus Papiermaché und Adern aus Kautschuk, in denen etwas gefärbtes Wasser floß statt Blut: nur so konnte es ihn geben! Fort also mit ihm, hinunter, hinunter mit dieser has-

senswerten Marionette! Dort unten sollte er ertrinken wie Mattia Pascal! Zug und Gegenzug! Dieses Schattenleben, das aus einer makabren Lüge entstanden war, sollte nun das ihm gebührende Ende durch eine ebenso makabre Lüge finden! Ich machte alles wieder wett! Welche Genugtuung sonst hätte ich Adriana für das Leid geben können, das ich ihr angetan? Und die Beleidigung, die dieser Lumpenkerl mir zugefügt, mußte ich sie auf mir sitzenlassen? Er hatte mich hinterrücks angegriffen, der Feigling! Oh, ich wußte sehr wohl, daß ich keine Angst vor ihm hatte. Nicht ich, nein, sondern Adriano Meis war beleidigt worden. Und Adriano Meis, der tötete sich jetzt.

Es gab keinen anderen Ausweg!

Ich zitterte, als müßte ich tatsächlich jemanden umbringen. Mein Gehirn aber war mit einem Mal wie von einem Nebel befreit, mein Herz war erleichtert, mein Geist von einer fast heiteren, beglückenden Klarheit.

Ich blickte mich um. Es war immerhin möglich, daß sich dort auf dem Lungotevere irgendwer befand, eine nächtliche Wache, die mir – da sie mich so lange auf der Brücke hatte stehen sehen – nachspionierte. Ich wollte Gewißheit haben: ich ging hinüber, warf zuerst einen Blick auf die Piazza della Libertà und dann in den Lungotevere dei Mellini hinein. Niemand! Ich kehrte zurück, ehe ich meinen Racheakt vollzog, trat unter eine Straßenlaterne, die zwischen den Bäumen stand: ich riß ein Blatt aus meinem Notizbuch und schrieb mit Bleistift darauf: *Adriano Meis*. Was sonst noch? Nichts. Die Adresse und das Datum. Das mußte genügen. Dort drüben würde jetzt der ganze Adriano Meis liegen, bestehend aus diesem Hut und diesem Stock. Meine Kleider und meine Bücher würde ich einfach in der Wohnung zurücklassen, das Geld trug ich nach dem Diebstahl bei mir.

Leise, gebückt schlich ich zur Brücke zurück. Ich fühlte mich schwach auf den Beinen, das Herz drohte mir in der Brust zu zerspringen. Ich wählte die vom Laternenschein am wenigsten beleuchtete Stelle, nahm den Hut ab, steckte den zusammengefalte-

ten Zettel zwischen das Hutband, dann legte ich ihn auf die Brüstungsmauer, den Stock daneben; ich setzte mir die Reisekappe
auf, die die Vorsehung mir zugespielt und die mich gerettet hatte,
und lief fort, den Schatten suchend wie ein Dieb, ohne mich um-
zudrehen.

XVII.

Wiedergeburt

Ich erreichte den Bahnhof noch rechtzeitig, um den Zug um 12 Uhr 10 nach Pisa zu nehmen.

Ich löste die Fahrkarte und drückte mich in den Winkel eines Abteils zweiter Klasse. Ich zog den Schirm meiner Reisekappe bis zur Nase herab, weniger, um mich zu verbergen, als um nichts sehen zu müssen. Ich sah aber trotzdem, sah in Gedanken: der große Schlapphut und der Stock, die ich auf der Brücke zurückgelassen hatte, lagen wie ein Alp auf mir. Vielleicht entdeckte sie eben jetzt einer, der vorüberging … oder ein nächtlicher Wachtposten lief eben auf die Wachstube, um die Meldung zu erstatten … Und ich war immer noch in Rom! Auf was wartete der Zug? Ich wagte kaum zu atmen …

Endlich setzte sich der Zug ruckweise in Bewegung. Zum Glück war ich im Abteil alleingeblieben. Ich sprang auf, hob die Arme und tat einen endlosen Seufzer der Erleichterung, als hätte man mir einen Felsblock von der Brust genommen. Ah! Ich wurde wieder lebendig, ich wurde wieder ich, wurde Mattia Pascal. Am liebsten hätte ich es allen zugerufen: »Ich, ich, Mattia Pascal! Ich bin es! Ich bin nicht tot! Hier bin ich!« Nicht mehr lügen müssen, nicht mehr fürchten müssen, entdeckt zu werden! Zwar, soweit war es noch nicht: erst mußte ich in Miragno sein … Dort mußte ich mich vor allem einmal melden, mich für lebend erklären lassen, ich mußte mich wieder in meine begrabenen Wurzeln einpflanzen … Narr, der ich gewesen! Wie hatte ich mir einbilden können, ein Baumstamm könne bestehen, wenn man ihn von seinen Wurzeln abschneidet? Und da erinnerte ich mich einer anderen Fahrt, der Fahrt von Alenga nach Turin: damals hatte ich mich ebenso glücklich gewähnt wie jetzt. Ich Narr! Die Befreiung! sagte ich damals … Für Freiheit hielt ich das! Sie trug die

bleierne Kutte der Lüge, jawohl! Es war die bleierne Kutte eines Schattens gewesen ... Jetzt würde ich, das stimmte wohl, meine Frau und meine Schwiegermutter wieder am Hals haben ... Aber hatte ich sie denn nicht auch als Toter am Hals gehabt? Jetzt wenigstens war ich lebendig und gewappnet. Wir wollten doch sehen!

Die Leichtfertigkeit, mit der ich mich vor zwei Jahren auf gut Glück außerhalb des Gesetzes gestellt hatte, erschien mir, wenn ich daran zurückdachte, geradezu unglaublich. Ich sah mich wieder, wie ich in jenen Tagen gewesen, selig in meiner Ahnungslosigkeit oder besser in meinem Wahn, damals in Turin und dann in all den anderen Städten, immer auf der Wanderschaft, stumm, allein, in mich verschlossen, eingesperrt in dem Gefühl, das ich für Glück hielt; und weiter in Deutschland, während der Dampferfahrt auf dem Rhein; war es ein Traum? Nein, es war Wirklichkeit gewesen! Ja, wenn dieser Zustand hätte dauern können; reisen, als ein Fremdling des Lebens ... Aber schon in Mailand ... dieses arme Hündchen, das ich einem alten Zündholzverkäufer abhandeln wollte ... da schon begann ich es zu merken ... und dann ... o dann!

Meine Gedanken kehrten nach Rom zurück; wie ein Schatten betrat ich die Wohnung, die ich verlassen hatte. Schlafen dort jetzt alle? Adriana vielleicht nicht ... Sie wartet auf mich, wartet, daß ich heimkomme; man hat ihr gewiß gesagt, ich sei auf der Suche nach zwei Sekundanten, um mich mit Bernaldez zu schlagen; und immer noch hört sie mich nicht heimkommen, sie bangt um mich, sie weint ...

Ich schlug die Hände vors Gesicht, mein Herz krampfte sich zusammen.

»Aber ich hätte doch für dich nie ein Lebender sein können, Adriana«, stöhnte ich. »Besser, du hältst mich für tot. Tot sind die Lippen, die einen Kuß von deinem Munde raubten, arme Adriana ... Vergiß! Vergiß!«

Was wird sich wohl in der Wohnung abspielen, wenn dort am

nächsten Morgen ein Polizeibeamter erscheint und den Fall meldet? Wie wird man, wenn der erste Schreck vorüber ist, meinen Selbstmord deuten? Das bevorstehende Duell? Ach nein! Es wäre doch mehr als seltsam gewesen, wenn ein Mann, der sich niemals als Feigling erwiesen hat, aus Angst vor einem Duell Selbstmord verübte ... Warum also? Weil ich keine Sekundanten finden konnte? Lächerlicher Vorwand! Oder vielleicht ... Wer weiß? Es war immerhin möglich, daß hinter meiner geheimnisvollen Existenz irgendein Geheimnis steckte ... Ganz gewiß: das würden sie denken. Ich hatte mich ohne ersichtlichen Grund, ohne vorher irgendwelche Selbstmordabsichten anzudeuten, einfach umgebracht. Ja: in diesen letzten Tagen hatte ich mich mehr als einmal höchst seltsam benommen: diese verworrene Geschichte mit dem Diebstahl, mein anfänglicher Verdacht und mein plötzlicher Widerruf ... Sollte es sich vielleicht um fremdes Geld gehandelt haben? Mußte ich es irgend jemandem zurückzahlen? Hatte ich mir unrechtmäßigerweise einen Teil dieses Geldes angeeignet und dann versucht, mich als Opfer eines Diebstahls hinzustellen? Hatte ich mich dann anders besonnen und mich schließlich umgebracht? Wer konnte es wissen! Fest stand, daß ich ein höchst geheimnisvoller Mann gewesen war: keinen Freund, keinen Brief, niemals, von niemandem ...

Vielleicht hätte ich auf dem Zettel doch noch meinem Namen, dem Datum und der Adresse irgend etwas hinzufügen sollen; irgendein Motiv des Selbstmordes. Aber in dem Moment ... Und dann, welches Motiv?

»Wer weiß«, dachte ich unruhig, »was für ein Geschrei die Zeitungen über diesen geheimnisvollen Adriano Meis erheben werden ... Sicherlich wird sich auch mein sogenannter Cousin melden, dieser Francesco Meis aus Turin, der bei der Steuerbehörde als Aushilfe arbeitet, und der Polizei Informationen geben: man wird aufgrund dieser Informationen Nachforschungen anstellen, weiß Gott, was da noch herauskommt. Ja, und das Geld? Die Erbschaftsfrage? Adriana hat sie gesehen, diese vielen Geldscheine.

Und Papiano erst! Er wird zum Wandschrank hinstürzen! Wird ihn leer finden ... Liegen auch sie am Grund des Flusses? Schade, schade! Die Wut wird ihn packen, daß er nicht rechtzeitig alles gestohlen hat! Die Polizei wird meine Kleider, meine Bücher beschlagnahmen ... Wem werden sie zufallen? Bliebe doch für die arme Adriana irgendein Erinnerungsstück! Mit welchen Gefühlen betrachtete sie nun mein verlassenes Zimmer?«

Fragen, Vermutungen, Gedanken, Gefühle, die in mir wirr durcheinandergingen, während der Zug durch die Nacht ratterte. Sie ließen mir keine Ruhe.

Ich hielt es für klug, mich ein paar Tage in Pisa aufzuhalten, um zu vermeiden, daß zwischen dem Wiederauftauchen des Mattia Pascal in Miragno und dem Verschwinden des Adriano Meis in Rom ein Zusammenhang hergestellt werde. Er hätte leicht in die Augen fallen können, besonders, wenn die römischen Zeitungen zu ausführlich über den Selbstmord berichteten. Ich wollte die römischen Zeitungen, die Abend- und die Morgenausgaben, in Pisa abwarten; sollten sie aus meinem Fall nicht zu viel Aufhebens machen, wollte ich, noch ehe ich nach Miragno fuhr, nach Oneglia zu meinem Bruder Roberto, um erst einmal festzustellen, welchen Eindruck meine Auferstehung auf ihn machte. Ich mußte mich aber unbedingt hüten, auch nur die geringsten Andeutungen über einen Aufenthalt in Rom zu machen, über meine Erlebnisse und Abenteuer. Ich wollte über meine mehr als zweijährige Abwesenheit einen phantastischen Bericht geben, von weiten Reisen erzählen ... Nun, da ich wieder lebendig war, durfte ich ja auch wieder Spaß am Lügen finden, ich wollte viele, viele Lügen erzählen, auch solche vom Kaliber des Cavaliere Tito Lenzi, ja, ich wollte ihn sogar noch übertreffen!

Mir waren mehr als zweiundfünfzigtausend Lire geblieben. Meine Gläubiger, die mich seit zwei Jahren für tot hielten, hatten sich sicher mit dem Gut La Stìa und der Mühle zufriedengegeben. Sie hatten wohl beides verkauft und sich damit irgendwie abgefunden: sie würden mich nicht mehr belästigen. Gegebenenfalls

wollte ich schon dafür sorgen, daß man mich nicht belästigte. Mit zweiundfünfzigtausend Lire konnte ich in Miragno, wenn auch nicht üppig, so doch recht anständig leben.

Als ich in Pisa den Zug verlassen hatte, kaufte ich vor allem einmal einen Hut, einen, der seiner Form und seinem Umfang nach den Hüten entsprach, die Mattia Pascal seinerzeit trug; sodann ließ ich mir die Mähne dieses blödsinnigen Adriano Meis abschneiden.

»Kurz, nur hübsch kurz!« sagte ich zum Friseur.

Der Bart war mir bereits ein wenig nachgewachsen, und ich begann, mit dem kurz geschnittenen Haar, wieder mein früheres Aussehen anzunehmen, nur war es jetzt um einiges besser, feiner – ja, warum nicht? –, edler geworden. Mein Auge schielte jetzt nicht mehr, es war nicht mehr ein charakteristisches Merkmal des Mattia Pascal.

So würde also doch irgend etwas von Adriano Meis in meinem Gesicht zurückbleiben. Ich ähnelte jetzt sehr Roberto; so sehr, wie ich es nie vermutet hätte.

Es gab ein kleines Malheur, als ich – von meiner Mähne befreit – den eben gekauften Hut aufsetzte: er reichte mir bis zum Nacken! Ich versuchte, gemeinsam mit dem Friseur, dem Übel abzuhelfen, indem ich einen Streifen Papier unter das Futter schob.

Um nicht mit leeren Händen ins Hotel zu kommen, kaufte ich einen Koffer: in ihn wollte ich vorläufig den Anzug, den ich trug, und meinen Mantel tun. Ich mußte mich ja völlig neu ausstatten, ich konnte nicht damit rechnen, daß meine Frau in Miragno meine Kleider und meine Wäsche so lange aufbewahrt hatte. Ich kaufte also einen fertigen Anzug und behielt ihn an; mit dem neuen Koffer stieg ich im Hotel Nettuno ab.

Ich war schon einmal, als ich noch Adriano Meis war, in Pisa gewesen, und damals war ich im Albergo di Londra abgestiegen. Die Kunstwerke der Stadt hatte ich damals bereits alle bewundert; jetzt war ich völlig erschöpft nach all den Aufregungen,

mein Magen war leer seit dem Morgen des vorangegangenen Tages, ich war hungrig und schläfrig zum Umfallen. Ich aß irgendeine Kleinigkeit, dann schlief ich bis zum Abend.

Als ich wieder aufwachte, bemächtigte sich meiner eine stets wachsende quälende Unruhe. Was mochte sich, während der Tag für mich fast unbemerkt verstrichen war, während ich meine ersten Vorkehrungen getroffen hatte und dann in Tiefschlaf verfallen war, inzwischen im Hause Paleari abgespielt haben? Durcheinander, Bestürzung, hektische Neugier von fremden Leuten, hastige Nachforschungen, Verdächtigungen, absurde Vermutungen, Unterstellungen, vergebliche Suche; und meine Kleider und meine Bücher wurden jetzt sicherlich mit jener Betroffenheit angestarrt, wie sie meist Gegenstände auslösen, die einem tragisch ums Leben Gekommenen gehörten. Und ich hatte geschlafen! In banger Ungeduld mußte ich bis zum nächsten Morgen warten, ehe ich etwas aus den römischen Zeitungen erfahren würde.

Da ich noch nicht nach Miragno und nicht einmal nach Oneglia fahren konnte, würde ich in dieser peinlichen Verfassung eine Art Zwischenstadium von zwei, drei, ja vielleicht auch mehr Tagen verbringen müssen: in Miragno war ich als Mattia Pascal tot, und ebenso tot war ich als Adriano Meis in Rom.

Da ich nicht wußte, was ich sonst tun sollte, hoffte ich auf Zerstreuung nach all dem Schrecken, indem ich diese beiden Toten durch Pisa spazierenführte.

Ein höchst angenehmer Spaziergang! Adriano Meis, der schon in Pisa gewesen war, wollte Mattia Pascal gegenüber sozusagen den Führer, den Cicerone spielen; Mattia Pascal aber gingen allzu viele bedrückende Dinge im Kopf herum, mit düsterer Gebärde hob er einen Arm, als wollte er den lästigen langmähnigen Schatten mit dem breitkrempigen Schlapphut und den Brillen von sich und davonjagen.

»Fort da! Fort, zurück in den Fluß, du bist endgültig ertrunken!«

Ich erinnerte mich freilich auch, daß Adriano Meis, als er vor

zwei Jahren durch die Straßen Pisas ging, sich in gleicher Weise von dem widerwärtigen Schatten des Mattia Pascal belästigt fühlte und ihn mit den gleichen Gebärden fort- und in den Mühlgraben von La Stìa zurückjagen wollte. Am besten, sich mit keinem von beiden einzulassen. Oh, du weißer Turm zu Pisa, du kannst dich wenigstens nach einer Seite neigen; ich konnte es weder nach der einen noch nach der anderen.

Mit Gottes Hilfe brachte ich eine endlose Nacht der Qualen hinter mich und hielt die römischen Zeitungen in der Hand.

Ich kann nicht sagen, daß ich mich bei der Lektüre beruhigte: ich konnte es einfach nicht. Aber meine Befürchtungen zerstreuten sich bald, als ich feststellte, daß die Zeitungen meinen Selbstmord nur als gewöhnlichen Lokalfall aufmachten. Alle schrieben mehr oder weniger das gleiche: der Hut, der Stock, die zusammen mit dem wortkargen Zettel auf dem Ponte Margherita gefunden wurden; ich sei Turiner gewesen, ein recht seltsamer Mensch. Die Ursachen, die mich zu dem tragischen Schritt bewogen, seien unbekannt. Ein Blatt allerdings sprach die Vermutung aus, der Beweggrund sei »intimer Natur« gewesen, und erwähnte den »Wortwechsel mit einem jungen spanischen Maler im Hause einer in klerikalen Kreisen sehr bekannten Persönlichkeit«.

Ein anderes Blatt vermutete »finanzielle Schwierigkeiten«. Mit einem Wort, die Berichte waren unbestimmt und kurz. Nur ein Morgenblatt, zu dessen Stil es gehörte, die Tagesereignisse breit auszuspinnen, schilderte »die Bestürzung und Trauer in der Familie des Cavaliere Anselmo Paleari«, Sektionschef im Unterrichtsministerium im Ruhestand, bei dem Meis wohnte und der ihn seiner Zurückhaltung und seiner liebenswürdigen Umgangsformen wegen besonders geschätzt hatte. Vielen Dank! Auch dieses Blatt erwähnte die Herausforderung durch den spanischen Maler M. B. und ließ durchblicken, daß das Selbstmordmotiv in einer heimlichen Liebschaft zu suchen sei.

Kurz und gut, ich hatte mich wegen Pepita Pantogada umgebracht. Nun, gar nicht übel. Adrianas Name kam nicht vor, es

fehlte auch jeder Hinweis auf meine Banknotenbündel. Die Polizei würde mithin geheime Nachforschungen führen. Aufgrund welcher Spuren?

Jetzt konnte ich nach Oneglia fahren.

Roberto befand sich, es war die Zeit der Weinlese, auf seinem Landsitz. Welche Gefühle mich bewegten, als ich meine schöne Meeresküste wiedersah, von der ich schon gemeint hatte, mein Fuß würde sie nie mehr betreten, läßt sich leicht nachempfinden. In meine Freude mengte sich freilich die bange Ungeduld, ans Ziel zu kommen, die Angst, von fremden Leuten auf der Straße früher wiedererkannt zu werden als von meinen Verwandten, die stets wachsende Erregung bei dem Gedanken, welchen Eindruck es auf sie machen werde, wenn ich so plötzlich wieder vor ihnen stände. Mein Blick umnebelte sich, wenn ich mir dies vorstellte, Himmel und Meer verdüsterten sich, das Blut brannte mir in den Adern, mein Herz war in Aufruhr. Mir war, als würde ich nie ankommen.

Als mir endlich ein Diener das Gittertor des anmutigen Landhauses öffnete, das Bertos Gattin als Mitgift in die Ehe gebracht hatte, und als ich dann über den Parkweg ging, da war mir, als kehrte ich wirklich aus dem Jenseits zurück.

»Kommen Sie, bitte, weiter«, sagte der Diener und ließ mir den Vortritt. »Wen darf ich melden?«

Die Stimme blieb mir im Halse stecken, als ich antworten sollte. Ich verbarg meine Beklemmung hinter einem Lächeln und stammelte:

»Sa ... Sagen ... Sagen Sie ihm, daß ... Ja, da ... da ist ... da ist einer seiner Freunde ... ein sehr guter Freund, der ... der von weither kommt ... Sagen Sie das ...«

Der Diener mußte mich, wenn nicht gar für etwas anderes, zumindest für einen Stotterer halten. Er stellte meinen Koffer neben dem Kleiderständer ab und bat mich, in den Salon zu treten.

Ich war in zitternder Erwartung, ich lachte, keuchte, sah mich

um in diesem hellen, gut eingerichteten, mit neuen grünen Lack-
möbeln ausgestatteten Salon. Plötzlich erblickte ich in der Tür,
durch die ich eingetreten war, einen hübschen, vierjährigen Jungen,
der in der einen Hand eine kleine Gießkanne und in der anderen
eine kleine Harke trug. Er starrte mich mit großen Augen an.

Mich ergriff eine unsagbare Zärtlichkeit: es mußte mein kleiner
Neffe sein, Bertos ältester Sohn; ich beugte mich nieder, winkte
ihn zu mir; er aber bekam Angst und lief fort.

Im gleichen Augenblick hörte ich, wie die andere Tür zum Salon aufging. Ich richtete mich auf, meine Augen trübten sich vor
innerer Bewegung, ein krampfartiges Lachen kam aus meiner
Kehle.

Roberto stand vor mir, verwirrt, fast bestürzt.

»Mit wem…« sagte er.

»Berto!« rief ich und öffnete meine Arme. »Erkennst du mich
denn nicht?«

Beim Klang meiner Stimme wurde er kreidebleich, er fuhr mit
der Hand rasch über seine Stirn und seine Augen, wankte, stammelte: »Wie… wie ist… wie ist das…?«

Ich mußte ihn rasch stützen, während er angsterfüllt zurück-
wich.

»Ich bin es! Mattia! Fürchte dich nicht! Ich bin nicht tot… Da,
sieh mich an! Berühre mich! Ich bin's, Roberto. Ich war nie so
lebendig wie jetzt! Fasse dich doch, fasse dich…«

»Mattia! Mattia! Mattia!« sagte der arme Berto, er traute seinen Augen immer noch nicht. »Wie ist das möglich? Du? Mein
Gott… Wie ist das möglich? Mein Bruder! Lieber Mattia!«

Und er umarmte mich stürmisch. Ich weinte wie ein Kind.

»Wie ist das möglich?« fragte Berto noch einmal, auch ihm
kamen die Tränen. »Wie ist das nur möglich?«

»Hier bin ich… Sieh mich nur an! Ich bin zurückgekehrt…

Nicht aus dem Jenseits, nein… ich war die ganze Zeit in dieser
Jammerwelt… Beruhige dich… ich werde dir gleich alles erzählen…«

Roberto packte mich fest am Arm, während die Tränen ihm über die Wangen liefen, und sah mich fassungslos an:

»Wie kann das sein ... wenn dort ...?«

»Es war nicht ich ... Ich erzähle es dir gleich ... Man hat mich verwechselt ... Ich war fort von Miragno und habe, wie wahrscheinlich auch du, aus der Zeitung von meinem Selbstmord in La Stìa erfahren.«

»Nicht du also warst es?« rief Berto aus. »Und was hast du getan?«

»Ich habe den Toten gespielt. Frag jetzt nicht. Ich werde dir alles erzählen. Jetzt kann ich es noch nicht. Nur so viel: ich war bald da, bald dort, hielt mich für glücklich, im Anfang, verstehst du? Dann aber, nach ... nach verschiedenen Erlebnissen, bin ich daraufgekommen, daß ich falsch gehandelt hatte. Den Toten zu spielen ist kein schöner Beruf: und so bin ich wieder da: ich erwecke mich selber zum Leben.«

»Mattia, das habe ich schon immer gesagt, Mattia, der ist ja verrückt ..., verrückt ... verrückt!« rief Berto. »Was habe ich doch für eine Freude! Wer hätte so etwas erwartet? Mattia am Leben ... und hier! Weißt du, ich kann es immer noch nicht glauben. Laß dich doch ansehen ... Du kommst mir irgendwie verändert vor!«

»Da sieh, ich habe mir das Auge richten lassen.«

»Ach ja ... Daher schien es mir ... ich weiß nicht ... ich habe dich angesehen und angesehen ... Ausgezeichnet! Komm, gehen wir hinüber, zu meiner Frau ... Ja, aber warte ... du ...«

Er blieb plötzlich stehen und sah mich bestürzt an:

»Du willst nach Miragno zurück?«

»Gewiß, heute abend noch.«

»Du weißt also nicht ...?«

Er bedeckte sein Gesicht mit der Hand und seufzte:

»Du Unglücksmensch! Was hast du getan ... Was hast du nur getan? Weißt du denn nicht, daß deine Frau ...?«

»Tot?« rief ich betroffen aus.

»Nein! Schlimmer! Sie hat ... wieder geheiratet!«

Ich fuhr zusammen. »Wieder geheiratet?«

»Ja, den Pomino! Ich habe die Heiratsanzeige bekommen. Das ist jetzt über ein Jahr her.«

»Pomino? Pomino der Mann von …« stammelte ich; als stiege mir die Galle in die Kehle, packte mich plötzlich ein bitteres Lachen, und ich lachte, lachte schallend.

Roberto sah mich bestürzt an, vielleicht fürchtete er, ich hätte den Verstand verloren.

»Du lachst?«

»Ja! Ja! und noch einmal ja!« schrie ich und schüttelte ihn am Arm. »Um so besser! Das ist der Gipfel meines Glücks!«

»Was redest du da?« fuhr mich Roberto fast zornig an. »Glück? Aber wenn du jetzt hinkommst…«

»Ich fahre sofort hin, wie du dir denken kannst!«

»Aber begreifst du denn nicht, daß du sie wieder nehmen mußt?«

»Ich? Wie das?«

»Gewiß!« bestätigte Berto, während ich ihn jetzt meinerseits bestürzt ansah. »Die zweite Ehe wird für nichtig erklärt, und du bist verpflichtet, sie wieder zu nehmen.«

Ich fühlte, wie sich alles in mir zur Wehr setzte.

»Wieso denn! Was soll denn das für ein Gesetz sein?« schrie ich. »Meine Frau heiratet wieder, und ich … Wieso denn? Sag so etwas nicht! Das ist ja nicht möglich!«

»Und ich sage dir, es ist so!« beharrte Berto. »Warte … drüben ist mein Schwager. Er wird dir alles besser erklären können, er ist Doktor der Rechte. Komm … oder besser, nein: warte hier einen Augenblick: meine Frau ist schwanger; sie kennt dich zwar nur flüchtig, aber es könnte für sie doch eine allzu große Gemütsbewegung sein, und das könnte ihr schaden … Ich bereite sie indessen vor… Warte hier, ja?«

Er hielt mich, während er zum Ausgang schritt, an der Hand fest, als fürchtete er, ich könnte – wenn er mich auch nur einen Augenblick losließ – neuerdings verschwinden.

Als ich allein geblieben war, ging ich im Salon wie ein gefangener Löwe umher. »Wieder verheiratet! Mit Pomino! Natürlich ... Auch die gleiche Frau wie ich wollte er haben. Er – allerdings! – er hatte sie zuerst geliebt. Er wird sein Glück nicht für wahr gehalten haben! Und auch sie ... das läßt sich denken! Reich ist sie jetzt als Pominos Gattin ... Und während sie zum zweiten Male heiratete, hatte ich dort in Rom ... Und jetzt sollte ich gezwungen sein, sie wieder zu nehmen! Ist denn das die Möglichkeit?«

Roberto kam glückstrahlend wieder und führte mich hinüber. Die unerwartete Mitteilung hatte mich aber so durcheinandergebracht, daß ich kaum imstande war, die freudige Begrüßung durch meine Schwägerin, ihre Mutter und ihren Bruder zu erwidern. Berto bemerkte es und stellte seinem Schwager sogleich die Frage, die ich vor allem geklärt wissen wollte.

»Was ist denn das für ein Gesetz?« rief ich noch mal aus. »Entschuldigen Sie, aber das ist ja ein Gesetz wie bei den Hottentotten.« Der junge Advokat lächelte, rückte sich den Kneifer auf der Nase zurecht und antwortete mit überlegener Miene:

»Und doch ist es so. Roberto hat recht. Ich kann jetzt den Paragraphen nicht genau angeben, aber der Fall ist im Gesetz vorgesehen: die zweite Ehe ist nichtig, wenn sich der erste Ehegatte wieder meldet.«

»Und ich muß sie wieder nehmen«, schäumte ich, »eine Frau, von der alle wissen, daß sie ein ganzes Jahr lang die ehelichen Pflichten mit einem anderen Mann ausgeübt hat, der ...«

»Das ist doch, verzeihen Sie, nur Ihre Schuld, lieber Signor Pascal!« unterbrach mich dieser frischgebackene Advokat, wobei er fortfuhr zu lächeln.

»Meine Schuld? Wieso denn?« sagte ich. »Erst irrt sich diese feine Dame, indem sie mich in der Leiche eines unglücklichen Mannes zu erkennen vorgibt, der sich ertränkt hat, dann hat sie nichts Eiligeres zu tun, als ein zweites Mal zu heiraten, und ich soll schuld sein? Muß sie wieder nehmen?«

»Gewiß«, antwortete er, »denn Sie, Signor Pascal, haben den

Irrtum Ihrer Frau, der – ich gebe es zu – auch in böswilliger Absicht erfolgt sein mag, nicht fristgerecht richtiggestellt, das heißt, vor Ablauf der vom Gesetz vorgeschriebenen Frist für eine zweite Eheschließung. Sie haben die falsche Identifizierung hingenommen und aus ihr Nutzen gezogen ... Bitte, ich betone: ich billige Ihr Verhalten durchaus, meiner Meinung nach haben Sie vollkommen richtig gehandelt. Mich wundert nur, daß Sie jetzt zurückkommen und sich der Gefahr aussetzen, in die Fänge unserer dummen Gesetze zu geraten. Ich an Ihrer Stelle hätte mich nicht mehr als Lebender gezeigt.«

Die Ungerührtheit, die anmaßende Übergescheitheit dieses frischgebackenen Doktors der Rechte machten mich wütend.

»Sie wissen eben nicht, wie so etwas ist!« antwortete ich achselzuckend.

»Hören Sie!« beharrte er. »Kann es denn ein größeres Glück, einen größeren Glücksfall geben?«

»Versuchen Sie's doch einmal! Versuchen Sie's doch!« rief ich aus, drehte mich um und ließ ihn mit seiner ganzen Anmaßung stehen. Ich wandte mich Berto zu.

Aber auch da ging es nicht glatt ab.

»Übrigens«, fragte mich mein Bruder, »wie hast du dich die ganze Zeit durchgebracht, ich meine ...«

Er rieb den Daumen gegen den Zeigefinger und deutete damit Geld an.

»Wie ich mich durchgebracht habe?« erwiderte ich. »Lange Geschichte! Ich bin jetzt nicht in der Verfassung, sie zu erzählen. Aber ich habe Geld gehabt, weißt du, und habe auch jetzt noch Geld: glaube nur nicht, ich sei nach Miragno zurückgekehrt, weil ich auf dem Trockenen sitze!«

»Und trotzdem beharrst du darauf, zurückzukehren? Auch jetzt noch, wo du alles weißt?« ließ Berto nicht locker.

»Und ob ich zurückkehre!« beteuerte ich. »Glaubst du, daß ich nach allem, was ich erlebt und erlitten habe, noch weiter den Toten spielen will? Nein, mein Lieber: ich will meine Papiere in

Ordnung haben, will mich wieder lebendig fühlen, ganz und gar lebendig, auch um den Preis, meine Frau zurücknehmen zu müssen. Sag mir eines, lebt sie noch, die Mutter..., die Witwe Pescatore?«

»Ich weiß es nicht«, erwiderte Berto. »Du wirst verstehen, daß ich nach der zweiten Heirat... Ich glaube aber, sie lebt...«

»Mir wird übel!« rief ich aus. »Macht nichts! Ich werde mich rächen! Ich bin nicht mehr der gleiche, der ich einmal war. Nur eines tut mir leid, daß ich damit diesem Idioten, diesem Pomino, ein Freudenfest bereite!«

Alle lachten. Indessen kam der Diener und meldete, daß aufgetragen sei. Ich mußte zum Mittagessen bleiben: ich zitterte vor Ungeduld und merkte gar nicht, ob und was ich aß; erst zum Schluß spürte ich untrüglich, daß ich alles verschlungen hatte. Das Raubtier in mir hatte sich für den bevorstehenden Überfall gestärkt.

Berto schlug mir vor, wenigstens die Nacht über bei ihm zu bleiben; am nächsten Morgen würden wir zusammen nach Miragno fahren. Er wollte das Schauspiel meiner unerwarteten Rückkehr ins Leben mitgenießen, dabeisein, wenn ich mich wie ein Geier auf das Nest Pominos stürzte. Ich aber wollte davon nichts hören, ich konnte nicht mehr länger warten: ich bat ihn, mich allein fahren zu lassen, unverzüglich, noch am gleichen Abend.

Ich nahm den Zug um acht Uhr: eine halbe Stunde später würde ich in Miragno sein.

XVIII.

Der selige Mattia Pascal

In meiner Ungeduld und in meinem Zorn (ich weiß nicht, welches Gefühl mich mehr beherrschte, aber vielleicht war es ein und dasselbe: ungeduldiger Zorn, zornige Ungeduld) kümmerte ich mich überhaupt nicht mehr darum, ob mich jemand vor oder bei meiner Ankunft in Miragno wiedererkennen würde.

Ich verschloß mich in einem Abteil erster Klasse, das war meine einzige Vorsichtsmaßnahme. Es war schon Abend; im übrigen beruhigte mich die Erfahrung, die ich mit Berto gemacht hatte: alle waren von meinem traurigen Ende, das nun bereits zwei Jahre zurücklag, so felsenfest überzeugt, daß sie gar nicht auf den Gedanken kamen, ich könnte Mattia Pascal sein.

Ich riskierte es, meinen Kopf durch die Wagenfenster zu stecken, ich hoffte, daß der Anblick der mir vertrauten Orte sanftere Gefühle in mir erwecken würde; aber meine Ungeduld und mein Zorn wuchsen nur noch mehr. Im Mondenschein sah ich in der Ferne die Anhöhe von La Stìa.

»Mörderinnen!« zischte ich zwischen den Zähnen hervor. »Dort war es ... Jetzt aber ...«

In meiner Bestürzung über das, was ich unerwarteterweise erfahren, hatte ich ganz vergessen, Roberto einige Fragen zu stellen. Waren das Gut und die Mühle tatsächlich verkauft worden? Oder standen sie nach dem gemeinsamen Beschluß der Gläubiger weiterhin unter provisorischer Verwaltung? Lebte Malagna noch? Und Tante Scolastica?

Mir schien es, als wären nicht erst zwei Jahre und ein paar Monate vergangen; eine Ewigkeit schien es mir zu sein, und ich meinte, so wie ich in der Zwischenzeit außerordentliche Dinge erlebt hatte, müßten sich auch in Miragno außerordentliche Dinge zugetragen haben. Vielleicht aber hatte sich dort gar nichts zuge-

tragen, abgesehen von der Heirat Romildas mit Pomino, ein an sich ganz gewöhnliches Ereignis, das erst durch mein Wiedererscheinen ungewöhnlich werden würde.

Wohin sollte ich nach meiner Ankunft in Miragno gehen? Wo hatte das neue Paar sich sein Nest eingerichtet?

Für Pomino, den einzigen Sohn eines reichen Vaters, war das Haus, das ich armer Teufel bewohnt hatte, wohl allzu bescheiden gewesen. Außerdem würde sich Pomino, der ein so weiches Herz hatte, in dem Haus, wo ihn alles unvermeidlich an mich erinnerte, sehr unbehaglich gefühlt haben. Wahrscheinlich hatte er sich in dem »Palazzo« seines Vaters einquartiert. Man stelle sich die Witwe Pescatore als ehrwürdige Matrone vor, wie wichtig sie sich wohl gab! Und den armen Cavaliere Pomino, Gerolamo I., der so zartbesaitet, höflich und zahm war, in den Krallen dieser Megäre! Was für Szenen sich wohl abspielten! Sicherlich hatten weder Vater noch Sohn den Mut, sich das Weib vom Halse zu schaffen. Und jetzt – welche Wut! – kam ich, um die beiden zu erlösen …

Ganz gewiß, ich mußte den Weg zu Pominos Haus einschlagen: auch wenn ich das Paar dort nicht antraf, konnte ich doch von der Pförtnerin erfahren, wo es aufzuspüren war.

Ach, mein kleiner verschlafener Ort, welchen Aufruhr wird es morgen hier geben, wenn die Nachricht von meiner Auferstehung bekannt wird!

Der Mond schien in dieser Nacht, daher brannten, wie stets in diesem Fall, die Straßenlaternen nicht; die Straßen waren fast menschenleer, denn es war die Zeit des Abendbrots.

Meine Nerven waren aufs äußerste gespannt, ich spürte meine Beine fast überhaupt nicht: ich schritt dahin, als berührten meine Füße nicht die Erde. Ich vermag nicht zu sagen, in welchem Gemütszustand ich mich befand, ich hatte nur das Gefühl, als werde mein ganzes Inneres von einem ungeheueren, einem homerischen Gelächter erschüttert, das nicht ausbrechen konnte: wäre es ausgebrochen, dann hätte es gewiß die Pflastersteine

gleich wackligen Zähnen aus der Erde gerissen und die Häuser zum Zittern gebracht.

Im Nu war ich bei Pominos Haus; aber hinter dem Glasverschlag im Torgang traf ich die Pförtnerin nicht an; wütend wartete ich ein paar Minuten, da entdeckte ich eine verschossene und verstaubte Trauerschleife, die, an einem Torflügel festgenagelt, sichtlich schon ein paar Monate alt war. Wer war gestorben? Die verwitwete Pescatore? Der Cavaliere Pomino? Es konnten nur sie oder er sein. Vielleicht der Cavaliere ... In diesem Fall hatten sich meine beiden Täubchen zweifellos im oberen Teil des Palazzo festgesetzt, und ich würde sie bestimmt dort antreffen. Ich konnte nicht länger warten: ich nahm die Stiegen in weiten Sprüngen. Auf dem zweiten Treppenabsatz stieß ich auf die Pförtnerin.

»Der Cavaliere Pomino?«

Aus dem Erstaunen, mit dem mich diese alte Schildkröte anstarrte, begriff ich, daß tatsächlich der Cavaliere gestorben sein mußte.

»Der Sohn, der Sohn!« verbesserte ich mich sogleich und stieg weiter.

Ich weiß nicht mehr, was die Alte, die auf der Treppe stehengeblieben war, vor sich hinbrummte. Vor dem letzten Treppenabsatz mußte ich innehalten: mir blieb die Luft aus! Ich betrachtete die Tür; dachte: »Vielleicht sind sie noch beim Abendbrot, sitzen zu dritt um den Tisch ... ahnungslos. In wenigen Augenblicken, sobald ich an die Türe gepocht habe, wird ihr Leben eine neue Wendung nehmen ... Noch liegt ihr Schicksal in meiner Hand.«

Ich nahm die letzten Stufen. Ich faßte nach der Glockenschnur, das Herz schlug mir bis zum Hals, ich horchte. Kein Laut. In dieser Stille vernahm ich jetzt das langsame »Tin-tin« der Türglocke, die ich nur ganz schwach gezogen hatte.

Alles Blut schoß mir zu Kopf, es sauste mir in den Ohren, als setze sich das leise Klingelgeräusch, nachdem es in der Stille wieder erloschen war, in meinem Innern fort und erschalle hier laut und betäubend.

Bald danach fuhr ich zusammen, ich erkannte die Stimme der Witwe Pescatore hinter der Tür.

»Wer ist da?«

Ich konnte nicht gleich antworten: ich preßte die Fäuste gegen meine Brust, wie um zu verhindern, daß mein Herz sie sprenge. Dann sagte ich mit dumpfer Stimme, fast buchstabierend:

»Mattia Pascal.«

»Wer?!« schrie die Stimme drinnen auf.

»Mattia Pascal«, antwortete ich, und meine Stimme nahm einen noch hohleren Klang an.

Ich hörte, wie die alte Hexe davonlief. Sicherlich war sie zu Tode erschrocken. Ich stellte mir vor, was in diesem Augenblick drinnen vorging. Jetzt würde der Mann kommen: Pomino, der Mutige!

Vorher aber mußte ich noch einmal läuten, und ich tat es wieder nur schwach.

Kaum hatte Pomino die Tür hastig aufgerissen und mich erblickt – aufrecht, mit vorgestreckter Brust, hart vor ihm stehend –, da fuhr er entsetzt zurück. Ich ging hinein und schrie: »Mattia Pascal aus dem Jenseits!«

Pomino stürzte mit einem lauten Krach zu Boden, fiel auf seine Hinterbacken, stützte sich mit den Armen hinten auf, starrte mich groß an: »Mattia! Du?!«

Die Witwe Pescatore kam mit einem Licht herbeigelaufen und stieß einen gellenden Schrei aus, als läge sie in den Wehen. Ich schloß die Tür mit einem Fußtritt, war mit einem Sprung bei ihr, nahm ihr das Licht fort, das ihren Händen zu entgleiten drohte.

»Still!« schrie ich ihr in die Fratze. »Halten Sie mich wirklich für ein Gespenst?«

»Lebendig?!« sagte sie kreidebleich und fuhr sich mit den Händen in die Haare.

»Lebendig! Lebendig! Lebendig!« wiederholte ich in wilder Freude. »Ihr habt mich für tot erklärt, was? Ertrunken, dort drüben?«

»Woher kommst du?« fragte sie voller Grauen.

»Von der Mühle, du alte Hexe!« brüllte ich. »Da, nimm das Licht und schau mich gut an! Bin ich es? Erkennst du mich? Oder hältst du mich immer noch für den Unglücklichen, der sich in La Stìa ertränkt hat?«

»Das warst nicht du?«

»Verrecken sollst du, alte Hexe! Ich bin hier, lebendig! Und du, steh auf, du feiner Patron! Wo ist Romilda?«

»Um Himmels willen …« stöhnte Pomino und stand hastig auf. »Die Kleine … ich habe Angst … die Milch …«

Ich packte ihn am Arm, jetzt verschlug es, umgekehrt, mir fast die Rede.

»Die Kleine?«

»Meine … meine Tochter …« stammelte Pomino.

»Das ist ja Mord!« schrie die Pescatore.

Unter dem Eindruck dieser weiteren Neuigkeit fand ich nicht gleich eine Antwort.

»Eine Tochter?« murmelte ich, »eine Tochter, auch das noch?… Und die ist jetzt …«

»Mutter, um Himmels willen, rasch zu Romilda …« beschwor sie Pomino.

Zu spät. Romilda erschien, den Säugling an der offenen Brust. Ihre Kleidung war in Unordnung, als wäre sie – auf das Geschrei hin – in aller Eile vom Bett aufgestanden. Sie erblickte mich:

»Mattia!« Sie fiel in die Arme Pominos und ihrer Mutter, die sie fortschleppten. Auch ich war hinzugestürzt. In der Verwirrung wurde mir das Kleine in den Arm gelegt.

Da stand ich nun, im Finstern, im Vorzimmer, mit diesem zarten kleinen Kind im Arm, das mit seiner schrillen Säuglingsstimme immerfort wimmerte. Ich war ratlos, durcheinander, ich hatte noch den Schrei der Frau in den Ohren, die einmal die meine gewesen und jetzt Mutter dieses Kindes war, und es war nicht mein Kind, nicht meines!, das meine, damals, das hatte sie nicht geliebt. Und also nein, gar nichts, ich mußte jetzt, nein, bei

Gott, ich mußte jetzt weder mit diesem Kind noch mit ihnen dort Mitleid haben. Sie hatte wieder geheiratet? Und jetzt kam ich ... Die Kleine aber winselte und winselte; was tun ...? Um sie zu beruhigen, drückte ich sie an meine Brust, klopfte ihr leicht mit der anderen Hand auf die Schulter und wiegte sie hin und her, während ich auf und ab ging. Mein Haß verrauchte, meine Wut verebbte. Nach und nach wurde die Kleine ruhig.

Angsterfüllt rief Pomino im Finstern:

»Mattia! ... Die Kleine! ...«

»Sei still jetzt! Sie ist bei mir«, antwortete ich.

»Was tust du?«

»Ich fresse sie auf ..., das tue ich ... Ihr habt sie mir in den Arm gelegt ... Rühr sie jetzt nicht an! Sie hat sich beruhigt. Wo ist Romilda?«

Zitternd und bangend näherte er sich mir wie eine Hündin, die ihr Kleines in den Händen ihres Feindes sieht.

»Romilda? Warum?« fragte er.

»Ich habe mit ihr zu reden!« antwortete ich grob.

»Aber sie ist ohnmächtig geworden, weißt du?«

»Ohnmächtig? Sie wird gleich wieder zu sich kommen.« Pomino vertrat mir den Weg, flehte mich an:

»Um Himmels willen ... hör doch ... ich habe Angst ... wie ist das möglich ... du, am Leben! ... Wo bist du gewesen? ... Heiliger Gott ... Hör doch ... Könntest du nicht mit mir reden?«

»Nein!« schrie ich ihn an. »Ich muß mit ihr sprechen. Du hast hier gar nichts mehr zu sagen.«

»Ich? Wieso?«

»Deine Ehe ist nichtig.«

»Was heißt das ... Was sagst du da? Und die Kleine?«

»Die Kleine ... die Kleine ...« brummte ich. »Schäme dich! In nur zwei Jahren Mann und Frau – und eine kleine Tochter auch noch dazu! Still, mein Kleines, still! Gehen wir zur Mutter ... Los, führ mich hin! Zeig mir den Weg.«

Ich hatte kaum das Schlafzimmer mit dem Säugling im Arm be-

treten, da wollte sich schon die verwitwete Pescatore wie eine Hyäne auf mich stürzen.

Ich stieß sie mit aller Kraft zurück:

»Fort da! Dort steht Ihr Schwiegersohn: wenn Sie wen anbrüllen wollen, dann brüllen Sie ihn an. Ich kenne Sie nicht!«

Ich beugte mich zu Romilda hinab, die verzweifelt weinte, und übergab ihr die Kleine: »Da nimm … Du weinst? Warum weinst du? Weil ich am Leben bin? Tot wäre ich dir lieber? Sieh mich an … Nur zu, sieh mir ins Gesicht! Bin ich lebendig oder tot?«

Sie riß sich zusammen, hob die tränenüberströmten Augen zu mir auf und stammelte mit vom Schluchzen zerrissener Stimme:

»Aber … wie ist das möglich … du? Was … was hast du getan?«

»Was ich getan habe?« sagte ich grinsend. »Mich fragst du, was ich getan habe? Du hast dich wieder verheiratet … mit diesem Esel dort! … du hast eine Tochter in die Welt gesetzt und hast noch den Mut, mich zu fragen, was ich getan habe?«

»Was jetzt?« stöhnte Pomino und bedeckte sein Gesicht mit den Händen.

»Du aber, du … wo bist du gewesen? Du hast dich totgestellt, hast dich aus dem Staube gemacht …«, schrie die Pescatore, kam auf mich zu und erhob beide Hände gegen mich.

Ich packte sie an einer Hand und drehte ihr den Arm herum, wobei ich sie anbrüllte:

»Still, sage ich! Wenn Sie nicht sofort still sind, wenn ich noch einen einzigen Ton von Ihnen höre, ist es aus mit dem Mitleid, das ich mit diesem Esel, Ihrem Schwiegersohn, habe und mit diesem kleinen Wesen und ich lasse das Gesetz sprechen! Wißt ihr, was das Gesetz sagt? Daß ich jetzt Romilda zurücknehmen muß …«

»Meine Tochter? Du? Du bist wohl verrückt!« tobte sie, in keiner Weise eingeschüchtert.

Pomino aber trat, als er meine Drohung gehört hatte, sofort auf sie zu und beschwor sie zu schweigen, sich doch, um Gottes willen, zu beruhigen.

Da ließ die alte Hexe von mir ab und beschimpfte dafür ihn, hieß ihn dumm, verblödet, unfähig. Alles, was er könne, sei weinen und jammern, als wäre er ein Weib …

Ich brach in Gelächter aus, daß mich die Seiten schmerzten.

»Schluß jetzt!« rief ich, sobald ich mich bezähmen konnte. »Ich lasse ihn ihr und ich lasse sie ihm, mit dem größten Vergnügen! Halten Sie mich wirklich für so verrückt, daß ich noch einmal Ihr Schwiegersohn werden möchte? Oh, der arme Pomino! Verzeih mir, armer Freund, verzeih mir, daß ich dich einen Esel geheißen; aber du hast es doch jetzt selber von deiner Schwiegermutter gehört, sie hat dich genauso genannt, und ich kann beschwören, daß auch Romilda dich früher einmal so genannt hat, Romilda, unsere Frau … Ja, auch sie hat damals gesagt, sie finde dich dumm, einfältig, langweilig und was weiß ich noch. Stimmt es, Romilda? Sag doch die Wahrheit … Komm, Liebe, hör auf zu weinen: mache dich zurecht: gib acht, daß du deiner Kleinen nicht weh tust, wenn du so … Ich bin jetzt wieder lebendig – siehst du? – und ich will fröhlich sein … *immer nur fröhlich!*, so sagte zu mir einmal ein betrunkener Freund … Immer nur fröhlich, Pomino! Glaubst du wirklich, ich will einem Kind die Mutter wegnehmen? Ach nein! Ich habe schon einen Sohn ohne Vater … Siehst du, Romilda? Wir sind quitt: ich habe einen Sohn, der Malagnas Sohn ist, und du hast eine Tochter, die Pominos Tochter ist. So Gott will, werden wir sie eines Tages miteinander verheiraten! Du mußt dich jetzt über diesen Sohn nicht mehr kränken … Reden wir von fröhlichen Dingen … Erzähl mir lieber, wie es gekommen ist, daß ihr mich in dem Toten wiedererkannt habt, dort in La Stìa …«

»Aber auch ich habe dich erkannt!« rief Pomino verzweifelt. »Der ganze Ort! Nicht nur sie!«

»Bravo! So sehr sah er mir ähnlich?«

»Deine Gestalt … dein Bart … schwarz gekleidet wie du … und dann, du warst ja so viele Tage abgängig …«

»Freilich, ich hatte mich aus dem Staub gemacht, du hast es ja

eben gehört? Als hätten mich nicht die beiden so weit gebracht, daß ich mich aus dem Staub machen mußte ... Sie dort, sie ist es gewesen ... Trotzdem, ich war schon auf der Heimreise, weißt du? Und noch dazu voll beladen mit Gold! Und plötzlich war ich ... hastdunichtgesehen, tot, ertrunken, verwest ... und in dem Toten wiedererkannt, auch das noch dazu! Glücklicherweise konnte ich es mir gut gehen lassen, zwei Jahre lang; und ihr hier: Verlobung, Heirat, Flitterwochen, Freudenfeste, eine kleine Tochter ... Wer tot ist, fühlt nichts mehr und kann die Lebenden nicht stören, ist es nicht so?«

»Und jetzt? Was soll jetzt werden?« stöhnte Pomino immer noch wie auf der Folter. »Das frage ich!«

Romilda erhob sich, um das Baby in die Wiege zu legen.

»Gehen wir ins andere Zimmer«, sagte ich. »Die Kleine ist eingeschlafen. Sprechen wir drüben weiter.«

Wir gingen ins Speisezimmer. Auf dem noch gedeckten Tisch lagen die Reste des Abendbrots. Pomino rieb sich die Stirn, verdrehte die Augen, war totenblaß, sein Gesicht war verzerrt, seine Augenlider zuckten ununterbrochen. Die zwei schwarzen Punkte in seinen trüb gewordenen Augen wirkten wie zwei Löcher, aus denen die Angst drang. Er sagte, als redete er irre:

»Lebendig ... lebendig ... Was soll jetzt werden? Was?«

»Sei doch endlich still!« fuhr ich ihn an. »Laß uns überlegen.«

Romilda war in ihren Schlafrock geschlüpft und kam zu uns herüber. Ich war überrascht, als ich sie bei Licht sah, ich mußte sie bewundern: sie war wieder so schön wie einst, ja womöglich noch hübscher geworden.

»Laß dich ansehen ...« sagte ich zu ihr. »Du gestattest, Pomino? Nichts für ungut: auch ich bin ihr Ehegatte, ich war es sogar vor dir. Komm, Romilda, schäme dich nicht! Sieh nur, wie Mino sich windet! Was kann denn ich dafür, daß ich nicht wirklich gestorben bin?«

»So kann es nicht weitergehen!« keuchte Pomino, blau im Gesicht.

»Er zittert ja!« sagte ich und zwinkerte Romilda zu. »Beruhige dich doch, Mino … Ich habe dir ja schon gesagt, daß ich sie dir lasse, und ich halte mein Wort. Nur einmal noch, warte … mit Verlaub!«

Ich ging auf Romilda zu und drückte ihr einen festen Kuß auf die Wange.

»Mattia«, röchelte Pomino.

Ich brach in neues Gelächter aus.

»Eifersüchtig? Auf mich? Geh doch! Ich hab doch die älteren Rechte. Und du, Romilda, Schwamm drüber, hörst du? Schwamm drüber … Siehst du, auf der Herfahrt nahm ich an (du verzeihst, Romilda), nahm ich an, lieber Mino, ich würde dir einen großen Gefallen tun, wenn ich käme und dich befreite. Ich gestehe, daß mich dieser Gedanke sehr bedrückte. Denn ich wollte mich doch rächen, und ich möchte es, glaube mir, auch jetzt noch gerne und dir Romilda wegnehmen, jetzt, wo ich sehe, daß du sie liebhast und daß sie … Ja, wie ein Traum erscheint sie mir, ich sehe sie wieder ganz so, wie sie vor Jahren war … Erinnerst du dich, Romilda? … Nicht weinen! Wie, du weinst? Ach, das waren schöne Zeiten … sie kommen nicht wieder … Gut: ihr habt jetzt eine kleine Tochter, reden wir also nicht mehr von dem, was war, ich lasse euch in Frieden, Herrgottnocheinmal!«

»Aber meine Ehe wird ja doch nichtig erklärt?« rief Pomino.

»Dann lasse sie eben nichtig erklären!« sagte ich. »Schlimmstenfalls wird sie pro forma nichtig erklärt: ich mache meine Rechte nicht geltend, ich verzichte auch darauf, offiziell wieder lebendig erklärt zu werden, außer man zwingt mich dazu. Wenn mich nur alle wiedersehen und wissen, daß ich tatsächlich lebendig bin, so genügt mir das, um den Tod von mir abzustreifen, der ein wirklicher Tod war, glaubt mir! Du siehst doch: Romilda, so wie sie da ist, konnte deine Frau werden … alles andere ist für mich unwichtig! Deine Ehe wurde in aller Öffentlichkeit geschlossen; alle wissen, daß Romilda seit einem Jahr deine Frau ist, und sie wird es bleiben. Wen soll es denn interessieren, daß die

erste Ehe noch in Rechtskraft ist? Schnee vom vergangenen Jahr. Romilda *war* meine Frau: jetzt ist sie seit einem Jahr *deine* Frau, die Mutter deiner kleinen Tochter. Nach einem Monat wird kein Mensch mehr von der Geschichte reden. Ist es recht so, zweifache Schwiegermutter?«

Die Pescatore nickte düster und ließ dann den Kopf hängen. Pomino aber fragte in wachsender Erregung:

»Und du willst hier bleiben, in Miragno?«

»Ja. Manchmal werde ich abends auf eine Tasse Kaffee zu euch kommen oder ein Glas Wein auf euer Wohl trinken.«

»Nein, das nicht!« stieß die Pescatore hervor und sprang auf.

»Aber er macht doch nur Spaß!« meinte Romilda und senkte die Augen. Ich mußte aufs neue lachen.

»Siehst du, Romilda, sie haben Angst, wir könnten uns wieder ineinander verlieben«, sagte ich. »Wäre eine hübsche Sache! Nein, quälen wir Pomino nicht länger … Wenn er meine Besuche nicht wünscht, dann werde ich eben auf der Straße unter deinem Fenster auf und ab promenieren. Einverstanden? Ich werde dir die schönsten Ständchen bringen.«

Immer noch blaß und zitternd ging Pomino im Zimmer hin und her und murmelte:

»Das ist doch nicht möglich … das ist doch nicht möglich …«
Plötzlich blieb er stehen und sagte:

»Tatsache ist, daß sie …, wenn du als Lebender hierbleibst, nicht mehr meine Gattin ist …«

»Nimm einfach an, ich sei tot!« antwortete ich seelenruhig. Er begann wieder hin und her zu gehen:

»Jetzt kann ich das nicht mehr annehmen!«

»Dann nimm es eben nicht an. Glaubst du denn wirklich«, fügte ich hinzu, »daß ich dir Ungelegenheiten machen will, wenn Romilda es nicht will? Darüber hat einzig sie zu entscheiden … Nun, Romilda, sag, wer ist schöner? Ich oder er?«

»Aber ich spreche vom Gesetz! Ich meine: vor dem Gesetz!« schrie er und blieb stehen.

Romilda sah ihn ängstlich und gequält an.

»Was das betrifft«, bemerkte ich, »so glaube ich, entschuldige, daß vor allem ich mich beklagen müßte. Von nun an werde ich meine schöne verflossene Ehehälfte in ehelicher Gemeinschaft mit dir sehen.«

»Aber auch sie«, entgegnete Pomino, »auch sie wird, da sie nicht mehr meine Frau ist ...«

»Oh!« seufzte ich auf. »Hör mich gut an: ich wollte mich rächen und räche mich nicht; ich lasse dir deine Frau, ich lasse dich ungeschoren, und du bist immer noch nicht zufrieden? Komm, Romilda, auf, gehen wir mitsammen fort, wir zwei! Ich schlage dir eine schöne Hochzeitsreise vor ... Wir werden uns prächtig unterhalten! Laß doch diesen faden Pedanten stehen. Hat man so etwas gesehen? Er verlangt von mir, ich soll mich allen Ernstes in den Mühlbach von La Stìa stürzen.«

»Das verlange ich gar nicht!« sagte Pomino in höchster Verzweiflung. »Aber geh wenigstens fort! Geh doch fort, da es dir so großen Spaß gemacht hat, für tot zu gelten! Jetzt gleich geh fort, weit fort, ohne dich von jemandem erblicken zu lassen. Denn ich ... wenn du dableibst ... lebendig ...«

Ich stand auf; ich klopfte ihm beruhigend auf die Schulter, dann erklärte ich ihm, ich sei bereits bei meinem Bruder in Oneglia gewesen, dort wüßten jetzt alle, daß ich lebe, morgen würde die Nachricht unvermeidlicherweise auch Miragno erreichen. Ich meinte schließlich:

»Wieder tot sein? Fern von Miragno? Du beliebst zu scherzen, mein Bester!« rief ich aus. »Finde dich ab: spiele weiter den Ehegatten und sei ganz unbesorgt ... Deine Ehe wurde jedenfalls offiziell geschlossen. Alle werden die Lösung gutheißen, da doch ein Kind vorhanden ist. Ich verspreche, ich schwöre dir, daß ich dich niemals behelligen werde, nicht einmal wegen einer bescheidenen Tasse Kaffee, auch nicht, um mich am süßen Anblick eurer Liebe zu erbauen und zu ermuntern, an eurer Eintracht, eurem Glück, das ihr auf meinen Tod gegründet habt. Ihr seid undankbar! Ich

wette, daß niemand von euch, nicht einmal du, mein herzinnig-
ster Freund, zwischendurch auf dem Friedhof gewesen ist, um
einen Strauß oder auch nur eine Blume auf mein Grab zu legen ...
Stimmt das? Antworte!«

»Du beliebst zu scherzen!« sagte Pomino und schüttelte sich.

»Scherzen? Keine Spur! Dort liegt tatsächlich die Leiche eines
Menschen, und damit scherzt man nicht! Bist du dort gewesen?«

»Nein ... nein ... ich hatte nicht den Mut ...« flüsterte Pomino.

»Aber mir meine Frau wegzunehmen, dazu hattest du den Mut,
du Lump!«

»Und du, sie mir wegzunehmen«, entgegnete er prompt. »Hast
du sie mir denn nicht zuerst weggenommen, als du noch am Leben warst?«

»Ich?« rief ich aus. »Das ist ja die Höhe! Sie war es doch, die
dich nicht mochte! Willst du es denn wirklich immer wieder
hören, daß sie dich für einen Esel gehalten hat? Romilda, bitte,
sag du es ihm: er beschuldigt mich, wie du siehst, ich hätte ihn
verraten ... Aber was tut das jetzt zur Sache! Er ist dein Mann,
reden wir nicht weiter darüber; ich jedenfalls bin schuldlos ... Na,
schön! Ich werde morgen zu dem armen Toten gehen, der dort
liegt, ohne eine Blume, dem keiner eine Träne nachweint ... Sage
mir, hat er wenigstens einen Grabstein?«

»Ja«, beeilte sich Pomino, mir zu versichern. »Auf Kosten der
Gemeinde ... Mein armer Vater ...«

»Hielt mir die Trauerrede, ich weiß! Wenn der arme Mann uns
hören könnte ... Was steht denn auf dem Grabstein?«

»Ich weiß es nicht ... Die Inschrift hat Lodoletta verfaßt.«

»Kann ich mir vorstellen!« seufzte ich. »Genug, lassen wir auch
das jetzt. Erzählt mir lieber, ja, erzählt mir, wie es gekommen ist,
daß ihr so rasch geheiratet habt ... Nun, du hast nicht viel um
mich geweint, meine teure Witwe ... Vielleicht überhaupt nicht,
wie? Aber die Nacht ist schon fortgeschritten ... bei Tagesan-
bruch gehe ich, und es wird sein, als hätten wir uns nie gekannt ...
Nützen wir noch die paar Stunden. Sag' mir doch ...«

Romilda zuckte die Achseln, sah Pomino an, lächelte nervös: dann senkte sie den Blick und betrachtete ihre Hände:

»Was soll ich sagen? Gewiß habe ich um dich geweint ...«

»Dabei hättest du es gar nicht verdient!« knurrte die Pescatore.

»Danke! Aber, sei ehrlich ... nicht eben viel und lange, wie?« fuhr ich fort. »Diese schönen Augen, die so leicht verführen, sollten wohl nicht allzusehr angestrengt werden.«

»Es hat uns sehr getroffen«, sagte Romilda wie zur Entschuldigung. »Und wenn er nicht gewesen wäre ...«

»Brav, Pomino!« rief ich aus. »Und diese Kanaille, dieser Malagna, nichts?«

»Nichts«, antwortete die Pescatore hart, trocken: »Um alles hat er sich gekümmert ...«

Sie wies auf Pomino.

»Das heißt ...« verbesserte sie der, »das heißt ... mein armer Vater ... Du weißt, daß er im Gemeinderat war? Er erwirkte zuerst für sie, in Anbetracht des Unglücks, eine kleine Rente ... und dann ...«

»Gab er seine Einwilligung zur Heirat?«

»Mit Freuden! Er wollte auch, daß wir alle hier, bei ihm, wohnen ... Nur, leider, vor zwei Monaten ...«

Er berichtete von der Krankheit und dem Tod seines Vaters; von dessen Liebe für Romilda und die kleine Enkelin; von der Trauer, die sein Tod im ganzen Ort hervorrief. Ich erkundigte mich nach der Tante Scolastica, der großen Freundin des Cavaliere Pomino. Die Witwe Pescatore, die sich noch an den Teigklumpen erinnerte, den die wilde alte Jungfrau ihr ins Gesicht geklebt hatte, rückte unruhig auf ihrem Sessel hin und her. Pomino antwortete, er habe sie schon zwei Jahre lang nicht gesehen, sie sei aber noch am Leben; dann fragte er mich, was ich inzwischen getan hätte, wo ich gewesen sei. Ich erzählte es ihm, soweit es möglich war, ohne Orte und Personen zu nennen, ich wollte nur dartun, daß diese zwei Jahre für mich nicht immer ein reines Vergnügen gewesen waren. Während wir uns so miteinander unter-

hielten, brach der Morgen des Tages an, an dem meine Auferstehung öffentlich bekannt werden sollte.

Wir waren müde von der Nachtwache und den vielen Aufregungen; es fröstelte uns. Um uns etwas zu erwärmen, bereitete
Romilda eigenhändig den Kaffee. Als sie mir die Tasse reichte, sah
sie mich an, um ihre Lippen spielte ein schwaches, trauriges, irgendwie fernes Lächeln, sie sagte:

»Ohne Zucker, wie gewöhnlich, nicht wahr?«

Was las sie von meinen Augen ab? Sie senkte sogleich die
ihren.

Während sich das bläuliche Licht der Morgendämmerung verbreitete, fühlte ich plötzlich, wie es mich in der Kehle würgte, als
müßte ich weinen. Haßerfüllt sah ich Pomino an. Aber der Kaffee
rauchte unter meiner Nase, sein Duft berauschte mich, langsam
begann ich ihn zu schlürfen. Ich bat Pomino, meinen Koffer bei
ihm lassen zu dürfen, bis ich eine Bleibe gefunden hätte: ich
würde den Koffer dann abholen lassen.

»Aber gewiß! Ohne weiteres!« antwortete er beflissen. »Du
mußt dich nicht weiter bemühen, ich werde ihn dir zustellen lassen...«

»Übrigens«, sagte ich, »er ist so gut wie leer ... A propos, Romilda: hast du zufälligerweise noch etwas von meinen Sachen ...
einen Anzug, Wäsche?«

»Nein, nichts ...« antwortete sie mit einer bedauernden Handbewegung. »Du mußt verstehen ... nach dem Unglück ...«

»Wer konnte das denn ahnen?« rief Pomino.

Ich aber hätte schwören können, daß er, der geizige Pomino,
eines meiner Seidentücher um den Hals trug.

»Schluß. Lebt wohl! Viel Glück!« sagte ich. Während ich mich
verabschiedete, hielt ich meinen Blick fest auf Romilda gerichtet.
Sie sah mich nicht an. Aber ihre Hand zitterte, als sie meinen
Gruß erwiderte. »Lebt wohl! Lebt wohl!«

Als ich unten auf der Straße war, fühlte ich mich wieder einmal wie verloren, selbst hier, in meinem Geburtsort: ich war allein, ohne Heim, ohne Ziel.

»Was jetzt?« fragte ich mich. »Wohin?«

Während ich mich zum Gehen anschickte, musterte ich die Leute, die vorüberkamen. Ach wo! Niemand erkannte mich! Und doch sah ich jetzt wieder genauso aus wie früher: alle, die mich erblickten, hätten zumindest denken müssen: »Dieser fremde Mann dort sieht dem armen Mattia Pascal zum Verwechseln ähnlich! Schielte er auch noch, könnte man meinen, er sei es selbst.« – Ach wo! Niemand erkannte mich, weil niemand mehr an mich dachte. Nicht einmal Neugier erregte ich, nicht das mindeste Erstaunen ... Dabei hatte ich gedacht, es würde Aufruhr geben, Verwirrung, sobald ich mich in den Straßen zeigte! In meiner tiefen Enttäuschung fühlte ich mich so beschämt, so verärgert und verbittert, daß ich es gar nicht schildern kann; mein Ärger und meine Beschämung hielten mich davon ab, die Leute auf mich aufmerksam zu machen, die ich meinerseits sehr wohl wiedererkannte: klar, nach bloß zwei Jahren ... Da sieht man, was sterben heißt! Niemand, niemand erinnerte sich meiner mehr, als hätte ich nie existiert ...

Zweimal ging ich durch den Ort, von einem Ende zum anderen, aber kein Mensch hielt mich auf. Auf das höchste gereizt, erwog ich schon, zu Pomino zurückzukehren und ihm zu sagen, daß mir die getroffene Abmachung nicht mehr zusagte, ich wollte mich an ihm für den Schimpf rächen, den mir, wie ich fand, der ganze Ort antat, indem niemand mich wiedererkannte. Gutwillig aber wäre mir Romilda nicht gefolgt, und im Augenblick hätte ich auch gar nicht gewußt, wohin ich sie führen sollte. Ich mußte vorerst zumindest ein Quartier finden. Dann dachte ich daran, aufs Rathaus zu gehen, aufs Einwohneramt, und mich sogleich von der Liste der Verstorbenen streichen zu lassen; unterwegs aber änderte ich meine Absicht und ging zur Bibliothek in Santa Maria Liberale, wo ich an meiner Stelle meinen Freund, den hochwürdigen Don Eligio

Pellegrinotto antraf. Auch er erkannte mich nicht gleich wieder. Er zwar behauptet, er habe mich sofort erkannt und nur darauf gewartet, daß ich meinen Namen nenne, ehe er mich umarme. Er hielt es nämlich für ausgeschlossen, daß ich es sein könne, und einem Menschen, der lediglich Mattia Pascal zu sein *schien*, konnte er doch nicht gleich die Arme um den Hals werfen: mag sein, daß es stimmt! Er war der erste, der mich mit herzlicher Freude empfing; er zwang mich, mit ihm zurück in den Ort zu wandern, er wollte den peinlichen Eindruck wiedergutmachen, den ich durch die Vergeßlichkeit meiner Mitbürger empfangen hatte.

Ich vergelte jetzt Gleiches mit Gleichem und unterlasse es, zu schildern, was sich zuerst in Brisigos Apotheke und dann im Caffè dell'Unione abspielte, als Don Eligio mich, den von den Toten Auferstandenen, dort vorführte. Die Nachricht verbreitete sich wie ein Lauffeuer, alle eilten herbei und überschütteten mich mit Fragen. Sie wollten von mir wissen, wer denn der Mann gewesen sei, der sich in La Stìa ertränkt hatte, es war geradezu, als hätten sie mich nicht alle in ihm wiedererkannt: alle, jeder einzelne von ihnen. Ich war es also wirklich: Woher ich denn käme? Aus dem Jenseits. Was ich denn getan hätte? Den Toten gespielt! Ich war fest entschlossen, über diese zwei Antworten hinaus keine Auskunft zu geben. Sie sollten vor Neugier zerplatzen! Viele, viele Tage ging das so. Auch mein Freund Lodoletta, der zu mir kam, um mich für den *Foglietto* zu »interviewen«, hatte nicht mehr Glück als die anderen. Es nützte auch nichts, daß er, um mich zum Reden zu bewegen, das Exemplar seines Blattes mitbrachte, in dem vor zwei Jahren der Nachruf auf mich erschienen war. Ich sagte ihm, ich kenne diesen Nachruf auswendig, denn der *Foglietto* sei in der Hölle sehr verbreitet.

»Vielen Dank, mein Lieber! Auch für die Grabschrift … Ich werde hingehen und sie lesen.«

Ich verzichte hier, seinen neuen »Sensationsartikel« wiederzugeben, der am folgenden Sonntag unter dem – in riesigen Buchstaben gedruckten – Titel zu lesen war: *Mattia Pascal lebt!*

Zu den wenigen Menschen, die sich bei mir nicht blicken lassen wollten, zählte – von meinen Gläubigern abgesehen – Batta Malagna. Dabei hatte ihm – wie man mir sagte – mein gräßlicher Selbstmord vor zwei Jahren große Pein bereitet. Ich glaube es gerne. Ich glaube ihm die Pein, als er mich für immer entschwunden wähnte, ebenso wie jetzt das Mißbehagen, da er mich wieder am Leben weiß. Ich begreife die Gründe sowohl im ersten als auch im zweiten Fall.

Und Oliva? Ich begegne ihr manchmal sonntags auf der Straße, wenn sie von der Messe kommt und ihren fünfjährigen Sohn an der Hand führt. Er ist so schön und blühend wie sie: mein Sohn! Sie hat mich mit zärtlichen und lachenden Augen angesehen, und die haben mir in einem kurzen Aufleuchten vieles gesagt...

Genug davon. Ich lebe jetzt friedlich bei meiner alten Tante Scolastica, die mich in ihrem Hause aufgenommen hat. Durch mein absurdes Abenteuer bin ich in ihrer Achtung gestiegen. Ich schlafe in dem Bett, in dem meine arme Mutter gestorben ist, und verbringe den Großteil des Tages hier, in der Bibliothek, in Gesellschaft von Don Eligio, dem es so bald nicht gelingen wird, all die alten und verstaubten Bücher zu ordnen und zu registrieren.

Ich habe ungefähr sechs Monate dazu verwandt, diese meine seltsame Geschichte aufzuschreiben. Er hat mir dabei geholfen. Er wird über das, was ich hier niedergeschrieben habe, strengstes Stillschweigen bewahren, als wäre es ihm unter dem Siegel des Beichtgeheimnisses anvertraut worden.

Wir haben viel und lange über meine Erlebnisse gesprochen, und ich habe ihm schon mehrmals bekannt, ich wüßte nicht, welche Nutzanwendung man aus ihnen gewinnen könne.

»Zunächst einmal die«, sagt er, »daß es unmöglich ist, außerhalb des Gesetzes und außerhalb der uns eigenen, glücklichen oder unglücklichen Verhältnisse zu leben, durch die wir, lieber Herr Pascal, erst die sind, die wir sind.«

Ich halte dem entgegen, daß ich weder zur Gesetzmäßigkeit noch in die mir eigenen Verhältnisse zurückgekehrt sei. Meine

Frau ist die Frau Pominos, und wer ich bin, wüßte ich wahrlich nicht zu sagen.

Auf dem Friedhof von Miragno steht auf dem Grab des armen Unbekannten, der sich in La Stìa getötet hat, immer noch der Grabstein mit der von Lodoletta verfaßten Inschrift:

VON WIDRIGEM SCHICKSAL GEFÄLLT,
RUHT HIER, SEINEM WILLEN GEMÄSS

MATTIA PASCAL
BIBLIOTHEKAR

EIN GROSSES HERZ, EIN OFFENER GEIST.
DIE BARMHERZIGKEIT SEINER MITBÜRGER
SETZTE IHM DIESEN STEIN.

Ich habe den versprochenen Blumenkranz hingetragen und kehre nun von Zeit zu Zeit dorthin zurück, um mich tot und begraben zu sehen. Dann folgt mir von weitem irgendein Neugieriger; auf dem Rückweg schließt er sich mir an, lächelt und fragt mich, indem er auf meine Lage anspielt:

»Sagen Sie mir, darf man vielleicht wissen, wer Sie sind?«

Ich zucke mit den Achseln, schließe die Augen halb, und antworte: »Ja, mein Bester… Ich bin Mattia Pascal selig.«

Editorische Notiz des Herausgebers

An der großen Zahl der italienischen Neuauflagen läßt sich der Erfolg des *Mattia Pascal* deutlich demonstrieren: Zwischen April und Juni 1904 erschien der Roman in Fortsetzungen in der Zeitschrift Nuova Antologia, im selben Jahr noch im römischen Verlag dieser Zeitschrift als Buch. 1910 und 1918 brachte der Verlag Treves in Mailand Neuauflagen heraus, 1921 der florentinische Verlag Bemporad eine überarbeitete Fassung mit dem neu verfaßten Epilog über die »Skrupel der Phantasie«. In dieser Form erlebte der Roman bis 1928 noch drei weitere Auflagen bei Bemporad, seitdem bei dem Mailänder Verlag Mondadori achtzehn weitere bis 1965, als er in der populären Taschenbuchreihe »Gli Oscar« erschien. Zweifellos ist *Mattia Pascal* Pirandellos meistverkauftes Buch überhaupt.

Im deutschen Sprachraum lag Mattias Geschichte als erstes Werk des Autors vor. Schon 1905 erschien der Roman zwischen März und Mai in Fortsetzungen im Wiener Fremdenblatt unter dem Titel *Der gewesene Matthias Pascal*. Die erste Buchausgabe (Übersetzung: Edgar Wiegand) erschien 1925 in Berlin bei Häger unter dem Titel *Die Wandlungen des Mattia Pascal*; 1930 folgte eine Neuauflage bei Ullstein. Nach dem Zweiten Weltkrieg erschien Piero Rismondos sensible Neuübersetzung, auf der auch die vorliegende Ausgabe beruht. Nach dem anfänglichen Titel *Weiland Mattia Pascal* beschränkte man sich bei neueren Auflagen auf den Namen der Hauptfigur.

Auch Rismondo scheiterte freilich an manchen besonderen regionalen Finessen des Textes, die nur in Annäherungen wiedergegeben werden können. Vor allem das parodistische Spiel Pirandellos mit der in Italien zu seiner Zeit als seelenlos geltenden Barockliteratur, die in jüngster Vergangenheit durch Eco (siehe seinen Roman *Die Insel des vergangenen Tages*) wieder »salonfähig« gemacht wurde, kann nur annähernd wiedergegeben werden, weil

die Sprachspiele unübersetzbar sind und die Kenntnis der angesprochenen Literatur beim deutschen Leser nicht vorausgesetzt werden kann. Dennoch meine ich, daß die paradoxe Verschränkung pedantischer und ludischer Elemente in der Figur des Hauslehrers über die bescheidenen Nachdichtungsversuche der Rätsel- und Echo-Gedichte nun zumindest erfahrbar wird.

Aber auch über die Pinzone-Episode hinaus wird im *Mattia Pascal* stärker als in anderen Werken Pirandellos mit Bildungsgut gespielt, werden intertextuelle Verbindungen geknüpft, geistreiche Anspielungen gemacht (etwa auf die »schuldbeladene« Silvia, die sich als Vestalin von Mars schwängern läßt) – wie es sich eben für das Werk eines »Bibliothekars« gehört. Der Herausgeber hat dennoch darauf verzichtet, den Roman durch einen exzessiven Anmerkungsapparat zur dominanten Fußnotenlektüre umzugestalten. Mit dem Instrument der Fußnote wird hier äußerst sparsam umgegangen, um den Lesefluß nicht zu unterbrechen – ganz darauf verzichtet werden konnte schon deshalb nicht, weil Pirandello selbst die Figur Don Eligio Pellegrinotto eine solche Fußnote zu »Pascals Text« anfügen läßt. Aber viele Anspielungen lassen sich in der neuen Version aus dem Kontext erschließen, und die eingefügten »Nachdichtungen« der poetischen Geschicklichkeitsspiele sollten das Verständnis der deutschsprachigen Leser auch ohne umfangreiche Prosaerläuterungen ermöglichen.

Michael Rössner